# L'OUBLI

Emma Healey

# L'OUBLI

Traduit de l'anglais
par Corinne Daniellot

SONATINE ÉDITIONS

Directeur de collection : Arnaud Hofmarcher
Coordination éditoriale : Marie Misandeau et Pauline Ferney

Titre original : *Elizabeth is Missing*
Éditeur original : Viking

Sonatine Éditions
21, rue Weber
75116 Paris
www.sonatine-editions.fr

*À mes deux grands-mères, Vera Healey et Nancy Rowand,*
*qui m'ont inspiré ce livre*

# Prologue

— Maud ? Je t'ennuie, c'est ça ? Tu préfères rester dehors dans le noir plutôt que de m'écouter bavasser ?

Une voix de femme m'interpelle depuis la lueur chaude d'une salle à manger encombrée. Le nuage humide et spectral de ma respiration dans la nuit froide tourbillonne vers elle, mais les mots ne viennent pas. Au sol, une fine pellicule de neige reflète la lumière sur son visage crispé à force de scruter la pénombre. Je sais qu'elle n'y voit plus très bien, même en plein jour.

– Rentre, dit-elle, il fait un froid de canard. Et je te promets de ne plus parler de grenouilles, d'escargots et de faïence.

– Tu ne m'ennuies pas, dis-je, comprenant trop tard qu'elle plaisantait. J'arrive. Je cherche quelque chose.

Mais j'ai déjà trouvé ce que je cherchais, je l'ai dans la main, encore taché de boue. Un petit objet, de ceux qui disparaissent facilement. Le couvercle cassé d'un vieux poudrier, ses rayures argentées ternies, son vernis bleu marine jadis brillant désormais tout griffé. Le miroir rongé par l'humidité ressemble à une fenêtre ouverte sur un monde délavé, comme un hublot donnant sur le fond de l'océan. J'en frémis de souvenirs.

– Qu'est-ce que tu as perdu ?

Tremblotante, la femme s'avance avec précaution dans le jardin.

– Je peux t'aider ? Je n'y vois pas grand-chose, mais si ce que tu cherches n'est pas trop bien caché, je peux sûrement trouver le moyen de trébucher dessus !

Je souris, mais je reste à ma place, sur l'herbe. De la neige s'accumule dans les rainures d'une trace de pas, on dirait un minuscule fossile de dinosaure fraîchement mis au jour. Je serre le couvercle du poudrier dans ma main, et la boue qui sèche me tire sur la peau. Presque soixante-dix ans que je n'avais pas vu cet objet. Et voilà que la terre, ramollie et flasque sous la neige fondue, a recraché cette relique. Elle l'a recrachée dans le creux de ma main. Mais où était-elle cachée ? C'est ça que je n'arrive pas à comprendre. Où se trouvait-elle avant de devenir une arête dans le repas de la Terre, un morceau d'os à régurgiter ?

Surgi d'un lointain passé, un bruit, comme le cri d'un renard, tente de se frayer un chemin aux confins de mon cerveau.

– Elizabeth ? dis-je. Est-ce que tu as déjà fait pousser des courgettes ?

# 1

— Vous savez qu'une vieille dame a été agressée, ici, l'autre jour ? me dit Carla, sa longue queue-de-cheval noire glissant sur son épaule. Bon, c'était à Weymouth, mais ça aurait pu se passer ici. Alors, vous voyez, on n'est jamais trop prudent. Quand on l'a retrouvée, elle avait la moitié du visage écrasé.

Elle a chuchoté cette dernière phrase, mais l'audition n'est pas sur la liste de mes problèmes. J'aimerais bien que Carla ne me raconte pas ces histoires. Elles me mettent mal à l'aise et, même longtemps après avoir oublié l'histoire elle-même, je n'arrive pas à me débarrasser de ce sentiment. Je frissonne et regarde par la fenêtre. Je ne sais plus de quel côté se trouve Weymouth. Un oiseau passe devant la vitre.

– Est-ce qu'il me reste des œufs ?

– Largement assez. Vous n'avez pas besoin de sortir aujourd'hui.

Elle attrape le cahier de mes aides à domicile tout en hochant la tête et ne me quitte pas des yeux tant que je n'ai pas hoché la tête, moi aussi. J'ai l'impression d'être à l'école. Quelque chose m'est passé par la tête, il y a un instant, une histoire, mais j'ai déjà perdu le fil. Il était une fois, est-ce que c'est comme ça que ça commençait ? Il était une fois, dans une immense forêt sombre, une très vieille femme appelée Maud. Impossible de retrouver la suite. Elle attend que sa fille vienne lui rendre visite, je crois. Quel dommage que je ne vive pas dans une chaumière au fond d'une forêt sombre. Ça me plairait. Et ma petite-fille m'apporterait à manger dans un panier.

J'entends un boum dans la maison, et je promène mes yeux dans le salon. Il y a un animal, un de ces animaux qu'on porte quand il fait froid. Il est posé sur un des bras du canapé. C'est à Carla. Elle ne l'accroche jamais au portemanteau, j'imagine qu'elle a peur de l'oublier. Je ne peux pas m'empêcher de l'observer, je suis sûre qu'il va se mettre à bouger, courir se réfugier dans un coin, ou bien me dévorer en une bouchée et prendre ma place. Et Katy devra lui parler de ses grands yeux et de ses grandes dents.

– Encore des pêches en conserve ! s'écrie Carla depuis la cuisine.

Carla, mon aide à domicile. « Les aides », c'est comme ça qu'on les appelle.

– Il faut vraiment que vous arrêtiez d'acheter à manger, crie-t-elle encore, et j'entends les boîtes glisser sur mon plan de travail en formica. Vous en avez assez pour nourrir une armée.

Assez de nourriture. Il n'y a jamais assez de nourriture. Elle disparaît presque entièrement, de toute façon, et je ne peux rien retrouver de ce que j'ai acheté. Je ne sais pas qui la mange. Ma fille fait comme Carla. Elle examine mes placards dès qu'elle en a l'occasion, puis elle me dit :

– Arrête d'acheter des conserves, Maman.

Je crois qu'elle nourrit quelqu'un en cachette. Elle emporte la moitié de mes provisions quand elle s'en va, et ensuite elle s'étonne que je retourne faire des courses. Et après tout, ce n'est pas comme s'il me restait beaucoup de plaisirs, dans la vie.

– Ce n'est pas comme s'il me restait beaucoup de plaisirs, dis-je en me redressant dans mon fauteuil pour que ma voix porte jusqu'à la cuisine.

Il y a des papiers brillants coincés sur le côté de mon fauteuil, des papiers d'emballage de chocolats qui crissent contre les coussins. Je les expédie par terre d'une pichenette. Patrick, mon mari, me grondait toujours quand je mangeais des bonbons. Il faut dire que j'en mangeais beaucoup, à la maison.

C'était agréable de pouvoir prendre un *sherbet lemon* ou un *caramel cup* quand je le voulais, vu qu'on n'avait pas le droit d'en emporter au standard – qui aurait voulu d'une réceptionniste qui parle la bouche pleine ? Mais Patrick disait que les bonbons allaient me gâter les dents. Je le soupçonnais surtout de s'inquiéter pour ma silhouette. On avait trouvé un compromis avec les Polos à la menthe. Ce n'est pas que je n'aime plus ça mais, maintenant, il n'y a plus personne pour m'empêcher d'avaler une boîte entière de *toffees* si j'en ai envie. Je peux même commencer dès que je me lève, le matin. Là, c'est encore le matin. Je le sais parce que le soleil éclaire la mangeoire des oiseaux. Il brille sur la mangeoire le matin et sur le pin le soir. J'ai toute une journée à occuper avant que les rayons n'arrivent sur l'arbre.

Carla entre dans le salon, le dos courbé. Elle ramasse les papiers d'emballage à mes pieds.

– Oh, je ne vous avais pas vue, ma petite, dis-je.

– Je vous ai préparé le déjeuner.

Elle enlève ses gants en plastique d'un claquement sec.

– Je l'ai mis au frigo, avec un post-it dessus. Il est neuf heures quarante, essayez d'attendre midi pour manger, d'accord ?

À l'écouter, on croirait que c'est dans mes habitudes de tout engloutir dès qu'elle franchit le seuil.

– Est-ce qu'il me reste des œufs ? je demande, soudain affamée.

– Largement assez, dit Carla en reposant le cahier des aides sur la table. Je dois y aller. Helen a prévu de passer un peu plus tard, d'accord ? Au revoir.

J'entends la porte d'entrée se refermer et Carla verrouiller derrière elle. Elle m'enferme. Je la regarde descendre le chemin enneigé par la fenêtre. Par-dessus son uniforme, elle porte un manteau à la capuche bordée de fourrure. Une aide à domicile déguisée en loup.

Quand j'étais petite, j'adorais avoir la maison pour moi. Je pouvais chaparder une bricole dans le garde-manger, enfiler mes plus beaux habits, faire jouer le gramophone et m'allonger par terre. Maintenant, je préférerais avoir de la compagnie. Quand je vais dans la cuisine ranger mes placards et examiner ce que Carla m'a laissé pour le déjeuner, je me rends compte que la lumière est restée allumée. On dirait un décor de théâtre abandonné. Je m'attends presque à voir entrer quelqu'un, ma mère avec ses sacs de courses ou mon père les bras chargés de *fish and chips* pour le dîner ; ils déclameraient une phrase dramatique, comme dans une pièce au théâtre du Port. Papa dirait : « Ta sœur a disparu », puis on entendrait un tambour ou une trompette, et ma mère ajouterait d'un ton grave : « Jamais elle ne reviendra », et on se regarderait dans le blanc des yeux, juste pour le public. Tout en me demandant ce que pourrait bien être ma réplique à moi, je sors une assiette du frigo. Il y a un post-it dessus : *Déjeuner de Maud, à manger après midi*. J'enlève le film plastique. C'est un sandwich à la tomate et au fromage.

Quand j'ai fini de manger, je retourne au salon. C'est une pièce très calme, même l'horloge ne fait pas de bruit. Mais elle donne l'heure, et j'observe les aiguilles avancer lentement au-dessus du radiateur à gaz. J'ai des heures et des heures à tuer et, à un moment, je finis toujours par allumer la télévision. Là, ils passent ce que j'appelle une « émission-canapé » : on voit deux personnes assises sur un canapé, penchées sur une troisième personne installée sur le canapé d'en face. Elles sourient, elles secouent la tête, et, à un moment, celle qui est assise toute seule se met à pleurer. Je ne comprends pas de quoi ça parle. Ensuite, c'est une émission où des gens arpentent une maison à la recherche d'objets à vendre, ces objets affreusement laids qui valent en fait une fortune.

Il y a encore quelques années, j'aurais été atterrée par mon comportement : enfin, Maud, regarder la télévision au beau milieu de la journée ! Mais qu'est-ce que je peux faire d'autre ? Il m'arrive encore de lire, mais je n'arrive plus à suivre les intrigues des romans, et je ne me souviens jamais d'où je me suis arrêtée. Alors je peux me faire un œuf dur. Puis le manger. Et je peux regarder la télévision. Après, il ne me reste qu'à attendre : attendre Carla, attendre Helen, attendre Elizabeth.

Elizabeth est la dernière amie qu'il me reste ; les autres sont dans leur maison de retraite ou dans leur tombe. Elle, elle adore les émissions où les gens fouillent les maisons pour trouver des objets à vendre, et elle espère qu'un jour c'est elle qui découvrira un trésor négligé. Elle achète des tas d'assiettes et de vases hideux dans les magasins d'occasion en croisant les doigts pour tomber sur la perle rare. Parfois, je lui achète une babiole, le plus souvent de la porcelaine aux couleurs criardes. C'est devenu un jeu entre nous – à celle qui trouvera le bibelot le plus laid de la boutique. Je sais que c'est idiot, mais, plus le temps passe, plus je me rends compte que ce n'est qu'avec Elizabeth, lors de ces moments où nous rions ensemble, que je me sens moi-même.

J'ai l'impression que je devais me rappeler de quelque chose au sujet d'Elizabeth. Peut-être que j'avais prévu de lui apporter à manger – un œuf dur, ou du chocolat. Sa crapule de fils la rationne tellement qu'il l'affame. Il est affreusement pingre, il refuse même de dépenser de l'argent pour s'acheter de nouveaux rasoirs. Elizabeth dit qu'il a la peau tellement rêche qu'il risque de se trancher la gorge, un jour. Parfois, je me dis que c'est ce qui peut lui arriver de mieux, à ce grippe-sou. Si je n'apportais pas de provisions à Elizabeth de temps en temps, elle maigrirait à vue d'œil. Quelqu'un m'a laissé un mot pour me dire de ne pas sortir, mais je trouve ça un peu bête. Ça ne peut pas me faire de mal d'aller faire un petit tour à l'épicerie.

Je rédige une liste avant d'enfiler mon manteau, je prends mon chapeau et mes clés, je vérifie que j'ai mis le trousseau dans la bonne poche, puis je vérifie encore une fois devant la porte d'entrée. Sur le trottoir, il y a plein de taches blanches là où les gens ont écrasé des escargots dans la nuit. Dans cette rue, les victimes se comptent toujours par centaines les lendemains de pluie. Je me demande ce qui donne ces taches, quelle partie de l'escargot les rend aussi blanches. En me penchant aussi bas que je l'ose pour mieux regarder, je récite :

– *Ne pâlissez donc pas, cher petit escargot*[1].

Je n'arrive pas à me rappeler d'où est tirée cette phrase. Peut-être qu'elle parle de ce phénomène-là. Il faut absolument que je pense à retrouver l'origine de cet extrait quand je serai rentrée.

L'épicerie n'est pas très loin de chez moi mais, le temps d'y arriver, je suis déjà fatiguée. En plus, je n'arrête pas de me tromper de rue, du coup je dois repartir en arrière. C'est à n'y rien comprendre. J'ai l'impression d'être revenue à la fin de la guerre : je me perdais souvent en allant en ville, entre les maisons tombées en poussière sous les bombes, ces grands espaces vides qui surgissaient sans prévenir, et les routes barrées par des montagnes de briques, de béton et de meubles en morceaux.

Carrow's est une boutique minuscule pleine à craquer d'un tas de choses qui ne m'intéressent pas – je préférerais qu'ils enlèvent les rangées de packs de bières pour laisser de la place aux produits plus importants. Mais elle est là depuis mon enfance. Ils ont simplement changé le panneau il y a quelques années : maintenant, on peut voir « Coca-Cola » écrit en gros et « Carrow's » coincé en dessous, comme si on avait failli oublier de le noter. Je le lis à voix haute avant d'entrer dans le magasin, puis je déchiffre tout haut ma liste de courses devant une étagère remplie de boîtes en carton. *Rice Krispies* et *Golden Grahams*, disent les paquets.

– Œufs. Lait, point d'interrogation. Chocolat.

Je me tourne pour mettre mon papier à la lumière. La boutique a une odeur de carton qui n'est pas déplaisante, cela me rappelle le garde-manger, à la maison.

– Œufs, lait, chocolat. Œufs, lait, chocolat.

1. Extrait des *Aventures d'Alice au pays des merveilles*, Lewis Carroll, 1865. (Toutes les notes de bas de page sont de la traductrice.)

Je répète les mots, mais impossible de me faire une idée de ce que je cherche. Peut-être que c'est dans une de ces boîtes, devant moi ? Je marche lentement dans l'épicerie sans cesser de marmonner ma liste à mi-voix, mais les mots perdent peu à peu leur sens et mes paroles ressemblent à une mélopée. Je lis *courgettes* aussi, sur mon papier, mais je ne crois pas qu'on en vende ici.

– Un coup de main, madame Horsham ?

Reg se penche par-dessus son comptoir. Son gilet gris pendouille sur la surface et balaie les bonbons à un sou devant sa caisse. Ils sont pleins de peluches, maintenant. Il m'observe. Sale petit fouineur. Je ne vois pas ce qu'il a à surveiller. D'accord, une fois je suis sortie du magasin sans payer. Et alors ? Je n'avais pris qu'un sachet de salade. À moins que ça n'ait été un pot de confiture de framboises ? J'ai oublié. Peu importe ce que c'était, il l'a récupéré, non ? Helen lui a rapporté, et c'était réglé. Et ce n'est pas comme s'il n'avait jamais fait d'erreur, lui non plus – j'ai déjà dû réclamer ma monnaie plus d'une fois. Ça fait des dizaines d'années qu'il gère la boutique. Il serait temps qu'il prenne sa retraite, mais sa mère n'a pas voulu arrêter de travailler avant 90 ans, alors il va probablement s'accrocher encore un peu. Ça m'a fait plaisir quand j'ai appris qu'elle avait enfin jeté l'éponge. Elle me charriait toujours quand je passais au magasin parce que, quand j'étais gamine, je lui ai demandé une fois si elle voulait bien recevoir une lettre pour moi. J'avais écrit à un meurtrier et je ne voulais pas qu'il me contacte chez moi, j'avais même pris le nom d'une star de cinéma au lieu du mien. Je n'ai jamais reçu de réponse, mais la mère de Reg s'est imaginé que j'attendais une lettre d'amour et, pendant des années, elle n'a cessé de me taquiner à ce sujet, même après mon mariage.

Qu'est-ce que je suis venue acheter, au fait ? Les étagères surchargées me toisent tandis que j'arpente les rayons, et le linoléum bleu et blanc m'observe d'en bas, de son regard craquelé de saleté. Mon panier est vide, mais je crois que cela fait déjà un bout de temps que je suis là. Reg m'observe. J'attrape quelque chose. Je ne m'attendais pas à ce que ça soit si lourd, et l'objet tire brusquement mon bras vers le sol. C'est une boîte de conserve, des pêches au sirop. Ça fera l'affaire. J'en mets plusieurs dans mon panier et je cale les anses au creux de mon coude avant de me diriger vers le comptoir. Les fines barres en métal frottent contre ma hanche.

– Vous êtes sûre que c'est ça que vous êtes venue chercher ? me demande Reg. Vous avez déjà acheté beaucoup de pêches au sirop hier.

Je baisse les yeux vers mon panier. Est-ce qu'il dit vrai ? Est-ce que j'ai déjà acheté tout ça hier ? Il toussote, et je vois apparaître une lueur d'amusement dans son regard.

– Certaine, merci, dis-je fermement. Et je peux bien m'acheter des pêches au sirop si j'en ai envie.

Il lève les sourcils et commence à entrer des chiffres dans sa caisse enregistreuse. Je garde la tête haute tandis qu'il met les conserves dans le truc en plastique, le truc pour porter, mais je sens mes joues rougir. Mais qu'est-ce que j'étais venue acheter ? Je glisse les mains dans mes poches et y trouve un bout de papier bleu avec mon écriture : *Œufs. Lait ? Chocolat.* J'attrape une barre chocolatée sur le comptoir et je la glisse dans le panier. Au moins, j'aurai acheté un des produits de ma liste. Mais il est trop tard pour reposer les pêches, Reg se moquerait de moi. Je paie mes courses et je repars sur la route avec les conserves qui s'entrechoquent dans le sac – il est lourd et je peine à avancer, j'ai mal au dos et derrière les genoux. Je me souviens de l'époque où les maisons filaient à toute vitesse dans mon champ de vision quand je partais faire une commission, le plus souvent au pas de course. Quand je rentrais, Ma me demandait souvent ce que j'avais vu, si telle ou telle personne était sortie, ce que j'avais pensé du nouveau muret du jardin de telle autre. Je ne remarquais jamais rien : tout était passé en un éclair. Maintenant, j'ai plein de temps pour regarder autour de moi, mais plus personne à qui le raconter.

Parfois, quand je range ou que je fais du vide, je tombe sur des photographies de ma jeunesse, et ça me fait toujours un choc de les voir en noir et blanc. À mon avis, ma petite-fille est persuadée que nous avions tous la peau grise, les cheveux ternes, et que chaque photo était prise à l'ombre. Pourtant, je me souviens que la ville était presque trop éclatante de couleurs, quand j'étais gamine. Je me rappelle du bleu profond du ciel, du vert foncé des pins qui le transperçaient, du rouge vif des maisons en briques et du tapis orange d'épines de pin sous nos pieds. Aujourd'hui, même si je suis sûre que le ciel est parfois encore bleu et que la plupart des maisons sont toujours là, les couleurs semblent fanées, comme si je vivais désormais moi-même dans une vieille photographie.

Quand j'arrive devant ma porte, j'entends un réveil sonner. Je me le mets souvent pour me rappeler mes rendez-vous. J'entre, je pose mon sac derrière la porte d'entrée et je vais éteindre le réveil. Je n'arrive pas à me souvenir pourquoi je l'avais programmé, et je ne vois rien qui puisse m'y aider. Peut-être que quelqu'un doit passer.

– Est-ce que tu as vu l'agent immobilier ? appelle Helen, dont la voix me parvient sous le bruit de sa clé dans la serrure. Il devait venir à midi. Est-ce qu'il est passé ?

– Je ne sais pas, dis-je. Quelle heure est-il ?

Elle ne répond pas. Ses pas lourds résonnent dans l'entrée.

– Maman ! s'exclame-t-elle. Bon sang, mais d'où viennent-elles, encore, ces conserves ? Pourquoi as-tu besoin d'autant de pêches au sirop ?

Je lui dis que je ne sais pas pourquoi. Je lui dis que c'est Carla qui a dû les apporter. Je lui dis que je n'ai pas quitté la maison, puis je regarde l'horloge et je me demande comment j'ai fait pour venir à bout de cette journée. Helen me rejoint dans le salon. Son souffle est glacé et, soudain, je redeviens petite fille, dans la chaleur de mon lit. Ma sœur pose son visage transi contre ma joue, et de son haleine fraîche elle me raconte en chuchotant la soirée qu'elle vient de passer au Pavillon, le bal populaire et les soldats. Sukey était toujours toute froide quand elle revenait d'aller danser, même l'été. Helen est souvent froide, elle aussi, à force de passer ses journées dehors à jardiner chez les gens.

Elle soulève un sac plastique.

– Tu peux m'expliquer pourquoi Carla laisserait des conserves de pêches au sirop au milieu de l'entrée ?

Elle ne baisse pas la voix, pourtant nous sommes dans la même pièce maintenant, et elle tient le sac en l'air.

– Il faut que tu arrêtes d'aller faire les courses. Je t'ai déjà dit que je pouvais te rapporter ce que tu voulais. Je viens tous les jours.

Je suis sûre qu'elle ne vient pas si souvent que ça, mais je ne veux pas entamer une dispute. Elle laisse retomber son bras et je regarde le sac atterrir durement contre sa jambe.

– Alors, tu me promets ? Tu me promets que tu n'iras plus faire les courses ?

– Je ne vois pas pourquoi je promettrais quoi que ce soit. Je te dis que c'est Carla qui a dû les apporter. Et puis de toute façon, je peux bien m'acheter des pêches au sirop si j'en ai envie.

J'ai l'impression d'avoir déjà entendu cette phrase, mais je ne sais pas où.

– Si je voulais faire pousser des courgettes, dis-je alors en trouvant une liste de courses que je mets à la lumière, où est-ce qu'il vaudrait mieux les planter ?

Helen pousse un long soupir en quittant la pièce, et je me surprends à me lever pour la suivre. Je m'arrête dans l'entrée : j'entends comme un rugissement. Je n'ai aucune idée de ce que ça peut être, je n'arrive même pas à repérer d'où il vient. Je ne l'entends presque plus quand je vais dans la cuisine. Elle est très propre : ma vaisselle sèche sur l'étendoir, pourtant je ne me souviens pas de l'y avoir mise, et on a lavé le couteau et la fourchette que j'utilise chaque jour. J'ouvre un placard et deux bouts de papier tourbillonnent jusqu'au sol. Sur le premier, il y a la recette de la béchamel et, sur l'autre, le nom de Helen suivi d'une série de chiffres. Je prends un rouleau de ruban collant dans un tiroir, le long ruban transparent pour coller, et je les remets à leur place. Tiens, je pourrais faire une béchamel, aujourd'hui. Après mon thé.

J'allume la bouilloire. Je sais quelle prise il faut brancher, parce que quelqu'un l'a étiquetée « BOUILLOIRE ». Je sors des tasses, le lait et un sachet de thé d'un bocal avec une étiquette marquée « THÉ ». Il y a un petit mot posé près de l'évier : *Le café, c'est bon pour la mémoire.* Cette fois, c'est mon écriture. J'emporte ma tasse dans le salon, mais je m'arrête sur le seuil. J'entends un vrombissement. Peut-être que ça vient de l'étage. Je me dirige vers l'escalier, mais je me rappelle que j'ai besoin de mes deux mains pour le monter, alors je recule et je laisse ma tasse sur l'étagère de l'entrée. De toute façon, je n'en ai que pour une minute.

Ma chambre est très lumineuse et très calme, d'habitude, mais là, il y a comme un grondement quelque part dans la maison. Je ferme la porte derrière moi et je vais m'asseoir à ma coiffeuse, près de la fenêtre. Des bijoux fantaisie sont éparpillés sur les napperons et les coupelles en porcelaine. Je ne porte plus de vrais bijoux, à part mon alliance, bien sûr. En plus de cinquante ans, je n'ai jamais eu besoin de la faire retoucher. Celle de Patrick s'enfonçait tellement dans sa chair que ses jointures ressortaient de chaque côté comme des bosses. Il refusait de la faire couper et elle ne bougeait pas d'un poil malgré la quantité de beurre que je mettais parfois pour la graisser. Patrick disait que, si la bague s'accrochait à ce point à lui, c'était la preuve d'un mariage solide. Moi je disais que c'était la preuve qu'il ne prenait pas assez soin de lui. Et il me répondait que je ferais mieux de me préoccuper de ma propre alliance qu'il trouvait trop lâche sur mes doigts fins. En vérité, elle m'allait à la perfection : je ne l'ai jamais perdue.

Mais maintenant, Helen dit que je perds mes bijoux, alors Katy et elle ont emporté les plus beaux, presque tous, pour les mettre « à l'abri ». Ça m'est égal. Au moins, ils restent dans la famille, et puis il n'y en avait aucun de grande valeur. Le plus précieux que j'avais, c'était un pendentif en or un peu bizarre avec la tête de Néfertiti. Patrick me l'avait rapporté d'Égypte.

Je passe la main dans un bracelet en plastique un peu terne et je me regarde dans le miroir. Ça me frappe toujours autant d'apercevoir mon reflet. Je n'ai jamais vraiment cru que je serais vieille un jour, et certainement pas vieille comme ça. Autour de mes yeux et de mon nez, la peau s'est ridée d'une manière très étrange, je ressemblerais presque à un reptile. J'ai du mal à me rappeler mon visage d'avant, excepté par bribes : une gamine avec les joues rondes qui se tient devant la glace et enlève pour la première fois des rouleaux de ses cheveux, une jeune femme pâle dans un parc qui contemple le vert de la rivière, une mère fatiguée aux cheveux en bataille qui se détourne de la vitre sombre d'un train pour séparer ses enfants qui se bagarrent. Dans ces souvenirs, j'ai toujours les sourcils froncés, alors rien d'étonnant à ce que mon front soit si plissé, aujourd'hui. Ma mère a gardé une peau de pêche jusqu'à sa mort, lisse et blanche, pourtant elle avait bien plus de raisons que d'autres d'être ridée. Peut-être que c'est parce qu'elle ne portait pas de maquillage ; c'est ce qu'on dit au sujet des bonnes sœurs, non ?

Je ne porte plus de maquillage, maintenant, et je n'ai jamais mis de rouge à lèvres, j'ai toujours détesté ça. Les filles au standard se moquaient souvent de moi à ce sujet et, quand j'étais jeune, j'en essayais de temps en temps, j'empruntais celui d'une amie ou un tube qu'on m'avait offert à un Noël, mais je ne pouvais pas le supporter plus de quelques minutes. J'en ai un dans le tiroir, un cadeau de Helen ou de Katy. Je le sors, je tourne la base et je l'applique soigneusement. Je me penche même vers le miroir pour m'assurer de ne pas m'en mettre sur les dents. Parfois, on voit ces vieilles dames avec leur dentier taché de rouge, les paupières charbonneuses, du fard à joues partout sur le visage et les sourcils dessinés trop haut. Plutôt mourir que leur ressembler. Je presse mes lèvres l'une contre l'autre. La couleur est jolie, éclatante, mais elle se craquelle. J'ai très soif. Je devrais aller me faire une tasse de thé.

Je repose le tube dans le tiroir et j'enfile un long collier de perles avant de me relever. Pas des vraies perles, bien sûr. J'ouvre la porte et j'entends comme un rugissement. Je n'ai aucune idée de ce que ça peut être. Plus je descends les marches, plus le bruit est fort. Je m'arrête sur la dernière marche, mais je ne vois rien. Je jette un coup d'œil dans le salon. Le rugissement est encore plus fort. Je me demande si c'est dans ma tête, si j'ai un problème. Le bruit enfle et vibre, puis s'arrête complètement.

– Voilà, c'est bon, j'ai passé l'aspirateur.

Devant la porte de la salle à manger, Helen réenroule le fil de l'appareil. Ses lèvres esquissent un sourire.

– Tu sors ? me demande-t-elle.

– Non, dis-je, je ne crois pas.

– Pourquoi tu as mis tes perles, alors ? Tu es tout apprêtée.

– Ah oui ?

Je passe une main sur mon cou. Je porte un collier de perles, quelque chose à mon poignet, et je sens le goût du rouge à lèvres sur ma bouche. Le rouge à lèvres, son odeur cireuse, fétide, et son épaisseur suffocante. Je me frotte les lèvres du revers de la main, mais le rouge s'étale et c'est encore pire, alors je me frictionne le visage avec la manche de mon gilet en guise de mouchoir, je crache dessus et je frotte, à la fois la mère et l'enfant crotté. Il me faut plusieurs minutes avant de me sentir à nouveau propre. Je me rends compte qu'Helen me regarde.

– Donne-moi ton gilet, dit-elle, je ferais mieux de le mettre à laver.

Je m'exécute. Helen me demande si je veux à boire.

– Oh oui, je réponds en m'asseyant sur mon fauteuil. Je suis assoiffée.

– Pas étonnant, commente Helen en quittant la pièce, il y a toute une rangée de tasses de thé froid sur l'étagère de l'entrée.

Je lui dis que j'ignore comment elles sont arrivées là, mais je crois qu'elle ne m'entend pas, car elle est déjà dans la cuisine, et puis j'ai la tête baissée, je fouille mon sac à main. J'étais sûre d'avoir des biscuits, là-dedans. Était-ce hier ? Peut-être que je les ai déjà mangés ? Je sors de mon sac un peigne, mon porte-monnaie et des mouchoirs froissés. Je ne remets pas la main sur mes gâteaux, mais je trouve un papier dans une des poches : *Ne plus acheter de pêches au sirop.* Je ne le dis pas à Helen. À la place, je le réécris sur le papier daté d'aujourd'hui. Mon aide à domicile m'en laisse un nouveau chaque jour, c'est comme ça que je sais qu'on est jeudi. D'habitude, le jeudi, je rends visite à mon amie Elizabeth, mais, cette fois, j'imagine que nous n'avons rien prévu. Elle ne m'a pas téléphoné, sinon je l'aurais noté. J'aurais noté ce qu'elle a dit, au moins en partie. J'aurais noté à quelle heure je dois aller la voir. Je note toujours tout.

On trouve des bouts de papier un peu partout dans la maison, en piles ou collés à divers endroits. Des listes de courses gribouillées à la va-vite, des recettes, des numéros de téléphone et des rendez-vous, des rappels d'événements. Ma mémoire en papier. C'est censé m'aider à ne plus oublier, mais, d'après ma fille, je perds aussi les bouts de papier – ça aussi, je l'écris. En tout cas, si Elizabeth m'avait appelée, ce serait marqué. Je ne peux pas avoir perdu tous mes petits mots. Je passe mon temps à en écrire, ils ne peuvent pas tous être tombés de la table, du plan de travail et du miroir. C'est alors que j'en retrouve un coincé dans ma manche : *Pas de nouvelles d'Elizabeth.* La date qui est inscrite sur le côté n'est pas récente. Soudain, j'ai le sentiment affreux qu'il lui est arrivé quelque chose. On n'est à l'abri de rien. J'ai entendu une histoire, hier aux informations, je crois. Au sujet d'une vieille dame. Une histoire inquiétante. Et maintenant, voilà qu'Elizabeth a disparu. Et si quelqu'un l'avait agressée et laissée pour morte ? Et si elle avait fait une mauvaise chute chez elle et n'arrivait pas à atteindre le téléphone ? Je l'imagine, étendue par terre dans son salon, incapable de se relever, rêvant encore qu'un trésor caché atterrisse sur sa moquette.

– Peut-être que tu l'as eue au téléphone et que tu ne t'en souviens pas, Maman. C'est une possibilité, tu ne crois pas ?

Helen me tend une tasse de thé. J'avais oublié qu'elle était là.

Elle se penche pour m'embrasser sur le haut de la tête. Je sens ses lèvres effleurer les cheveux fins sur mon crâne. Elle a une odeur d'herbe... de romarin, peut-être. Elle a dû en planter un peu plus tôt. C'est bon pour la mémoire, le romarin.

– Après tout, tu avais bien oublié qu'on était sorties samedi dernier, non ?

Je pose la tasse en équilibre sur le bras du fauteuil, mais je garde une main dessus. Je ne relève pas les yeux quand ma fille s'éloigne. Elle doit avoir raison. Je ne me souviens pas de samedi, mais je ne me souviens pas non plus de ne pas m'en être souvenu. À cette pensée, j'inspire brusquement. Ces trous noirs sont inquiétants. Plus qu'inquiétants. Comment se fait-il que je ne me souvienne pas de samedi dernier ? Un sentiment familier m'envahit, je sens mon cœur battre la chamade, la honte me brûler le visage, la peur. Samedi dernier. Puis-je seulement me souvenir de la journée d'hier ?

– Alors peut-être que tu as parlé à Elizabeth, finalement.

Je hoche la tête et je prends une gorgée de thé, mais j'ai déjà commencé à perdre le fil de la conversation.

– Tu as sûrement raison.

Je ne suis pas vraiment sûre de ce à quoi j'acquiesce, mais c'est agréable de me sentir retomber dans le néant, d'abandonner cette course au souvenir qui m'angoisse tant. Helen me sourit. Est-ce une touche de triomphe que je décèle sur son visage ?

– Bien, je ferais mieux d'y aller, maintenant.

Helen s'en va tout le temps. Par la fenêtre de l'entrée, je la regarde monter dans sa voiture, démarrer et s'éloigner. Je ne me souviens jamais du moment où elle arrive. Je devrais peut-être le marquer. Mais ces bouts de papier sur la table près de mon fauteuil, ce système de mémoire écrite, ça n'est pas parfait. La plupart de mes notes sont trop vieilles, elles n'ont plus aucun intérêt, et je les mélange. Même les plus récentes ne semblent pas contenir les bonnes informations. J'en ai une sous les yeux dont l'encre luit encore : *Toujours pas de nouvelles d'Elizabeth.* J'effleure les mots et l'encre s'étale. Est-ce vrai ? Je dois avoir écrit ça à l'instant. Quoi qu'il en soit, je ne me souviens pas de l'avoir vue dernièrement. J'attrape le téléphone. La touche numéro quatre, c'est l'appel direct pour Elizabeth. La sonnerie retentit dans le vide. Je m'écris un petit mot.

# 2

— Elizabeth a disparu, dis-je. Est-ce que je te l'ai dit ? Je regarde Helen mais elle ne me regarde pas.

–Tu me l'as déjà dit. Qu'est-ce que tu vas prendre ?

Je suis assise, un menu entre les mains. J'ignore totalement où nous sommes. Je sais que c'est un restaurant, parce que les serveurs sont habillés en noir et blanc et que le plateau des tables est en marbre, mais lequel ? J'ai la sensation désagréable que je devrais le savoir, que nous sommes là pour me faire plaisir. Je ne crois pas que ce soit mon anniversaire, mais peut-être l'anniversaire d'autre chose. La mort de Patrick ?

Ce serait bien le genre de Helen, ça, de se souvenir de la date et d'en faire une « occasion ». Mais, par la fenêtre, je vois les arbres aux branches nues dans la rue, alors je sais que ce n'est pas ça. Patrick est mort au printemps.

Le lourd menu indique « Le Grill de l'Olivier ». Je suis les contours dentelés des lettres sur la couverture en cuir, mais ce nom ne me rappelle rien, et le menu glisse sur le bord de la table. Je le pose sur mes genoux et je me mets à lire le contenu à voix haute :

– Soupe de courge butternut. Salade de tomates et mozzarella. Champignons à l'ail. Melon et jambon de Parme...

– Merci Maman, c'est bon, m'interrompt Helen. Je sais lire, moi aussi.

Ça l'agace quand je lis tout fort, elle soupire et lève les yeux au ciel. Parfois, elle mime des gestes dans mon dos. Je l'ai déjà vue faire semblant de m'étrangler dans un miroir.

– Qu'est-ce que tu vas prendre ? répète-t-elle en baissant son menu sans le quitter des yeux.

Incapable de m'arrêter, je continue de lire :

– Courgettes farcies au chorizo. Est-ce que les courgettes reviennent à la mode ? Cela faisait des années que je n'en avais pas vu sur un menu.

Quand j'étais jeune, beaucoup de gens faisaient pousser des courgettes, il y avait même des concours pour récompenser ceux qui avaient récolté les plus grosses. Je ne crois pas que ça existe encore aujourd'hui. C'est à cause d'une histoire de courgettes que je me suis rapprochée d'Elizabeth. La première fois que je l'ai rencontrée, elle m'a dit qu'il y avait des galets incrustés en haut du muret de son jardin, et j'ai tout de suite su où elle habitait. C'était la maison avec le jardin où, plus de soixante ans auparavant, quelqu'un était allé arracher des courgettes au milieu de la nuit. Sans trop savoir pourquoi, j'ai eu envie de voir ce jardin, alors je me suis débrouillée pour qu'elle m'invite à prendre le thé.

– Tu n'aimes pas le chorizo, dit Helen. Qu'est-ce que tu penses d'une soupe ?

– On se faisait souvent de la soupe, avec Elizabeth, dis-je avec un frisson à cette pensée. Quand on avait fini notre permanence chez Oxfam[1]. De la soupe et des sandwichs. Et on faisait les mots croisés de *L'Écho*. Ça fait longtemps qu'on ne l'a pas fait.

Et je n'ai toujours pas de nouvelles d'elle. Pas un mot. Je n'y comprends rien, elle ne part jamais en voyage. Il a dû lui arriver quelque chose.

– Maman ? Il faut que tu commandes.

Un serveur se tient à notre table, calepin à la main. Je me demande depuis combien de temps il est là. Il se penche pour nous demander ce que nous voulons, mais son visage est beaucoup trop près du mien et je recule.

1. Oxfam : Organisation internationale du type Emmaüs. Les boutiques Oxfam vendent les objets dont on leur a fait don au profit de la lutte contre la pauvreté.

– Helen, tu n'as pas eu de nouvelles d'Elizabeth, toi non plus ? dis-je. Tu me le dirais si tu savais quelque chose ?

– Bien sûr, Maman. Qu'est-ce que tu veux manger ?

– Parce que ce n'est tout de même pas comme si elle pouvait être partie en vacances.

Je referme le menu, mais je ne peux pas le reposer : il y a plein de choses sur la table. Des choses brillantes, Elizabeth a les mêmes. Impossible de me rappeler leur nom. Elles sont rangées sur sa table, à côté du pot de cornichons, du tube de mayonnaise et des sachets de Maltesers toujours ouverts, avec les chocolats qui roulent par terre. Ça me fait souvent penser à un piège de dessin animé, et je me dis qu'elle risque de tomber si elle marche dessus.

– Si elle avait fait une mauvaise chute, je n'en saurais rien, je reprends. Et son fils n'est pas du genre à me prévenir.

Le serveur se redresse et me prend le menu des mains. Helen lui sourit et passe commande pour nous deux, je ne sais pas quoi. Il acquiesce, puis s'éloigne le long des murs striés de peinture noire tout en écrivant. Les petites assiettes à notre table sont noires, elles aussi ; j'imagine que ça doit être la dernière mode. Ce restaurant me fait penser à une feuille de papier journal mouillée dont on se serait servi pour empaqueter une pomme pour l'hiver et désormais illisible, à l'exception des publicités.

– Je ne peux rien découvrir moi-même, c'est ça le problème, dis-je en reprenant du poil de la bête, surprise d'avoir réussi à reprendre le fil de ma réflexion. On informe la famille, bien sûr, mais pas les amis. Pas à notre âge, en tout cas.

– Ça s'appelait le Chophouse, avant, ici. Tu te souviens, Maman ? m'interrompt Helen.

De quoi je parlais ? Je ne me rappelle plus. Quelque chose. Quelque chose, quelque chose, quelque chose...

– Tu te souviens ?

Rien.

– Tu venais y retrouver Papa, parfois.

Je regarde autour de moi. Deux vieilles femmes sont attablées près d'un mur rayé de peinture. Elles sont penchées sur un objet plat posé devant elles.

– Elizabeth a disparu, dis-je.

– Quand c'était encore le Chophouse. Vous veniez y déjeuner.

– Son téléphone sonne dans le vide.

– Le Chophouse, tu te souviens ? Bon, laisse tomber.

Helen soupire de nouveau. Ça lui arrive de plus en plus souvent. Elle ne m'écoute jamais, elle ne me prend pas au sérieux, elle s'imagine que je veux vivre dans le passé. Je sais bien ce qu'elle pense : que j'ai perdu la boule, qu'Elizabeth est chez elle, en parfaite santé, et que j'ai simplement oublié que je l'ai vue. Mais ce n'est pas vrai. J'oublie des choses, je sais, mais je ne suis pas folle. Pas encore. Et j'en ai assez qu'on me traite comme si je l'étais. J'en ai assez des regards de pitié, des gens qui me tapotent le dos quand je me mélange les pinceaux, et, bon Dieu, j'en ai plus qu'assez que tout le monde s'en remette à Helen plutôt que d'écouter ce que j'ai à dire. Je sens mon pouls s'accélérer. Je serre les dents. J'ai une envie folle de donner un coup de pied à Helen. À la place, je frappe le pied de la table. Les objets brillants, la salière et la poivrière, s'entrechoquent, et un verre à vin bascule. Helen le rattrape juste à temps.

– Maman, s'exclame-t-elle, fais attention. Tu vas finir par casser quelque chose.

Je ne réponds pas, je serre toujours les dents. J'ai l'impression que je vais me mettre à hurler, mais casser quelque chose, oui, voilà une bonne idée. C'est exactement ce que j'ai envie de faire. Je prends mon couteau à beurre et je le plante dans la petite assiette noire. La porcelaine se fend. Helen dit quelque chose, un juron je crois, et quelqu'un se précipite vers moi. Je garde les yeux sur l'assiette. Elle est effritée au milieu, et elle ressemble à un disque cassé. Un vinyle.

Un jour, j'en avais trouvé plusieurs au fond de notre jardin. Dans le potager, brisés en plusieurs morceaux et mélangés. Après l'école, Ma m'avait demandé d'aller aider Papa, et il m'avait donné sa pelle pour creuser un sillon et planter des haricots d'Espagne avant de s'enfermer dans la remise. Les disques étaient de la même couleur que la terre, et je ne les aurais pas découverts si je n'avais pas senti quelque chose craquer sous ma pelle, avant que des morceaux ne viennent se coincer entre les dents de ma fourche.

Quand je compris ce que c'était, je creusai avec mes doigts pour les déterrer et je les mis à sécher sur un coin d'herbe ensoleillé. Je n'avais aucune idée de leur provenance. Douglas, notre locataire, était le seul chez nous à posséder un gramophone, et j'étais sûre qu'il nous en aurait parlé si ses disques étaient cassés. Et de toute manière, c'était un garçon très poli qui n'était pas du genre à se débarrasser de ses déchets dans notre jardin.

– Qu'est-ce que c'est que ça ? s'exclama Ma lorsqu'elle sortit détacher le linge et me vit agenouillée devant mes trouvailles.

J'avais enlevé la terre et j'avais commencé à les reconstituer – j'avais conscience qu'ils étaient complètement fichus, mais je voulais savoir de quels disques il s'agissait. Ma frotta les traces de terre sur mon visage, là où j'avais rejeté mes cheveux en arrière avec mes mains sales, et me dit que quelqu'un avait dû les jeter par-dessus la palissade.

– Ces derniers temps, les habitants changent chaque semaine, dans le quartier. Dieu seul sait qui habite à côté, en ce moment. Tu sais, ce n'est pas la première fois que je trouve des ordures ici.

Elle examina mes pauvres disques.

– Quelle idée, de casser tout ça. Ça ne sert plus à rien, maintenant. Maud, tu voudras bien les mettre au bout du sillon pour les haricots ? Ça nous fera une évacuation.

– D'accord, dis-je. Mais je veux les reconstituer, avant.

– Pourquoi ? Tu veux nous poser de nouvelles dalles de jardin ?

– Je peux ?

– Ne dis pas de bêtises.

Elle rit, puis, le panier de linge sur sa hanche, elle repartit jusqu'à la porte de la cuisine en sautillant gracieusement d'un morceau de disque à l'autre. Je la regardai, et sa chevelure rousse me sembla un peu terne devant le rouge vif des briques de la maison.

Il ne me fallut pas longtemps pour réassembler les disques. C'était agréable de s'affairer sous le soleil hivernal, au son du roucoulement mélodieux des pigeons. C'était comme faire un puzzle, sauf qu'à la fin il me manquait encore des pièces. Mais j'arrivais à lire les étiquettes : *Virginia, We Three, I'm Nobody's Baby.*

Je m'accroupis. C'était les disques favoris de ma sœur, ceux qu'elle demandait toujours à Douglas de jouer. Et voilà qu'ils se retrouvaient brisés, enterrés au milieu des pieds de rhubarbe et d'oignons. Je n'arrivais pas à imaginer qui avait pu faire ça, ni pourquoi. Je remélangeai les morceaux avant de les répartir au fond du sillon des haricots, puis je me dirigeai vers la maison. C'est à ce moment que j'aperçus Douglas devant sa fenêtre. Un instant, je crus qu'il m'observait, mais c'est alors qu'une nuée d'oiseaux s'envola d'un coin sombre de la haie, et je me retournai juste à temps pour distinguer la silhouette d'une femme qui s'éloignait au pas de course.

– Je dois aller chercher Katy dans moins d'une heure, me dit Helen en enfilant son manteau, comme si elle ne voyait pas que je n'ai pas fini ma glace.

C'est agréable, le froid sur ma langue, mais je n'arrive pas à déterminer le parfum. Fraise, si je devais me fier à la couleur. Il faudra que j'aille aux toilettes avant de partir. Je me demande où elles sont. Je me demande si je suis déjà allée dans ce restaurant. Il me rappelle ce bon vieux Chophouse, là où Patrick et moi nous retrouvions, quand nous commencions tout juste à nous fréquenter. Il n'était pas très cher, il n'y avait pas de plats extravagants ni de nappe blanche, mais c'était toujours très bon et bien présenté. Je venais à pied depuis le standard pour le déjeuner et je m'installais à une table près de la fenêtre pour attendre Patrick, qui prenait le tram depuis le port, où son cabinet travaillait sur un projet de reconstruction. Il entrait à grandes enjambées, les cheveux ébouriffés, et souriait dès l'instant où il me voyait. Plus personne ne me sourit comme ça.

– Est-ce que tu as besoin de passer aux toilettes, Maman ?

Helen me tend mon manteau.

– Non, non, je ne crois pas.

– Bien. Alors allons-nous-en.

Elle n'est pas contente. De toute évidence, j'ai fait quelque chose. Est-ce que je l'ai embarrassée ? Est-ce que j'ai fait une remarque à un serveur ? Je n'ai pas envie de poser la question. Une fois, j'ai dit à une femme qu'elle avait des dents de cheval. Enfin, c'est Helen qui me l'a raconté. Moi, je ne m'en souviens pas. À la place, je demande :

– On rentre à la maison ?

– Oui, Maman.

Le soleil s'est couché pendant que nous mangions et le ciel est maintenant couleur d'encre, mais j'arrive encore à distinguer les panneaux routiers à travers le pare-brise de la voiture, et avant de pouvoir me retenir, je les lis à voix haute : « Cédez le passage », « Passage à niveau », « Ralentissez ». Helen serre les doigts sur le volant. Elle ne me parle pas. Je me tortille sur mon siège, soudain consciente que ma vessie est pleine.

– On rentre à la maison ?

Helen soupire. Ça, ça signifie que j'ai déjà posé la question. Alors qu'on s'engage dans ma rue, je me rends soudain compte que mon besoin est plus que pressant. Je ne peux pas attendre une seconde de plus.

– Laisse-moi là, dis-je à Helen en me jetant sur la poignée de la portière.

– Voyons, c'est ridicule, nous sommes presque arrivées.

J'ouvre tout de même la porte, et Helen freine brutalement.

– Mais qu'est-ce qui te prend, bon sang ? s'écrie-t-elle.

Je sors tant bien que mal de la voiture et je me mets à courir vers ma maison.

– Maman ? appelle Helen.

Je ne réponds pas. Pliée en deux, je me précipite vers ma porte. Chaque nouvelle seconde me force à contracter les muscles plus encore. La pression sur ma vessie semble s'accentuer plus je me rapproche de ma destination et, tout en avançant, je déboutonne mon manteau, puis je cherche désespérément à mettre la main sur ma clé. Arrivée devant ma porte, je sautille d'un pied sur l'autre en remuant furieusement la clé dans la serrure. Quelque chose l'empêche de tourner.

– Oh non, oh non, je gémis à voix haute.

Enfin, je sens le mécanisme s'enclencher et la clé veut bien tourner. Je tombe presque en ouvrant la porte, puis je la claque derrière moi et je lâche mon sac à main par terre. Je m'agrippe à la rambarde, je monte l'escalier comme une dératée et, d'un mouvement d'épaule, j'envoie mon manteau valser derrière moi. Mais, quand j'arrive dans la salle de bains, il est déjà trop tard. La main sur ma ceinture, je me mets à uriner. Je baisse mon pantalon d'un geste sec, mais je n'ai pas le temps de m'occuper du reste, alors je m'assois sur la cuvette pour faire mes besoins à travers ma culotte en coton. Je reste avachie un instant, la tête dans les mains, les coudes appuyés sur les genoux, mon pantalon souillé accroché à mes chevilles. Puis, lentement, j'enlève mes chaussures et, d'un geste gauche, j'arrache le vêtement trempé de mes pieds, et je le jette dans la baignoire.

La maison est plongée dans le noir. Je n'ai pas eu le temps d'allumer les lumières. Je reste assise dans l'obscurité, et je me mets à pleurer.

Ce qu'il faut, c'est être méthodique. Écrire chaque information. Elizabeth a disparu et il faut que je fasse quelque chose pour savoir ce qui lui est arrivé. Mais je mélange tout. Je n'ai aucun moyen d'être certaine de la dernière fois où je l'ai vue, ou de ce que j'ai découvert. J'ai téléphoné, mais personne ne répond. Je ne l'ai pas vue. Du moins, je ne crois pas. Elle n'est pas venue chez moi et je ne suis pas allée chez elle. Et maintenant ? J'imagine que je pourrais y aller. Chercher des indices. Et je ferai attention à écrire tout ce que je trouve. D'ailleurs, je vais immédiatement mettre des stylos dans mon sac. Ce qu'il faut, c'est être méthodique. Ça aussi, je l'ai écrit.

Je vérifie trois fois que j'ai bien pris ma clé avant de m'éloigner de mon palier. La lueur pâle du soleil éclaire la pelouse près de mes pas tandis que je descends lentement le chemin. L'odeur des pins me met du baume au cœur. Je crois que cela fait plusieurs jours que je ne suis pas sortie. Il s'est passé quelque chose et Helen boude. Mais c'est le trou noir dans ma tête, et ça me donne le tournis.

Je suis emmitouflée dans une robe en laine, un pull-over tricoté et un gros manteau en daim, mais je n'ai quand même pas très chaud. En passant à côté de Carrow's, j'aperçois mon reflet dans la vitrine. Je ressemble à Madame Piquedru, la hérissonne blanchisseuse dans le conte de Beatrix Potter – sans les épines. Sur le chemin, je vérifie que j'ai toujours les stylos dans mon sac et le papier dans mes poches. Je fais quelques pas, puis je vérifie à nouveau. Encore et encore. Le plus important, c'est de tout noter. L'espace d'un instant, c'est le flou dans ma tête, je ne sais plus vraiment ce que je suis censée noter, mais en voyant où je me trouve, la mémoire me revient. Je dépasse le dernier préfabriqué, celui que son propriétaire a repeint en jaune et vert hôpital (sa laideur fait rire Elizabeth, qui répète souvent que, si elle pouvait en trouver une réplique en céramique, elle ferait fortune). Puis l'arrière d'un hôtel, où le trottoir est glissant à cause d'un liquide sombre répandu par terre. D'après Elizabeth, ce sont les restes de thé du petit déjeuner que les employés jettent dehors. Puis je passe sous le bel acacia qui s'étend au-delà d'un jardin plein d'escargots (Elizabeth en récupère des boutures chaque année, mais elles ne prennent jamais).

La maison d'Elizabeth est peinte en blanc, avec des fenêtres à double vitrage. Avec ses rideaux en voilages, on devine immédiatement que c'est la demeure d'une retraitée, mais je suis mal placée pour les critiquer, vu que j'ai les mêmes. Elle a été construite juste après la guerre, dans une rue de maisons neuves, et le muret du jardin n'a jamais été changé. Le premier propriétaire a cimenté des galets colorés en haut, et personne ne les a jamais retirés. Et ce n'est pas aujourd'hui qu'Elizabeth irait les faire enlever. Quand j'étais gamine, ces maisons toutes neuves éveillaient ma curiosité, et celle-là m'avait marquée à cause du muret de galets.

J'appuie sur la sonnette. « Le carillon résonna dans la demeure abandonnée. » Cette expression me vient de quelque part, mais un carillon résonne toujours, que la demeure soit abandonnée ou pas, non ? J'attends et j'enfonce la main dans un des tonneaux pleins de terre posés à côté du porche. D'habitude, ils débordent de fleurs, mais là, pas même une pousse verte ne vient percer la surface brune. Elizabeth a dû oublier de planter des bulbes, cette année. Je retire vivement ma main. Impossible de comprendre ce qu'elle faisait dans la terre. Est-ce que je voulais voir s'il y avait des bulbes ou est-ce que je cherchais quelque chose en particulier ?

Je me tourne vers la porte, et je me demande depuis combien de temps je patiente. Cinq minutes ? Dix ? Je jette un coup d'œil à ma montre, mais cela ne m'avance pas. Le temps est si élastique, maintenant. J'appuie une nouvelle fois sur la sonnette, mais cette fois je prends soin de noter l'heure, puis je suis le mouvement de la grande aiguille. Après cinq minutes, j'écris « *Aucun signe d'Elizabeth* » et je m'apprête à repartir. Peut-être qu'elle est vraiment en vacances, en fin de compte, comme on me l'a suggéré. Ou peut-être qu'elle passe quelques jours chez son fils ? Non, je l'aurais écrit. J'en suis certaine. J'ai de vieux petits mots de ce type un peu partout. Ils me donnent des sujets de discussion en plus de me rappeler des informations. « Tu savais qu'Elizabeth était partie dans le sud de la France ? » pourrais-je dire à Helen. « Elizabeth passe quelques jours chez son gredin de fils », expliquerais-je à Carla. Ce genre de nouvelles, c'est précieux : grâce à elles, il m'est déjà arrivé de réussir à retarder le départ de Helen de trente secondes.

Alors là, je sais que je n'ai pas oublié. Elizabeth a disparu, c'est la seule explication. Mais, pour l'instant, tout ce que je suis parvenue à savoir – à prouver –, c'est qu'elle n'est pas chez elle en ce moment même.

Quand j'arrive au portail, j'ai soudain une idée, et je fais demi-tour pour aller regarder par la fenêtre de devant. Je pose mon nez contre la vitre froide et, de mes mains, je bloque la lumière autour de mes yeux. Les voilages m'empêchent de voir nettement, ils donnent à la pièce un air embrumé, mais je distingue les fauteuils vides et leurs coussins moelleux. On a repoussé les livres au fond des étagères, et la collection de vases et de petites soupières en faïence est joliment alignée sur le manteau de la cheminée. Chaque fois qu'Elizabeth voit la tête que je fais devant la laideur nervurée d'une feuille en céramique ou les détails écœurants des écailles d'un poisson, elle se moque de moi et ajoute :

– On ne sait jamais, ça vaut peut-être une fortune !

Évidemment, elle ne peut pas bien voir ses objets, juste l'éclat des couleurs, mais elle aime la sensation au toucher. Les animaux et les insectes en relief. Du doigt, elle peut suivre les contours qui émergent de la faïence, le vernis presque aussi lisse que la peau d'une grenouille, presque aussi glissant que celle d'une anguille. Elle ne vit que dans l'espoir que l'un d'eux se révèle extrêmement rare, et cette éventualité est la seule raison pour laquelle son fils ne touche pas à sa collection. Autrement, cela ferait longtemps qu'il aurait tout mis à la poubelle sans lui demander son avis.

Je sors un gros stylo et un carré de papier jaune vif pour y coucher mes maigres trouvailles : *Très bien rangé. Pas vu Elizabeth, pas de lumière allumée.* En reculant, je trébuche sur un parterre de fleurs, mon pied s'enfonce dans la terre et y laisse une parfaite empreinte de pas. Heureusement que je ne suis pas venue commettre un crime. Je contourne soigneusement la plate-bande pour me rendre sur le côté de la maison et regarder par la fenêtre de la cuisine. Pas de voilages de ce côté-là, je vois parfaitement le plan de travail en bois, vide, et l'évier étincelant. Je note : *Pas de nourriture dans la cuisine. Pas de pain, pas de pommes. Pas de vaisselle.* Ce n'est pas grand-chose, mais c'est un début.

Pour rentrer chez moi, je décide de traverser le parc. Il ne pleut pas, autant en profiter pour prendre l'air. L'herbe est encore un peu gelée et j'aime bien l'entendre craquer sous mes pas. De l'autre côté du kiosque, il y a un creux couvert de fleurs, comme un cratère de météorite, et quelques bancs. C'est Helen qui l'a fait, une de ses premières grosses commandes, et même si beaucoup de détails ont fui ma mémoire, je me rappelle encore les tonnes de terre qu'ils ont dû charrier. Ils en ont fait un endroit très ensoleillé, si bien que même des fleurs tropicales s'y épanouissent. Helen a toujours eu la main verte. Elle saurait me dire quel est le meilleur endroit pour faire pousser des courgettes : il ne faudra pas que j'oublie de lui poser la question la prochaine fois que je la verrai.

Cela fait près de soixante ans que je passe près de ce kiosque. Quand nous allions au cinéma, ma sœur et moi, nous passions par là. On y jouait souvent de la musique, pendant la guerre, pour remonter le moral des habitants. Des soldats s'installaient sur des chaises longues dans leurs habits kaki – la couleur de l'herbe était si vive qu'on ne pouvait pas vraiment parler de camouflage. Sukey ralentissait pour écouter les musiciens et sourire aux soldats ; elle en connaissait toujours quelques-uns, rencontrés lors d'un bal au Pavillon. Moi, je faisais des allers-retours en courant entre la grille et elle, impatiente d'aller en ville et de voir le film que nous avions choisi ce jour-là. J'aimerais pouvoir encore courir ainsi aujourd'hui, mais je n'ai plus assez de souffle.

Avant de commencer à descendre les marches qui mènent à la sortie du parc, je marque une pause et me retourne pour embrasser la vue: le ciel s'est assombri et je vois une silhouette agenouillée dans l'herbe. Le bruit d'un garçon qui appelle quelqu'un depuis le kiosque me pousse à reprendre mon chemin en frissonnant. Un caillou brille sur la troisième marche. Mon pied glisse. J'essaie de m'agripper à la rambarde, mais je la manque. Mes ongles griffent le mur en brique, mon sac à main tombe et m'entraîne avec lui. J'atterris durement sur le côté, je me cogne le bras, et la douleur me fait serrer les dents. Je sens le sang qui court dans mes veines comme s'il ne savait plus où aller, j'ai le regard fixe, les paupières ouvertes au maximum, et les yeux qui s'assèchent.

Peu à peu, le choc de la chute se résorbe, et je peux de nouveau cligner des yeux, mais je suis encore trop faible pour me lever, alors je roule sur le dos et je me repose comme ça durant une minute. Je vois le dessous de la rambarde. Sous la rouille, je devine une forme de renard. J'ai de la terre au creux des lignes de la main, mais je ne sais plus d'où elle vient, et le rebord des marches m'assaille le dos. Au moins, ça y est, je suis enfin tombée. J'ai toujours eu peur de ces marches. Et puis, je ne me suis pas cogné la tête, même si mon bras et mon épaule ont pris un sacré coup – j'aurai des bleus demain. Je les sens déjà grandir sous ma peau, me tacher de traînées violacées comme du jus de mûre. Je me souviens du plaisir que je tirais à étudier mes hématomes quand j'étais petite, le noir, le bleu foncé, ces nébuleuses. J'en découvrais sans cesse de nouveaux sur mes hanches vu que je n'arrêtais pas de me cogner aux meubles, ou sous mes ongles à force de me coincer les doigts dans l'essoreuse à vêtements. Un jour, à East Cliff, mon amie Audrey s'est penchée au-dessus du vide. Elle a glissé, et je me suis écrasée contre la rambarde en la rattrapant, ça m'a fait une grande ligne noire sur la poitrine. Et puis il y a eu les marques laissées par la Folle quand elle m'a pourchassée jusqu'à la maison.

J'étais sortie faire des courses, et elle était au comptoir de la boutique. Elle marmonna quelque chose à l'épicier pendant que je demandais une boîte de pêches en conserve et notre ration d'huile de cuisine, puis je me tins à distance pendant que l'épicier pesait et emballait mes commissions. Une étrange odeur d'anis flottait dans l'air et, sans trop savoir pourquoi, j'étais persuadée que ça venait de la Folle, mais peut-être que ce n'était que les bocaux de réglisse posés le long de la vitrine. Je payai et sortis attendre le tram, mon sac serré contre ma poitrine, quand soudain il y eut un grand « bang ! » sur mon épaule. Mon cœur fit un bond et mon souffle se coinça dans ma gorge.

C'était elle. Elle m'avait suivie dehors et m'avait frappée avec son parapluie. Elle ne se promenait jamais sans ce vieux pépin couleur d'encre qu'elle tenait toujours à moitié ouvert, ce qui le faisait ressembler à un oiseau blessé. Elle se jetait souvent devant les bus pour les arrêter en agitant son parapluie, puis elle soulevait sa robe pour montrer ses dessous au chauffeur. Les gens disaient que c'était parce que sa fille était morte renversée par un bus, avant la guerre. Ils en parlaient en chuchotant, ils faisaient des plaisanteries à mi-voix, mais quand je posais des questions, on me disait de me taire, d'arrêter de mettre mon nez dans les affaires des autres, et de ne pas m'approcher d'elle, comme si elle avait une maladie contagieuse.

Je venais d'apercevoir l'avant du tram qui arrivait enfin vers moi, lentement, quand « bang ! », elle me frappa une nouvelle fois. Je bondis de l'autre côté de la route. Elle me suivit. Je remontai la rue en courant et, paniquée, en lâchai la conserve de pêches. Elle me poursuivit en hurlant des mots que je n'arrivais pas à saisir. Je rentrai précipitamment par la porte de derrière et appelai ma mère, qui sortit en trombe pour chasser la femme et récupérer les pêches.

– Je t'ai toujours dit de ne pas la regarder ni lui parler, et de ne pas t'approcher d'elle, me dit Ma en revenant.

Je lui expliquai que c'était exactement ce que j'avais fait, et qu'elle m'avait quand même attaquée.

– Ah oui ? Je ne l'avais jamais vue chez l'épicier, jusqu'ici. On devrait peut-être prévenir un policier, mais je ne peux pas m'empêcher d'avoir de la peine pour elle. J'imagine qu'elle n'aime pas voir des jeunes filles dans les environs, me répondit Ma en guettant à la fenêtre pour s'assurer qu'elle était bien partie. Sa fille s'est fait renverser par un bus, ça doit être pour ça.

Je n'avais qu'à ne pas être une jeune fille, pensai-je. Mais plus tard, je m'étais demandé si ce n'était pas simplement qu'elle avait faim et voulait me voler mes rations. Je gardai un bleu sur l'épaule pendant des semaines, après ça, une tache foncée sur ma peau claire. De la même couleur que le parapluie de la Folle, comme s'il m'avait laissé un morceau de lui, une plume tombée d'une aile cassée.

# 3

J'ai appelé le docteur. Carla ne voulait pas, mais mon bras est très endolori. Je crains que ce ne soit un symptôme de quelque chose de plus grave. D'après Carla, c'est comme ça que les vieux se sentent en se réveillant. Elle ne dit pas « les vieux », mais je sais bien que c'est ça qu'elle pense. Quand elle s'est rendu compte que j'avais quand même téléphoné au docteur, elle a appelé ma fille pour qu'elle vienne me gronder.

– Bon Dieu, Maman, on t'a demandé de laisser ce pauvre homme tranquille, tempête Helen qui guette son arrivée, assise près de la fenêtre.

– Mais Helen, je suis malade, je réponds. Je crois que je suis malade.

– C'est ce que tu disais la dernière fois, et finalement tu n'avais rien. Simplement, tu n'es plus toute jeune. Et ça, le docteur ne peut rien y faire. Oh, le voilà.

Elle bondit du siège pour aller ouvrir la porte. Ils discutent dans l'entrée, mais je n'arrive pas à entendre leur conversation, puis il entre dans la pièce en retirant ses écouteurs de Walkman, ou je ne sais quoi.

– Bien, madame Horsham, dit-il, je suis très pressé ce matin. Pourquoi est-ce que vous vouliez me voir ?

Il est jeune, ce docteur. Très jeune et très beau, avec des cheveux bruns qui lui tombent sur le front. Je lui souris, mais il reste de marbre.

– Je vais bien, dis-je. Qu'est-ce qui se passe ?

Il souffle par le nez, impatient, comme un animal qui flaire une piste.

– Vous avez appelé mon cabinet, madame Horsham. Vous avez dit que vous aviez besoin d'une visite à domicile pour une urgence.

Il jette un coup d'œil à Helen, puis s'assoit, me prend le poignet et le serre en regardant sa montre.

– Vous vous souvenez de quoi il s'agissait ? reprend-il. Vous avez appelé très souvent, ces derniers temps. Et normalement, on n'appelle pas le médecin quand on va bien.

Derrière lui, Helen me dévisage en secouant la tête.

– Non, je n'ai pas appelé souvent, dis-je sans quitter Helen des yeux.

– Ce n'est pas tout à fait vrai, ça, dit-il en griffonnant sur son calepin. Pour être exact, ces deux dernières semaines, vous avez appelé douze fois.

Douze fois ? Il doit me confondre avec quelqu'un d'autre. Les lignes ont dû être mélangées, ou bien l'opératrice s'est trompée d'interlocuteur.

– Je ne veux pas insinuer que vous racontez des mensonges, je vous assure, mais je me demande s'il n'y aurait pas autre chose qui vous tracasse.

Il sort une petite lampe de poche.

– Peut-être que ce n'est pas qu'une question médicale.

– Je suis désolée, dis-je en me détournant de la lumière, qui me fait penser à une mouche voletant obstinément devant mon visage. Mais je ne pense vraiment pas que ce soit moi qui vous ai appelé toutes ces fois. La plupart du temps, je suis en très bonne santé.

– Je le sais bien, répond-il.

Il pose une main sur mon front pour m'empêcher de bouger et dirige de nouveau le faisceau de la lampe dans mon œil.

– C'est bien pour ça que c'est un peu frustrant de devoir me déplacer à chaque fois, alors que j'ai de vrais malades à voir.

Je ne sais pas quoi penser, je n'arrive pas à me concentrer avec cette lumière qui remue sur mon visage, mais il me dit de garder les yeux ouverts.

– Je n'y comprends rien, dis-je. Je ne suis pas comme mon amie Elizabeth. Elle peut à peine sortir de chez elle. Sa vision est très affectée et elle a du mal à tenir debout. Tandis que moi...

– Tandis que vous, vous êtes en excellente santé pour votre âge. Je sais.

Il range sa lampe et je fronce les sourcils. L'espace de quelques secondes, je ne sais plus ce qu'il fait ici.

– D'ailleurs, je voulais vous en parler, docteur, dis-je alors. Mon amie Elizabeth. Elle a disparu.

– Oh non, Maman, s'écrie Helen, ne recommence pas avec ça. Désolée, c'est une obsession chez elle, en ce moment. Je lui ai promis que j'allais me renseigner.

– Ce n'est pas une obsession, je ne sais pas depuis combien de temps elle a disparu...

– Je suis sûr que votre amie vous appellera bientôt. Il faut vous détendre et laisser sa famille s'occuper d'elle. D'accord ? Se détendre, c'est le plus important. Bien. Il faut que j'aille voir mes autres patients.

Il prend sa mallette et se tourne vers Helen

– Je vois qu'on lui a fait un bilan sanguin, cette semaine.

Il me jette un coup d'œil.

– Il faudra bientôt songer à prévoir une évaluation des aptitudes.

Il insère déjà dans ses oreilles ses petites prises, les coquillages avec des fils, tout en parlant à Helen, et je me demande brièvement ce qu'il écoute. Je pose mes mains sur mes oreilles pour entendre le bruit de la mer que fait ma circulation, le chant de mon sang. Mais avec les mains cela fonctionne moins bien qu'avec des coquillages, elles ne créent pas le bon écho, ou le bon je-ne-sais-quoi. Après avoir raccompagné le docteur, Helen me rejoint et s'assoit sur le bras de mon fauteuil.

– Tu n'étais pas obligée de te boucher les oreilles, Maman, il ne criait pas. Mais je voudrais que tu me promettes de ne plus appeler son cabinet, d'accord ? Et d'arrêter avec ces histoires d'Elizabeth.

Je ne réponds pas.

– Maman ?

Elle me saisit par le bras et je pousse un cri.

– Qu'est-ce qui t'arrive ? dit-elle en relevant ma manche.

J'ai des bleus, des taches sur la peau, qui partent des coudes et s'étendent comme de grandes ailes.

– Mon Dieu ! Pourquoi n'as-tu pas parlé de ça au docteur ? Je vais le rappeler pour lui demander de revenir.

– Non, non, je m'écrie. Je ne peux plus supporter cette mouche devant mon visage. Je ne veux pas qu'il revienne.

– Je suis désolée.

Helen se laisse glisser par terre et s'accroupit devant moi. Elle me prend la main.

– Je suis désolée de ne pas t'avoir crue. Je suis désolée de ne pas avoir dit au docteur de t'examiner correctement. Comment t'es-tu fait ces bleus, Maman ?

– C'était un parapluie, dis-je.

Mais en réalité, je ne me souviens pas. Elle reste assise là quelques minutes, à me caresser la main, et je referme mes doigts sur les siens. Je sens la peau autour de ses ongles, rose et à vif à force de frotter pour enlever la terre, après le travail. Cela faisait longtemps que nous n'avions pas été aussi proches.

– Je suis restée assise à tenir la main de ma mère, quand elle était mourante.

J'aurais voulu garder cette pensée pour moi, mais elle s'est échappée sans que j'y prenne garde.

– Tu n'es pas mourante.

– Je sais. Je m'en suis souvenu, c'est tout. Elle est morte sans savoir. Je ne veux pas mourir comme ça.

Helen se redresse légèrement.

– Sans savoir quoi, Maman ?

– Pour Sukey.

Je resserre mes doigts sur les siens.

– C'est pour cela qu'il faut que je retrouve Elizabeth.

Helen soupire et me lâche la main.

– Je vais devoir y aller. Est-ce que tu veux que je te rapporte quelque chose ?

Je lui réponds que je n'ai besoin de rien, puis je me ravise.

– Je voudrais un nouveau pull-over.

Une des dernières fois qu'Elizabeth est sortie faire des courses, avant que sa vue ne devienne vraiment trop mauvaise, elle m'a acheté un étui à lunettes en soie. Je le vois dès que j'ouvre mon sac à main. La soie pâle accroche la lumière et le froid du tissu me rappelle sa présence chaque fois que je dois prendre de la monnaie ou ma carte de bus. J'y garde ma paire de lunettes de rechange. Je n'ai pas besoin de lunettes, sauf pour lire, mais à partir d'un certain âge, on vous en colle d'office sur le nez. Ça fait partie de l'uniforme. Sinon, comment les gens peuvent-ils deviner qu'ils ont affaire à une petite vieille ? Ce n'est qu'avec ces accessoires qu'on sait vous différencier de ceux qui ont le bon goût d'avoir moins de 70 ans. La canne, le dentier, le sonotone, les lunettes. J'ai toute la panoplie.

À chaque fois qu'on quitte la maison, Helen s'assure que je suis équipée. Elle ne va pas jusqu'à regarder si j'ai mis mon dentier, mais elle vérifie toujours pour les lunettes. Elle doit s'imaginer que, sans elles, je vais me cogner partout. Du coup, j'en ai en permanence autour du cou une paire au bout d'une chaîne, pour être parée à toute lecture éventuelle. En ce moment même, elles ne me sont pas d'une grande utilité : je cherche un pull-over. D'une couleur simple, mais jolie, et en laine fine. Comme ceux qu'on portait, avant. Si j'arrive à garder cette image en tête, je pense que je n'oublierai pas ce que je cherche. Mais je n'ai pas encore trouvé, et je ne suis pas loin d'abandonner.

Je plonge les mains dans un bac carré plein de chaussettes, qui déborde de tous côtés, et mes bras se perdent dans l'amas de tissu. L'image de ma mère appuyant sur un énorme tas de vêtements dans une valise surgit dans ma tête et s'évanouit aussitôt.

– Je ne comprends pas pourquoi c'est si difficile de trouver un pull-over normal.

Helen et Katy soupirent. Je me demande depuis combien de temps on avance ainsi, depuis combien de temps on cherche. Je commence à regretter cette sortie. C'est vraiment dommage, parce que j'adorais faire les magasins, avant. Mais ils sont si différents, de nos jours, tout est mélangé, un vrai méli-mélo. Et tellement de couleurs étranges. Qui donc irait porter ces trucs orange vif ? On doit ressembler aux ouvriers qu'on voit au bord des autoroutes, avec ça. Mais, apparemment, les jeunes d'aujourd'hui porteraient n'importe quoi.

Katy, par exemple. C'est drôle de penser que j'ai, moi, une petite-fille avec des « piercings », même si j'imagine que pour les autres adolescents, c'est on ne peut plus banal. Peut-être que j'aurais des « piercings », moi aussi, si j'étais jeune aujourd'hui. Elle se penche sur un portant de jupes fleuries et se retrouve dans la même position que moi ; seule Helen se tient résolument droite au milieu du couloir en lino. Les autres clients doivent s'écarter pour l'éviter.

– Maman, on t'a montré une centaine de pulls, dit-elle, et aucun ne t'a plu. Je n'en ai plus à te proposer.

– Il n'y en a pas eu une centaine, je réponds, agacée par ses exagérations constantes. Et par là ? Nous ne sommes pas encore allées voir.

J'indique l'autre côté de la section « Vêtements – femmes ».

– Mamie, c'est de là qu'on vient.

Ah, c'est vrai. Enfin... comment en être sûre ? Katy s'éloigne des jupes et attrape un pull beige sur le portant d'à côté.

– Tiens, regarde celui-là, il est joli. Et c'est le genre de couleur que tu veux.

– Non, c'est un pull à côtes, je n'aime pas ça.

Je secoue la tête.

– C'est à n'y rien comprendre : tout ce que je veux, c'est un pull-over à col rond. Pas un polo, pas un col V. Chaud, mais pas trop épais.

Katy fait un sourire à sa mère avant de se tourner vers moi :

– Oui, et il ne faut pas qu'il soit trop long, ni trop court...

– Exactement. La moitié des pulls ici ne descendent pas sous le nombril. Et je sais que tu te moques de moi, Katy, dis-je alors qu'en vérité je ne l'ai compris qu'après avoir commencé à lui répondre. Mais ce n'est quand même pas trop demander, si ? Un pull normal.

– Et d'une couleur normale. Noir, bleu marine, beige, ou...

– Merci, Katy. Ça te fait peut-être rire, mais tu ne peux pas sérieusement croire que je vais porter une de ces teintes bizarres, vermillon, magenta, turquoise, ou je ne sais quoi.

Je ne peux m'empêcher de sourire ; j'aime bien quand on me taquine. Elizabeth le fait souvent. Ça me fait me sentir humaine. Au moins, certaines personnes m'estiment encore assez intelligente pour comprendre une plaisanterie. Ma petite-fille rit, mais Helen lui pose une main sur la tête et examine les innombrables rangées de vêtements.

– Maman, tu dois te douter que ça va être impossible de te dénicher un pull qui aura exactement la longueur, l'épaisseur, la couleur et le type de col que tu as en tête, non ?

– Je ne vois pas pourquoi. Quand j'étais jeune, j'arrivais toujours à trouver un pull-over qui me plaisait. Il y avait plus de choix, de mon temps.

– À l'époque du rationnement ? Ça m'étonnerait.

– Et pourtant, si. Ou du moins, il y avait toujours quelqu'un capable de fabriquer ce dont on avait envie. Et Sukey m'apportait régulièrement de très beaux vêtements.

Ma sœur s'habillait toujours avec beaucoup d'élégance, d'autant plus après son mariage. C'était surtout ses vêtements qu'elle reprenait pour leur donner un coup de neuf, mais Ma se demandait tout de même comment elle trouvait le moyen d'acheter de quoi faire tout ça – et en particulier, d'où lui venaient tous ses tickets de rationnement –, et Papa secouait la tête et parlait du marché noir. Un jour, elle m'avait offert un très joli boléro en velours. Je le portais beaucoup trop souvent, sans attendre une occasion particulière et, plus tard, j'avais regretté de ne pas l'avoir gardé pour les plus importantes. Je le portais la dernière fois que je l'ai vue.

Elle était entrée par la porte de la cuisine pendant que je coupais du pain. J'avais troqué mon uniforme d'école pour une robe et mon boléro, mais, même ainsi, je n'arrivais pas à la cheville de ma sœur dans son tailleur bleu dragée et ses cheveux bouclés – la même coiffure que Lana Turner. Elle avait sept ans de plus que moi, et dix fois plus d'allure.

– Bonjour, Maud, dit-elle en déposant un baiser sur ma tête. Où est Ma ?

– Elle change de gilet. Papa est parti chercher les *fish and chips*.

Sukey acquiesça et s'assit à table. Je poussai la théière dans un rayon de lumière dans l'espoir de la garder encore un peu au chaud. Notre cuisine était plongée dans l'obscurité la plupart du temps, à l'exception des quelques instants précédant le coucher du soleil, quand les rayons parvenaient à se frayer un chemin dans l'épaisse haie de mûriers au fond du jardin. C'était en fonction de cela que nous prévoyions l'horaire du dîner chaque jour, afin de profiter de ces derniers moments de soleil.

– Douglas est là ?

Tout en parlant, Sukey se pencha légèrement pour regarder dans l'entrée, vers l'escalier.

– Est-ce qu'il dort là, ce soir ?

– Bien sûr, où veux-tu qu'il dorme ? m'esclaffai-je. C'est notre locataire. C'est justement pour pouvoir dormir ici qu'il nous paie.

Je disposai les tasses sur la table et relevai les yeux. Sukey ne riait pas. Pâle, elle semblait avoir du mal à rester immobile. Elle fit tourner l'alliance à son doigt, puis passa un long moment à remettre sa veste sur le dos de sa chaise.

– J'avais pensé passer la nuit ici, reprit-elle enfin, et elle dut se rendre compte que je la dévisageais, car elle retrouva soudain le sourire. Tu trouves ça bizarre ? Je ne devrais pas ?

Elle semblait réellement intéressée par mon avis.

– Mais si, répondis-je. Tu peux t'installer dans ma chambre. Ton vieux lit est toujours là.

Ma descendit alors dans la cuisine et embrassa Sukey pour lui dire bonjour.

– Ton père ne va pas tarder à apporter le dîner, dit-elle. Prends une tasse de thé. Tu veux bien la lui verser, Maud ?

– Merci, Polly, dit ma sœur.

Elle adorait la poésie *Polly et Sukey prennent le thé*, et m'appelait Polly dès que c'était moi qui le préparais.

– Tu veux que j'aille préparer ton lit ? dis-je.

– Non, ne t'en fais pas, répondit-elle à voix basse. De toute façon, il faut d'abord que je réfléchisse.

Je continuai de verser le thé, mais j'avais l'impression d'avoir manqué quelque chose. Papa arriva à ce moment-là. Chacun se servit des *fish and chips* dans son assiette, et l'odeur piquante du vinaigre se répandit dans la pièce. Sukey semblait plus calme à présent, mais elle laissa tomber sa petite cuillère quand Ma lui demanda des nouvelles de Frank.

– Ça va, répondit-elle. Il part ce soir, il emporte un chargement jusqu'à Londres. Ils sont en train de préparer le fourgon, c'est pour ça qu'il ne m'a pas accompagnée. Il y a tant de gens qui s'en vont.

Le mari de Sukey avait hérité de l'entreprise de déménagement de ses parents. Il avait passé la guerre à aider des personnes qui devaient quitter des bâtiments bombardés pour s'installer dans un nouveau logement. Maintenant, il les aidait à retourner chez eux.

– Tu pourrais peut-être venir dîner, le soir, pendant son absence ? proposa Papa. Ça nous ferait plaisir de te voir un peu plus souvent.

– Oui, pourquoi pas. Le temps que Frank revienne. La maison est si grande, c'est un peu bête de manger toute seule, non ?

– *Et pas qu'un peu*, s'exclama Douglas en entrant dans la cuisine.

Il adorait aller voir des films américains et il collectionnait les expressions à la mode. Il les ressortait à la moindre occasion, en prenant l'accent américain. C'était énervant, mais Ma et Sukey m'avaient défendue de me moquer de lui, parce qu'il avait perdu sa mère lors d'un raid aérien, une nuit.

– *Ça roule*, Sukey ? reprit-il en s'installant à sa place à table.

– Très bien, merci, Doug.

Nous mangeâmes rapidement pour éviter que le repas ne refroidisse. Papa nous raconta que son itinéraire de travail avait changé car un autre employé était revenu de la guerre. Il compara le trajet de ses distributions de courrier avec celui des livraisons de lait de Douglas, et Ma se plaignit de la queue qu'elle avait dû faire chez le boucher. Je n'écoutais qu'à moitié, distraite d'abord par Sukey, puis par Douglas. Je ne pouvais pas m'en empêcher : j'essayais sans cesse de deviner à quel moment il glisserait sa prochaine expression américaine – avec son accent du Hampshire, ça donnait toujours quelque chose de bizarre, d'autant plus qu'il donnait des surnoms un peu idiots aux rues de notre ville :

– Je pensais aller rue des baignoires *me faire une toile*, dit-il quand il eut fini de manger.

Il parlait en regardant Sukey et, sur son visage, les derniers rayons de lumière éclairaient les endroits où sa jeune barbe n'avait pas encore poussé. Il y avait un bout de peau en demi-lune encore tout rose et tout lisse sur sa joue, et un autre sous son menton.

– Eh bien, au revoir, dit Sukey.

Elle ouvrit son poudrier et appuya l'éponge sur son nez, puis, d'un geste expert, la passa sur son front ; je me rappelai alors qu'elle m'avait promis de m'apprendre à me maquiller. Douglas l'observa un instant, puis partit prendre son manteau dans l'entrée. Si seulement il existait du maquillage pour Douglas, pensai-je, de la poudre pour compléter sa barbe.

Quand Ma se leva pour débarrasser et que Papa sortit jeter le papier journal taché de gras dans la poubelle, je me penchai vers Sukey.

– Tu vas rester ce soir, alors ? demandai-je.

Je m'étais creusé la tête pendant le dîner, et j'avais trouvé plusieurs explications possibles.

– Est-ce qu'il s'est passé quelque chose avec Frank ?

Elle secoua la tête.

– Je t'ai dit que je devais y réfléchir. D'ailleurs, je ferais mieux d'y aller. Au revoir Ma, Papa. À plus tard, Mopps.

Son ton affectueux quand elle m'appela par mon surnom me rappela soudain le plus important, alors qu'elle était presque à la porte.

– Sukey ! J'ai un cadeau pour toi.

Elle sourit – un sourire sincère, le premier vrai sourire de la soirée.

– Pour tes cheveux, ajoutai-je, gâchant un peu la surprise.

J'avais acheté deux peignes assortis chez Woolworth's le samedi précédent, un pour elle, un pour moi. Ils étaient en forme de carapace de tortue, recouverts d'oiseaux grossièrement façonnés, mais, quand je les avais mis à la lumière, on aurait dit qu'ils battaient des ailes.

– Il est superbe, merci, ma chérie, s'exclama-t-elle.

Elle ouvrit le papier d'emballage et glissa le peigne dans une mèche de cheveux au-dessus de son oreille. Elle m'embrassa avant de s'éclipser.

J'avais encore la marque de son rouge à lèvres sur le front quand Douglas était revenu du cinéma. Il avait ri et, du pouce, l'avait étalé pour l'enlever.

Je me souviens d'avoir été amusée par le fait qu'il en ait mentionné la teinte exacte tandis qu'il me taquinait. Rouge Victorieux.

– Je peux vous aider ?

La fille du rayon maquillage est presque invisible derrière la vitrine : elle est habillée en blanc, et son visage affiche diverses teintes de beige. Tout autour d'elle sont installés des poudriers dorés et transparents, entrouverts comme des palourdes. Ce qu'il me faut, c'est la partie inférieure d'un poudrier bleu et argenté, mais ce n'est pas ici que je le retrouverai.

– Je voudrais un rouge à lèvres, dis-je à la fille.

Elle acquiesce et, d'un geste paresseux, m'indique un présentoir en plastique.

– Rouge Victorieux, dis-je encore.

– Pardon ?

– Je voudrais le Rouge Victorieux.

L'odeur sucrée et humide de ces endroits m'étouffe. J'ai l'impression de respirer du caramel. Helen et Katy sont un peu plus loin et reniflent des parfums, avec force grimaces et éternuements. Elles cherchent un cadeau pour Carla, parce qu'elle a fait quelque chose, ou qu'elle n'a pas fait quelque chose, ou peut-être parce que j'ai fait quelque chose.

La fille examine son présentoir, sort plusieurs petits tubes et les repose sèchement. Ils claquent contre le plastique.

– Je crois qu'on ne fait pas cette teinte-là, me dit-elle. Qu'est-ce que vous pensez de celui-là ?

Elle me tend un cylindre au bout carré étincelant. L'étiquette annonce : « Rouge Séduction ». Prometteur. Je le prends et trace un trait sur le dos de ma main. La couleur s'insinue dans les rides de ma peau. Je le lui rends.

– Oui, c'est joli. Mais je préférerais le Rouge Victorieux. Est-ce que vous l'avez ?

– Désolée, on ne fait pas cette teinte-là.

Elle sourit, puis s'avachit sur le comptoir. Sous son parfum, je détecte une odeur âpre qui me fait penser que les uniformes des vendeuses doivent être en tissu synthétique.

– Vraiment ? Quel dommage. Et pourquoi ?

– C'est une couleur un peu démodée. Pourquoi vous n'essayeriez pas celui-là à la place ?

Je voudrais demander l'avis de Katy, mais je ne la vois pas. Helen non plus. Je m'approche des autres comptoirs rutilants. Pas de trace d'elles. Je vais dans une autre section du magasin où la lumière est moins forte, et je me retrouve entourée de sacs en cuir brillants et de bijoux bas de gamme. Les étagères font plus de deux fois ma taille et sont pleines de marchandises qui reflètent les ampoules et m'aveuglent. La musique hurle dans les haut-parleurs, des mots sans aucun sens semblent dégringoler de la bouche du chanteur, j'ai l'impression de perdre l'équilibre.

Et voilà que je parviens à m'emmêler avec de longs colliers de perles sur un présentoir. L'un d'eux s'accroche à un bouton de mon manteau, un autre à la chaîne de mes lunettes. Mes mains ne sont pas assez fermes pour défaire l'ouverture, et plus je tire, plus la situation empire. Je commence à croire que je vais rester piégée là pour toujours. La sueur s'accumule le long de ma colonne vertébrale. Une fille vient vers moi, mais ce n'est pas Katy, et, dans un éclat de panique, j'arrache le bouton de mon manteau. J'abandonne mes lunettes, qui pendouillent tristement sur le portant, toujours retenues par le collier de perles, et je recule jusqu'à l'escalator. Je vacille en haut de la première marche, mais je m'agrippe à la rampe. Il y a un trait de rouge à lèvres sur ma main, il fait suffoquer ma peau, et je le frotte de mon autre main en réprimant le fantôme d'un frisson. J'ai toujours détesté cette façon qu'a le rouge à lèvres de s'étaler.

L'escalator m'emmène dans une autre section : USTENSILES DE CUISINE ET VAISSELLE. La musique qui rebondit sur les murs est si forte que j'ai du mal à m'entendre penser. Mes lunettes ont disparu, alors j'ouvre mon sac pour en sortir l'étui en soie. Cette paire de rechange me fait tout drôle sur le nez, et je dois sans cesse la réajuster en marchant parmi les rayonnages d'assiettes. Je n'arrive pas à me rappeler ce que je fais là. L'inspiration ne vient pas. Les vases en cristal ou les plats à four en grès ne me donnent guère d'indices. Je m'arrête pour lire à voix haute les instructions de nettoyage d'un wok en métal :

– Pour les résidus les plus tenaces, utilisez le dos d'une éponge ou une lingette synthétique. Ne pas utiliser d'éponge métallique ou de nettoyant abrasif.

Une femme aux cheveux orange tout gonflés me jette un regard perplexe en passant près de moi. Depuis combien de temps suis-je là ? Je n'arrive pas à lire l'heure. Si ça se trouve, cela fait des siècles que je suis devant cette étagère. Si seulement je pouvais trouver un employé… J'entends alors un vendeur demander à quelqu'un s'il a besoin d'aide, mais je n'arrive pas à voir au-dessus des rayons, et je ne sais pas de quel côté vient la voix.

– C'est le dernier qui nous reste, mais le gérant va peut-être vous faire un prix, vu que c'est le modèle d'exposition.

Je me précipite d'un côté, mais je ne trouve personne, alors je repars dans l'autre sens. En tournant au coin d'une allée, mon sac se prend dans quelque chose au bord d'une étagère. J'entends un bruit de casse. Je m'immobilise. « Cristal de Waterford », indique la plaque sur l'étagère. Silence. Personne ne vient. Je commence à m'éloigner.

– Oh ! s'écrie une femme vêtue de l'uniforme bleu foncé du magasin en accourant vers moi. Vous avez cassé ce vase, regardez, il est en mille morceaux. Vous allez sûrement devoir le rembourser. Il vaut cent vingt livres.

Je me mets à trembler. Cent vingt livres. Une fortune. Je sens les larmes me monter aux yeux.

– Je dois aller chercher mon responsable. Vous voulez bien rester là ?

J'acquiesce et je sors mon portefeuille. J'y trouve deux billets de cinq livres et un billet de vingt livres, et de la menue monnaie. Je suis incapable de faire la somme, mais je sais que ça ne suffira pas.

– Qu'est-ce que je fais ? Je prends son adresse ? dit la femme en revenant.

Elle regarde quelqu'un par-dessus le rayon, je n'arrive pas à voir de qui il s'agit. Puis elle me demande mon adresse. Je ne m'en souviens pas. Elle croit que je lui mens, mais je ne mens pas. Je ne me souviens pas de mon adresse. Je ne me souviens pas de mon adresse.

– C'est rue quelque chose. Ou avenue quelque chose.

La femme me regarde, dubitative.

– Vous êtes venue accompagnée ? me demande-t-elle. Avec qui ? Nous pouvons l'appeler.

J'ouvre la bouche, mais, ça non plus, je ne m'en souviens pas.

– Bon. Venez avec moi.

Elle pose une main derrière mon bras et me guide à travers le magasin. Je ne comprends pas où nous allons. Nous passons près de la partie réservée à ces lits sur lesquels on s'assoit, ces lits confortables, avec des coussins, pour s'asseoir, et j'ai une soudaine envie de m'allonger sur l'un d'eux. Enfin, nous arrivons près d'un pupitre.

– Est-ce que vous vous souvenez qui vous a accompagnée, maintenant ? crie la femme, comme si j'étais sourde.

Je lui dis que non. Je sens mon estomac se serrer.

– Il faut que vous me donniez un nom pour que je puisse faire une annonce.

Elle crie toujours. Je n'arrive pas à réfléchir quand elle crie. C'est alors qu'un homme en salopette, poussant un chariot rempli de poupées bizarres qui ont l'air mutilées, s'arrête près de nous.

– Bon sang, Grace, dit-il, mais qu'est-ce que tu fabriques ?

– On a un vase cassé au rayon vaisselle, et cette dame s'est perdue, et je ne sais pas qui appeler pour venir la chercher, explique-t-elle sans pour autant baisser la voix.

Nous nous tenons près d'une immense rangée de téléviseurs. Les écrans clignotants ressemblent à des milliers d'oiseaux battant des ailes. J'en ai le tournis. Ils me font penser à Sukey qui met le peigne dans ses cheveux, à la haie près de la maison, et à la femme dans le feuillage qui s'enfuit pour échapper au regard de Douglas.

– Eh bien, fais une annonce ! Tu donnes son nom et tu dis qu'elle est là, s'exclame l'homme. Comment vous vous appelez, ma petite dame ?

J'ai presque l'impression de l'avoir oublié aussi, mais cela me revient tout de suite et, un instant plus tard, j'entends la voix de la femme faire une annonce par le haut-parleur. Puis nous attendons. Je ne sais pas combien de temps. La femme s'éloigne pour discuter avec quelqu'un et j'aperçois les lits pour s'asseoir, au loin. Je suis sûre que je peux aller me reposer un peu, ça ne gênera personne.

Le premier qui se présente s'appelle « Grand canapé Prima Sudeley, tissu chenille, gris ». Il est joli et il a l'air très confortable. Je m'y laisse tomber. Je suis tellement soulagée d'être enfin assise que je crains de m'assoupir.

Une annonce au haut-parleur me réveille en sursaut. Une histoire de réduction sur des tapis de bain. Je me relève péniblement et me tiens debout une minute.

– Oh, Maman ! Mais où est-ce que tu étais passée ? s'écrie Helen en sortant d'un ascenseur. Nous t'avons cherchée absolument partout.

Elle me prend par le bras et m'entraîne dans l'ascenseur. Elle me tient fermement, mais refuse de croiser mon regard dans les miroirs de la cabine. Le verre fumé accentue son air sévère. Elle est fâchée. Je l'ai inquiétée, à m'éloigner sans prévenir, me dit-elle. C'est drôle de voir les rôles inversés à ce point. Quand elle était petite, Helen s'enfuyait souvent. Le matin, je découvrais son cartable à moitié rempli de pulls de rechange, de pommes abîmées et de ses coquillages favoris, et, si j'avais manqué de repérer ce signe révélateur, j'étais bonne pour partir à sa recherche sur la lande. Quand Patrick est revenu de son service au Moyen Orient, je l'ai laissé s'occuper de ces petites fugues, j'en avais assez de fouiller son cartable et de lui courir après. Et elle le savait, elle savait que j'ignorais délibérément son seul acte de rébellion répété. Et elle me l'a fait payer à l'adolescence. Comme c'est étrange de penser que c'est elle qui est restée près de moi, alors que mon fils Tom, qui détestait dormir ailleurs que dans son lit, est parti faire sa vie dans un autre pays.

Quand les portes de l'ascenseur s'ouvrent, nous retrouvons Katy. Elle est occupée à appliquer sur chacun de ses ongles une couleur différente de vernis dans une sélection d'échantillons sur un comptoir, sous la surveillance d'un vigile. Ce dernier me regarde et semble vouloir me parler. Ma mémoire m'envoie une sorte de décharge, mais je ne parviens pas à remettre les morceaux en place.

– Je crois que j'ai cassé quelque chose, dis-je tandis que nous passons les portes et arrivons dans la rue.

– Non, Maman, tu t'es juste fait un bleu au bras, tu te souviens ?

# 4

— Je suis allée chez Elizabeth. Vous voyez ?

Je tends mes notes à Carla. Elle ne les regarde pas. Je repose brusquement mes bouts de papier sur une petite table et manque renverser mon thé.

– Et ? Elle n'était pas là, c'est ça ?

– Non, mais il n'y avait pas trace d'elle non plus.

Carla tourne une page dans le cahier des aides. Ce matin, elle porte un parfum fleuri qui embaume à chacun de ses mouvements.

– Est-ce qu'il y avait quelqu'un d'autre dans sa maison ? demande-t-elle quand elle a fini d'écrire.

Je la vois écarquiller les yeux et je sens arriver une nouvelle histoire affreuse.

– Parce que j'ai entendu que des jeunes accros au crack se sont installés chez des personnes âgées, il n'y a pas si longtemps, reprend-elle. Ils ont enfermé un vieil homme de Boscombe dans sa chambre, puis ils ont invité tous leurs amis drogués à venir dévaster la maison et... (elle s'interrompt et agite une main en l'air) et à faire des orgies.

Je regarde mes notes.

– Non, c'était très bien rangé.

Carla repose le cahier.

– Oui, mais il y a aussi eu une vieille femme qui a été ligotée dans sa cave, et les cambrioleurs lui ont tout pris, puis ils l'ont torturée et l'ont laissée enfermée, et personne ne savait qu'elle était là. Pendant des jours et des jours.

J'observe le visage de Carla quand elle parle. Ses sourcils bougent de haut en bas et le bout de son nez rosit. Je me demande pourquoi elle s'intéresse tant aux personnes âgées enfermées chez elles. Aucun de ces scénarios ne me paraît très probable, mais je les note quand même.

– Je devrais peut-être retourner voir ? je propose.

– Non, répond-elle en changeant de ton. Vous ne devez pas sortir. Écrivez-le, d'ailleurs.

Après le départ de Carla, je reste assise quelques instants, les yeux dans le vague, puis je parcours mes notes, j'inscris des détails, j'ajoute le nom de Katy en haut de la liste des matières qu'elle étudie à l'école. J'ai reçu une lettre de mon fils, accompagnée d'une photo de lui avec sa femme et ses enfants. Au dos, on a soigneusement écrit : *Tom, Britta, Anna et Fred au plateau des lacs mecklembourgeois*. Ce n'est pas l'écriture de Tom. Anna et Frederick ressemblent à leur mère : la même peau joliment dorée, les mêmes cheveux blond foncé. Ils sourient jusqu'aux oreilles. À côté d'eux, Tom aurait presque l'air rougeaud ; son sourire est plus effronté, complice. Ça a l'air d'une très belle région, mais je ne pense pas que je la verrai un jour. Ça fait des années que Tom ne me propose plus de venir passer quelques jours chez eux à Berlin. La lettre dit qu'Anna vient de commencer le gymnasium. Une parenthèse précise « *collège* », et je le recopie sur la feuille sous la liste des matières d'école de Katy. Je me relis avant de tomber sur un autre papier : *Elizabeth enfermée dans une pièce. Drogués au crack dans la maison. Ligotée et torturée à la cave*. C'est mon écriture. Je fronce les sourcils. Je dois avoir perdu la boule. Des drogués au crack ? Quelqu'un aurait prévenu la police. Cependant, je me dis que je pourrais passer chez Elizabeth voir si j'en apprends plus.

Je m'habille chaudement, je marche jusqu'à l'acacia et je vais frapper à la porte – sait-on jamais. Pas de réponse. Je sors mon stylo : *Elizabeth toujours pas chez elle*. Je fais un pas en arrière, et soudain j'ai l'impression que ma tête se vide ; mon estomac se crispe et ma nuque se raidit. Je n'arrive pas à retrouver ce que je peux bien faire là, et je serre le poing. Il est plein de petits bouts de papier, et certains tombent par terre. *Drogués au crack*, je lis. *Drogués au crack. Elizabeth enfermée dans une pièce. Ligotée à la cave*. Est-ce que c'est vraiment moi qui ai écrit ça ? C'est ridicule, Elizabeth n'a même pas de cave ! Je me penche pour regarder par la fente de la boîte aux lettres. Je ne sais pas ce que je cherche : je ne pourrais pas reconnaître du crack si j'en avais sous le nez, je ne suis même pas certaine de savoir ce que c'est. Une odeur de nourriture m'arrive alors aux narines. Une odeur de viande, une odeur salée, comme du bacon dans une poêle. L'espace d'un instant, j'ai l'impression qu'elle vient de l'intérieur de la maison, et je me demande s'il n'y aurait pas quelqu'un dans la cuisine.

– Qu'est-ce que vous faites là ?

Une femme vêtue d'un de ces manteaux brillants qu'on met quand il pleut vient de sortir de la maison voisine. Elle lève la main pour la poser sur la clôture qui se trouve entre nous, et son manteau bruisse, comme un enfant mal élevé qui chuchoterait trop fort. De l'autre main, elle tient un chien en laisse. Il bondit toutes griffes dehors sur la barrière et hume l'air. C'est l'odeur du bacon qui doit l'exciter.

– Je cherche Elizabeth, dis-je.

– Ah oui, vous êtes son amie, c'est ça ? Ne vous en faites pas, vous ne vous souvenez jamais de moi.

Elle a un petit rire et je me sens rougir de honte.

– Si vous venez lui rendre visite, vous risquez d'avoir une surprise.

– Pourquoi ? Qu'est-ce qui s'est passé ? Est-ce qu'Elizabeth va bien ?

– Pour être honnête, je ne l'ai pas aperçue ces derniers temps. Mais d'après ce que j'ai vu, elle a fait du vide chez elle. Son fils a rempli des tas de cartons qu'il a emportés dans sa voiture.

Elle tire sur la laisse pour éloigner le chien de la clôture et me sourit.

– Peter a emporté ses affaires ?

– Et ce n'était pas trop tôt, vous ne trouvez pas ? Sa maison était dans un état ! Pleine de saletés.

Elle agite une main en l'air, puis la passe dans ses courts cheveux blonds. Son manteau se remet à chuchoter, mais je n'arrive pas à saisir ce qu'il dit.

– J'en avais déjà parlé un bon nombre de fois à Peter. Je lui avais dit que ça finirait par devenir dangereux.

Je me retiens de lever les yeux au ciel. Elle exagère. Elizabeth n'est pas très ordonnée, voilà tout, avec ses petits objets, ses porcelaines, ses rêves de fortune. Mais les gens ordonnés aiment bien faire la leçon aux autres. Peggy, à Oxfam, est comme ça : elle marmonne dans sa barbe dès qu'on a le malheur de laisser une étiquette de prix entortillée.

– Il s'est enfin décidé à y remédier, et c'est tant mieux. Il a enlevé pas mal de choses, d'après ce que j'ai pu voir.

– Qu'est-ce qu'il a pris ? je lui demande. Elizabeth a besoin de ses affaires.

– Ah, ça, je n'en sais rien.

Elle laisse le chien l'entraîner vers la route. Je la suis de mon côté de la barrière. Le côté d'Elizabeth.

– Mais vous n'avez pas vu Elizabeth ? je lui demande encore, en levant la voix. Quand Peter déménageait ses affaires, vous ne l'avez pas vue ?

Le chien tire sur sa laisse, le museau pointé vers la maison de l'autre côté de la rue. Je suis son regard. Effectivement, c'est de là que vient l'odeur de bacon. Pas de chez Elizabeth.

La femme ouvre la portière de sa voiture.

– Pchhh ! fait-elle en poussant le chien à l'intérieur. Non, je n'ai pas vu Elizabeth. Mais, de toute façon, je ne la vois jamais, sauf quand Peter l'emmène se promener. Je dois admettre que je ne lui faisais pas vraiment confiance au début, mais, maintenant, il a l'air de vraiment bien s'occuper d'elle. C'est un gentil garçon, vous ne trouvez pas ?

Je détourne les yeux. Non, je ne trouve pas. Pas du tout.

– Mais elle n'est pas là et je n'ai pas de nouvelles...

– Alors elle doit être chez Peter.

Je me mordille la lèvre. J'ai du mal à y croire.

– J'ai son numéro de téléphone, si vous voulez ? me propose la femme en s'efforçant d'asseoir le chien. Si vous êtes inquiète, vous devriez l'appeler, je suis sûre que ça ne le dérangera pas.

– Je veux bien, oui.

Elle claque la portière, puis se dirige vers sa maison, et le chien se met à gémir. Nous nous dévisageons à travers la vitre. Les poils hirsutes au-dessus de ses yeux lui donnent un air perplexe, comme s'il se demandait : « Comment ça se fait que moi, je sois là-dedans, alors que toi, tu es dehors ? » J'ai une envie soudaine de le laisser sortir et de le ramener chez moi. Est-ce que j'en ai le temps avant que la femme ne revienne ? Non, elle est déjà de retour avec un bout de papier.

– Transmettez mes amitiés à Peter, me dit-elle en me le tendant au-dessus de la clôture. Enfin, si vous vous en souvenez.

De nouveau, je me sens rougir, et je reste immobile encore quelques instants après son départ. J'essaie de trouver autre chose à vérifier, n'importe quoi, afin de prouver que je ne suis pas qu'une vieille folle. Le bout de papier volète dans ma main. Je me rends soudain compte que le chien me manque. Si seulement je pouvais mettre la main sur un chien de chasse, on pourrait suivre la trace d'Elizabeth. En attendant, je devrais glisser un petit mot dans la fente de la boîte aux lettres. Juste pour lui dire que je suis passée. Lui dire que je la cherche, au cas où elle reviendrait. C'est ce que Papa avait fait pour Sukey.

Aucun d'entre nous ne l'avait vue depuis le soir des *fish and chips*, et après quinze jours sans nouvelles, nous étions sûrs qu'il y avait un problème.

Sukey venait toujours manger avec nous au moins une fois par semaine, et parfois Frank venait aussi, avec de la nourriture en plus, ou des choses qu'il savait que Ma aurait du mal à se procurer, comme du savon ou des allumettes. Il rendait service à beaucoup de gens et avait la possibilité de récupérer des bricoles en retour, même des rations de l'armée, ces minuscules conserves de beurre, de fromage ou de confiture. Ma les utilisait toujours avant le reste pour que Papa ne les aperçoive pas. Elle ne voulait pas enfreindre la loi, mais elle ne pouvait pas refuser de la nourriture. Nous en avions trop peu.

– Ton père aura sa conscience pour lui, me disait Ma, mais ce n'est pas lui qui doit faire la queue pendant deux heures pour trouver ensuite le moyen de préparer trois repas par jour avec une tranche de jambon et une demi-tomate.

Alors je ne disais rien. Douglas non plus, mais il jetait des regards désapprobateurs à Ma quand il la voyait s'extasier devant les cadeaux avant de les dissimuler dans les placards.

Il n'y avait personne chez Sukey et Frank quand Papa s'y arrêta un soir en revenant du travail, et personne non plus la semaine suivante. Ma y passa également quelquefois le matin, et elle alla même faire un tour en ville dans les magasins pour voir si Sukey n'y était pas. En vain. Cela n'avait aucun sens. Un jour, elle était là, et le lendemain, elle avait disparu. Et Frank aussi. Il n'était jamais chez lui non plus, et Ma pensait qu'il avait dû rester à Londres. Papa alla se renseigner dans les hôpitaux, au cas où il y aurait eu un accident, mais, là encore, aucune trace de Frank ni de Sukey. Je n'arrêtais pas de regarder mon peigne en pensant à son jumeau, celui que j'avais offert à Sukey. J'étais certaine qu'il devait exister un moyen de la retrouver, et quand Papa voulut retourner voir chez Sukey, je demandai à l'accompagner.

À ma grande surprise, il accepta – d'habitude, il préférait se débrouiller tout seul –, mais je regrettai vite ma décision. Un lourd silence s'installa entre nous tandis que nous parcourions la dizaine de pâtés de maisons qui nous séparaient de chez Sukey. Le ciel était bleu, le vent soufflait fort et des odeurs de feux de bois nous suivaient le long des rues que nous arpentions. À un moment, un homme apparut en haut d'une crête. Il pourchassait son chapeau qui s'envolait. J'arrêtai le couvre-chef lorsqu'il passa à ma portée, mais, quand je le lui tendis, l'homme me regarda curieusement avant de le relancer en l'air pour repartir à sa poursuite. Papa me dit qu'il devait être un peu dérangé et que c'était malpoli de le dévisager. Ce fut sa seule phrase du trajet.

Sur le chemin, nous passâmes devant l'ancienne maison de Douglas. La moitié en avait été emportée par un obus, deux ans auparavant, mais l'intérieur était pratiquement indemne, et on apercevait même une pièce au premier étage, au-dessus de la pile de gravats. Sur la cheminée, il y avait toujours une horloge posée près d'une statue de cheval en bronze et, comme pour prouver que tout cela n'avait pas été qu'un coup de malchance, le miroir était intact. La majeure partie du papier peint avait disparu, mais il en restait encore quelques lambeaux, et les fleurs vertes et blanches sur leur fond rose semblaient livrées à la lumière du jour, à la pluie et à la vue des passants. J'étais déjà venue observer cette maison plusieurs fois depuis que Douglas avait emménagé avec nous, et j'avais essayé d'imaginer notre locataire installé ici, avec sa mère.

Arrivés chez Sukey, nous allâmes jusqu'à la porte d'entrée et Papa regarda par les fenêtres de devant, mais il n'y avait personne. Les aboiements d'un chien qui résonnaient au loin donnaient vraiment l'impression que la maison était abandonnée. Comme toujours, la salle à manger était pleine de meubles appartenant à d'autres gens, avec des bibliothèques, des lampes et des pots de fleurs vides empilés contre la vitre. On aurait dit qu'ils essayaient désespérément de fuir une menace mystérieuse à l'intérieur. Presque toute la maison de Frank servait de garde-meubles. Et cela rapportait, apparemment. Quand sa mère gérait l'entreprise, elle avait fait ajuster la plupart des pièces, en déplaçant des murs et en condamnant des portes pour créer encore plus d'espace pour les objets de la vie des autres. Un jour, Frank m'avait raconté que, jusqu'à la mort de ses parents, il avait dû dormir sur le palier, dans un coin derrière un bout de mur, car sa mère refusait de renoncer à une pièce pour qu'il ait sa propre chambre.

Les soupiraux de la cave étaient murés, avec juste une grille en haut pour laisser passer l'air. J'essayai de regarder à l'intérieur, mais, évidemment, il faisait beaucoup trop noir pour distinguer quoi que ce soit, alors je fis le tour de la maison pour aller dans l'arrière-cour, où Frank garait ses fourgons. Les aboiements du chien étaient plus forts à cet endroit et le vent faisait tourbillonner le bruit dans tous les sens ; on aurait dit que l'animal encerclait la maison. Il n'y avait qu'un véhicule sur les graviers polis par le givre, et il n'avait pas l'air d'avoir bougé depuis bien longtemps. Sous la poussière, « DÉMÉNAGEMENTS GERRARD » était devenu « ÉNAGEMENTS GERRA ». Je léchai un de mes doigts et m'apprêtais à libérer le « D » de sa couverture de crasse quand j'entendis un bruit, un gémissement léger quelque part au-dessus de moi, qui me fit lever les yeux vers les fenêtres des anciennes écuries.

Un instant je crus voir des doigts appuyés contre la vitre, les cercles pâles de la peau aplatie glissant vers le bas de la fenêtre dans un couinement. Mais en m'approchant, je découvris les grosses franges de l'abat-jour couleur pêche d'une lampe de bureau accolé au carreau. Je savais que les écuries aussi débordaient de meubles, et j'en déduisis que les couinements devaient être des souris réfugiées à l'intérieur. Je gravis tout de même les marches qui menaient à la porte, bien décidée à en avoir le cœur net. La porte était verrouillée, ou alors quelque chose de lourd pesait dessus de l'autre côté, je me contentai donc de regarder par une petite fenêtre, les yeux plissés pour scruter l'obscurité poussiéreuse.

C'est là que je le vis. Un visage qui m'observait depuis les tréfonds de la pièce. Je plaquai une main sur la vitre en hurlant avant de me rendre compte de ce dont il s'agissait. Mon reflet dans le miroir d'une coiffeuse, posée de côté contre un lit à baldaquin. Papa s'était précipité dans la cour en m'entendant, mais, lorsqu'il avait vu que je n'avais rien, il s'était éloigné. Heureusement qu'il ne s'était pas approché : à travers les carreaux crasseux, j'avais également aperçu une caisse de rations portant le cachet « ARMÉE BRITANNIQUE ».

Je descendis les marches et, dans le calme retrouvé, j'écoutai de nouveau les aboiements rauques du chien. Je regardai les jardins alentour par-dessus la palissade pour voir si j'arrivais à le repérer. Quand je revins devant la maison, Papa avait les mains dans les poches et regardait par terre. Il ne prit pas la peine de commenter l'absence de Frank ou de Sukey. Bien sûr, lui était déjà venu, il avait déjà frappé, il était déjà resté là à attendre, il avait déjà cherché, déjà regardé par les fenêtres, et il était déjà revenu bredouille à la maison. Après quelques instants, il sortit un crayon de sa poche et rédigea un mot au dos d'une enveloppe ; il en avait toujours un petit paquet entouré d'un élastique sur lui. Il ne me fit pas lire ce qu'il avait écrit avant de glisser l'enveloppe dans la boîte aux lettres.

– Allô ?

C'est un homme qui parle, la voix lourde et pâteuse. Je suis assise sur le canapé du salon. La sonnerie du téléphone vient de s'arrêter et je tiens le combiné contre mon oreille.

– Allô ? dis-je. Qui est à l'appareil ?

– Peter Markham. Et vous, qui êtes-vous ?

Ses mots sont plus clairs à présent, mais il a une voix légèrement geignarde. Peter Markham. Je connais ce nom.

– C'est le fils d'Elizabeth ? dis-je alors.

– Ma mère s'appelle Elizabeth, oui. Qu'est-ce que vous voulez ?

– Oh, est-ce que c'est moi qui vous ai appelé ?

– Évidemment que c'est vous qui avez appelé.

Il marmonne quelque chose, « Bordel de » quelque chose.

– Qu'est-ce que vous me voulez ?

– Peut-être qu'Elizabeth m'a demandé de vous téléphoner, dis-je.

– Elle vous aurait demandé... ? Et pourquoi ? répond-il. D'où est-ce que vous appelez ?

– Je ne sais pas pourquoi, mais ça doit être important.

J'éloigne le téléphone de mon oreille pour réfléchir, et je m'agrippe tellement fort au combiné que j'entends le plastique craquer. Quand est-ce que j'ai vu Elizabeth pour la dernière fois ? Et pour quelle raison m'a-t-elle demandé d'appeler son fils ? Je ne me souviens pas. Je pose le combiné sur le bras du canapé et je parcours les petits papiers posés sur mes genoux, parmi eux le numéro de Peter Markham, une liste de courses et la recette du crumble aux groseilles. Le bruit d'une voiture qui passe au loin me fait penser à une mouche piégée par une vitre, comme un souvenir qui essaie d'émerger à la surface de mon cerveau. Je reprends le téléphone au moment où je mets le petit mot suivant sous la lumière de ma lampe : *Où est Elizabeth ?* Mon estomac se crispe.

– Elle a disparu, dis-je à voix haute.

J'entends un bruit de craquement quand Peter pousse un soupir exaspéré.

– Qui est-ce ? demande-t-il sèchement.

– Je m'appelle Maud. Je suis une amie... Une amie d'Elizabeth. On m'a donné votre numéro, et comme je m'inquiétais pour votre mère...

– Mais putain, on est en pleine nuit !

Je jette un regard à l'horloge sur le radiateur : elle indique trois heures. Et il ne fait pas jour.

– Je suis désolée, j'ai de plus en plus de mal avec le temps, maintenant. Oh, mon Dieu, je suis vraiment désolée. Je vais vous laisser tranquille. Enfin, tant que vous pouvez m'assurer qu'Elizabeth va bien.

La voix redevient étouffée, cotonneuse.

– J'ai déjà parlé à votre fille. Oui, Maman va bien. Je vais reposer le téléphone, d'accord ?

J'entends un clic à l'autre bout de la ligne, puis une tonalité. Il a raccroché. J'attrape vite mon stylo pour noter : *Elizabeth va bien, d'après son fils.* Puis j'ajoute : *Il a dit « putain » au téléphone,* même si je ne suis pas sûre de savoir pourquoi c'est important.

Je repose soigneusement le combiné et, soudain, je me rappelle de Mme Winners. Cela faisait des années que je n'avais pas pensé à elle. C'était la première personne de notre rue à avoir le téléphone. Un bel objet robuste avec une base en bois poli. Elle en était très fière et elle se mettait toujours devant sa fenêtre quand elle « passait des coups de fil » pour que tout le monde la voie, et, dès que quelqu'un passait devant sa maison, elle faisait coucou en désignant le combiné. Elle prenait le moindre prétexte pour inviter les gens à se servir de son téléphone, et j'étais fascinée par le nombre de choses qu'elle apprenait grâce à lui. En plus des nouvelles de sa famille – elle avait toujours une histoire à raconter sur sa cousine à Torquay ou sa sœur à Doncaster –, elle avait des nouvelles de la ville, de la guerre. On aurait dit qu'on pouvait tout savoir grâce au téléphone, et je me demandais à qui elle parlait et comment elle faisait pour se souvenir de toutes ces informations. Quand Sukey a disparu, elle a appelé beaucoup de gens pour nous, elle passait son temps à répéter à ma mère de garder le moral et, parfois, quand je rentrais de l'école, je la trouvais dans la cuisine, où elle prenait le thé avec Ma et lui offrait quelques miettes de réconfort ; alors je m'asseyais pour l'écouter, moi aussi, et j'allais refaire bouillir de l'eau à la demande de Ma.

Je range mes notes et décide d'aller me préparer du thé. Je ne fais pas ça souvent, car c'est devenu un peu compliqué pour moi. Mais, cette fois, je me souviens bien de faire chauffer l'eau et de ne mettre que trois cuillerées, vu que je suis toute seule à en boire. Je l'apporte jusqu'au salon et pose la théière sur la table basse avant de mettre mes mains au-dessus pour profiter de la chaleur. De la vapeur s'échappe du goulot et vient me caresser le menton. C'est une sensation très particulière, familière, et pourtant je ne peux faire de lien avec quoi que ce soit. Je reste immobile, en espérant que mon esprit retrouvera sa signification, mais la seule image qui me vient est celle de Papa mettant quelque chose dans la poubelle, dehors.

J'ai pris avec moi le couvre-théière que m'a offert Elizabeth. D'habitude, je ne l'utilise jamais – il faut dire qu'il est assez laid, et puis il perd sans arrêt des peluches de laine qui vont se mettre dans le thé et, après, on a l'impression de boire de la pulpe de tissu. Elizabeth en a un similaire, mais la laine ne s'en va plus sur le sien.

– J'ai bu toute la laine qui dépassait, m'a-t-elle dit un jour. Elle a sûrement tricoté un pull à mon estomac, maintenant.

À chaque fois que je viens chez elle, je lui fais du thé, et elle me rappelle les étapes si je me mélange les pinceaux. Elle dit que c'est un vrai luxe, pour elle, parce qu'elle est trop faible désormais pour soulever la théière. Ses aides lui en préparent parfois, mais elles ne restent jamais assez longtemps pour qu'Elizabeth ait le temps d'en boire plus d'une tasse, et elle ne peut plus la remplir après leur départ. Et évidemment, Peter ne lui prépare jamais rien. Il arrive, dépose les courses et repart.

Elizabeth me raconte qu'il lui adresse à peine la parole et qu'il reste dans une autre pièce, la cuisine ou la serre. Quelle cruauté, quand on pense qu'elle est coincée à la maison toute la journée et que ce qui lui manque le plus, c'est un peu de compagnie. Et elle m'a raconté autre chose, récemment. Une histoire de mensonge. Qu'elle avait remarqué que des objets avaient disparu et qu'il lui avait menti. Si seulement je réussissais à me souvenir des détails. Je reprends mes notes : *Elizabeth va bien, d'après son fils.* Curieusement, cela ne me rassure pas. Je prends le couvre-théière et je l'installe soigneusement sur ma théière, en lissant les plis. Je m'en fiche des peluches. De toute façon, il est presque quatre heures du matin. Je ne vais pas boire du thé à cette heure-là.

Dans les semaines qui suivirent la disparition de Sukey, personne ne but ni ne mangea beaucoup, chez nous. Personne ne parla beaucoup, non plus. Ma et Papa ne disaient pas grand-chose devant moi, mais j'avais plusieurs fois surpris des bribes de conversations quand ils pensaient que j'étais trop loin pour les entendre. Le mot « police » revenait souvent.

Un dimanche, nous étions installés à la table de la cuisine dans la lumière qui baissait dehors, en train de ne pas déjeuner et de ne pas nous regarder, quand Papa se leva.

– Viens, me dit-il. On va aller interroger les voisins.

Il prit sa veste par-dessus son épaule et me tint la porte de la cuisine ouverte. Je me souviens d'avoir jeté un coup d'œil à Ma, assise à table : elle ne se retourna pas pour nous voir partir. Elle avait déjà parlé à la voisine de Sukey, une femme qui allait à la même épicerie que nous, mais tout ce qu'elle avait trouvé à répondre, c'était qu'il y avait de drôles de gens, de nos jours.

– On ne sait jamais, peut-être que quelqu'un saura quelque chose, ajouta Papa alors que nous nous hâtions vers la rue de Sukey.

Les portes de la blanchisserie étaient grandes ouvertes et l'odeur riche du savon était enivrante. Mais c'était une odeur trompeuse, et elle me donnait l'impression que Sukey était terriblement loin. Nous commençâmes par la maison à côté de la cour de Frank. Papa frappa à la porte et elle s'ouvrit immédiatement, comme si l'homme se tenait juste derrière. Une tête surgit :

– Ouais ?

La tête était hirsute, et une mauvaise odeur dans le couloir sombre derrière elle vint couvrir le parfum de lessive.

Papa s'éclaircit la gorge.

– Je me disais que vous pourriez... J'aurais voulu vous demander...

Il s'interrompit et prit une grande inspiration. Je vis de la mousse, douce et humide, sur le mur en briques à côté de la porte et j'y enfonçai mes ongles.

– Je suis à la recherche de Susan Palmer. Je veux dire...

Papa ferma les yeux et se reprit :

– Susan Gerrard. Elle habite au vingt-trois. Est-ce que vous l'auriez vue ?

– Jamais vue, répondit la tête en secouant ses cheveux sales. Pourquoi, elle a disparu, c'est ça ?

Papa acquiesça.

– Et en quoi ça vous regarde ?

– C'est ma fille.

– Ah, d'accord. Ben, au vingt-trois, c'est Frank, et je vous dirais que, si elle est avec lui, alors tout va bien.

– Il n'est pas là non plus.

– Bah voilà. Il l'a emmenée en vadrouille.

Un sourire apparut au milieu de la barbe. Il lui manquait des dents et on apercevait sa langue entre les trous.

Papa s'éclaircit de nouveau la gorge.

– Elle nous l'aurait dit. Je veux dire, ils sont mariés, reprit-il. Elle nous l'aurait dit s'ils étaient partis quelque part.

– Oh, ils sont mariés ? dit l'homme, presque déçu. Dans ce cas-là, je ne vois pas.

Nous montâmes les marches du perron de la maison suivante. Alors que Papa frappait à la porte, je me penchai au-dessus de la corde qui remplaçait la barrière pour regarder les ordures entassées dans le caniveau. Le vieil homme qui habitait là n'avait pas vu Sukey non plus, mais il connaissait Frank.

– Il y a des tas de femmes qui disparaissent, de nos jours, nous dit-il. Je l'ai lu dans les journaux. Apparemment, elles ne sont pas trop contentes que leurs maris rentrent de la guerre, alors elles filent à Londres, ou une autre ville de dépravés. Mais

Frank, c'est un brave gars, elle n'a pas à se plaindre. Il a déménagé ma sœur depuis Coventry et ne lui a pas demandé un sou. Il a dit qu'il avait un autre boulot là-bas le même jour, et qu'il lui suffirait de prendre ses affaires dans le camion. En tout cas, ma sœur ne serait pas du genre à quitter son mari si elle en avait un, elle.

Papa continua son chemin. Je restai à le regarder passer de maison en maison jusqu'au bout de la rue. Sous le ciel gris, le rouge des briques était morne, mais il ne faisait pas vraiment froid.

– Personne n'a rien vu, me dit Papa en revenant vers moi. Ou alors ils ne veulent pas en parler. L'ennemi guette toujours vos confidences[1], apparemment. On se croirait encore en temps de guerre. On rentre ?

Je pensai alors au patron de la robe que Sukey avait commencé pour moi, et qui restait depuis étendu sur le sol de ma chambre. Chaque jour, je ne pouvais m'empêcher de croire qu'elle allait entrer d'une minute à l'autre pour reprendre les ciseaux. Je n'y avais pas touché depuis qu'elle avait découpé les manches, et je ne pouvais supporter l'idée de rentrer et de retrouver le tissu à la même place.

– Je vais aller frapper, moi, dis-je alors, et je montai les marches d'un porche.

On avait repeint la porte à laquelle je frappai d'une épaisse couche de peinture. Elle avait laissé des coulures et des gouttes, comme de la pluie. Je les parcourus du doigt en attendant. Quand la porte s'ouvrit, je déclamai à toute vitesse :

– Je cherche ma sœur, Sukey. Elle habitait la maison, là-bas, et je ne sais pas ce qui lui est arrivé. Elle ne nous a pas dit qu'elle déménageait et maintenant je ne la retrouve plus. Il n'y a

---

1. « *Careless talk costs lives* » (*Parler à tort et à travers coûte des vies*) : slogan de la propagande britannique pendant la Seconde Guerre mondiale pour rappeler aux civils que des espions peuvent les écouter. En France, la même campagne donnait : « *Silence, l'ennemi guette vos confidences.* »

personne chez elle. Est-ce que vous l'avez vue ? Elle a un peigne comme celui-ci.

J'étais au bord des larmes, et je me sentais honteuse, puérile. Je regrettais d'avoir frappé à la porte. Dans l'encadrement de la porte, la femme, un filet à cheveux sur la tête, se pencha rapidement pour regarder dans la rue.

– À combien de portes as-tu déjà frappé ? me demanda-t-elle.

– Je ne sais pas, une dizaine. Mais personne ne l'a vue.

Je respirais fort pour retenir mes larmes. La femme regarda de nouveau vers la maison de Sukey.

– À quel numéro tu as dit qu'elle habitait ?

– Au vingt-trois.

Elle hocha la tête.

– Non, ils ne te diront rien, c'est certain. Écoute, je ne sais pas où ils sont allés – je ne suis même pas sûre qu'ils soient partis, d'ailleurs –, mais ils avaient des soucis, ça, je peux te le dire. Il y avait sans cesse des allées et venues chez eux. Et un soir, elle est sortie dans la rue en hurlant.

Elle s'arrêta le temps de me laisser réagir.

– Mais le calme était revenu le lendemain, et je l'ai vue dans la rue, comme si de rien n'était. Alors...

– Et c'était quand, ça ? intervint Papa en s'approchant.

La femme le regarda par-dessus mon épaule.

– Il y a quelques semaines ? Je ne suis pas très sûre. Lui, je l'ai vu avec une valise, après ça. Je crois qu'elle était là aussi, mais comme je vous l'ai dit, je ne peux pas le jurer. Et avant que vous ne me posiez la question, non, je ne sais pas où ils allaient.

Papa garda le silence après que la femme eut refermé la porte, puis il se tourna vers moi :

– Bien, dit-il. Vu que tu as réussi à obtenir quelque chose de cette femme, c'est toi qui mèneras la discussion, à partir de maintenant.

Il me poussa vers la maison du coin de la rue.

– Oui ?

C'est un homme qui ouvrit la porte. Sa chemise sans un pli était ouverte, et je sentis l'odeur du coton fraîchement repassé.

– Je suis à la recherche de ma sœur, elle vit là-bas, dis-je en désignant sa maison du doigt, le bras tremblant. Mais elle n'y est plus. Je me disais qu'elle vous avait peut-être... laissé une adresse où la contacter, par exemple ?

L'homme avança jusqu'au seuil pour regarder la porte de Frank et Sukey, comme s'il avait besoin de la voir pour se rappeler qu'il y avait bien une maison à cet endroit.

– Ta sœur ? Oh. Brune, c'est ça ? Non, non, je ne pourrais pas te dire où elle est partie. Il me semble qu'ils se sont disputés. Je me souviens d'un truc comme ça, en tout cas. Tu ne la trouves plus, c'est ça ? Je suis sûr qu'elle va revenir. Mais, maintenant que j'y pense, c'est vrai que ça fait des semaines que je n'ai pas vu Frank.

– Vous connaissez Frank ?

– Il nous est arrivé d'aller boire un verre, le soir. Il m'a déjà rendu quelques services.

Ça faisait deux personnes que Frank avait aidées. J'essayai la maison en face de chez Sukey. La porte avait une fenêtre en verre dépoli avec un rideau en voilage. Une femme vêtue d'une robe de chambre à l'aspect rêche vint ouvrir. Je lui demandai si elle avait vu Sukey.

– Je ne me souviens pas, non, répondit-elle en tripotant le col en dentelle sous son menton.

Sa voix sonore, un peu râpeuse, m'aiguisa les nerfs.

– Je ne suis pas une de ces commères qui espionnent tout le monde.

– Pourtant, on m'a dit qu'elle était sortie de chez elle en hurlant, un soir, insistai-je.

– Ah oui ? On t'a dit ça ?

La femme inspecta la rue d'un air soupçonneux, comme si elle essayait de deviner qui avait pu vendre la mèche. Puis elle secoua fermement la tête.

– Moi, je n'ai jamais rien entendu. Pas un bruit. Les gens ne hurlent pas, dans cette rue.

– C'est drôle, parce qu'on a eu plusieurs... témoignages similaires...

J'observai la femme, son visage implacable, puis soupirai.

– Des témoignages, hein ? Ben tiens. Ils ne savent même pas de quoi ils parlent. Comme je te l'ai dit, je n'ai rien entendu, mais ta sœur avait des choses à se reprocher, ça, je le sais. Désolée si ça te fait de la peine. Elle recevait des hommes chez elle.

– Des hommes ?

– Oui. Enfin, un homme, au moins. Un jeune qui venait tout le temps. Elle a essayé de m'embobiner, comme quoi il logeait chez ses parents, mais je savais que...

– Vous voulez parler de Douglas ?

– Oui, c'était un nom comme ça.

– Oh, mais c'est vrai. C'est bien notre locataire.

– Ah oui ? Vraiment ? Eh bien, il n'empêche.

Je crus qu'elle allait ajouter quelque chose, mais elle se contenta de hocher la tête jusqu'à ce que je descende de son porche.

Je passai à la porte suivante, et ce fut un couple qui m'ouvrit. Ils connaissaient un peu Sukey. Ils les avaient invités à dîner plusieurs fois, Frank et elle, mais n'avaient jamais été invités en retour. Ce qui ne semblait pas les gêner, d'ailleurs.

– Frank a trouvé du travail à Don quand il est revenu de l'armée, me raconta la femme. C'était si gentil à lui, ça nous a vraiment aidés à repartir.

– Quelqu'un nous a dit qu'il avait vu Frank partir avec une valise, ajoutai-je.

– Ah, oui, mais depuis que Don a obtenu un poste chez Muckley's, on ne les voit plus très souvent, comme je disais. Mais nous restons reconnaissants à Frank du travail qu'il a trouvé à Don au début.

Je les remerciai et me dirigeai vers Papa tout en pensant que cela faisait désormais trois services rendus.

– Eh, petite ?

Une jeune femme était sortie de la maison de la dame en robe de chambre, et elle s'approcha en enfilant un long imperméable sur sa silhouette fine. Je m'arrêtai pour l'attendre.

– J'ai entendu le hurlement, me souffla-t-elle. Il faut excuser ma tante, elle a une peur panique du qu'en-dira-t-on. Mais écoute, ce n'est pas ce que tu penses. Ça ne peut pas être Frank dont ta sœur a eu peur.

– Qui, alors ?

– Je ne sais pas, mais j'ai vu Frank rentrer à la maison après cet incident, alors tu vois, ça ne peut pas être lui.

Je la dévisageai avec un frisson. Y avait-il eu quelqu'un d'autre dans la maison, ce soir-là ?

– Je les ai vus avec des valises, aussi.

– Tous les deux ?

– Eh bien, Frank, au moins. C'était il y a quelques semaines. Je sais que Sukey n'aimait pas trop ce qui se passait, et...

– De quoi vous parlez ? l'interrompis-je.

– Petite, de toute évidence, ta famille n'est pas du genre à traverser en dehors des clous.

En parlant, elle observait Papa au bout de la rue, qui venait de ramasser un gant perdu sur le trottoir pour le poser soigneusement sur une barrière.

– Mais Frank... ce n'est pas la même chose. Sukey n'appréciait pas ses « petites affaires ».

Elle leva les sourcils pour souligner ces derniers mots.

– On ne sait jamais, reprit-elle. Peut-être qu'ils ont simplement voulu recommencer leur vie ailleurs.

– Mais elle ne nous a pas donné de nouvelles depuis des semaines. Elle ne ferait jamais ça, elle nous dirait forcément où elle est. Mon père croit qu'elle a été enlevée, ou tuée, ou je ne sais quoi. Il ne me l'a pas dit, mais je sais que c'est ce qu'il pense.

– C'est bizarre. Elle est très famille, hein ? Elle parle souvent de toi, en tout cas, ajouta-t-elle avec un triste sourire. Je ne sais pas quoi te dire d'autre. Vous êtes allés voir dans les hôpitaux ?

– Quand vous l'avez entendue crier, est-ce que c'est ce soir-là qu'ils sont partis ?

La femme fronça les sourcils et entortilla la ceinture de son imperméable entre ses doigts.

– Je ne crois pas. Mais ce serait difficile à affirmer. On se mélange un peu dans le temps, parfois, tu ne trouves pas ? Parce que, dans mes souvenirs, Frank est parti avec une valise, puis il est revenu le même soir. Mais ça ne colle pas vraiment, hein ?

– Et vous êtes sûre que vous ne les avez pas revus depuis ?

– Certaine. J'ai vu deux hommes devant chez eux la semaine dernière, mais ce n'était pas Frank. Plutôt la police, le connaissant.

Je hochai la tête, le regard fixé sur la maison. J'avais l'impression que j'aurais dû commencer à comprendre quelque chose. La femme me tapota l'épaule avant de s'éclipser, et je restai là un instant à me demander quand Sukey lui avait parlé de moi.

– Alors ? me demanda Papa quand je l'eus rejoint.

Je haussai les épaules.

– Elle est bien sortie en hurlant. Et cette femme m'a suggéré d'aller demander dans les hôpitaux.

Il acquiesça, même si je savais qu'il avait déjà essayé, et nous repartîmes.

– Tu penses qu'elle a été enlevée, ou je ne sais quoi, pas vrai ?

– C'est le « je ne sais quoi » qui m'inquiète, ma puce. Elle n'aurait jamais dû épouser cet homme. J'ai toujours su que c'était une crapule.

Je ne savais pas quoi dire, alors nous marchâmes en silence quelques minutes. Je tentais de me souvenir d'un autre élément qui aurait pu nous être utile.

– La femme à qui j'ai parlé en dernier m'a dit que Frank faisait des « petites affaires ».

Je fis de mon mieux pour imiter l'air qu'avait pris la femme pour accentuer sa phrase, et je vis le visage de Papa se crisper. Je crus qu'il allait se mettre à pleurer et je fus impressionnée par le pouvoir de ces simples mots, mais, alors que nous atteignions le bout de la rue, je me rendis compte qu'il riait.

– Oh, Maud, qu'est-ce que c'est censé vouloir dire, ça ? s'esclaffa-t-il en remuant les sourcils comme je venais de le faire.

– Je ne sais pas, admis-je en m'autorisant un sourire. Je pensais que toi, tu saurais.

– Tu disais quelque chose à propos du fils d'Elizabeth, dit Helen.

Nous sommes dans sa salle à manger et elle est accroupie à la recherche de sets de table. Il y a des gens qui doivent venir déjeuner, mais je ne sais plus qui, ni pourquoi. Katy est appuyée contre l'encadrement de la porte avec un sourire idiot sur la figure. Elle tapote sur un de ces minuscules téléphones portables.

– Ah oui ?

– Oui. Tu sais bien, Peter.

La voix de Helen est étouffée, elle a la tête dans un placard.

– Je crois que je lui ai parlé, dis-je en cherchant dans mes notes.

– Oui, moi aussi je lui ai parlé. Et il s'avère qu'Elizabeth n'a pas disparu, finalement.

Je retrouve le papier en question.

– C'est ce que tu m'as dit, Maman, ajoute Helen en sortant la tête du placard pour me regarder.

– Je t'ai dit que c'était ce qu'il m'avait dit, lui.

– C'est une bonne nouvelle, non ?

Helen se relève et pose une pile de sets sur la table. Je suis toujours penchée sur mon petit mot, les sourcils froncés.

– Je ne sais pas. Il a dit des grossièretés.

Helen claque la porte du placard, et les plats s'entrechoquent dans le vaisselier. Le bruit m'agace profondément, mais Helen pose vite la main sur la pile d'assiettes pour la faire taire. Puis elle se tourne vers la table pour mettre la nappe, mais elle s'y prend n'importe comment.

– Tu pourrais m'aider, tu sais, Katy.

Sans quitter le téléphone des yeux, ma petite-fille avance un pied, puis s'arrête.

– Il était très en colère, dis-je. Helen, si une amie à moi t'appelait parce qu'elle s'inquiète pour moi, qu'est-ce que tu répondrais ?

– Je répondrais : « Vous avez bien raison de vous inquiéter, parce qu'elle est complètement toquée. »

– Helen.

– D'accord, d'accord.

Elle laisse retomber le coin de la nappe.

– Je répondrais : « Merci de vous inquiéter, mais il n'y a pas de quoi vous en faire. Les messieurs en blouse blanche vont bientôt venir la chercher. »

Je soupire.

– Bon, sauf la dernière phrase.

Elle reprend la nappe et la tire vers elle.

– Mais tu ne te fâcherais pas.

– Non.

Elle fait le tour de la table pour tirer la nappe de l'autre côté, et pousse un soupir à l'attention de Katy.

– Alors, tu vois, Helen ? Je ne lui fais pas confiance.

– Oh, Maman.

– Il ne doit pas avoir la conscience tranquille s'il...

– Tu lui as téléphoné au beau milieu de la nuit ! Il était de mauvaise humeur, et ça se comprend. Ça ne veut pas dire qu'il ment ni qu'il a trucidé sa mère.

– Je sais. Mais je pense qu'il cache quelque chose.

– Katy, j'en ai assez, s'écrie alors Helen, va faire un tour ailleurs.

Elle ouvre un tiroir et farfouille dedans.

– Maman, tu peux t'occuper de ça ?

Elle me tend des couteaux et des fourchettes. Je les pose au milieu de la table, puis je la suis dans la cuisine. Il y règne une odeur de menthe et de romarin, et je me prends à espérer qu'il y a de l'agneau au menu, mais, connaissant ma fille, il y a plus de chances qu'elle ait préparé du… du « tafou », ou « torfu », je ne sais plus.

Helen se retourne et me rentre dedans.

– Maman ! s'exclame-t-elle. Tu veux bien rester là-bas et mettre la table ?

– Désolée.

Je repars dans la salle à manger et j'y reste immobile une minute. Je ne sais pas ce que je suis censée faire, mais j'entends quelqu'un parler dans la pièce d'à côté.

– Katy, dit une voix, je lui ai déjà expliqué cent fois. Et je ne peux pas l'emmener là-bas. Peter a été catégorique. Je préférerais qu'elle oublie cette histoire.

Quelqu'un d'autre murmure une réponse, et la voix reprend :

– Oh, très drôle, vraiment.

Je me dirige vers l'endroit d'où viennent les voix. C'est Helen, dans la cuisine.

– Déjà de retour ? Je t'avais demandé de m'aider. Tu as un bout de papier ?

Elle tend une main et je lui donne une petite feuille bleue. Elle attrape un stylo dans un tiroir, écrit *Mets le couvert* sur la feuille et me la rend.

– Donne-moi le reste de tes notes, ajoute-t-elle, je vais les ranger.

En revenant dans la salle à manger, je commence à préparer la table, veille au même espace entre chaque set, les cuillères au-dessus. Je prends un couteau et une fourchette et je réfléchis. Je ne me souviens plus de quel côté il faut les mettre. La fourchette à droite ? Ou la fourchette à gauche ? Je les dispose du côté qui semble le mieux convenir, mais, pour la place suivante, je change d'avis. Je prends un autre couteau et une autre fourchette, je regarde mes mains et je mime l'action de couper ma nourriture. Est-ce que c'est le bon sens ou est-ce que je devrais les échanger ? J'essaie de les intervertir. Ça ne change rien.

Quand Helen me rejoint, je suis toujours occupée à examiner mes mains, les rides aux articulations, la peau parcheminée, les taches brunes.

– Tu as fini, Maman ? me demande Helen. Qu'est-ce que tu fais ?

Je garde la tête baissée. C'est un détail insignifiant, de ne pas savoir où vont les couverts, mais j'ai l'impression d'avoir échoué à une épreuve élémentaire. Une petite partie de moi s'en est allée.

– C'est très joli, me complimente Helen, la voix un peu trop enjouée.

Elle fait le tour de la table ; je la surveille du coin de l'œil. Elle me regarde. Je la vois hésiter, puis, d'un geste rapide, échanger le couteau et la fourchette. Sans rien dire. Sans me faire remarquer mon erreur.

– Je ne veux plus mettre la table.

# 5

Il fait nuit, mais une lueur grise miroite près de l'horizon ; le jour va bientôt se lever, je dois me dépêcher. Une légère bruine s'accroche à mes cheveux, mes bras, mes cuisses. Elle me fait frissonner, mais, heureusement, elle n'imbibe pas trop la terre, qui reste bien tassée. Maintenant, je dois me pencher pour continuer à creuser. Je prends une grande inspiration jusqu'au fond de mes poumons qui me laisse le goût humide et cru de la terre retournée. Je remue les genoux, calés dans le sol détrempé. Je sens l'humidité absorbée par mon pantalon se répandre sur mes jambes. J'ai de la terre séchée sur les mains, elle se glisse sous mes ongles jusqu'à me faire mal. Quelque part. L'autre moitié du poudrier se cache quelque part. J'ai devant moi un trou, c'est moi qui l'ai creusé au milieu du tapis vert du jardin. Et soudain, je n'arrive plus à savoir ce que je fais là, ce que je cherche. Un instant, je suis trop effrayée pour remuer, incapable de retrouver la prochaine étape. Ce pourrait être n'importe quoi : arracher les fleurs des plates-bandes ou abattre les arbres, remplir ma bouche de feuilles ou m'ensevelir et laisser Helen me déterrer.

Je sens la panique monter depuis mon ventre, et mes omoplates se mettent à trembler. Le froid s'insinue dans mes articulations. J'ai mal. Lentement, je me frotte les mains pour enlever un peu de terre, puis je les essuie sur le tapis vert, le tapis du jardin, pas la mousse, l'autre, et je m'appuie dessus pour me relever. Je ressens toujours ce besoin inexplicable de me remettre à creuser, de chercher quelque chose. Mais qu'est-ce qui pourrait se trouver ici, devant ma maison ? À moins que ce soit quelque chose que j'aie planté. Quelque chose que j'aurais enterré ? Et ensuite oublié ?

Je me balance doucement, le gris de ce jardin sans ombre vient m'envelopper, et c'est alors qu'une étincelle d'or pâle éclabousse les arbres au loin. L'aube se fond dans le jour. Du pied, je fais tomber un peu de terre dans le trou, et j'aplatis le sol. C'est l'aube et je suis dans le jardin. Comme c'est joli ! Et agréable, aussi, de sortir respirer et de regarder le lever de soleil. Alors que je repars vers la maison, je me rends compte que je tremble de tous mes membres, mais ce n'est pas bien grave. Je suis tout simplement sortie admirer l'aurore, prendre l'air et faire un peu d'exercice. Pas de quoi s'inquiéter. Et maintenant, je vais faire quelque chose que je n'ai pas fait depuis très longtemps.

Je vais prendre un bain.

Une fois à l'intérieur, je tourne les robinets, et je verse un liquide visqueux et floral dans la baignoire, sûrement un cadeau de Helen. Je décolle mon pantalon de mes genoux et de ma peau, grisâtre depuis sa rencontre matinale avec la terre humide, puis je retire la nuisette en soie que je porte par-dessus. Je ne dors jamais avec, j'ai dû la mettre exprès. J'aimerais bien savoir pourquoi : c'est tellement bête de l'avoir enfilée. Je serre le tissu dans mon poing en écoutant le bruit étouffé des bulles qui pétillent dans le bain.

Non, me dis-je, c'était peut-être pour l'occasion. Une belle nuisette de soie pour un beau matin d'or. Pourquoi pas, après tout ? Je la laisse tomber par terre et grimpe prudemment dans la baignoire. Ça me plaît d'être dans l'eau. Normalement, quand on est vieux, on n'est pas censé prendre de bain, on est censé prendre des douches, assis sur un petit tabouret. Mais c'est impossible de réfléchir en essayant de garder l'équilibre sur un bout de plastique avec de l'eau qui vous coule à flots sur la tête. Et là, j'ai besoin de réfléchir.

Mes mains tremblent lorsque j'attrape le bloc glissant pour se laver, mais je ne vois vraiment pas pourquoi. Je passe un très bon moment, et puis ça me sera bien égal quand j'aurai enlevé toute cette saleté. J'ai dans la bouche un goût rance, un goût de poussière qui me rappelle les fois où j'étais malade, enfant, et où je devais garder le lit, et je frotte le bloc glissant sur mes lèvres. C'est merveilleux de redevenir propre après l'effort. Si seulement j'arrivais à me souvenir de cet effort, de ce que je faisais juste avant.

Une fois propre et sèche, je fouille dans l'armoire à la recherche d'une des vieilles chemises de Patrick. Helen voulait toutes les prendre pour les porter quand elle jardine, mais j'en ai gardé quelques-unes. Il en avait de très belles au tissu doux et épais qu'il avait fait faire sur mesure au Koweït. C'est agréable de pouvoir en enfiler une, comme un souvenir, un réconfort. J'arrive presque à me convaincre qu'elles ont encore son odeur, même si, évidemment, elles ont déjà été lavées plusieurs fois depuis sa mort. Cette chemise-là est blanche avec des rayures gris tourterelle. Le coton est froid sur ma peau. Elle est trop grande pour moi, mais c'est ça qui est agréable. Je la rentre dans mon pantalon, puis je boutonne un gilet par-dessus avant de descendre l'escalier. Carla est arrivée et prépare le thé.

– Merci, Polly, dis-je, mais je ne crois pas qu'elle m'ait entendue.

– La baignoire est dégoûtante, s'exclame-t-elle quand j'entre dans la cuisine. Et il y a un gros tas de terre sur la pelouse. Qu'est-ce que vous avez fabriqué ?

Sa question me fait tressaillir. Comment se fait-il que je me rappelle du jardin, de la terre et de la rosée, mais pas de la raison pour laquelle j'y suis allée ? Je tire la manche de mon gilet pour recouvrir mes mains et je me remémore le ciel d'or pâle et le gris scintillant sur les feuilles, privées de couleur avant que la lumière ne vienne les toucher. Je revois tout parfaitement, mais impossible de savoir quand c'était. Peut-être une de ces nuits passées à attendre le retour de Sukey ? C'est forcément dans le passé. Maintenant, je ne me réveille jamais assez tôt pour voir le soleil se lever.

– Mais si ça se trouve, ça peut aussi être un garçon, dit Carla.

J'ai raté le début de son histoire, et je ne sais pas de quoi elle parle.

– Vous avez de la chance d'avoir une fille. Il paraît que les fils volent de l'argent à leur vieille mère. J'ai vu ça dans un reportage, aux informations.

– Mais j'ai aussi un fils, dis-je.

– Des millions de livres sterling volées chaque année.

– Je n'ai pas des millions de livres sterling.

– Et toutes sortes d'antiquités de l'époque georgienne ou victorienne...

– Je n'ai pas d'antiquités non plus.

Oh, j'abandonne. Et puis à quoi rime cette conversation qui consiste à dire ce qu'on possède ou pas ? J'arrête d'écouter, j'arrête de répondre, mais une image flotte dans l'air, une image de bibliothèques, de lampes et de pots de fleurs vides empilés contre une fenêtre. De meubles robustes, en bois massif, de décorations délicates en argent, de vases en verre teinté et d'assiettes sur lesquelles on a peint des vers de terre qui semblent frétiller. Le genre de choses qu'Elizabeth passe son temps à rechercher. Avant, personne ne s'y intéressait, pas quand j'étais gamine en tout cas, et les gens vendaient les leurs pour une bouchée de pain. Il n'y avait pas ces boutiques mal éclairées et hors de prix, ni ces programmes télévisés palpitants. Le seul endroit où j'ai jamais vu de vraies antiquités, c'était chez Frank.

Il en avait des centaines entassées dans sa maison, qui changeaient sans arrêt de place, et, dès que vous aviez enfin pris l'habitude de faire un écart pour éviter une commode, elle était remplacée par un lot de tables encastrables, posées à l'endroit exact où vous aviez le plus de chances de trébucher dessus. La maison entière ressemblait à un piège géant. Un vilain tour. Sukey ne l'aimait pas non plus, et certains objets lui faisaient peur, même si elle ne l'avait admis qu'une seule fois.

J'avais buté sur une bibliothèque tournante en me rendant au salon et je m'étais cogné le genou sur une pendule grincheuse. Sukey était pelotonnée sur un canapé haut et faisait délicatement passer une aiguille dans un tissu bleu pâle. Des petites mèches de ses cheveux s'étaient accrochées au dossier, comme du lierre grimpant sur un mur. Ma m'avait envoyée chez Sukey avec des chiffons et un nécessaire à couture, persuadée que ma sœur ne viendrait pas à bout de toutes ses tâches ménagères, mais Sukey ne semblait jamais avoir besoin d'aide, alors je m'étais assise près du feu pour réchauffer ma joue jusqu'à ce qu'elle me brûle.

Les employés de déménagement de Frank déchargeaient un fourgon dans la cour et, pour descendre à la cave, ils devaient passer par le salon, chargés de cartons, de tables aux pieds fins et de lourdes chaises. Lorsqu'ils émergeaient, les mains vides, s'efforçant de débarrasser leurs poumons de l'air vicié du sous-sol, Sukey leur faisait un petit signe de tête.

– La vieille dame sur l'avenue est décédée, m'expliqua-t-elle. Alors Frank a encore acheté des saletés, grand bien nous fasse. Enfin, au pire, ça nous fera des réserves de bois pour l'hiver.

Elle avait élevé la voix pour sa dernière phrase, et un déménageur à l'air sympathique couvert de transpiration s'arrêta au milieu du passage, un guéridon entre les mains.

– Si c'est ce que vous comptez en faire, je vais vous mettre ça en morceaux tout de suite, ça m'évitera un voyage au fond de votre enfer souterrain, s'exclama-t-il en le posant pour s'appuyer dessus.

Sukey sourit sans quitter son ouvrage des yeux, elle leva très légèrement une épaule pour ne pas faire dévier sa parfaite ligne de points, et l'homme reprit son guéridon en riant tout seul. Lorsqu'il fut parti, elle se tourna vers moi.

– Oh, Mopps, dit-elle, regarde, rien que sur le manteau de la cheminée. C'est ce que Frank a choisi de garder après le vide-grenier. Moi, je trouve ça morbide.

Sukey se plaignait souvent du « bazar » que Frank rapportait chez eux, des tableaux de bateaux peints d'une couleur brunâtre et des assiettes hideuses grouillant d'insectes dessinés. Cette fois, il s'agissait d'un dôme en verre aussi grand qu'un seau à charbon, dans lequel étaient exposés plusieurs oiseaux empaillés. Je me levai pour aller l'examiner, une main sur ma joue brûlante. Les oiseaux étaient de couleurs vives, verts, jaunes et bleus. Certains avaient les ailes écartées ou le bec enfoui dans une fleur et, en faisant le tour, j'en vis d'autres, la tête levée vers moi. Leurs yeux de verre semblaient ne pas bien tenir dans leurs orbites, et leurs plumes étaient ternes, elles devaient être teintes. Je ne pouvais en détacher mon regard.

– C'est affreux, tu ne trouves pas ? Je ne sais pas pourquoi, mais Frank s'en est entiché et il a décidé que ça resterait ici. Et tu sais, Mopps, j'ai beau me répéter : « Ils sont morts et empaillés, Sukey, reprends-toi », je n'arrive pas à me débarrasser de l'idée qu'ils vont se réveiller à tout moment et m'attaquer à coups de bec.

Elle tira sur son aiguille pour resserrer sa rangée de points.

– C'est idiot, non ?

Je me tournai vers elle et hochai la tête, et elle se mit à rire avant de reprendre :

– Mais c'est comme si je l'entendais, Mopps, le verre qui se brise, et ces saletés qui s'enfuient en battant furieusement des ailes et se jettent sur moi pour me crever les yeux.

– Bon sang, c'est qu'elle a une sacrée imagination, ta p'tite dame ! s'exclama un des hommes en entrant dans la pièce avec Frank, qui l'aidait à transporter un vieux canapé. Gare à toi, il faudrait pas qu'elle se fasse trop d'idées à ton sujet.

– Pourtant, c'est là que j'ai de la chance, Alf, répondit Frank. Elle a réussi à se mettre en tête que j'étais un bon parti. Je ne vais pas m'en plaindre !

Ils emportèrent le canapé dans la cave, et Sukey les regarda disparaître dans l'escalier avant de se retourner vers moi.

– Tu veux bien aller chercher mon châle pour recouvrir les oiseaux ? Blague à part, je ne les supporte vraiment plus.

Elle avait l'air si désespéré que je partis trouver son châle, qu'elle pensait avoir laissé sur une chaise de la cuisine, ou sur la patère de l'entrée, à moins qu'elle ne l'ait rangé dans l'armoire de la chambre, et sinon, alors forcément sur le porte-serviettes de la salle de bains. Je traversai la cuisine en m'efforçant de ne pas trébucher, m'égratigner ou me cogner le coude, et je dus tenir une porte ouverte pour laisser entrer deux hommes qui transportaient un gros meuble depuis la cour. Il était recouvert d'un drap, mais, d'après la forme, je devinai que c'était une coiffeuse, avec un miroir fixé dessus. Le mouvement faisait onduler les bords du tissu, et on aurait dit qu'elle flottait entre les mains des déménageurs. L'un d'eux, un homme au visage strié de lignes verticales, me demanda d'aller leur ouvrir la porte suivante. Je me précipitai, mais, oubliant qu'elle s'ouvrait dans l'autre sens, je tirai brusquement au lieu de pousser, et fit cogner la porte dans son encadrement. Les assiettes posées sur le buffet juste à côté s'entrechoquèrent violemment, et les deux hommes éclatèrent de rire.

– Toi, t'as pas le toucher de ta grande sœur, hein ? s'esclaffa celui au visage strié.

Ils firent flotter le meuble jusqu'au salon et je commençai à gravir les marches pour aller à l'étage, mais je m'arrêtai au milieu de l'escalier pour respirer calmement, attentive aux bruits de la maison. On entendait des craquements sourds, presque humains, comme si la maison peinait à contenir la vie entière de tous ces étrangers. Par-dessus les craquements résonnaient les carillons discordants de deux pendules au rez-de-chaussée réglées à deux heures différentes, et le juron d'un déménageur qui venait de trébucher ou de se cogner contre un meuble – je croisai les doigts pour que ç'ait été celui au visage strié. Je regardai par la fenêtre.

Il n'y avait personne dans le jardin, pourtant je percevais un bruissement lointain, comme un merle qui cherche des vers de terre sous une haie. Un crissement de feuilles, bref et nerveux, puis un autre. Je ne voyais rien, mais le fourré près de la route se hérissa. À cette vue, j'eus un frisson inexplicable. Il n'y avait pas de vent ce jour-là, et rien d'autre n'avait remué, mais j'avais aperçu des oiseaux s'ébrouer dans les haies un peu plus tôt. Je n'avais aucune raison d'en avoir peur maintenant.

Je montai à l'étage, manquai tomber sur un pied d'éléphant monté en porte-parapluie et me frayai un chemin au milieu d'une petite armée de vieux gramophones aux pavillons semblables à des fleurs de courgettes. Ils étaient hors d'usage, mais, d'après Frank, si on les démontait, on pouvait récupérer plein de petites choses à l'intérieur. C'était Sukey qui nous avait raconté cela un soir, pendant le dîner, et Papa avait marmonné dans sa barbe que les choses en question ne devaient pas être très légales, s'il se fiait aux cadeaux que Frank nous apportait : du jambon, des bas, de la confiture, des fruits séchés, du beurre, des œufs. Tous ces présents rendaient toujours Ma très heureuse, même si elle se gardait bien de le montrer devant Papa.

Alors que j'attrapais le châle de Sukey sur le porte-serviettes, je surpris mon reflet dans le miroir de la salle de bains. Je fus étonnée par ce que je vis. Mon visage n'était pas la façade que je croyais : il semblait transparent, un livre ouvert dans lequel on aurait pu déchiffrer tout et son contraire. Des cernes s'étalaient sous mes yeux alors que je n'avais encore jamais perdu une heure de sommeil, et mes lèvres étaient rouges comme si je les avais mordillées sous le coup de l'énervement. Et mon nez brillait. Sukey m'avait promis de m'apprendre à me mettre de la poudre plusieurs mois auparavant, et je le lui rappelai en redescendant au salon.

– Je ne sais pas, Mopps, répondit-elle. Peut-être que tu es encore un peu trop jeune. Peut-être que je n'aurais pas dû te le promettre. Papa en ferait toute une histoire.

J'allais protester, mais je me cognai l'os de la cheville sur une table basse et couinai en levant le pied, au moment où l'homme au visage strié entrait. Il éclata de rire.

– C'est qu'on est maladroite, hein ?

Embarrassée et agacée, je jetai le châle en direction de Sukey, pensant qu'elle l'attraperait au vol, mais elle ne voulait pas lâcher son ouvrage et le tissu lui atterrit sur la tête, l'enveloppant comme un voile. Elle se piqua le doigt avec son aiguille et poussa un cri.

– C'est pour les oiseaux, s'exclama-t-elle en se débarrassant du châle avant d'enlever les cheveux de son visage. Pas pour moi.

– Pardon, dis-je avant d'enjamber un pot de fleurs en métal pour m'échapper de la maison.

J'entendis Sukey m'appeler :

– Mopps ? Mopps !

Je courus jusqu'à la cour. Le chemin dégagé et l'air frais me rassérénaient déjà. Je rejoignis le côté de la maison et m'arrêtai, profitant de l'espace pour étirer mes membres engourdis. J'entendis alors le bruissement dans la haie, ce bruit d'oiseaux, et une nouvelle fois, je fus envahie par un frisson de terreur. Sukey venait d'ouvrir une fenêtre et se pencha à l'extérieur.

– Oh, non ! Ça suffit, du balai, du balai, maintenant ! J'en ai plus qu'assez, c'est tous les jours pareil ! Je n'en peux plus !

Au début, je crus qu'elle s'adressait à moi, et je m'apprêtai à l'envoyer balader vertement quand je me rendis compte qu'elle invectivait la haie. En y regardant de plus près, je réussis alors à apercevoir au travers une femme, debout, le bas du corps appuyé sur l'autre côté de la palissade, un bras plongé dans le feuillage. De l'autre bras, plié, elle frottait quelque chose contre sa bouche. Ou plutôt, elle le mettait dedans, pensai-je en voyant sa mâchoire remuer. La haie était composée de buissons d'aubépine, et la femme semblait avoir arraché une poignée de feuilles, qu'elle mâchait à présent en dévisageant Sukey, sans une quelconque gêne de s'être fait prendre. Sukey lui rendit son regard, horrifiée. Bien sûr, je la connaissais. Tout le monde connaissait la Folle.

– Il faut aller chercher Doug, dit Sukey.

– Doug ? Tu veux dire Frank, répondis-je.

Je l'appelai, et il sortit en vociférant, le poing levé, pendant que je rentrais retrouver Sukey. Elle se moqua de sa propre frayeur et suggéra que la femme était peut-être un fin gastronome.

– On ne peut pas lui en vouloir, finalement, s'écria-t-elle. Les feuilles d'aubépine, c'est délicieux, n'est-ce pas, Mopps ? Tu te souviens, avant, on appelait ça « le goûter » ?

J'acquiesçai, mais son ton abrupt me mettait mal à l'aise.

– On trouvait même ça meilleur que les sandwichs de Ma, tu te souviens ? Meilleur que les rillettes, meilleur que les carottes mijotées au Bovril.

Elle s'interrompit, la main sur la hanche, comme une actrice dans un film, puis elle s'appuya contre le manteau de la cheminée.

– Mais Mopps, il doit y avoir suffisamment de buissons d'aubépine dans le parc. Alors pourquoi ici ? Pourquoi faut-il toujours qu'elle vienne ici ?

Elle s'observa dans le miroir au-dessus du feu, en s'efforçant d'ignorer le dôme en verre plein d'oiseaux sous le châle, puis elle leva une main jusqu'à sa bouche, et, l'espace d'une affreuse seconde, je revis la Folle, dans la même position.

Carla m'a suggéré d'essayer l'église. Elle est catholique et pense que cela pourrait m'apporter un peu de réconfort. J'ai capitulé et, ce matin, je l'ai laissée me déposer à l'office quand elle est repartie rendre visite à un autre vieux crouton. J'ai insisté pour que ce soit une église anglicane, même si je ne crois pas en un dieu en particulier et que je ne sais pas vraiment à quoi m'attendre. Après la disparition de Sukey, Ma a cessé d'aller communier, et je n'ai moi-même jamais songé à le faire. Patrick n'était pas croyant non plus, et Helen est catégoriquement athée. Mais beaucoup de vieilles personnes vont à l'église. Elizabeth y allait.

L'église à laquelle elle va est un vieux bâtiment en pierre avec des vitraux représentant des martyrs à l'air serein – ce que je trouve plutôt cocasse. Les membres de la congrégation sont assez chics. Ou en tout cas, ils ont fait des efforts, ici un foulard en soie autour du cou, là un bijou brillant dans les cheveux. Les premières minutes, je me sens un peu mal à l'aise, puis je me souviens que je suis une vieille dame et que personne ne me regarde.

Je prends mon recueil de cantiques et je m'assois.

– Cantiques anciens et modernes, lis-je à voix haute.

Quelques personnes se retournent pour me regarder. Il ne doit pas y avoir plus d'une douzaine de gens présents. L'odeur de bois et de vernis me rappelle l'école. Le cuivre poli et les bouquets de fleurs créent une atmosphère rassurante. Je commence à comprendre pourquoi les personnes âgées vont à l'église.

Des fleurs ont été disposées à l'extrémité de chaque banc, et je tends une main vers l'assortiment le plus proche pour caresser les pétales. Une des fleurs se détache de sa tige et je referme mon poing dessus. Ce geste me semble familier, alors je recommence, j'ouvre la main et j'écrase de nouveau la fleur. Mais je ne retrouve pas ce que cela signifie et, de toute façon, ce n'est pas la bonne fleur, ça devrait être une fleur de courgette jaune, et celles-là sont blanches, comme si on les avait abandonnées après un mariage. Peut-être qu'il y a eu un mariage hier. J'ai entendu dire que les jeunes gens le célébraient encore à l'église. Je serre le poing tandis que le pasteur s'éclaircit la gorge et que les fidèles baissent la tête pour prier. Les pétales sont doux et fragiles. Je les préfère ainsi, écrasés, concrets, plutôt que tout raides dans un bouquet. Les fleurs accrochées au banc ressemblent trop à celles qu'on trouverait à l'abri sous un dôme victorien en verre. Friables, sèches, presque troublantes.

On se lève, on chante, on s'assoit, on prie. J'avais oublié à quel point ces offices pouvaient être fatigants. Je n'arrive plus à suivre et je perds le fil, alors j'essaie d'imiter ce qui se passe autour de moi. Le pasteur a l'air surpris de me voir remuer les lèvres pendant son discours, le monologue qu'il fait depuis son pupitre. Enfin arrive l'heure du thé. Une énorme fontaine en métal est installée sur un chariot au fond de l'église, avec plein de tasses verdâtres. Beaucoup trop au vu du nombre de gens présents.

Une femme vêtue d'un gros gilet matelassé de la même couleur que les tasses s'approche de moi avec une boîte de biscuits.

– Nous ne vous avons jamais vue ici, commence-t-elle.

– Non, dis-je.

Puis c'est le trou noir. Je ne sais plus où je suis. Ou pourquoi. Je vacille sur les dalles de pierre et j'ai du mal à reprendre ma respiration. Je prends deux biscuits dans la boîte et les pose en équilibre sur ma soucoupe.

– Vous êtes de la région ? Ou simplement de passage ?

– Je ne sais pas.

Je me sens ridicule, au bord de la panique. Je reprends :

– Je veux dire... Où sommes-nous, exactement ?

Elle sourit. C'est un gentil sourire, mais il déborde de gêne.

– Nous sommes à l'église Saint-Andrew.

Ce nom ne me rappelle rien. Je n'ai pas envie de demander autre chose.

– Peut-être que vous allez plutôt à la chapelle, d'habitude ? Il y en a une à deux rues d'ici.

Je secoue la tête. Je n'ai pas oublié de quelle confession je suis. Je sais que je ne suis pas méthodiste ou baptiste, ou je ne sais quoi. Je ne suis même pas vraiment chrétienne.

– Désolée, dis-je. Je suis un peu étourdie.

La femme a l'air de penser que le mot est faible, mais elle acquiesce tout de même et prend une gorgée de thé avant de me présenter au pasteur. Heureusement, j'ai pensé à répéter mon nom dans ma tête.

– Comment allez-vous ? dit le pasteur en me serrant la main.

Il a la peau incroyablement douce, comme polie par le nombre de poignées de main qu'il doit effectuer pour son travail.

– J'espère que l'office vous a plu.

Je ne savais pas que c'était censé plaire, aussi la question me surprend-elle.

– Oh, dis-je.

Effrayés par mon mutisme, le pasteur et la femme au gilet commencent à s'éloigner, alors je baisse les yeux vers mon thé et mes biscuits, hésitant quant à la marche à suivre. J'aperçois un homme qui prend deux morceaux de sucre sur sa soucoupe et les met dans sa tasse avant de remuer. Avec un soupir de soulagement, je fais de même avec mes biscuits, et je mélange la mixture qui s'épaissit tour après tour. Quand je relève la tête, je me rends compte que tout le petit groupe me dévisage, à l'exception de la femme au gros gilet, qui garde les yeux résolument fixés au plafond.

Elle donne un petit coup de coude à l'homme à côté d'elle. Il toussote et reprend sa conversation :

– Non, elle n'allait pas bien du tout. C'est Rod qui l'a appris, comme c'est lui qui allait toujours la chercher. N'est-ce pas, Rod ?

Un petit homme qui tente de dissimuler sa calvitie sous les rares cheveux qui lui restent hoche la tête.

– Oui, voilà, c'est ça. Alors évidemment, son fils m'a téléphoné. Je lui ai dit que nous prierions pour elle.

– Évidemment, évidemment.

– Ce qui est contrariant, c'est que j'étais déjà passé pour rien plusieurs fois avant qu'il ne m'appelle. Je restais là, planté dehors, et personne ne venait ouvrir.

– Elizabeth.

Ça m'a échappé. La femme au gros gilet me regarde, enfin.

– Elizabeth, dis-je encore, elle a disparu.

– Oui, c'est exact, ma chère. Elle a disparu de notre congrégation. C'est comme ça.

Elle se retourne vers les autres. Je me mords la lèvre, humiliée, mais je dois saisir ma chance avant d'oublier.

– Non, dis-je, je suis à sa recherche. Elle n'est pas à la maison.

– Pas dans votre maison ? demande la femme en prenant soin d'articuler chaque syllabe.

Elle est très agaçante. Je réprime une envie de hurler.

– Non, non, c'est mon amie. Elle a disparu.

L'homme à la calvitie fronce les sourcils et se passe une main sur le crâne. Sa longue mèche de cheveux fins semble incrustée dans sa peau.

– Elle n'a pas disparu...

– Où est-elle, alors ? j'insiste. Je suis allée voir sa maison.

– Eh bien ma chère, reprend la femme en regardant le groupe, peut-être que ce n'était pas la bonne maison.

Elle ne parle pas fort, comme si elle ne voulait pas qu'on entende sa remarque, mais ses mots sont très clairs, et les autres l'écoutent attentivement. Le pasteur toussote et se déplace légèrement, et l'autre homme continue de se caresser le crâne. Le ton de la femme avait quelque chose de définitif, et je les sens prêts à changer de sujet. Dans un instant, ils vont se mettre à parler du temps qu'il fait. Une bouffée de chaleur m'envahit. Comment osent-ils se moquer de moi, ces gens qui sont censés tenir à Elizabeth ? Comment osent-ils ?

– C'était la bonne maison, dis-je calmement, fermement, avec le sentiment d'être une petite fille. Je ne suis pas stupide. Elizabeth a disparu.

Durant le silence qui suit, je prends une inspiration, tremblante.

– Pourquoi est-ce que vous vous en fichez ? Pourquoi est-ce que personne ne veut rien faire ?

Je crois que je commence à crier, mais je ne peux plus m'arrêter.

– Il a pu lui arriver n'importe quoi. N'importe quoi ! Alors pourquoi est-ce que personne ne veut m'aider à la retrouver ?

La frustration m'empêche de respirer. Je serre la tasse dans ma main, puis je la jette par terre. Elle éclate sur le sol en pierre. Le bruit résonne dans l'église tandis que le thé épais et plein de miettes se répand dans les rainures des dalles. La femme avec le gros gilet repose sa tasse et se penche pour ramasser les morceaux brisés de la mienne.

– Peut-être qu'il vaudrait mieux que je vous raccompagne, dit-elle.

Elle m'entraîne gentiment à l'extérieur jusqu'à sa voiture. Et elle reste très patiente quand je me trompe dans mes indications et que nous devons prendre un sens unique une deuxième fois. Pendant qu'elle conduit, je m'écris un petit mot : *Elizabeth pas à l'église*. La femme me voit faire et se penche pour me prendre la main.

– À votre place, je ne m'inquiéterais pas, dit-elle en m'aidant à sortir de sa voiture. Dieu prend soin de ses fidèles. Et vous, vous devez prendre soin de vous.

Elle me propose de venir me chercher pour l'office de dimanche prochain, mais je lui réponds que je ne m'en sens pas capable. Elle hoche la tête d'un air compatissant, mais son sourire trahit une note de soulagement.

# 6

Le poste de police n'a jamais déménagé. L'inscription « 1887 » gravée sur le fronton et la grande lanterne en verre de l'entrée sont plutôt rassurants, mais le sol à l'intérieur a l'air mouillé et j'ai un peu peur de marcher dessus. Je reste un instant sur le seuil à me demander comment les gens « en état d'ébriété » s'en sortent sur ce sol glissant, puis j'entre, une main posée sur le mur. Je l'y laisse pour me guider tandis que j'avance.

Au bout de quelques pas, je me rends compte que je m'appuie sur un panneau d'affichage. Je m'arrête pour déchiffrer les mots d'un poster punaisé au centre : « Les voleurs du distributeur travaillent vingt-quatre heures sur vingt-quatre. » Je me demande ce que c'est qu'un « voleur du distributeur », et comment il fait pour rester réveillé si longtemps. Cette seule pensée suffit à m'épuiser. Je repère une chose en bois pour s'asseoir, un long siège en bois, juste à côté de moi, mais il ne faut pas que je m'assoie, il faut que je continue. Il faut que j'aille au bout de ce que je suis venue faire. Mais je ne sais plus ce que c'est, ma tête est vide. Mes bras se mettent à trembler et les battements de mon cœur résonnent jusque dans mon ventre. Je prends une profonde inspiration et je plonge la main dans la poche de mon gilet à la recherche d'un petit mot. Quoi que j'aie prévu, j'ai forcément dû l'écrire. Il doit y avoir un indice quelque part.

Je sors un petit paquet de bouts de papier colorés dont les coins se recourbent entre mon pouce et mon index. À contrecœur, j'enlève mon autre main du mur pour les examiner. J'ai l'impression que je ne peux pas faire confiance à mon équilibre. Je trouve un papier rose qui comporte la date d'aujourd'hui – enfin, si c'est bien la date d'aujourd'hui, car je n'en suis pas certaine. Puis un papier jaune avec le numéro de téléphone de ma fille, en cas d'urgence. Je retrouve aussi la recette d'une soupe de légumes, mais on dirait qu'il en manque une bonne partie, car la liste des ingrédients s'arrête après « oignons ». Mais je ne vois rien qui puisse m'indiquer la raison de ma présence ici.

– Bonjour, madame Horsham, intervient une voix.

Je lève les yeux. De l'autre côté de la pièce se trouve un bureau surmonté d'un panneau annonçant : « POLICE – ACCUEIL ». Je le lis à voix haute. Il y a un homme assis derrière, mais j'ai du mal à le voir à cause du reflet de la fenêtre, non, de la vitre qui nous sépare. Je range les papiers dans ma poche et je m'avance. Je passe à côté d'un banc en bois fatigué. Je me demande si c'est là qu'ils mettent les gens qu'ils viennent d'arrêter. Est-ce que ce hall est plein d'ivrognes, de prostituées et de cambrioleurs, la nuit ? J'ai du mal à l'imaginer. En plein milieu de la journée, il y règne un calme plat, j'arrive à entendre l'écho de mes pas tandis que je m'approche du bureau.

Une fois devant, je distingue les épaulettes sombres, comme de petites ailes, sur la chemise blanche de l'homme qui m'a appelée. Il relève les yeux de son écran d'ordinateur et me sourit, et je me sens sourire en retour, comme avec Frank, les muscles de ma bouche obéissent automatiquement à ce signal. Je ne comprends pas comment il connaît mon nom.

– Comme d'habitude ? demande-t-il, sa voix métallique à travers le haut-parleur.

– D'habitude ?

– Elizabeth, c'est ça ?

Il hoche la tête, comme pour m'encourager à lui donner la réplique.

– Elizabeth, oui, dis-je, abasourdie.

Évidemment, c'est pour ça que je suis là. Je suis venue pour elle. Une vague de soulagement m'envahit et je demande :

– Vous savez, pour Elizabeth ?

Peut-être qu'il y a une enquête, après tout. Que quelqu'un est à sa recherche. Que quelqu'un sait qu'elle a disparu. Cela m'enlève un poids des épaules. Combien de temps aurai-je passé à batailler pour qu'on m'écoute ?

– Oh oui, je suis le spécialiste en ce qui concerne Elizabeth, dit l'homme.

Des larmes de soulagement me montent aux yeux, mais je parviens à sourire.

– Elle a disparu, pas vrai ? reprend-il.

Je hoche la tête.

– Et c'est probablement un coup de son bon à rien de fils, vous ne croyez pas ?

Je hausse légèrement les épaules pour acquiescer, impuissante.

– Et personne d'autre n'a l'air de croire qu'elle a disparu. C'est bien ça ?

– Exactement, monsieur l'agent, dis-je, accrochée au comptoir.

– C'est ce que je pensais, conclut-il.

Il se tait et me sourit. Un malaise m'envahit.

– Cela va nous faire la... attendez voir...

Il clique plusieurs fois et examine son écran d'ordinateur.

– ... Quatrième fois que vous venez.

Quatrième fois ?

– Et donc, dis-je, est-ce que quelqu'un s'est déjà mis à la recherche d'Elizabeth ?

À peine les mots ont-ils quitté mes lèvres que je sais déjà que c'est sans espoir. L'agent rit.

– Bien sûr ! J'ai mis tous mes hommes sur le coup. Et les chiens, les experts médico-légaux et la brigade aérienne. Ils sont tous en mission...

Il s'interrompt pour désigner les alentours d'un geste de la main.

– ... À la recherche de votre amie Elizabeth.

À ces mots, je sens mes joues s'empourprer. Mes aisselles me picotent. Je comprends ce qu'il pense de moi, maintenant, et cela me donne la nausée. Les larmes coulent, enfin, et je me retourne pour ne pas qu'il me voie.

– Laissez tomber les dealers de drogue, les violeurs et les meurtriers, voilà ce que j'ai dit à mon équipe, continue le policier. Et si on se penchait plutôt sur le fils de Lizzie, ce sacré bon à rien...

Je n'en entends pas plus car je me précipite dehors, dans la rue. L'air frais s'accroche aux sillons humides sur mes joues. Je vais patienter à l'arrêt de bus, la manche de mon gilet devant ma bouche. C'était mon dernier espoir. Si même la police refuse de me prendre au sérieux, ai-je seulement encore une chance de revoir Elizabeth un jour ?

Je ne me souviens pas d'être allée au poste de police pour ma sœur ; Papa s'y était rendu tout seul pour signaler sa disparition, puis une nouvelle fois après que nous eûmes parlé aux voisins. Après cela, Ma et lui y passaient régulièrement pour savoir ce qui était mis en œuvre, ou ce qui avait pu être découvert, mais ils ne m'emmenaient jamais avec eux. Cependant, je me souviens qu'un policier était venu à la maison, un jour, pour poser des questions sur Sukey. Il était là quand j'étais rentrée de l'école.

– Je vous avais dit que je passerais, dit-il, assis à la table de la cuisine devant une assiette débordant de tranches de gâteau.

Il avait des cheveux brun brillant et des cernes noirs sous les yeux. Il ne portait pas d'uniforme.

– Mais cette histoire de hurlements n'a pas l'air d'avoir de rapport, c'est arrivé il y a des semaines d'après les voisins. J'ai demandé à un agent de vérifier. Et comme on vous l'a dit au poste, les gens disparaissent à tout-va ces jours-ci. Les hommes n'arrivent pas à se faire à la vie en civil, ou les femmes n'arrivent pas à se faire au retour de leur mari, alors ils prennent la poudre d'escampette. Et nous, on se retrouve à épauler les pauvres âmes esseulées.

– Mais Frank n'est jamais parti, intervint Ma en reposant la théière avant de se glisser sur la chaise à côté de moi.

– Ah oui ? Il n'était pas au front ?

Le policier leva les yeux de son gâteau, et une miette tomba du coin de sa bouche.

– Il a une entreprise de déménagement, les déménagements Gerrard, expliqua Papa, les yeux fixés sur la miette échouée sur la table. Affectation spéciale ; il n'a pas eu à s'engager. Mais peu importe, Frank aussi a disparu.

Le policier acquiesça lentement.

– Ah oui, oui, c'est exact. Gerrard. Je connais. Il a aidé ma tante à déménager ses meubles après que sa maison a été bombardée, d'ailleurs. L'obus sur l'école, vous vous souvenez ? Ah, il nous a rendu un sacré service, cette fois-là. Cependant...

Il s'éclaircit la gorge et attrapa quelques grains de raisin du bout des doigts.

– ... Je savais déjà qu'il avait disparu, vu qu'il est recherché par les services de police.

– Recherché ? répéta Papa.

Le policier fit un signe de la main, le raisin toujours entre les doigts.

– Il doit être entendu dans une affaire de fraude aux tickets de rationnement, répondit-il avant de gober les fruits secs. Et pas des moindres. Il donne aux gens plus que ce à quoi ils ont droit, et cela encourage les autres à aller se fournir au marché noir.

Ma coupa d'autres tranches de gâteau et remplit sa tasse de thé.

– Le marché noir, hein ? reprit Papa. Ça ne m'étonnerait pas que Frank trempe là-dedans aussi. Mais vous ne l'avez pas retrouvé, alors ?

– Non. Ce qui nous donne une tout autre perspective sur cette histoire.

Le policier prit une gorgée de thé.

– J'imagine qu'ils auraient pu décider de mettre les voiles ensemble, non ? Vous avez mentionné une valise.

Papa s'appuya sur le dossier de sa chaise, les mains dans les poches, et son regard s'attarda par terre.

– J'ai vraiment du mal à croire que Sukey se serait laissée embarquer dans quoi que ce soit d'illégal.

Je baissai les yeux sans cesser de tripoter l'anse de ma tasse, en repensant aux affaires de Sukey, aux cols en fourrure et au nouveau sac en peau de serpent, aux caisses de rations de l'armée dans les anciennes écuries et à la nourriture en plus que nous avions pour dîner chaque fois que Frank et elle passaient à la maison.

– Non, et puis honnêtement, il n'y avait pas de quoi s'enfuir non plus, concéda le policier en reprenant une part de gâteau. Pour tout vous dire, le dossier est plutôt léger. Mais si ce n'est pas ça, alors...

– Alors Frank lui a fait quelque chose et il a fiché le camp, compléta Papa.

– Frank ne ferait jamais ça ! s'écria Ma qui se leva pour jeter sa cuillère dans l'évier.

Papa releva la tête pour la regarder, et il dut apercevoir Douglas dans le couloir à ce moment-là car il l'interpella.

– Douglas, je te présente le sergent Needham, il est venu nous poser des questions pour Sukey. Sergent, voilà notre locataire.

Douglas entra dans la cuisine et s'appuya contre les étagères près de la porte, visiblement mal à l'aise. Il salua le sergent, puis secoua la tête quand Ma lui proposa une tasse de thé.

– Vous parliez de Frank, à l'instant, non ? dit-il en tirant sur l'ourlet de son pull-over.

— Oui, répondit le sergent. Madame Palmer pense qu'il est impossible qu'il ait un rapport avec la disparition de sa fille.

– Ah oui ? demanda Douglas en se tournant vers Ma, toujours face à l'évier. Eh bien, je ne suis pas d'accord. Un homme jaloux, Frank. Et un sale caractère.

– Jaloux, vous dites ? répéta le sergent. Et pourquoi ? Quelque chose à voir avec vous ?

– Non, répondit Douglas.

Il avait pris soin de prononcer ce dernier mot lentement, avec prudence.

– Mais Sukey m'a raconté qu'il lui arrivait de se montrer jaloux.

Douglas ne quitta pas le sergent des yeux. Son visage semblait figé, comme un masque, et j'eus l'impression un peu folle que, lorsqu'il parlait, ses lèvres ne remuaient pas.

– Il tirait des conclusions hâtives, d'après ce qu'elle me disait.

Papa sortit les mains de ses poches pour se frotter le visage, et Ma se retourna et s'appuya contre l'évier, les mains accrochées au rebord derrière elle. Je me demandai pourquoi Sukey irait raconter ce genre de choses à Douglas, et pourquoi elle ne m'en avait pas parlé à moi. Je me demandai si c'était vrai.

– Quand est-ce que Sukey t'a dit ça ? laissai-je échapper.

Immédiatement, Papa m'ordonna de monter dans ma chambre.

– Ce n'est pas une discussion pour toi, dit-il.

Je quittai la table, mais m'attardai en haut des quelques marches qui menaient à l'entrée. De là, la cuisine avait l'air chaleureuse, lumineuse, l'éclairage de la cuisinière rivalisant avec celui du plafonnier. J'aurais presque pu croire que c'était l'heure du thé, en famille, avec les tasses sorties et la théière fumante. Sauf que, bien sûr, un policier était assis à la place de Ma, et il finissait notre gâteau tout en prenant des notes dans un petit carnet.

– Oui, dites-moi, quand est-ce que Sukey vous a confié ça ? demanda-t-il à Douglas avant de tourner une page.

– Plusieurs fois. Elle me l'a dit un tas de fois, sergent, dit-il. Une fois cet été...

Je ne le voyais pas en entier, juste des pieds à la poitrine, mais ses bras remuèrent et j'en déduisis qu'il haussait les épaules.

– Quoi, quand elle est venue dîner ? demanda Ma, dont je distinguais les jambes devant le placard sous l'évier. Je ne l'ai pas entendue dire ça.

La mâchoire rose de Douglas apparut dans mon champ de vision quand il se pencha, et je crus qu'il allait ajouter quelque chose, mais le sergent avala le reste de son thé et recula sa chaise.

– Il faut que je vous laisse, dit-il.

Il reposa sa tasse, nota encore quelques mots dans son carnet et se leva.

– Merci pour le thé, madame Palmer. Je vous recontacterai si j'ai du nouveau. Mais pas d'inquiétude, les gens bougent énormément de nos jours. À croire qu'ils ont peur de rester en place. Le plus probable, c'est qu'ils sont partis essayer une autre ville, et qu'ils reviendront une fois qu'ils auront compris que c'est partout pareil. Et de toute façon, la justice mettra rapidement la main sur Frank.

Il resta là un instant, face à Douglas, avant de suivre Papa qui l'entraînait jusqu'à la porte d'entrée. Je me déplaçai rapidement dans le salon et entendis Ma dire à Douglas qu'il n'y avait plus de gâteau.

– J'ai fini les fruits secs que Frank m'avait apportés, dit-elle.

J'essayai d'imaginer la tête que faisait Douglas en l'entendant parler de Frank.

– Comment était ton film ? ajouta-t-elle pour ne pas lui laisser l'occasion de parler de Sukey et de son mari.

Il murmura quelque chose trop bas pour que je le comprenne.

– Ah bon ? dit Ma. Mais je croyais que c'était un film drôle. Tu es sûr que tu as bien suivi ?

Pendant ce temps, Papa remerciait le sergent Needham d'être venu.

– Pas de problème. Je vous tiendrai au courant si Gerrard refait surface. Lui ou la valise qu'il transportait.

Ils s'arrêtèrent devant la porte pour jeter un dernier coup d'œil vers la cuisine pendant que le sergent époussetait les miettes de son pantalon.

– Ce jeune homme me rappelle quelqu'un, l'entendis-je ajouter au moment de partir. Mais je n'arrive pas à retrouver qui.

J'ai jeté toutes mes notes sur Elizabeth à la poubelle. Maintenant, elle ressemble à un pot de confettis. Je me sens terriblement coupable de l'abandonner ainsi, mais que puis-je faire de plus ? Je n'ai plus de quoi « poursuivre l'enquête », comme on dit, ni personne pour m'aider. Je suis allée voir la police quatre fois, je le sais car je l'ai écrit. Quatre fois, et ils refusent de faire quoi que ce soit. Ils pensent que je suis une vieille toquée. Et je commence à me dire qu'ils n'ont pas tort. Je vais chercher une grande feuille de papier et un stylo rouge et je me fais un panneau à accrocher dans le salon : « *Elizabeth n'a pas disparu.* » Je ne le crois pas pour l'instant, mais peut-être que, dans quelques heures, ça viendra. Peut-être même avant. Je ne veux pas me retrouver à la chercher de nouveau. Ça ne sert à rien. Personne n'accepte de me croire, je vais finir par me rendre folle si je continue. Et puis, j'ai déjà tant oublié, peut-être que je me trompe depuis le début, peut-être qu'Elizabeth est tranquillement chez elle et que je fais des histoires pour rien.

Carla aperçoit mon écriteau en arrivant et hoche la tête, satisfaite.

– Très bien, approuve-t-elle. Occupez-vous de votre propre sécurité et de votre bien-être, plutôt. Prudence est mère de sûreté, hein ?

Elle s'affaire dans la maison comme à l'accoutumée, tout en me racontant des attaques en pleine rue et des vols à main armée. J'essaie de suivre, mais j'ai l'impression que ça n'a plus grand-chose à voir avec moi, maintenant.

– Les personnes âgées ne sont pas très douées pour la sécurité, continue Carla. Elles ne vérifient pas que la porte d'entrée est verrouillée, ou que les fenêtres sont bien fermées. C'est parce que vous avez grandi à une autre époque. Je parie que vous connaissiez tous les habitants de la ville, avant, hein ?

– Ne soyez pas bête, je rétorque. Il y avait tout un tas d'individus peu recommandables dans cette ville, quand j'étais gamine.

Des hommes démobilisés qui se saoulaient dans les pubs, des soldats américains et canadiens qui attendaient d'être rapatriés, des évacués de Londres ou de Birmingham qui avaient perdu leur maison, et des convalescents qui espéraient que l'air marin les aiderait à guérir. Carla disparaît à l'étage pour s'occuper de ma chambre avant que j'aie le temps de finir ma pensée et je passe à la cuisine. Elle n'a pas encore fait mon sandwich, alors je mets du pain dans la machine qui le réchauffe, qui le rend tout brun, et je sors le beurre.

– Vous savez quelle quantité de pain vous mangez ? me demande Carla, qui vient soudain de réapparaître. Vous devez en être au moins à un pain entier par jour.

– Il n'y a plus de gâteau, c'est le sergent qui l'a terminé, dis-je.

– S'il n'y a plus de gâteau, c'est parce que vous avez tout mangé, me répond-elle en tournant le robinet avant de verser du liquide vaisselle dans l'évier.

Son ton ne me plaît pas. Je m'écarte de son chemin et vais vérifier le verrou de la porte d'entrée avant de m'asseoir. Carla vient dans le salon me donner mes pilules. Je ne sais pas ce qu'elles sont censées soigner.

– Et puis il y a les digicodes, que l'on installe à l'entrée de la maison, dit-elle en griffonnant dans le cahier des aides près de la table basse. Vous êtes bien obligée de divulguer le code pour que les aides puissent aller et venir, mais il suffirait d'un seul malfaiteur, pas vrai ? Quelqu'un révèle le code à quelqu'un d'autre, et le criminel n'a même plus besoin d'entrer par effraction.

L'air catastrophé, elle pose les mains sur sa tête, puis les lève en un geste impuissant.

– Ça ne doit pas être si dangereux que ça, je réponds. Sinon ils n'arriveraient pas à en installer autant chez les gens. Même Elizabeth en a un.

Mon esprit s'efforce soudain de me dire quelque chose. Elizabeth a un digicode. Avec un digicode, on rentre facilement dans une maison. J'écris ça sur un morceau de papier avec le nom d'Elizabeth à côté.

– Elizabeth a un digicode, je répète. Si quelqu'un avait réussi à entrer...

– Vous n'allez pas recommencer, dit Carla. Je croyais que vous aviez abandonné cette histoire ?

Et elle me montre le panneau au mur. Je repose mon stylo.

– Oh, c'est vrai.

Je suis déçue, comme si je venais de perdre un bien précieux.

– Bien. Au revoir.

Carla va jusqu'à la porte, et j'entends qu'elle essaie de l'ouvrir, mais la porte cogne contre le chambranle comme si elle était coincée.

– Eh ! appelle-t-elle. Vous l'avez verrouillée. Où avez-vous mis la clé ?

Je me lève pour lui désigner le petit pot sur l'étagère au-dessus du radiateur, là où je range toujours ma clé.

– Vous avez dit de vérifier que tout était fermé, je lui explique en lui montrant le petit mot que j'ai écrit à ce sujet.

Elle me dévisage.

– Mais ce n'est pas la peine de le faire tant que je suis encore là.

Une fois que la porte s'est refermée et verrouillée, je vais chercher mon sandwich. Il reste un morceau de pain sur le buffet et je pose ma poignée de petits papiers pour sortir le beurre, mais je n'en trouve pas dans le frigo. Il y a une grande pancarte au-dessus de la cuisinière pour me dire de ne pas faire la cuisine, mais j'aimerais vraiment manger un œuf avec mon pain. Je dois quand même avoir le droit de me faire un œuf dur. Ce n'est même pas de la cuisine.

J'allume le gaz et remplis une casserole d'eau. Pendant que j'attends qu'elle se mette à bouillir, je relis mes notes : *Avec un digicode, on rentre facilement dans une maison.* Il y a le nom d'Elizabeth à côté. Je le lis plusieurs fois. J'ai aussi écrit : *Il suffit d'un seul malfaiteur.* Mais ça, c'est valable pour tout. Et puis on ne peut pas vivre en ayant peur de chaque personne qu'on croise. Il faut bien laisser entrer des gens chez soi.

C'était Sukey qui avait suggéré Douglas comme nouveau locataire. Elle travaillait à la cantine de la NAAFI[1], qui était installée dans un hôtel sur la falaise, et Douglas s'occupait des livraisons de lait en attendant d'être assez vieux pour entrer dans l'armée. La cantine était sur son trajet. Sukey l'aimait bien ; ils discutaient souvent avant qu'elle ouvre le matin, de films la plupart du temps, nous disait-elle.

Je le rencontrai un jour où Sukey m'emmena à son travail. C'était une semaine après que notre école eut été touchée par un raid aérien nocturne. Je passais mes journées à la maison en attendant que nous puissions être transférées dans l'école des garçons, et Ma en avait assez de me voir bayer aux corneilles. Nous avions dû nous réveiller très tôt et j'étais encore endormie quand nous arrivâmes à la cantine. Sukey m'installa dans la cuisine, puis se mit à peser des petits sacs en tissu blanc pleins de thé et de café et à aller et venir pour vérifier la température de l'eau chaude dans la fontaine. Je trouvais qu'elle avait une allure un peu bizarre avec sa salopette bleue et sa petite toque obligatoires, mais ça n'avait pas l'air de la gêner. Une bonne odeur de nourriture emplissait la pièce et elle me donna des haricots sur un toast avec une saucisse.

– Je ne devrais pas, tu sais, me dit-elle en posant l'assiette devant moi. Normalement, c'est pour les Yankees.

1. NAAFI (*Navy Armed Air Forces Institute,* Institution de l'armée de l'air) : organisme du gouvernement britannique qui gère divers établissements pour les soldats et leur famille dans les bases britanniques (cafés, supérettes, laveries...).

On ne servait presque que des Américains dans cette cantine-là, du coup, tout en mangeant, je me mis à guetter un accent ou une expression étrangère. J'étais en train de finir mon assiette quand j'entendis enfin quelque chose.

– *Pour sûr*, Sukey, disait la voix. *Ça roule.*

Je me retournai et vis entrer Sukey accompagnée d'un garçon. Il transportait une caisse de bouteilles de lait qu'il posa sur le comptoir devant moi. J'étais surprise de voir un laitier américain et le dévisageai.

– Mopps, je te présente Doug, commença Sukey en lui posant une main sur l'épaule. Dis bonjour.

– Bonjour, Doug, répétai-je.

Sukey attrapa deux bouteilles de lait et ressortit de la cuisine. Doug la suivit des yeux.

– Bonjour, euh... Mopps, dit-il en fronçant les sourcils.

– Je ne m'appelle pas vraiment Mopps, bêta, m'esclaffai-je.

Une expression contrariée apparut sur son visage et il se retourna vers moi.

– Pourquoi est-ce qu'elle t'appelle comme ça, alors ?

Il n'y avait plus rien d'américain dans son accent, et je me demandai si Sukey savait qu'il faisait semblant le reste du temps. Je pris ma dernière bouchée de saucisse.

– C'est un surnom, expliquai-je, la bouche pleine.

– C'est un peu idiot, non ? dit-il, les sourcils toujours froncés.

Je haussai les épaules et reposai ma fourchette à côté de mon assiette.

– Je parie que Doug, ça n'est pas ton vrai nom non plus.

– Bien sûr que si, rétorqua-t-il tandis que son regard revenait sur Sukey, qui rentrait pour poser un autre sac de thé sur la balance.

– Ça n'est pas le diminutif de Douglas ?

Il serra les dents et se pencha sur les bouteilles, qu'il se mit à sortir brusquement de leur caisse.

– Alors ?

– Si.

– Donc Doug, c'est un surnom, pas vrai ?

Il s'interrompit pour me regarder.

– D'accord, tu m'as eu, dit-il.

Il rougit et jeta un nouveau coup d'œil à Sukey. Je l'avais mis mal à l'aise, et je m'en voulais.

– C'est un joli nom, Douglas, ajoutai-je pour me rattraper. J'aime bien.

Cela le fit sourire et je m'en voulus encore plus. Il était plutôt mignon, Douglas, avec son doux visage ovale, ses cheveux châtains et ses sourcils bien droits. Il était grand, mais il se tenait avachi et baissait la tête quand il parlait, et il vous regardait de côté, comme s'il ne voulait pas qu'on remarque trop sa taille.

– J'espère que tu es gentille avec Doug, intervint Sukey qui revenait pour poser les bouteilles vides sur la table.

J'acquiesçai et cherchai un autre sujet de conversation.

– Eh, on a vu la Folle, ce matin, annonçai-je, parce que c'était vrai, on l'avait vue, même si ç'avait été bref.

– Chut, Maud, me réprimanda Sukey. Ne l'appelle pas comme ça. Tu ne la connais pas. Imagine si Ma faisait quelque chose de bizarre et que les gens se mettaient à la traiter de folle. Et tu ne m'écoutes pas : je disais que Doug allait être notre nouveau locataire.

Elle lui ébouriffa les cheveux comme elle le faisait avec moi, d'habitude, et il rougit à nouveau.

– Tu veux que je te prépare à manger ? lui demanda-t-elle.

– Non, je ferais mieux d'y aller.

Il mit rapidement les bouteilles vides dans sa caisse, puis l'emporta dehors et salua Sukey d'un geste gauche quand elle lui cria au revoir.

– Est-ce que Ma a déjà fait quelque chose de bizarre ? demandai-je à Sukey dès qu'il fut parti.

– Bien sûr que non, bécassine, répondit-elle en ramassant les bouteilles pleines. Mais tu ne devrais pas critiquer sans savoir, c'est tout. Est-ce que Doug t'a plu ? Ma cherche quelqu'un pour reprendre la chambre de Mademoiselle Lacey maintenant qu'elle est partie chez sa nièce. Je ne plaisante pas, tu sais. Sois sympa avec lui. Sa maman vient de mourir. Une bombe est tombée sur leur maison.

Je m'en voulus encore plus pour les surnoms et je promis à Sukey d'être gentille avec lui – et j'étais vraiment sincère. Mais je repensai à la façon dont elle lui avait ébouriffé les cheveux et offert à manger, la façon dont elle s'était occupée de lui comme elle s'occupait de moi, et je me demandai si, moi aussi, je la regardais parfois comme Douglas l'avait regardée.

Il y a une odeur bizarre quelque part. Je regarde dans le salon autour de moi, j'attrape un coussin et vais m'asseoir au bord de la fenêtre. Je ne vois rien. Je n'arrive pas à déceler d'où vient l'odeur. J'ai ressorti tout un tas de notes de la poubelle – je ne sais même pas comment elles se sont retrouvées là. J'y ai aussi repêché un couvercle de poudrier rayé, bleu et argenté. Cela va faire deux fois que je le déterre, celui-là. Au moment où je m'apprête à aller voir ce qui cause cette affreuse odeur, Helen entre dans la pièce.

– Maman ! Tu as laissé le gaz allumé ! crie-t-elle. Je t'avais dit de ne pas utiliser la cuisinière. Tu as failli faire exploser toute la maison, bon sang ! Beurk, et ça pue jusqu'ici aussi.

Elle s'approche et se penche au-dessus de moi pour ouvrir la fenêtre, puis agite le rideau pour faire un courant d'air. J'examine le dessous de son menton, il a l'air très doux. Vulnérable.

– Je suis désolée pour les surnoms, dis-je.

Elle baisse la tête pour me regarder et son menton se replie.

– Quoi ?

– Rien, je ne sais plus.

Je me demande si elle ira me préparer une tasse de thé quand elle aura fini. Mais j'ai bien peur qu'on n'ait plus de lait, parce que j'ai embêté le laitier. Oh, tout se mélange. Une brise s'engouffre par la fenêtre, me saisit par le bas du dos et me fait frissonner.

– Tu n'as rien senti ? insiste Helen.

– Si, je me disais bien que je sentais quelque chose, dis-je en tirant un bout de tissu sur mes genoux pour me réchauffer. Des saucisses, des haricots et... qu'est-ce que tu as dit que c'était ?

– Le gaz.

– Oh. Est-ce qu'il y a eu une fuite ?

Le tissu sur mes genoux refuse de rester à sa place. J'essaie de l'aplatir, je l'enroule autour de ma taille, mais il ne cesse de bouger. Quand je relève la tête, je me rends compte que Helen continue d'agiter le rideau. Le mouvement me fait cligner des yeux.

– Non, Maman, tu as laissé le gaz allumé. C'est pour ça qu'il ne faut pas que tu fasses la cuisine.

– Je ne fais presque jamais la cuisine, Helen, dis-je. Il y a un panneau au-dessus des plaques avec...

– Je sais qu'il y a un panneau, c'est moi qui l'ai écrit.

Elle lâche le rideau et passe les doigts dans ses cheveux.

– Mais je peux quand même me faire un œuf dur, dis-je.

– Non ! Non, tu ne peux pas te faire un œuf dur, Maman ! C'est ce que j'essaie de t'expliquer !

Ses mains se transforment en poings et elle tire ses cheveux à la racine. Je n'arrive pas à comprendre pourquoi elle est si en colère.

– Est-ce que tu comprends ? Tu ne dois plus faire la cuisine. Plus du tout.

– D'accord, d'accord, dis-je tandis qu'elle arpente la pièce. Je prendrai un morceau de fromage à la place, ou autre chose.

– Tu me promets ? Tu veux bien l'écrire ?

Je hoche la tête et sors un stylo de mon sac à main. Il y a un enchevêtrement de papiers colorés sur la table à côté de moi, et j'écris quelques mots sous une liste qui commence par : *Poudrier, courgettes.*

– Et écris-le sur le panneau aussi, ajoute Helen. Je vais y aller avec toi pour t'aider.

Elle me tend la main et je la saisis pour me relever. J'ai le rideau coincé dans le pantalon, c'est à n'y rien comprendre, et Helen doit m'en dépêtrer. Elle se tient très près de moi et recouvre même ma main avec la sienne sur la rampe des quelques marches qui nous mènent à la cuisine. Une fois arrivées, je me rends compte que j'ai laissé le stylo dans le salon, et Helen court le chercher.

– Même les œufs, dit-elle en revenant. Écris « Même les œufs » sur le panneau.

Je m'exécute et repose le stylo.

– Les œufs sur le panneau ? dis-je. Qu'est-ce que ça veut dire, « Même les œufs sur le panneau » ?

# 7

J'ai cette vieille mélodie d'Eric Coates dans la tête, *Music While You Work*. Elle tourne en boucle, elle tourne en rond, plus rapide à chaque seconde, plus énergique, plus forte, plus militaire. Je m'imagine un sourire affolé sur le visage, mes bras remuant comme tirés par des fils. J'étais toujours fébrile quand j'étais enfant. On nous répétait constamment de rendre service, de travailler, de participer à l'effort de guerre, mais sans jamais rien nous donner de précis à faire. J'allume la télévision, mais je n'arrive pas à me concentrer alors je vais m'affairer dans la maison, je fais du rangement, un peu de ménage, je déplace quelques objets, j'époussette les meubles. Je tapote les coussins du canapé et je remets les livres à leur place. Je vaporise de la cire sur la table basse et je vais chercher un chiffon pour frotter. Carla entre dans la pièce au moment où je commence à polir le bois pour le faire briller.

– Une vraie petite fourmi ! s'exclame-t-elle en enlevant son manteau. Vous faites du nettoyage ? Je vais l'inscrire dans le cahier.

Elle m'encourage d'un signe de tête et alors qu'elle tourne les pages du cahier, le stylo à la main, elle se retourne et émet un petit bruit.

– Oh, mais qu'est-ce qui se passe ? demande-t-elle. Vous comptez les brûler ? Pourquoi avez-vous empilé les livres dans la cheminée ?

– De quoi est-ce que vous parlez ? dis-je.

Je repose le chiffon et suis son regard. Les livres sont rangés à leur place. Ils tiennent parfaitement dans la petite alcôve à côté de la télévision. C'est très joli.

– Et, euh... reprend-elle, qu'est-ce que vous avez pris pour nettoyer la table ?

– Un chiffon, dis-je en fronçant les sourcils.

Quelles drôles de questions elle pose, aujourd'hui.

– Non, ça ne m'a pas l'air d'un chiffon.

Elle prend le bout de tissu entre ses mains pour mieux l'examiner. Ce n'est qu'au moment où elle le soulève que je vois de quoi il s'agit. Une jupe. Une ancienne jupe de Sukey. En jersey marron foncé, et maintenant couverte de miettes et de taches de cire mates. J'ai dû la sortir de la commode dans mon ancienne chambre. Il y a encore plein d'affaires de Sukey là-dedans. Certaines que j'ai découpées pour les ajuster et pouvoir les porter, et d'autres que j'ai gardées simplement parce que je ne pouvais pas supporter l'idée de les jeter. Et voilà que j'en ai détruit une.

Carla sourit.

– C'est original, de prendre une jupe pour faire les meubles !

Puis elle croise mon regard et incline la tête sur le côté.

– Je vais la mettre dans la machine à laver. Ne vous en faites pas, elle sera comme neuve.

Après le départ de Carla, je me rends compte que je ne me sens pas d'humeur à rester assise. Je n'arrive pas à me débarrasser de l'idée qu'on m'attend quelque part. J'enfile mon manteau et je sors. Je ne sais pas où aller, mais peu importe, si je suis censée aller quelque part, je suis sûre que ça finira par me revenir.

Au moment où je parviens en haut de ma rue, un bus passe à côté de moi. J'espère que je n'avais pas prévu de le prendre. Si c'était le cas, de toute façon, c'est trop tard maintenant. Je pose la main sur un muret de jardin le temps de me retourner pour observer ma rue. Je sens la mousse sous mes doigts, humide, et, sans y penser, je me mets à gratter. J'aime sentir les racines s'arracher sous mes ongles. J'aperçois plusieurs bouts de papiers de couleur vive éparpillés sur le trottoir. Ça doit être les miens, mes notes, ma mémoire en papier. Mes poches sont pleines de listes et de mémos. Je ne me sens pas la force de repartir en arrière pour ramasser ces petits objets perdus, mais je me penche néanmoins pour attraper le plus proche, malgré mes articulations qui craquent, persuadée que je perdrai un élément fondamental si je ne le reprends pas. C'est un carré bleu : *Oxfam, 14 heures, aujourd'hui*. C'est vrai que je donne encore un coup de main à la boutique.

14 heures, aujourd'hui. Est-ce que cela signifie réellement aujourd'hui ? J'ai l'impression que non, mais ça m'embêterait de leur faire faux bond. Les terribles images de ces enfants squelettiques avec leur ventre proéminent et des mouches qui leur volent autour de la bouche viendraient me hanter. Et si on est mardi, Elizabeth sera là. Je marche jusqu'à l'arrêt de bus en ramassant au fur et à mesure les morceaux de papiers. Je suis sûre que ces horribles famines n'existaient pas quand j'étais plus jeune. Pendant que j'attends, je retrouve la moitié d'une barre chocolatée dans la poche de mon manteau et je la mange dans le bus.

La boutique d'Oxfam est située dans la galerie marchande. Avant, c'était une bijouterie chic, et c'est de là que venait la bague de fiançailles de ma sœur. Mon ancien salon de coiffure se trouve là aussi, mais il a fermé il y a bien longtemps. Malgré les fenêtres pleines de poussière, on distingue encore les casques-séchoirs abandonnés qui se désintègrent peu à peu, telle une rangée de campanules géantes sur une étendue de sable. Le magasin d'à côté vend toutes sortes de coffrets-cadeaux de produits de bain. Des sels, des huiles, des bains moussants, et des plateaux en verre avec des savons et des coquillages de toutes les couleurs. On nous fait souvent don de ces choses-là, à Oxfam. Plus jeune, j'aurais adoré les coquillages. J'en faisais la collection autrefois, et il m'en reste quelques-uns à la maison, rangés dans un coffre à bijoux en boîtes d'allumettes. J'allais les ramasser près du rivage, et mes parents me criaient de ne pas trop m'approcher des barbelés. J'aimais bien les porter à mon oreille pour entendre le bruit des vagues.

J'en avais beaucoup de roses, et de gris mouchetés. Je ne suis jamais allée plus loin que ça pour les différencier. Mon oncle Trevor m'avait offert un livre sur les coquillages quand il avait découvert ma collection, mais ça ne m'intéressait pas de connaître leurs noms et, quand je l'avais feuilleté, les images de ces affreuses limaces qui avaient habité mes beaux objets m'avaient rapidement écœurée. Je ne voulais pas penser à ces vers gluants dans mes parfaits coquillages nacrés. Le mot « mollusque » m'emplissait de colère et j'avais fini par jeter le livre.

À l'instant où j'ouvre la porte de notre magasin, l'odeur de renfermé me saute aux narines. On a tout essayé pour s'en débarrasser, mais, même si on nettoie à la vapeur chaque vêtement donné, l'air sent le vieux, l'aigre presque. C'est la seule chose qui me déplaît dans ce travail. Ça et Peggy. Elle lève les yeux de son comptoir quand j'entre et ses cheveux pâles et trop raides accrochent la lumière. Elle n'a que 68 ans, ce qui lui fait une bonne douzaine d'années de mieux que moi.

– Maud ? s'exclame-t-elle. Qu'est-ce que tu... ?

– Je suis en retard ?

Je déplace un présentoir à vêtements pour m'approcher.

– Non, Maud. C'est juste qu'on n'a plus besoin de... Je veux dire...

Elle pose les mains sur le comptoir et prend une voix aiguë, cajoleuse. C'est celle que prend ma fille quand elle essaie de me persuader de donner la moitié de mes affaires ou d'abandonner la cuisine « pour mon bien ».

– Nous avions décidé que ce n'était plus la peine que tu reviennes, n'est-ce pas ? Tu te souviens ?

Je baisse la tête et fais semblant de farfouiller dans le panier de babioles posé sur le comptoir. Une haine soudaine pour Peggy enfle dans ma poitrine tandis que je tripote les marque-pages en cuir taché et les ronds de serviette en plastique. Ça y est, je me souviens. Mavis et elle ont décidé que je n'étais plus en état de travailler. De toute façon, elles m'ont toujours prise de haut parce que j'étais la seule à ne jamais avoir été vendeuse, avant Oxfam. Peggy travaillait dans les grands magasins Beales, Mavis était gérante de la boutique de chaussures Carlton, et le père d'Elizabeth possédait une boulangerie dans laquelle elle avait travaillé quand elle était petite. Moi, mon père m'avait trouvé un emploi au standard dès que j'avais fini l'école, alors je n'avais jamais rien fait d'autre que répondre au téléphone toute ma vie. Au début, à Oxfam, j'avais simplement du mal avec le tiroir-caisse – il faut dire que j'étais déjà un peu trop vieille pour apprendre à m'en servir –, puis j'ai commencé à confondre les pièces et à rendre trop de monnaie. Et quand un client me rendait nerveuse, c'était encore pire. Un jour, je suis restée fixée sur une pièce d'une livre, incapable de la reconnaître. L'homme à la caisse n'arrêtait pas de soupirer.

– Vous n'êtes quand même pas si mauvaise que ça en maths, avait-il lancé.

Je ne sais plus ce que je lui ai donné, au final, mais Peggy était très en colère.

Elle tapote ses ongles vernis sur le comptoir. Elle attend ma réponse. Je continue de farfouiller dans le panier, et mes doigts tombent sur le dos d'un petit cadre-photo.

– C'est drôle, dis-je en le sortant. Elizabeth a un cadre exactement comme celui-là. Avec une photo de nous deux juste après notre rencontre. C'est étonnant, non ?

Je passe le pouce sur le coin du cadre. Il est en porcelaine couleur crème, avec des fleurs qui débordent délicatement de chaque côté. Une petite tête de chérubin surgit au sommet et regarde vers l'emplacement de la photo.

– Je n'aurais jamais pensé qu'il puisse y en avoir deux pareils, dis-je. Elle l'a acheté ici quelques mois après avoir commencé.

– Mais oui, c'est vrai qu'elle n'arrêtait pas d'acheter de la porcelaine. Je vois que tu as encore de la mémoire pour certaines choses, Maud.

– J'ai vraiment l'impression que c'est son cadre. Mais elle ne l'aurait jamais jeté.

Je regarde Peggy et demande :

– Est-ce qu'il y avait une photo dedans ?

– C'est possible, mais nous ne l'aurions pas mis en vente avec la photo à l'intérieur. De toute façon, ça m'étonnerait beaucoup que ce soit celui d'Elizabeth.

La porte s'ouvre et Peggy sourit brièvement à la personne qui entre dans la boutique.

– Tu peux toujours nous en donner deux livres, si tu le veux. Acheter, c'est le seul moyen de nous aider, pour toi, maintenant.

Je sais ce qu'elle veut dire. Mais je ne suis pas encore prête à partir.

– Tu veux que je te fasse une tasse de thé ? dis-je en reposant soigneusement le cadre dans le panier. Je me rappelle encore où est la bouilloire, et vu que tu es coincée ici...

Je me dirige vers l'arrière-salle, et le visage de Peggy se détend.

– Eh bien... dit-elle. Oui, ce serait gentil. Je veux bien un café soluble.

Je remplis la bouilloire et l'allume. S'il y a une chose dont je me souviens au sujet de Peggy, c'est qu'elle ne peut se résoudre à jeter une photographie. J'ai toujours pensé que ça la rendait plus humaine. Sous une table sur laquelle sont entassés des vêtements donnés se trouve un tiroir où elle garde toutes les photos. Je l'ouvre et le bois craque, je jette un coup d'œil vers la porte, mais heureusement la bouilloire fait beaucoup de bruit. Je m'assois pour examiner les photos.

Il y en a beaucoup d'animaux domestiques, deux ou trois grandes photos de famille, et quelques-unes plus vieilles, sur un papier raidi – un homme en uniforme qui part sur le front de la Grande Guerre, et une femme avec des manches bouffantes, debout près d'un aspidistra. Je les mets de côté et je dois examiner plusieurs couches de photos avant de tomber sur un cliché en couleur de deux femmes ordinaires vêtues de chemisiers à fleurs. Elizabeth et moi. Nous nous tenons devant l'entrée de la galerie marchande, dont les grilles en fer forgé s'étirent joliment derrière nous. Elizabeth a attaché ses cheveux grisonnants en un chignon serré, tandis que les miens flottent dans l'air. Nous sourions à l'objectif, affichant par les rides qui se dessinent que nous avons largement dépassé la cinquantaine, et Elizabeth tient un objet à la main, une cruche en forme de grenouille qu'elle avait achetée lors de son tout premier jour chez Oxfam.

– Ce n'est qu'une imitation, avait-elle dit.

Une imitation particulièrement laide, si vous voulez mon avis, mais Elizabeth la porte délicatement, comme si elle était très précieuse. C'était le jour de notre rencontre, le jour où j'ai découvert que son jardin était celui avec le muret à galets, le jour où j'ai décidé que nous deviendrions amies. Je me souviens encore comme mon visage me tiraillait à force de rire. Elle n'aurait jamais jeté cette photographie. Mes yeux se remplissent de larmes. Je vais commencer à croire qu'elle est morte. La montagne de vêtements jetés sur la table prend soudain un sens effrayant. Malgré ces innombrables heures passées avec Elizabeth à trier les dons, jamais je n'avais pensé qu'un jour l'une de nous devrait peut-être trier les affaires de l'autre.

Je mets la photo dans ma poche au moment où la bouilloire émet un tintement. J'emporte la tasse de Peggy au comptoir.

– Oh, Maud ! s'exclame-t-elle alors que je quitte la boutique. Je t'avais demandé un café et tu m'as apporté un thé !

Je traverse le parc pour rentrer. Je repère une planche qui sert à s'asseoir, une longue planche, près du kiosque qui surplombe la rue d'Elizabeth, et je me repose un peu dessus, près d'un homme occupé à pelleter un amas de compost. Il fait froid et il va pleuvoir, mais je n'ai pas encore envie de rentrer à la maison. Je veux rester assise le temps de réfléchir à ma nouvelle découverte, et le temps que l'air frais me débarrasse de l'odeur de renfermé du magasin. Qu'est-ce qui peut bien donner ce relent aux vieux vêtements ?

Même les vêtements propres semblent prendre cette odeur aigre après quelque temps.

L'odeur de la valise est celle dont je me souviens le plus. C'est Papa qui l'avait rapportée à la maison, près de trois mois après la disparition de Sukey, et presque une semaine avant mon quinzième anniversaire. Au début, je ne la reconnus pas : Papa pleurait en me la tendant et je ne pouvais détacher mon regard de ces larmes. Un affreux sentiment m'écrasa la poitrine, comme de la culpabilité, ou de la peur. La peau de son visage était plissée et un raclement sec s'échappait de sa gorge. Je ne l'avais jamais vu pleurer avant, et j'étais trop choquée pour songer à le réconforter. Il s'assit près de la cuisinière et détourna le visage. Ma n'alla pas le consoler non plus, elle se contenta de poser la valise sur la table de la cuisine.

Sukey l'avait achetée pour sa lune de miel, c'était une grosse valise en cuir marron, avec une poignée en cuir aussi et des fermoirs en laiton. Une pointe de lumière rose qui entrait par la fenêtre s'accrocha aux endroits où le laiton était griffé. Je passai un doigt dessus, ce qui fit ternir le métal, puis Ma écarta ma main pour ouvrir la valise. L'odeur aigre des vieux vêtements emplit la pièce pour recouvrir les senteurs habituelles de la cuisine – les oignons frits, les herbes aromatiques et le savon – comme une épaisse couche de poussière.

Nous restâmes plantés là à regarder les affaires de Sukey. Les habits étaient entassés et serrés contre la doublure de tissu rayé. Des chemisiers, des pull-overs, des vestes, un col en fourrure et un pantalon fauve avec des petits plis à la ceinture. En dessous, une robe, autrefois beige, que Sukey avait teinte en bleu marine très foncé pour la rajeunir. Et puis les sous-vêtements, les culottes et les caracos, retravaillés avec de la soie et des ajouts de dentelle. Ils n'étaient pas sales, mais le tissu ne brillait plus, comme s'il avait été manipulé par beaucoup de gens.

– Oh, là, là, je ne saurais pas comment laver ça, commenta Ma en sortant la robe teinte. À l'eau froide, j'imagine. Et quelle quantité de savon tu mettrais, Maud ?

Je gardai les yeux fixés sur la valise en me demandant quand Sukey avait touché ces affaires pour la dernière fois. C'était tout ce qu'il nous restait d'elle. J'avais envie de me recroqueviller au fond de la valise et de refermer le couvercle au-dessus de moi, plutôt que de tout déballer et de diluer son souvenir dans la lessive. Un flacon bleu en verre s'était niché contre la manche d'un chemisier, comme tenu au creux du coude : le parfum de Sukey, *Un soir à Paris*. Je le sortis et, par réflexe, m'en aspergeai les poignets et le cou avant même d'avoir pensé à ce que je faisais. Ma me dévisagea à travers le nuage sucré de ce parfum de pacotille, trop léger pour s'éterniser dans l'air, puis elle enfonça ses mains dans la pile de coton, de jersey et de laine, comme si elle pétrissait de la pâte, et poussa les vêtements contre les côtés de la valise. Les plus petits s'échappèrent et glissèrent par terre, et je rassemblais plusieurs culottes en soie quand Douglas entra. Il s'arrêta net, observa la scène, puis se détourna et baissa les yeux.

– C'est celle de Sukey ? dit-il. D'où est-ce qu'elle vient ?

– De l'Hôtel de la Gare. C'est la police qui l'a trouvée, répondit Papa.

Il fixait le feu de bois de la cuisinière, le visage rougi par la chaleur. J'étais soulagée qu'il ait arrêté de pleurer. Ma ne bougeait plus depuis l'arrivée de Douglas et se tenait toute droite, une écharpe en soie et la ceinture d'une robe lui grimpaient jusqu'aux coudes comme du lierre. Je les défis lentement et replaçai les sous-vêtements que j'avais ramassés dans la valise.

– Ils l'ont déjà fouillée, ajouta Papa.

Voilà qui expliquait le désordre de la valise. Je me mis à imaginer de grosses mains de policiers s'enfoncer dans les sous-vêtements. C'était une image affreuse. Peut-être que c'était ce à quoi Douglas pensait, lui aussi, car il eut l'air écœuré l'espace d'un instant.

– Ils ont trouvé quelque chose ? demanda-t-il encore.

Papa secoua la tête.

– Pas vraiment. À part son carnet de rationnement.

– Elle l'a laissé dans sa valise.

On aurait dit que Douglas donnait la réponse à une devinette.

– Et les employés de l'hôtel ? Qu'est-ce qu'ils ont dit ?

– Ils ne se souviennent pas l'avoir vue. Il y a son nom dans le registre, mais c'est l'écriture de la réceptionniste, pas la sienne. Et personne n'a reconnu sa photo.

– Mais alors, est-ce qu'elle y est allée ou non ? demandai-je.

J'avais l'impression d'avoir les poumons saturés d'air, prêts à exploser. Personne ne répondit. Ma resta immobile, sans rien dire, mais je vis des larmes tomber sur la soie, que je regardai s'étaler en cercles sombres sur le tissu. Finalement, ce fut moi qui me chargeai des lessives.

Ce n'est qu'à mi-chemin dans la rue d'Elizabeth que je prends conscience de ce que je fais. Je suis entourée d'enfants vêtus d'uniformes ternes, débraillés, qui vont à l'école. Ou peut-être qu'ils en reviennent ? Je trébuche en dépassant un petit groupe. Ils sentent le cours de gym, l'après-rasage bon marché, et je me rends compte que j'observe leurs sacs à dos et leurs sacoches à la recherche d'une valise en cuir marron avec une poignée en cuir. Même après être arrivée devant la porte d'Elizabeth, je continue de me retourner pour vérifier. Je sonne, je regarde par la vitre de la porte et je jette un coup d'œil par la fenêtre de la cuisine, mais je ne vois rien. La maison est plongée dans l'obscurité, on la croirait abandonnée.

– Regardez, une cambrioleuse du troisième âge ! crie quelqu'un.

Un groupe d'enfants – des adolescents, devrais-je dire, vu qu'ils ont l'âge de Katy – parade sur le trottoir. Ils se tapent dans le dos et traînent leurs sacs par terre. Celui qui a crié me fait un grand sourire.

– Comment elle compte entrer ? s'esclaffe-t-il. Elle va nous faire une démonstration d'escalade ?

Les autres éclatent de rire et je me retourne pour regarder ce qu'il montre du doigt : une fenêtre ouverte à l'étage. C'est vrai que ce serait idéal de pouvoir grimper jusque là-haut, parce que je pense pouvoir passer par cette fenêtre. Je me demande si elle était déjà ouverte la dernière fois. J'ai déjà failli la manquer aujourd'hui. Je me demande aussi s'il n'y aurait pas un autre moyen d'entrer. Pour ne rien regretter, je tente d'ouvrir le portail du jardin, en vain. Si seulement je pouvais tout simplement enlever un mur pour voir si Elizabeth est à l'intérieur, retirer la façade comme sur une maison de poupée. Ou comme la maison de Douglas après la bombe. Mais bien sûr, je n'ai pas vraiment envie que cela arrive, et je me sens même honteuse d'avoir songé à une bombe, ne serait-ce qu'un instant. Malgré tout, j'ai vraiment envie de savoir pour la fenêtre ouverte, alors je fais le tour du muret pour aller chez les voisins. Il n'y a pas de sonnette et, quand je frappe, j'entends un chien aboyer à l'intérieur. Ses grondements se font plus forts et plus agressifs tandis que je patiente, comme s'il était juste derrière la porte. Je commence à reculer, mais, au moment où j'atteins le trottoir, la porte s'ouvre et le chien bondit dehors. Il court tout autour de moi et me renifle en gémissant.

– Ne vous inquiétez pas, dit son maître, il ne mord pas, ni rien, il est juste curieux. Vous avez frappé ?

Je dévisage le maître. Il est jeune, c'est un garçon, avec des cheveux châtains ébouriffés. Très ébouriffés. Le chien me lèche la main et je lui caresse la tête.

– Vous devez émettre de bonnes ondes, s'exclame-t-il. D'habitude, il n'est comme ça qu'avec les gens qu'il connaît.

Je souris, ravie d'être spéciale. D'avoir trouvé un ami. Je voulais un chien quand j'étais enfant. Mes parents disaient qu'on n'en avait pas les moyens, et ils avaient probablement raison, mais j'étais obsédée par l'histoire d'un chien retrouvé mort dans le jardin de quelqu'un : on l'avait accroché et laissé sans eau ni nourriture après le départ de son maître. C'était Mme Winners qui nous l'avait racontée pour nous prouver qu'il ne fallait pas perdre espoir, parce que les gens déménageaient « sur un coup de tête », du jour au lendemain, et que c'était probablement le cas de Sukey aussi.

– Ils n'ont même pas le temps de penser à leurs animaux, avait-elle assuré. C'est comme ça, de nos jours.

Mais, à l'époque, ce n'était pas ça qui m'avait marquée : le jardin en question se trouvait à côté de la cour de Frank, et on avait découvert l'animal à peine quelques jours après que Papa et moi étions passés chez lui.

– Il a dû aboyer et aboyer en espérant que quelqu'un viendrait le sauver, avait dit Mme Winners.

Et j'avais regretté – des années durant – de ne pas avoir été ce quelqu'un, de ne pas avoir suivi l'aboiement quand je l'avais entendu, de ne pas avoir sauvé le chien.

Le chien devant moi gémit comme s'il devinait mes pensées. Je le caresse encore. Si seulement j'étais encore jeune et souple, je m'accroupirai près de lui pour le frictionner comme il se doit.

– Tais-toi, Vincent, dit le garçon. Là, il essaie de vous amadouer, au cas où vous auriez un biscuit sur vous.

Je commence à chercher dans mon sac, mais le garçon m'interrompt :

– Oh non, il n'en manque pas. C'est juste un gros gourmand. Vous n'êtes pas une amie de Maman, si ? Vous vouliez quelque chose ?

– Non, dis-je, non, merci.

– Ce n'est pas vous qui avez frappé ?

– Je ne crois pas, non, dis-je en m'éloignant.

Le chien me suit jusqu'au bout du chemin, puis repart en courant à l'appel de son maître. Sur le trajet du retour, je ne cesse de me retourner vers la maison d'Elizabeth. Si seulement j'avais un moyen d'y entrer.

Une petite bruine se met à tomber dans le parc et se transforme rapidement en grosse averse. Je m'arrête un instant sous les arbres. Je me suis tenue là, une fois, il y a bien longtemps, avec ma mère. Je me souviens que le ciel était tout aussi sombre, menaçant, et que la terre était trop détrempée pour dégager son effluve habituel, frais, l'odeur de la nature. Je l'avais suivie jusque-là, en quelque sorte, après une dispute avec mon père.

Elle se tenait devant le portillon du jardin quand j'étais rentrée de chez Audrey, et je voyais la silhouette de Papa se découper sur la lumière qui venait de la porte de la cuisine.

– Comment as-tu pu faire ça, Lillian ? l'entendis-je crier.

Mon premier instinct fut de courir jusqu'au garde-manger pour me couvrir les oreilles, mais, au lieu de cela, je restai sur le trottoir, à moitié dissimulée par la haie de Mme Winners.

– Et qu'est-ce que tu aurais voulu que je fasse ? répondit Ma sur le même ton en resserrant son imperméable autour d'elle pour se protéger de la pluie. Il y a encore quatre bouches à nourrir dans cette maison. Et je ne peux même plus aller demander de l'aide à Frank.

– Frank ! Encore lui ! Tu passes ton temps à parler de ce vaurien. Comme si ça t'était égal qu'il ait causé la mort de notre fille...

– Arrête ! Il n'est pas méthodiste et taciturne comme tous ceux que tu admires, c'est tout. Et ne va pas t'imaginer que j'ignore qui t'a mis ces idées en tête !

Je n'entendis pas la réponse de Papa, mais j'entendis Ma hurler :

– Oui, Douglas ! Il passait son temps à courir après Sukey, pas étonnant qu'il se précipite pour accuser Frank.

Je levai les yeux vers la chambre de Douglas en espérant qu'il soit absent, puis je vis Ma s'éloigner rapidement le long de la route. La pluie faisait s'affaisser tristement les bords de son chapeau. Quand je me décidai à rentrer, j'aperçus Papa toujours debout devant la porte de la cuisine. Il leva les bras au ciel en me voyant arriver.

– Tu comptes te laisser tremper de la tête aux pieds, toi aussi, à ce que je vois.

Après un instant, je le suivis à l'intérieur. Douglas était assis à table, concentré sur son assiette, et je me demandai ce qu'il avait entendu. Je pris un torchon posé sur le dossier d'une chaise devant le feu, il sentait la sauce, mais cela m'était égal, et je me frictionnai le visage et les cheveux sous les commentaires de Papa qui trouvait que je méritais bien d'attraper une pneumonie. Je retirai ma jupe mouillée pour ne plus garder que mon jupon, et la posai à la place du torchon sur la chaise tandis que Douglas me regardait un instant. Personne ne semblait vouloir me donner d'explication, aussi demandai-je enfin :

– Qu'est-ce qui se passe ?

– Frank est revenu, dit Douglas.

Il avait les yeux presque fermés et tenait sa cuillère comme s'il comptait poignarder quelqu'un avec.

– Ils l'ont arrêté quand il descendait du train de Londres.

– Arrêté ? Pourquoi ? Est-ce qu'ils ont trouvé... Je veux dire, est-ce qu'il y a du nouveau pour Sukey ?

– Rien encore. Juste le trafic de tickets de rationnement, pour l'instant.

Il secoua brusquement sa cuillère pour faire glisser du chutney dans son assiette, ce qui éclaboussa son pull-over, et il marmonna quelques mots. Papa se rassit devant sa propre assiette encore à moitié pleine et jeta un regard noir à la plâtrée de chou.

– Mais vous pensez qu'ils vont trouver autre chose ?

– Évidemment. Quand ils auront compris à quel type d'homme ils ont affaire. Un ivrogne, un criminel. Le type d'homme qui n'aurait jamais dû avoir l'autorisation d'épouser Sukey. Le type d'homme qu'un parent digne de ce nom ne devrait pas laisser approcher de sa fille.

La fourchette de Papa heurta violemment son assiette.

– Je te remercie, Douglas, dit-il. Je suis sûr que ça part d'une bonne intention, mais, à l'avenir, garde ton opinion pour toi.

Je m'appuyai contre l'évier et observai Douglas, dont le visage se contracta avant de se détendre suffisamment pour recommencer à manger. L'espace de quelques minutes, il ressembla au garçon d'avant, la tête rentrée dans les épaules, penché sur son assiette. Je m'attendais presque à ce qu'il s'appuie sur son dossier en s'exclamant avec son accent américain :

– C'est qu'il est *sacrément* bon, ce petit chutney.

Mais, quand il reprit la parole, il garda les yeux fixés sur sa viande de mouton.

– Monsieur Palmer, dit-il, vous, vous pensez que c'est Frank, non ?

Papa le dévisagea depuis le bout de la table.

– Vous pensez que ça ne peut être que lui. Vous voulez qu'il reste derrière les barreaux, non ?

– On ne sait même pas si elle est morte, intervins-je alors.

– Rien de tout cela ne la ramènera, répondit Papa au même moment, avant de se tourner vers moi. Maud, nous avons parlé à la police. Avec les éléments dont ils disposent, ils estiment qu'elle a peu de chances d'être encore en vie. Il faut que tu le comprennes.

Je tournai la tête pour regarder le jardin trempé de pluie. Je me demandais où était Ma.

– Maud ? répéta Papa en tendant une main vers moi.

– Oui, oui.

Je m'écartai de l'évier pour aller soulever le pardessus de Papa de son crochet. Je tâchais d'être aussi mécanique que possible pour ne pas avoir à penser.

– Tu vas chercher ta mère ?

Il se leva alors que je me dirigeais vers la porte.

– Tu ne devrais pas, Maud. Je préfère que tu saches qu'elle s'est servie des tickets de rationnement de Sukey.

– Alors c'est pour ça que vous vous êtes disputés, répondis-je, mes mouvements aussi saccadés que ceux d'une marionnette.

Papa acquiesça, et Douglas l'imita derrière lui. Je les regardai, tous les deux, faisant front commun avec leur tête d'enterrement. Pas étonnant que Ma ait préféré partir dans la nuit lugubre plutôt que de rester face à ces deux-là qui la foudroyaient du regard et qui, comme je le remarquai alors, continuaient pourtant de manger cette fameuse nourriture qu'ils réprouvaient si catégoriquement ! Furieuse, je sentis soudain que j'avais du mal à respirer.

– Et si Sukey est morte, criai-je, qu'est-ce que ça change ?

Je courus hors de la maison et pris la route que j'avais vu Ma emprunter plus tôt. Je descendis la rue jusqu'au parc. Il pleuvait encore à grosses gouttes. L'herbe était gorgée d'eau, l'air froid. Je regrettai de ne pas avoir mis de chaussures plus adaptées quand je me rendis compte que je ne savais pas où j'allais, ni quelle distance Ma avait parcourue. Mais j'étais trop en colère pour faire demi-tour et rentrer à la maison. En colère contre Papa et ses préoccupations mesquines comparées à la disparition de Sukey, en colère contre son ralliement, par faiblesse, à l'interprétation de Douglas, et en colère d'avoir été amenée à prendre parti. Je continuai mon chemin, dépassai le kiosque jusqu'à la porte nord, puis repartis du côté le plus sauvage du parc.

C'est là que je trouvai Ma. Elle s'était arrêtée sous les arbres, où elle était encore sous la pluie, mais un peu plus à l'abri. Le parc ressemblait à une mer plate, et Ma, debout, à un capitaine de bateau, surveillant l'horizon, les grands arbres derrière elle, telle une immense vague prête à engloutir son navire. On aurait dit qu'elle avait pleuré sur le chemin, mais peut-être n'étaient-ce que les gouttes. Elle me vit et releva la tête pour que je puisse voir ses yeux sous le rebord de son chapeau.

– Si tu viens pour cette histoire de tickets, alors tu peux te mettre à préparer tes repas toi-même. Parce que c'est ce qu'ils vont faire à partir de maintenant, ces deux-là, dit-elle.

Puis elle ouvrit les bras et je courus m'y réfugier.

– Elle n'était pas avec lui, souffla-t-elle dans mes cheveux, que la pluie plaquait contre mon crâne. Frank est revenu, mais elle n'était pas avec lui.

J'appuyai mon visage contre son épaule et elle caressa ma tête trempée.

– Je pensais… J'espérais… Tu sais bien ce que j'espérais. Mais elle n'était pas avec lui. Est-ce que tu le crois, toi ? demanda-t-elle en m'écartant un instant pour me regarder. Tu crois que Frank aurait pu faire ça ? Douglas a dit que ce n'était qu'un sale ivrogne. Est-ce que c'est vrai ?

Une feuille de *L'Écho* virevoltait près de nous, et quand elle arrêta sa course contre un arbre, je l'observai se débattre avec le vent comme un poisson hors de l'eau.

– J'ai vu Frank ivre, un jour, répondis-je, car j'avais l'impression qu'il fallait dire quelque chose. Mais il n'était pas méchant avec Sukey. Pas vraiment. Plutôt l'inverse. Plutôt.

Ma hocha la tête avec un petit sourire.

– C'est bien ce que je pensais, acquiesça-t-elle.

– Et il ne devait pas beaucoup aimer Douglas, à cause du temps qu'il passait chez eux.

– Quoi ? dit Ma en inclinant mon visage vers elle pour repousser mes cheveux en arrière.

Je sentis une goutte de pluie s'écraser sur mon front.

– Doug, expliquai-je. Une voisine de Sukey m'a dit qu'il était tout le temps chez eux, et j'imagine que ça ne devait pas trop plaire à Frank.

– Douglas était souvent chez eux ? Pourquoi ?

Je haussai les épaules.

– La voisine pensait que c'était l'amant de Sukey. Mais c'est idiot, pas vrai, Ma ? C'est idiot, non ?

Elle me lâcha et commença à repartir à travers le parc. Je la suivis en m'efforçant d'éviter les mares dans lesquelles ses pieds pataugeaient et de respirer sans avaler d'eau de pluie. Alors qu'on approchait du kiosque plongé dans le noir, une ombre s'enfuit dans les arbres.

– Allez, ça suffit, ce n'est pas bon de rester sous la pluie, lança quelqu'un depuis le kiosque, et Ma et moi nous immobilisâmes soudain pour sonder l'obscurité. Il pleut à verse, c'est un coup à attraper la mort.

C'était la voix de Douglas, dont le visage apparut devant nous, éclatant dans la nuit, comme celui d'un hibou. Il sursauta en nous voyant. Sa peau était anormalement blanche.

– À qui est-ce que tu parlais ? demanda Ma en regardant autour d'elle.

– À vous, répondit-il, mais son regard dépassait nos têtes et se perdait dans l'étendue noir d'encre de la pelouse. Je pense que vous ne devriez pas rester sous la pluie. À qui d'autre voudriez-vous que je parle ?

Ma le dévisagea quelques secondes, puis se retourna lentement vers les arbres. Rien.

– Bon, je ne tiens pas à passer la nuit sous le kiosque, reprit-elle. Rentrons.

Sur le chemin, nos pas formaient des ronds gorgés d'eau, et je pensais au plaisir que ce serait de retrouver la cuisine et le feu, mais, avant d'atteindre les marches qui descendaient vers la rue, je me retournai. Il ne me fallut qu'un instant pour reconnaître la silhouette de la Folle. Elle était accroupie dans l'herbe, immobilisée par la pluie, son parapluie appuyé contre elle, fermé. Et soudain, je sus que c'était à elle que Douglas avait parlé, elle qu'il implorait de ne pas rester sous la pluie.

# 8

— « Le gratin des Finnois », c'était Papa qui disait ça. Et « C'est la place de Nosmo King », tu te souviens, Helen ? Il posait le panonceau « No smoking » sur ton assiette. Il rendait les serveuses complètement folles avec ses bêtises.

Mon fils est venu d'Allemagne avec sa femme et ses enfants. Ils parlent, ils rient, et leurs voix résonnent les unes par-dessus les autres comme si on était sous l'eau. J'entends ce qu'ils disent – ils font des plaisanteries, apparemment –, mais j'ai du mal à lier les phrases les unes aux autres. Je perds le fil. Mais ça m'est égal, je ris avec eux ; peu importe la plaisanterie, c'est si agréable de rire. Mon visage me fait mal à force de sourire. Je suis au chaud. J'ai ma fille d'un côté et mon fils de l'autre.

J'ai une comptine qui me court dans la tête, mais elle passe trop vite pour que je la comprenne. Une souris verte qui courait dans un coquillage. Ce n'est pas ça, mais je ne retrouve pas dans quoi elle courait. Mais j'ai l'impression d'être dans un coquillage, et je suis une vieille dame, alors j'ai sûrement le droit de changer un peu la comptine. Une souris verte. Je la chantais à ces enfants, mes enfants, Tom et Helen. Je leur chantais cette comptine.

Bien sûr, nous sommes dans une sorte de café, pas dans un coquillage. Le toit est un dôme de verre, les murs sont nacrés, et il y a plein de choses pour boire, de choses dans lesquelles on met à boire, posées sur la table. En face de moi, Katy s'amuse avec ses cousins, et je finis ce que je mange, mais je ne sais plus ce que c'est. Des escargots, peut-être, encore chauds. C'est dans la comptine, ça aussi.

– On devrait peut-être penser à te raccompagner, Maman ?

Helen se lève pour étirer ses longues jambes. Elle a peut-être 50 ans, mais quelle souplesse ! Ça doit être le jardinage qui la maintient en si bonne forme. J'ai soudain froid du côté gauche, là où elle était assise contre moi. Comme un courant d'eau froide dans une mer tiède.

– Non, je préférerais rester encore un peu, dis-je sans me lever. Je passe un très bon moment.

Helen se mordille la lèvre supérieure, ses dents du bas ressemblent à de petites perles sur la chair.

– Il nous faut une heure pour te ramener et te déposer à la maison, ajoute-t-elle. Je sais que tu t'amuses bien, mais...

– Oh, laisse-la rester encore un peu.

Tom passe un bras par-dessus mon épaule.

– Ce n'est pas très souvent que tu as l'occasion de sortir, pas vrai, Maman ?

– Je l'emmène faire un tour chaque semaine, je te signale. Je suis là pour elle, moi.

Son ton me fait grimacer, mais Tom se contente de sourire.

– Je sais, très chère sœurette. Tu es une sainte. Non, vraiment, je ne me moque pas de toi, insiste-t-il en se levant à son tour. Tu sais que je te suis reconnaissant de tout ce que tu fais pour Maman, mais je ne la vois pas souvent, alors ce serait bien... Écoute, on la ramènera à la maison, si tu veux. Comme ça, tu peux filer.

Helen lève la tête vers le ciel. Un nuage en forme de chaussure passe au-dessus du dôme en verre.

– Tu ne saurais pas quoi faire d'elle une fois arrivé, dit-elle à Tom. Il faut tout lui préparer, sinon elle s'y perd.

– Britta peut s'en occuper, il suffit que tu lui expliques quoi faire.

Silence. Je me demande si je peux leur crier que je ne suis pas une imbécile.

– Non, je vais rester, dit finalement Helen. Après tout, Katy a l'air de bien s'amuser, elle aussi.

– Quelle torture, obligée de rester avec nous, lui glisse Tom, ce qui lui vaut un coup sur l'épaule de la part de sa sœur.

C'est vrai que Katy semble beaucoup s'amuser. J'imagine qu'elle ne voit pas ses cousins très souvent. Ils sont toujours un peu hésitants au début, et c'est dommage parce que, une fois qu'ils ont retrouvé leur complicité, il est déjà temps de partir. Je les regarde bavarder et rire. Ils sont très différents. Katy a les boucles blondes de sa mère, toujours en bataille. Elle ne m'écoute jamais quand je lui dis de se passer un coup de brosse. Elle ne m'écoutait déjà pas quand elle était petite.

– Je n'ai pas rendez-vous avec la reine, disait-elle.

Ça me faisait rire de l'entendre répéter ça. Ce n'est pas à Anna ou à Frederick que je ferais ce genre de remarque : ils ont les cheveux blond foncé, brillants et très raides. Tous deux me sourient et m'appellent Mamie, mais ce sont des étrangers pour moi.

– J'aime bien tes chaussettes, Anna, dis-je, interrompant sans le vouloir leur conversation. Elles sont très chics.

Elle me regarde, surprise, et les remonte plus haut encore, par-dessus ses genoux.

– Ah, tu vois, commente Britta. Je t'avais dit qu'elles plairaient à ta grand-mère. Ce sont tes préférées, pas vrai, Anna ?

Elle me sourit avec cet air que prennent les parents dont les enfants ne sont pas aussi polis qu'ils le souhaiteraient. Anna acquiesce, mais elle semble avoir oublié de quoi elle parlait avant. C'est de ma faute. J'essaie de trouver quelque chose à dire pour l'aider.

– J'avais des chaussettes comme celles-là, avant. Très chics, aussi. Quand j'avais ton âge, les jeunes filles portaient des jupes qui descendaient jusqu'aux genoux, et nous n'avions pas de collants. Je me souviens d'être allée voir la mer avec mes parents. Ooooh, qu'il faisait froid ce jour-là !

Nous étions partis du haut de la falaise pour descendre en zigzag jusqu'à la plage. Papa ne voulait pas qu'on marche trop loin dans le sable, à cause des barbelés et de Dieu-sait-quoi d'autre qui pouvait avoir été enterré pour empêcher les nazis de débarquer, alors, à défaut de mettre les pieds dans l'eau, je m'approchai tout de même suffisamment pour sentir les embruns et pour ramasser des coquillages rejetés sur le rivage et poussés jusqu'au sentier par le vent. Ils ressemblaient à de minuscules jupes plissées. Nous fîmes une longue promenade ce jour-là, nous dépassâmes la jetée, regardâmes les vagues s'écraser sur la plage, et Papa s'accrochait à mon bras comme s'il craignait que je ne disparaisse, comme Sukey. Je détestais déjà qu'on me tienne d'aussi près, mais, en plus, Ma et lui se disputèrent tout le long. Elle avait mentionné Frank quand on avait quitté la maison, et Papa refusait de changer de sujet depuis.

– Si seulement Sukey l'avait quitté, disait-il. On dirait que la moitié des couples de ce pays divorce, de nos jours. Ils n'auraient pas pu faire ça, eux aussi ? Elle aurait pu revenir vivre avec nous, en sécurité.

– La semaine dernière encore, tu répétais que tu étais contre le divorce, répondit Ma.

– Eh bien, ça dépend du caractère du mari, non ? rétorqua-t-il.

Il dévisagea Ma un instant et ajouta :

– Ou du comportement de sa femme.

Je portai un coquillage à mon oreille pour laisser le bruit sourd des vagues submerger leur voix, et m'éloignai de Papa à l'approche de la bicoque dansante. C'était une sorte de hutte en bois sur le bord du chemin, dans un virage qui montait vers la ville. Avant la guerre, on y vendait des boissons et d'autres bricoles, mais elle était désormais fermée, avec des planches clouées aux fenêtres, et son vieil auvent tout effiloché. Elle sentait la mer et la moisissure, le bois humide. De l'herbe s'était hissée jusque sur le toit ; on aurait dit des cheveux qui ondulaient dans le vent. Sukey l'avait surnommée la bicoque dansante car l'herbe donnait l'impression que la cabane se balançait au rythme d'une musique secrète. Le sel avait attaqué le bois, le grain était piqué, plissé, on voyait même des trous là où les nœuds des planches étaient tombés. Sukey et moi avions l'habitude de passer les doigts sur les murs et de remplir les trous de minuscules cailloux, de coquillages, et parfois même de poignées de sable. Avant, j'aimais à penser que la bicoque dansante se remplissait un peu plus à chacune de nos visites à la plage, et qu'un jour le bois s'envolerait dans une bourrasque en abandonnant derrière lui la réplique exacte de la hutte, un amas compact de tout ce que nous y aurions inséré. Comme un immense château de sable.

Je laissai mes parents partir devant et passai une main le long d'une planche rongée. Je frappai doucement et entendis une sorte de battement d'ailes non loin de moi. Je levai les yeux pour examiner l'herbe sur le toit, mais je ne vis rien, alors je fis le tour ; il y avait peut-être un nid quelque part. Le printemps précédent, des pigeons s'étaient installés dans la cabine de plage de la famille de mon amie Audrey, et son père avait écrasé les œufs. Audrey en était bouleversée. Derrière la hutte, je ne voyais toujours rien, et je m'apprêtai à glisser un doigt dans un trou quand un œil brillant surgit dans l'ouverture.

Je fis un bond en arrière et manquai dévaler la dune. Ce n'était pas un pigeon. C'était un œil humain. Quelqu'un regardait depuis l'intérieur. J'entendis une voix chuchoter dans la bicoque dansante des histoires de verre brisé, d'oiseaux qui s'envolent. Une histoire de fourgon, de terre et de courgettes. La voix chuchotait, puis soudain se mit à hurler :

– Je vois, je te vois !

Je savais que c'était vrai. L'œil me regardait en face depuis le trou dans le bois. Pour lui échapper, je courus rattraper

Papa, le cœur battant à tout rompre. Lorsque je me retournai à mi-chemin, je vis une silhouette sortir de la hutte, un parapluie à la main. C'était la Folle. Elle hurlait toujours, répétant aussi fort que possible les mots qu'elle avait d'abord chuchotés, et, juste avant que je sois trop loin pour l'entendre, je crus reconnaître le nom de Sukey. Je m'arrêtai et faillis revenir en arrière, mais les hurlements continuaient et j'avais peur. Alors je rejoignis Papa et le laissai me tenir le bras jusqu'à ce que nous soyons rentrés.

Au moment où Tom m'aide à monter en voiture, je commence à me sentir un peu ivre. Helen boucle ma ceinture et lui donne une liste d'instructions pour me ramener. Elle veut s'assurer qu'il n'oublie pas de m'enfermer dans la maison. Tom pose le papier sur le tableau de bord et l'enlace, puis elle s'en va rapidement.

– Elle est allée la gronder et récupérer nos pêches au sirop ? je demande.

– Quoi ?

– Rien. Des bêtises.

Je me sens un peu déprimée, en partie parce que je ne sais pas quand Tom et sa famille reviendront d'Allemagne, et en partie à cause du vin. Je sanglote dans la voiture, et les enfants remuent sur leur siège derrière moi, mal à l'aise.

On ne prend pas le bon chemin pour rentrer car Tom a du mal à se souvenir des rues, et on passe devant la maison d'Elizabeth. Le portail du jardin est ouvert. Je me redresse et me retourne pour regarder par la vitre.

– Tu pourrais me déposer là ? Je préfère marcher le reste du chemin.

Il n'a pas l'air rassuré, mais il ralentit tout de même. Portail du jardin. Je le répète dans ma tête. Portail du jardin portail du jardin portail du jardin.

– Helen nous a bien dit de la ramener dans sa maison, Tom, intervient Britta depuis la banquette arrière. Je ne pense pas qu'on devrait laisser ta mère là.

– Je ne suis pas une imbécile, dis-je par-dessus mon épaule. Et je n'ai pas encore oublié où j'habite. Je traverse souvent le parc pour rentrer chez moi, et c'est ce que j'ai envie de faire aujourd'hui, c'est tout.

Je pose mes mains froides sur mes joues brûlantes. Mentir m'a toujours fait rougir.

– D'accord, Maman, dit Tom en s'arrêtant. Si tu veux. Mais ne va pas le dire à Helen, sinon je n'ai pas fini de l'entendre.

L'éclat de malice dans ses yeux me fait sourire. De mes deux enfants, ça a toujours été lui le plus charmeur. Je sors après m'être enfin dépêtrée de la ceinture, et j'envoie un baiser à mes petits-enfants du bout des doigts. Britta sort également pour me prendre dans ses bras.

– Je veux juste que vous soyez en sécurité, me dit-elle.

Je lui dis que je le sais et que je l'en remercie. Je leur fais au revoir de la main et je regarde la voiture disparaître au coin de la rue. Et pendant tout ce temps, j'essaie de m'accrocher à trois mots que je ne parviens pas à empêcher de s'échapper aisément par les brèches de mon cerveau. Je suis devant la maison d'Elizabeth, les rayons du soleil couchant éclairent l'allée et le portail du jardin est ouvert. J'aperçois un morceau de jardin, vert doré. Une silhouette descend l'allée depuis la porte d'entrée. Cheveux bouclés, manteau à carreaux. Elle me sourit. Elizabeth. C'est elle. Elle était là depuis le début.

– Elizabeth, dis-je, comment...

Mais ce n'est pas elle. C'est quelqu'un d'autre. Au fur et à mesure qu'elle s'approche, je vois qu'elle est bien plus jeune qu'Elizabeth. Elle sourit en passant à côté de moi et rentre dans une fourgonnette, c'est une de ces bibliothèques ambulantes. Je la salue d'un signe de tête et caresse le haut du mur à galets, comme si je m'étais arrêtée pour l'admirer, puis je repars vers le parc, dépassant l'acacia. *Le mince acacia n'agitait pas une seule de ses longues fleurs couleur de lait*[1]. Le poème me revient en tête, intact. J'avais dû l'apprendre à l'école. Les instituteurs pensaient qu'il fallait que je le connaisse, et je me sentais obligée de l'aimer parce qu'il s'intitulait *Maud*. Et je l'aimais bien, oui, d'un côté, avec ses fleurs pleines de rosée et le reste, mais le sens me paraissait obscur et j'avais l'impression que la fin devenait très morbide. Audrey avait dû apprendre *Le Petit-déjeuner du roi*, parce que son père possédait la laiterie, et ça avait l'air beaucoup plus amusant : *C'est vrai que j'aime mettre un peu de beurre sur mon pain !*

J'attends devant un de ces passages rayés sur la route, un passage vissé, un passage à vis, et j'essaie de me rappeler les autres vers. Je me demande ce que sont ces *longues fleurs couleur de lait*, exactement, et je me retourne pour voir le soleil couchant illuminer le trottoir. Un instant auparavant, j'avais quelque chose à faire. Je regarde passer des voitures, un poids lourd, et une fourgonnette de bibliothèque ambulante. Peut-être que j'avais prévu d'aller chez Elizabeth, mais c'est peu probable, car elle n'est pas là. Je m'avance tout de même vers la maison. J'aimerais bien réussir à voir à l'intérieur, ce serait un début. En m'approchant, je m'aperçois que le portail du jardin est ouvert. Il n'y a personne dans la rue alors je remonte l'allée et me glisse dans le jardin.

Une odeur de chèvrefeuille flotte dans l'air, et je passe une main le long du mur couvert de mousse et de feuilles de lierre. Je remarque des petits tas de terre à vif au milieu de la pelouse et je me demande s'il n'y aurait pas des taupes. Je m'approche d'une motte. La terre est humide. Son odeur fraîche et vive me fait penser à une chanson, mais je ne me souviens pas de son nom. Je ne retrouve pas le disque non plus, mais je suis sûre qu'il était enterré là. Je m'appuie sur le pommier pour me

1. *Maud*, poème de Lord Alfred Tennyson, traduction de Henri Fauvel, 1892.

baisser et je plonge les mains dans le sol, je déplace la terre pour creuser plus profondément encore. Je cherche un objet lisse et rond, bleu et argenté, mais une pierre butte contre mon ongle et je retire vivement la main. Mais qu'est-ce que je fabrique ? J'examine mes mains recouvertes de saleté et je soupire. Il m'est si fréquent ces temps-ci de me surprendre à faire quelque chose d'idiot.

J'essuie la crasse sur mon pantalon et je vais regarder dans le salon par la baie vitrée si Elizabeth ne serait pas là, mais son fauteuil près de la fenêtre est vide. C'est toujours là qu'elle s'assoit pour regarder dehors et observer les oiseaux. On a repoussé l'autre fauteuil, celui dans lequel je m'assois d'habitude, contre le mur. Personne ne m'attend. Je relâche ma respiration, et un nuage de buée s'étale sur la vitre.

Il y a une avancée autour de la porte de derrière, comme une véranda, et Elizabeth en a fait une serre. Je me rappelle quand elle était pleine de plants de tomates, de semis ou de géraniums à l'abri pour l'hiver. Elle sent encore la terre retournée et la lasure, mais presque tout a été remplacé par des toiles d'araignée, des cartons et des objets pour personnes âgées : un fauteuil roulant rouillé, deux cannes et un vieux siège de bain. Il y a aussi des pots vides alignés contre le mur, qui me laissent de la poussière sur les mains. Je les tire sur le sol en béton, mais je ne trouve pas de clé en dessous. Des racines desséchées s'accrochent au fond, je les arrache aisément du bout des doigts, comme un vieux papier peint, laissant des traces blanches sur la terre cuite. Je m'assois dans le fauteuil roulant et pose mes pieds sur les accoudoirs. J'ai la tête lourde, comme si j'avais bu.

Un digicode est fixé au mur et je l'examine un instant. J'en ai un, moi aussi, pour les aides. Une minuscule boîte carrée qui exige quatre chiffres pour se déverrouiller. Si j'étais capable de deviner ces chiffres, je pourrais entrer dans la maison. J'essaie de réfléchir à toutes les dates significatives possibles. Mais je ne me souviens pas de la date de l'anniversaire d'Elizabeth, ni de celle de son fils – celle-là, je ne suis même pas sûre de l'avoir sue un jour. Je sors des morceaux de papier de mes poches. La plupart mentionnent des rendez-vous. Chez le dentiste. L'opticien. Une soirée à laquelle Helen a dit qu'elle m'emmènerait. Je ne me souviens pas si on y est allées.

*Anniversaire de mariage d'Elizabeth. Aller lui remonter le moral.* C'est sur un carré de papier jaune. Je le lis et le relis, mais la date ne me revient pas. Je continue mes recherches. D'autres vieux rappels : *Laisser le bob d'Helen dans sa voiture.* Puis, sur un carré de papier rose, je trouve enfin une réponse : *5 juillet. Aller remonter le moral d'Elizabeth (noces de diamant).* Les noces de diamant, c'est soixante ans. L'argent pour vingt-cinq ans, l'or pour cinquante. Patrick et moi avons atteint l'or de justesse. Nous avons fait une grande fête dans le jardin, avec la famille, les amis et les voisins. C'était une belle journée de septembre et, après le départ de tout le monde, nous sommes allés nous asseoir sur la balancelle et nous sommes restés là bien après la tombée de la nuit, à regarder une chauve-souris virevolter autour de la maison. Il est mort dans l'année.

Je regarde le jardin, et je me sens soudain très seule. Je ne sais pas ce que j'aurais fait sans Elizabeth après le décès de Patrick. Tous ces petits jeux auxquels nous jouions à Oxfam, acheter de la porcelaine hideuse ou cacher le pistolet d'étiquetage pour que Peggy ne le retrouve plus, tous ces rendez-vous pour le thé, les mots croisés ou les déjeuners fermiers : cela me donnait des choses à faire. Je me lève péniblement du fauteuil roulant et vais examiner le digicode. Soixante ans. Cela donnerait... 1952 ? J'entre ces quatre chiffres. Rien. J'appuie le front contre la vitre froide de la porte de la cuisine et je chiffonne le petit mot dans mon poing.

J'entends un chien aboyer dans un jardin voisin. Le bruit résonne comme du métal rouillé, et je ne supporte pas ce gémissement incessant. Soudain pressée de lui échapper, je m'agrippe à la poignée de la porte et je sens mon estomac faire un bond quand la porte s'ouvre calmement. Elle n'était pas verrouillée. Je m'arrête sur le seuil, essayant de comprendre ce que cela signifie, de démêler mes pensées confuses : d'un côté ce sentiment qu'il y a un problème, de l'autre le souvenir de la porte de notre cuisine quand j'étais enfant – jamais fermée à clé avant la nuit, toujours libre d'accès, comme ici.

La lumière tamisée pénètre dans la pièce à travers un rideau fleuri, qui projette de petites taches sur le plan de travail. La cuisine sent le désinfectant, et l'odeur me prend au fond de la gorge. J'ouvre les placards en hauteur, ceux du bas aussi, mais ils sont tous vides. Le frigo fonctionne, je l'entends vrombir, mais il n'y a qu'un vieux paquet de margarine à l'intérieur. Cependant, je ne suis pas sûre que l'absence de nourriture soit très parlante : je dois souvent apporter des provisions à Elizabeth. Son fils la rationne drastiquement, et il ne lui laisse que des produits bon marché qu'elle déteste car ils n'ont aucun goût.

L'allure du salon me surprend et, pour la première fois, je me rends compte du mauvais état du tapis, tout élimé. Il manque quelque chose. Je me concentre sur la table en bois poli, mais je ne me souviens de rien de précis. Je vais me poster derrière le fauteuil d'Elizabeth pour regarder par la fenêtre. Nous observons souvent les oiseaux ensemble. Elizabeth sait les reconnaître rien que par leur forme, elle n'a pas besoin de voir les couleurs. Encore aujourd'hui, même au crépuscule, elle est capable de faire la différence entre un rouge-gorge et un moineau.

Un merle m'aperçoit depuis le fond du jardin et s'approche, mi-sautillant, mi-voletant. Il se pose sur le rebord en béton de l'autre côté de la vitre et regarde à l'intérieur, tourne la tête d'un côté, puis de l'autre. Il veut des raisins secs – Elizabeth en garde toujours une boîte sous son fauteuil pour nourrir les oiseaux. Il s'éloigne doucement quand je m'approche, puis revient m'observer. Je ne trouve pas les raisins. Je jetterai un coup d'œil dans la cuisine quand j'irai faire une tasse de thé à Elizabeth. Je me demande si j'ai pensé à lui apporter du chocolat.

Je farfouille dans mon sac à main, j'en sors des mouchoirs et une vieille ordonnance ; pas de chocolat. Elizabeth va être déçue, je regrette d'avoir oublié. Peut-être que je peux lui préparer à manger, des œufs brouillés ou des tomates avec du pain. Je pourrais mettre la table. Tiens, c'est bizarre. Il n'y a pas de nappe. Ni de sets de table ni de repose-verres. Pourtant, Elizabeth est tatillonne avec ça. Moi, ça m'est égal de manger sur mes genoux, devant la télé, mais Elizabeth aime que tout soit joliment arrangé. Il manque le sel et le poivre, aussi. Et le chutney à la mangue, la vinaigrette, les cornichons. Elizabeth a besoin de beaucoup de condiments pour accompagner la nourriture fade que lui achète son fils. Je me retourne vers la porte, et l'étagère où est entreposée la faïence n'est plus à sa place, les vers de terre des vases se sont enfuis, les insectes sur les assiettes se sont envolés. J'entends ma propre respiration s'accélérer au milieu du silence. Quelque chose ne va pas. Je ne suis pas là pour rendre visite. Je sors mes notes. J'y vois le nom d'Elizabeth répété avec, à côté, encore et encore : *disparu, disparu, disparu.*

Le bruit d'un moteur surgit dans le silence, non loin de la maison, et je rejoins péniblement le hall, éblouie par la lumière qui entre par le verre bullé de la porte d'entrée. Je repère les marques du passage d'un aspirateur sur le tapis, et une lettre sur le paillasson, adressée à Elizabeth. Je me penche pour la ramasser et, d'une main tremblante, je la mets dans ma poche. Une porte de voiture claque.

– Je vais chercher la fin des cartons. Attends-moi là.

C'est le fils d'Elizabeth, je reconnais sa voix. Je me demande à qui il parle. J'entends le crissement de ses pas sur les graviers de l'allée, et je devine la silhouette floue d'un homme derrière le verre bullé. Est-ce qu'il vaudrait mieux que je parte vite me cacher ? Ou est-ce qu'il ne risque pas plutôt de me voir si je bouge ? J'attends là, toujours penchée en avant, immobile. Les pas s'éloignent et font le tour de la maison. J'entends la clenche du portail du jardin. Je tire très légèrement sur le voilage d'une fenêtre de l'entrée. La femme dans la voiture doit être l'épouse de Peter. Elle regarde par le pare-brise, l'air anxieux ; Elizabeth n'est pas avec elle.

– J'avais laissé cette saleté de porte ouverte. Je vais faire un tour à l'intérieur.

C'est Peter qui revient à la voiture pour poser un siège de bain dans le coffre avant de repartir vers la maison.

Je regarde autour de moi, paniquée. Il ne faut pas qu'on me trouve ici. De nouveau, j'entends ses pas crisser sur les graviers, puis le grincement métallique de la porte de la serre. Mon cœur bat très fort. Est-ce que j'ai le temps de monter les escaliers ? Je m'apprête à me redresser pour tenter le tout pour le tout, quand j'aperçois la porte du garde-manger. Le bois craque et frotte contre le chambranle quand je l'ouvre, mais l'homme est trop occupé à trébucher sur quelque chose et à s'énerver contre des pots laissés en travers du chemin. Je me jette à l'intérieur et referme la porte.

Le garde-manger sent la lasure et le chocolat rance, et je suis serrée contre des objets, de longs objets minces. L'un a une éponge au bout, l'autre une brosse. Je ne retrouve pas leurs noms. Il y a aussi un aspirateur avec des mots écrits dessus. Je les murmure pour moi-même :

– Aspirateur système Cyclone-Ouragan. Deux mille watts de puissance, spécial nettoyage des coins.

Je ne sais trop pourquoi, mais cela me réconforte. Les pas dépassent le garde-manger, s'enfoncent dans le tapis, collent au linoléum de la cuisine. Je ferme les yeux, et je me rends compte que j'ai la respiration saccadée. J'espère que je ne fais pas trop de bruit. La porte du frigo s'ouvre et se referme. Les pas repassent non loin de moi, puis montent les marches. Je garde les yeux fermés et je m'affale à moitié contre le mur. C'est une position familière pour moi. Je me cachais souvent dans le garde-manger quand j'étais enfant.

Le nôtre était situé dans un coin de la cuisine, et j'aimais savoir qu'il y avait des gens dans la pièce qui ne se doutaient pas de ma présence. Je me souviens de l'odeur des légumes encore recouverts de terre, des épices en train de mariner. Dans les romans que je lisais, les enfants organisaient toujours des petits déjeuners en cachette, et les descriptions de nourriture me faisaient saliver. Des friands à la viande, des tartes aux fruits, des tourtes. Et j'adorais les pâtisseries. Mais nous en avions toujours trop peu pour qu'il en reste dans le garde-manger après les repas. Il m'arrivait d'ouvrir un pot de confiture ou de compote de pommes pour en avaler une cuillerée, ou de chiper une tranche de jambon. Mais ce n'était pas pareil. Et je risquais des ennuis si je me faisais prendre. Pourtant, j'aimais me cacher là, dans l'obscurité et la fraîcheur. Je m'y sentais en sécurité et, après la disparition de Sukey, je recommençai à venir m'y réfugier comme quand j'étais toute petite. À respirer cette odeur familière, et à profiter du fait que personne ne savait où j'étais.

J'étais à l'intérieur, un jour, à retarder mon retour au salon, quand j'entendis quelqu'un descendre les marches jusque dans l'entrée. Je sus immédiatement qu'il s'agissait de Douglas. J'avais appris à reconnaître sa démarche souple, ses grandes enjambées étrangement discrètes. Le raclement d'une chaise sur le sol, le craquement d'un genou plié, et je me concentrai sur une assiette de biscuits aux carottes en essayant d'imaginer ce qu'il pouvait bien fabriquer. Ça ne devait pas être plus de quelques jours après l'apparition de la valise de Sukey, car elle était encore posée par terre contre le buffet de la cuisine, à attendre qu'on se décide à trier et laver son contenu, et j'entendis distinctement les fermoirs en laiton grincer quand Douglas les ouvrit.

Je poussai doucement la porte, sans penser que cela risquait de me trahir, trop curieuse de savoir ce qu'il faisait. Elle s'ouvrit d'un centimètre, presque sans bruit, et je vis Douglas, de profil, enfoncer ses mains dans l'enchevêtrement de vêtements.

Il avait la bouche ouverte, et j'entendais sa respiration irrégulière, comme des vagues s'écrasant sur le rivage. Je me mis à m'inquiéter qu'il entende la mienne, lui aussi, je m'éloignai donc légèrement de la porte, mais, dans ma précipitation, je cognai une étagère. Les conserves s'entrechoquèrent et je serrai les dents. Heureusement, la radio était allumée dans le salon et c'était l'heure du feuilleton, *Lorna Doone*. La musique et les accents du Devon et du Somerset étaient assez forts pour couvrir le bruit de mes maladresses. Douglas ne cessait de jeter des coups d'œil vers le haut des marches, mais pas dans ma direction.

Après un moment, il tira la valise pour l'éloigner du buffet et pouvoir l'ouvrir entièrement. Il commença à sortir les habits un par un et à les poser sur une chaise. Un caraco pêche, une culotte coquille d'œuf, des bas. On aurait dit qu'il ne trouvait que des sous-vêtements. Je ne comprenais pas ce qu'il pouvait bien faire. Tout ce à quoi je pensais, c'était à un article dans le journal sur un inconnu qui volait les culottes des femmes étendues sur les fils à linge, et l'espace d'une seconde je me demandai si c'était Douglas. Mais il se mit alors à tâter les bords de la valise, et je secouai la tête. Je me trompais. Il cherchait quelque chose.

Je relève la tête du mur. Il serait temps que je sorte de là, Ma va finir par se demander où je suis passée.

– Voilà, c'est tout, dit une voix.

J'entends des pas descendre les marches au-dessus de moi. Le bruit me fait sursauter et je m'immobilise. Je garde la main sur la porte, mais je me retiens de la pousser.

– Le reste pourra attendre les déménageurs, reprend la voix.

Je regarde autour de moi. Pas de pots de confiture, pas de sacs de pommes de terre. À la place, il y a un aspirateur, un balai et une serpillère. Mais je n'arrive toujours pas à comprendre où je me trouve. Une porte claque, puis une voiture démarre dehors et s'éloigne. Je prends une légère inspiration et je sors. C'est l'entrée d'Elizabeth, la maison d'Elizabeth, mais Elizabeth n'est pas là. Le monte-escalier est en bas des marches, alors elle ne peut pas être là-haut. Ou sinon, elle est coincée, parce qu'elle ne peut pas descendre sans sa machine. La rambarde du palier se dresse devant moi tandis que je monte les marches, tels les barreaux d'une prison, mais, quand je parviens à l'étage, toutes les portes sont ouvertes – je ne saurais expliquer pourquoi, mais cela me rassure. La chambre d'Elizabeth sent le talc à la rose qu'elle utilise quotidiennement, et, pendant une minute, mon cerveau perd les pédales. Comment son odeur peut-elle être là, mais pas elle ? Comment se fait-il qu'un de mes sens me souffle qu'elle est proche tandis qu'un autre m'assure que c'est impossible ? Je ne trouve pas de corbeille remplie de mouchoirs, ni de pastilles Rennie sur la table de nuit, et la vision de la surface entièrement vide de sa coiffeuse me fait ravaler des larmes.

Elizabeth a été cambriolée il y a quelques années de cela. La police a appelé ça un « vol par ruse ». Une femme l'a retenue dans le jardin pour lui parler de son chat perdu, pendant qu'un complice rentrait pour dérober les bijoux posés sur sa coiffeuse. Je me souviens précisément de ce qu'ils ont pris : une chaîne en or, une broche ornée d'un camée et une bague en opale. Elizabeth n'avait pas eu l'air embêté de les avoir perdus, même si je crois que la bague valait beaucoup d'argent. Elle m'avait dit que, de toute façon, ça portait malheur, l'opale.

– Eh bien, j'espère qu'elle portera malheur aux voleurs, avais-je répondu, fière de ma fougue.

Elle avait souri, mais je savais qu'elle était nerveuse à l'idée de rester seule dans sa maison. Je pensais que son fils viendrait la chercher pour qu'elle passe la nuit chez lui ce soir-là, mais il était trop occupé et il estimait qu'elle faisait des histoires pour rien, étant donné que personne n'était entré par effraction. Je ne pouvais pas l'emmener chez moi car la distance à parcourir à pied était trop longue pour elle, alors j'étais restée toute la nuit avec elle, allongée sur l'autre lit simple de sa chambre, l'ancien lit de son mari. Nous avions discuté dans le noir et chanté de vieilles chansons jusqu'à nous endormir.

Je m'assois sur le lit et je sors un stylo et un morceau de papier de mon sac : *Suis entrée chez Elizabeth – suis CERTAINE qu'elle n'est pas là*. Je pourrai montrer ça à Helen. Alors que je range mon petit mot, un bruit attire mon attention. J'imagine mes oreilles se dresser comme celles d'un chien, pointues, en alerte. Un vrombissement s'est déclenché non loin de moi. Je reconnais ce bruit, il me rappelle quelque chose, il me fait penser à Elizabeth. Un bruit mécanique, monotone, qui se fait de plus en plus fort et de plus en plus proche. C'est le monte-escalier. Il vient vers moi. Je panique, la bouche sèche : il n'y a personne dans la maison. Personne. Alors qui peut bien se rendre à l'étage ? Mon cœur bat tellement fort que j'ai l'impression qu'il va lâcher et, malgré mes jambes tremblantes, je me force à me lever.

Le monte-escalier s'arrête. Je ne veux pas bouger, j'ai trop peur de trahir ma présence. Je reste immobile longtemps, osant à peine respirer. Mais rien ne se passe, alors je pose un mouchoir chiffonné par terre, témoin de mon passage, et je me dirige vers le palier. Le monte-escalier est vide. Il s'est arrêté aux trois quarts des marches, et il n'y a personne dessus. Je le fixe du regard, la langue encore pâteuse de frayeur. Tremblant de tous mes membres, je repars dans la chambre d'Elizabeth pour m'y barricader. Je m'affale à nouveau sur le lit, et je sens un objet dur sous ma main. La télécommande du monte-escalier. Je m'étais assise dessus. Mon soupir de soulagement résonne dans la pièce tandis que je me laisse tomber en arrière sur le lit. J'y reste allongée un instant, sans faire un geste, à regarder les ombres se mouvoir au plafond. De temps en temps, une voiture passe dans la rue et j'entends le chuintement des roues quand elle tourne au croisement juste après la maison. Je m'imagine que la mer m'attend dehors, et que les voitures sont ses vagues. Ou que je tiens un coquillage à mon oreille pour écouter le mouvement de mon sang dans mes veines.

Enfin, je me relève, je fais venir le monte-escalier jusqu'au palier, puis je m'y installe pour redescendre au rez-de-chaussée.

# 9

Helen ne devrait pas tarder. Sa voiture va remonter l'allée d'une minute à l'autre. Si je m'agenouille sur le banc devant la fenêtre, que je prends appui sur une main et que je colle ma joue à l'extrémité de la vitre, j'arrive presque à voir jusqu'au bout de la rue. Je veux que Helen vienne. Je veux voir sa voiture approcher, entendre le bruit rassurant des pneus crissant sur le bitume devant la maison. Ce n'est pas que j'aie besoin de quelque chose, j'ai simplement besoin d'elle, de ma fille. Je me penche à nouveau pour remonter la route des yeux. Le vent s'agrippe aux arbustes du jardinet et les fracasse contre le portail, et le bruit qui l'accompagne, ces claquements vifs, ces froissements, me fait frémir. Je me rends compte que je fixe du regard les trous noirs entre les branches. Une voiture passe, ses phares dansent sur la façade de la maison, le portail et la haie, et j'ai l'impression pendant une fraction de seconde de voir quelqu'un accroupi dans l'herbe, une main écrasant les fragiles feuilles mortes, la bouche ouverte, peut-être pour les manger, ou pour crier.

Je recule brusquement, le coussin sous mes genoux glisse sur le banc, ce qui me fait perdre l'équilibre et tomber par terre. Une vive douleur assaille mon pouce, et un craquement retentit. Chamboulée, je soulève la main en laissant échapper un gémissement et, de l'autre, j'agrippe mon pouce. Je le tiens serré, et la douleur s'atténue. Je ne sais plus ce qui vient de se passer.

– Chut, chut, je murmure en me caressant la main.

Helen me tenait toujours le pouce quand elle était bébé. Aujourd'hui, il lui arrive encore de me prendre la main, mais c'est rare.

J'entends une voiture dans la rue derrière moi et je me retourne vers la fenêtre, pleine d'espoir. Elle passe sans s'arrêter. Et de toute façon, ce n'était pas Helen au volant. Les réverbères ont éclairé le visage d'un homme aux cheveux blonds. Ce qui signifie que les réverbères sont allumés, pourtant je n'ai même pas vu la nuit tomber. Je regarde dehors et je sens un creux dans mon ventre. Helen ne vient jamais me voir si tard. Elle ne viendra pas ce soir. Ou alors, ça m'étonnerait, mais... peut-être qu'elle est déjà passée. Et que j'ai oublié. J'observe la rue déserte. Mes larmes font étinceler les lumières et, quand je porte une main à mon visage pour les essuyer, je sens une vive douleur dans mon pouce. Je pousse un cri de surprise, je ne comprends pas ce qui a pu arriver. Je regarde le téléphone, de l'autre côté de la pièce. Il semble être à des milliers de kilomètres, bien trop loin pour que je puisse l'atteindre. J'ai ce sentiment de plus en plus souvent, ces derniers temps. C'est probablement l'âge ; c'est toujours comme ça que j'avais imaginé la vieillesse. Mais je me souviens d'avoir déjà ressenti cette immense fatigue l'été où je suis tombée malade. L'été qui a suivi la disparition de Sukey.

Je ne dormais presque plus et mon cerveau semblait trop échauffé et fatigué pour fonctionner correctement. Un matin, je venais de me forcer à franchir la porte de la cuisine pour aller à l'école quand je me rendis compte qu'il me serait impossible d'atteindre ne serait-ce que le bout de la rue. J'avais l'impression de marcher depuis des kilomètres, alors que je n'avais même pas encore dépassé le portail de Mme Winners. Je me retournai vers la maison, mais on aurait dit qu'elle s'était éloignée, comme si elle partait faire un tour ce jour-là, elle aussi. Je ne savais pas quoi faire et restai immobile un instant en essayant de retrouver ma respiration.

Bien sûr, ce fut Mme Winners qui me découvrit, effondrée sur le trottoir. Je n'avais pas perdu connaissance, mais je n'avais plus vraiment toute ma tête. Je me souviens du contact avec le sol, de cette sensation de craie sous mes mains et du parfum de Mme Winners quand elle sortit de sa maison. Je me rappelle avoir pensé que c'était très agréable, comme enfiler un pull-over bien épais quand on a froid. Je respirai son odeur tandis qu'elle m'aidait à me relever et me ramenait à la maison.

Je dus garder le lit pendant des semaines après ça, fixant les motifs pâles sur les murs, essayant d'entendre la radio dans le salon. Au début, Ma l'avait laissée dans ma chambre, mais cela troublait mon sommeil et, plus que tout, c'était de repos dont j'avais besoin. Je découvris plus tard que mes parents s'étaient terriblement inquiétés. Papa ne vint presque jamais me voir parce qu'il était persuadé que j'allais mourir et, après la disparition de Sukey, il se savait incapable de le supporter.

Ma se faisait surtout du souci pour ma santé mentale. Elle me raconta un jour que je parlais dans mon sommeil, ce qui ne m'étonna pas. Je délirais souvent à cette période, car plusieurs fois je vis Sukey allongée sur son ancien lit en train de me regarder. Et une fois, c'est Douglas qui se trouva à la même place.

J'avais beaucoup d'hallucinations étranges. Je voyais Sukey, les cheveux emmêlés, me dire qu'elle n'avait pas de peigne, et je lui répétais :

– Je t'en ai donné un, Sukey, tu as oublié ?

Des centaines d'escargots étaient accrochés au plafond. Une autre fois, la Folle était penchée sur moi, montrant les dents et brandissant son parapluie. Et j'entendais des chansons en boucle, des chansons idiotes de Vera Lynn que je n'aimais même pas. Et j'étais persuadée d'entendre des souris gratter dans les plinthes et des bombes tomber sur la ville et mon amie Audrey qui m'appelait. Et je percevais constamment le ressac dans mon oreille, alors que je n'avais pas de coquillage pour l'écouter. Une autre fois encore, j'étais certaine que quelqu'un était entré dans la maison, mais, quand j'avais appelé, personne n'avait répondu.

– Que cela fait plaisir de rentrer chez soi, dis-je à Helen. D'être de retour dans ma maison après tout ce temps.

Nous revenons de l'hôpital. J'ai dû y aller à cause d'un problème. Qu'est-ce que c'était, au fait ? Peu importe, c'est tellement agréable d'être rentrée.

– Tu as à peine passé quelques heures à l'hôpital, Maman. N'exagère pas.

Elle pose ses clés de voiture sur la table basse.

– Mais non, Helen, c'était bien plus long que ça. Plusieurs semaines. Peut-être même plusieurs mois. Très, très longtemps.

– Quelques heures, répète-t-elle.

– Pourquoi est-ce que tu tiens à me contredire ? Tout ce que je dis, c'est que c'est agréable d'être de retour.

Je me cogne la main sur le bras du fauteuil, ce qui provoque un bruit sourd. J'ai un gros bandage autour de la main. J'entends Helen dire :

– D'accord, Maman, tu as raison. C'est toujours agréable de rentrer chez soi, c'est vrai. Et je me suis dit que tu irais mieux après une petite visite. Je sais que ce n'était pas très joyeux, même un peu triste, mais au moins tu peux arrêter de t'en faire, maintenant.

Je ne sais pas de quoi elle parle. A-t-elle vu que ma main ressemblait à un énorme cocon blanc ? Je n'arrive pas à la refermer.

– Je crois que je n'ai plus besoin de ce pansement, dis-je. Je dois pouvoir l'enlever, tu ne penses pas ?

Je commence à défaire le ruban blanc.

– Non, non, non ! Maman, s'il te plaît.

Helen se précipite vers moi et me prend doucement la main.

– Il faut que tu le gardes jusqu'à ce que l'entorse soit guérie. Ça va prendre encore quelques jours.

– Tu dis n'importe quoi, Helen. Une entorse ? Je n'ai même pas mal.

Je retire ma main de la sienne et l'agite en l'air pour le lui prouver.

– Ce n'est pas grave, garde-le quand même. Pour moi ? S'il te plaît ?

Je hausse les épaules et cale ma main entre ma cuisse et le bord du fauteuil, pour éviter d'avoir à la regarder.

– Merci, dit Helen. Tu veux que je prépare du thé ?

– Avec un peu de pain ? Et du fromage ?

– Peut-être tout à l'heure, Maman, dit-elle en quittant la pièce. L'infirmière a dit que tu devais faire attention.

Ah, oui, j'avais oublié. L'infirmière pense que je suis trop grosse. D'après elle, c'est parce que j'oublie les fois où je mange.

– Tu n'es pas grosse, répond Helen depuis l'entrée. Il te faut juste un autre régime, plus équilibré. Et moins de pain.

J'ai une note que m'a écrite l'infirmière : *Avez-vous faim ? Sinon, pas de pain.* Je suis surprise qu'ils me laissent encore déterminer si j'ai faim ou non. Pas étonnant qu'on entende toujours parler de personnes âgées qui meurent de faim dans les hôpitaux, si les infirmières passent leur temps à leur répéter d'arrêter de manger. Sous le petit mot, je trouve alors une liste de maisons de retraite. Un poids s'abat sur ma poitrine. Est-ce que je vais devoir y aller ? J'écoute Helen s'affairer dans la cuisine, le bruit innocent des tasses qu'on sort du placard. Est-ce qu'elle serait capable de me faire ça ? J'étudie la liste plus attentivement dans mes mains tremblantes. Je repère plusieurs noms barrés, et beaucoup d'autres suivis de points d'interrogation. À côté de quelques-uns des noms barrés se trouve l'inscription : « PE ». Qu'est-ce que ça signifie ? « PE ». On dirait mon écriture, mais je sais que celle d'Helen lui ressemble beaucoup. *Mill Lane : PE.* Sûrement des initiales, ou un acronyme. Plus Éloigné, peut-être. Est-ce que cette maison de retraite est particulièrement loin ? Mon Dieu, c'est ça. Mais comment verrais-je Helen ou Katy si je dois partir m'installer à l'autre bout du pays ? Mais cet établissement-là est barré, et peut-être que c'est pour cette raison : c'est trop loin. Je me détends un peu. Mais je ne veux pas aller en maison de retraite, pas encore. Je ne suis pas encore assez vieille pour ça. Il faut que je le dise à Helen. Je vais l'appeler tout de suite pour le lui dire. Je me lève pour aller chercher le téléphone, et des morceaux de papier qui se trouvaient sur mes genoux dégringolent par terre.

– Bon sang, dis-je en m'agenouillant pour les rassembler.

Ma main gauche refuse de bouger. Elle est couverte de bandes blanches, mais je ne sais pas pourquoi ; je ne sens rien. Peut-être que c'est Katy qui a encore joué à l'infirmière ? En tout cas, je ne peux pas laisser ça comme ça. Je tire sur l'extrémité du bandage pour le défaire. Un petit morceau de plastique tombe au sol. Ma main a l'air rabougrie, et la peau est très pâle. Katy a beaucoup trop serré. J'espère qu'elle ne deviendra pas infirmière pour de vrai. Je me penche pour attraper le tas de bouts de papier quand une vive douleur s'empare de mon pouce. Je pousse un cri.

Helen arrive au pas de course.

– Qu'est-ce qui se passe ? demande-t-elle, paniquée.

– Ma main, ma main, dis-je.

Je l'agite devant ses yeux. J'ai moins mal maintenant que je n'essaie pas de m'en servir, mais le souvenir de la douleur me fait me balancer doucement d'avant en arrière en gémissant.

– Je t'avais dit de ne pas retirer le pansement, s'écrie Helen. Bon Dieu, Maman.

Elle me tient fermement le poignet et s'attelle à remettre le bandage en place.

– Qu'est-ce que tes notes font par terre ? demande-t-elle.

Je regarde les bouts de papier. L'un d'eux comporte une liste.

– Je ne veux pas aller en maison de retraite, Helen, dis-je.

Elle arrête son geste.

– Tu ne vas pas aller en maison de retraite, Maman.

J'acquiesce, mais la liste est toujours devant moi sur le tapis. Helen suit mon regard.

– Oh, non, je pensais que tu avais mis ça à la poubelle. C'est ta vieille liste, dit-elle. Pour...

Elle s'interrompt et fronce les sourcils.

– Tu ne te rappelles pas ? De ce que tu cherchais.

Je dois pencher la tête pour la dévisager, perplexe, mais les muscles de mon cou sont encore raides, sous le choc de tout à l'heure. Qu'est-ce que je pouvais bien chercher ?

– Elizabeth, dis-je, et soudain j'ai l'impression que mes membres s'allègent et que mon dos se redresse. PE. Ça veut dire « Pas Elizabeth ».

– C'est ça.

Elle finit de me bander la main et ferme le pansement avec une épingle de sûreté, puis elle empile mes notes.

– Mais tu n'as plus besoin de ces numéros, maintenant, n'est-ce pas ? D'ailleurs, on avait dit qu'on jetterait la liste pour éviter que tu ne rappelles encore les maisons de retraite.

– Ah bon ? dis-je en lui retirant le papier des mains. Je crois que je préfère la garder encore un peu.

Helen essaie de tirer sur la liste, mais je la tiens fermement et elle finit par abandonner.

– Encore une discussion qui aura servi à quelque chose, apparemment, dit-elle. Je vais chercher le thé.

– Avec un peu de pain ?

Cet été où j'étais malade, Ma ne m'autorisa pas à manger grand-chose d'autre que du pain. Du potage avec du pain, et du riz au lait en dessert. Je sus que j'allais un peu mieux le soir où elle m'apporta une côtelette de porc.

– Même si tu ne l'as pas vraiment mérité, déclara-t-elle en posant le plateau sur mes genoux. Avec tout le pain et la confiture que tu as mangés au petit déjeuner.

– Mais j'ai mangé du porridge au petit déjeuner, non ? dis-je en ne l'écoutant qu'à moitié, car je salivais déjà à l'odeur de la viande. C'est toi qui me l'as préparé.

– Oui, et, dès que je suis partie chez l'épicier, tu es descendue chiper du pain et de la confiture. La moitié de la miche a disparu.

– Ma, ce n'est pas moi qui...

– Maud, ma chérie, tu peux prendre ce que tu veux, d'ailleurs je suis heureuse de te voir retrouver l'appétit. Mais j'ai besoin de savoir comment m'organiser avec nos tickets de rationnement, et...

– Ma, je te jure, insistai-je en mâchant aussi vite que possible pour avaler et pouvoir me défendre. Je n'ai pas pris de pain. Ce n'est pas moi.

– C'est drôle, ça. Ça ne peut pas être ton père.

Elle déplaça imperceptiblement mon verre de lait et déplia un torchon pour me l'installer comme serviette.

– Tu penses que Douglas nous prendrait de la nourriture ? Ça ne lui ressemble pas vraiment.

Ça ne lui ressemblait même pas du tout, mais je ne voyais pas d'autre explication.

– J'imagine qu'il est revenu se faire un sandwich à emporter pour la fin de la matinée, suggérai-je.

– Je lui ai préparé un petit déjeuner consistant, rétorqua Ma, outrée. Je ne les laisse jamais partir sans qu'ils aient pris un repas correct, ni lui ni ton père.

Je m'essuyai la bouche et haussai les épaules.

– Peut-être que c'était pour quelqu'un d'autre.

– Quoi, tu veux dire qu'il nourrit quelqu'un ? Parce que, si c'est le cas, il va falloir que cette personne me donne ses tickets de rationnement.

– Il y avait quelqu'un dans la maison, dis-je, les mains sur la rambarde.

Pourquoi est-ce que personne ne veut me croire ?

– Je te crois, Maman, dit Helen. Mais ce n'était qu'une aide à domicile. Une nouvelle aide, c'est tout. Pas un cambrioleur. Ce n'était pas la peine d'appeler la police. Décale-toi, tu veux ?

Elle me bouscule, et je la regarde passer un chiffon sur les plinthes. Elle se penche et fait glisser ses mains le long des planches, comme si elle faisait de la gymnastique. Comme ces exercices qu'on devait faire quand on était jeune. Se pencher en avant, jambes tendues, pour rester en forme. On nous montrait toujours des armées de jeunes femmes qui réalisaient l'exercice en même temps. Et avec le sourire. Cela ne me faisait jamais sourire, moi.

Helen suit la plinthe jusqu'au salon, et je suis Helen.

– Un, deux, trois, quatre. Un, deux, trois, quatre. Gardez le sourire, les filles.

– Qu'est-ce que tu racontes ? C'était affreusement embarrassant. Tu imagines ce qu'elle a pensé, cette pauvre femme ? Et toi qui l'accuses, comme ça, et qui continues de raconter à tout le monde que tu t'es fait cambrioler. Par une aide, ajoute-t-elle en apercevant mon air perplexe.

– Et qu'est-ce que tu ferais si tu descendais prendre ton petit déjeuner un matin et que tu trouvais une inconnue dans ta cuisine ?

– Pas une inconnue : une aide.

– Oui, ça, c'est ce qu'elle a prétendu. Mais comment est-ce que je pouvais savoir qu'elle disait la vérité ? Ça aurait pu être n'importe qui.

Helen laisse ses bras tomber le long de son corps et quitte la pièce. Je crois que ça veut dire quelque chose. Je prends soin de bien enfoncer mes orteils dans le tapis en lui emboîtant le pas, pour ne pas glisser. Il faut faire très attention.

– Je ne suis plus en sécurité dans mon propre lit, dis-je.

Mais je perds le fil de ma pensée et je ne sais déjà plus de quel danger je parle. Cela ne doit quand même pas être possible de glisser dans un lit.

– Helen, quel serait le meilleur endroit pour planter des courgettes ? Précisément ?

Elle ne me répond pas et, quand j'atteins l'entrée, elle ne s'y trouve pas.

– Où as-tu encore disparu ? dis-je. Pourquoi faut-il toujours que tu te caches ?

– Je ne me cache pas, répond Helen en sortant du salon. J'essaie de nettoyer la terre sur les murs. Tu en as mis partout, encore une fois. Je ne sais pas comment tu te débrouilles.

Elle commence à frotter le bas du mur et remonte l'escalier au fur et à mesure. Je me concentre sur ses talons posés sur les marches, qui font de petits bonds de temps en temps, et je la suis lentement en essayant de mettre mes pieds dans la même position exactement, en faisant les mêmes petits bonds. C'est plus sûr de marcher derrière quelqu'un d'autre. On peut vérifier si les marches sont stables, et, si quelqu'un les a testées juste avant nous, on ne risque pas d'en rater une. Je regarde attentivement, mais à un moment je ne la vois pas s'arrêter, et mon épaule rentre dans sa hanche.

– Oh, Maman, tu veux bien arrêter de me suivre ? Reste dans la cuisine, je te rejoins dans une minute.

Je redescends pesamment l'escalier et regarde par la fenêtre : il y a un chat sur la pelouse, mais, quand je vais pour ouvrir la porte de la cuisine, je m'aperçois que la poignée ne fonctionne pas.

– Tu me laisses à la merci de n'importe quelle attaque, ici, je dis à Helen quand elle revient. Ces serrures sont en toc, et cette porte en contreplaqué, elle ne sert à rien.

– Parce que celle en bois naturel qui était complètement pourrie, elle servait à quelque chose, peut-être ?

– Et je veux faire retirer ce truc devant la porte. Ça donne la clé à n'importe qui.

– Seulement à ceux qui ont le code.

– Eh bien, quelqu'un s'est amusé à le recopier. À le laisser à la vue des cambrioleurs. J'ai trouvé un papier, tiens, regarde.

J'attrape mon sac à main et j'ouvre les poches – ce n'est pas facile parce que ma main gauche est enveloppée dans une sorte de gros gant, mais j'arrive rapidement à glisser les doigts de ma main droite dans les plis du tissu. Chaque poche déborde de mouchoirs, entortillés comme les racines d'un vieil arbre, et si effilochés aux extrémités qu'ils tombent en poussière.

– Comment veux-tu que les aides puissent entrer si on retire le digicode ? Et ça, c'est ton ancien sac, Maman. Qu'est-ce que tu cherches ? Tu ne vas rien trouver là-dedans.

Elle a raison : le seul bout de papier qui s'y trouve est une enveloppe, adressée à Elizabeth. Est-ce que j'avais prévu de la poster ? J'ai dû oublier. J'espère que ce n'était pas urgent. Je la retourne tout en fouillant dans ma mémoire. Un bout de papier est scotché dessus : *Trouvée chez Elizabeth*. Et en dessous : *Où est Elizabeth ?* C'est vrai, ça, où est-elle ? Je regarde tristement l'enveloppe. J'imagine que je devrais la lui faire suivre. Mais où ?

J'ai une soudaine envie de pommes quand je passe le doigt sous un coin de l'enveloppe. Le papier craquant se déchire au niveau du pli, et je comprends rapidement que je n'arriverai pas à le remettre en place, alors autant ouvrir complètement la lettre. Je déchire le rabat en petits morceaux. À l'intérieur, il n'y a qu'un bordereau de la bibliothèque, notifiant qu'un livre n'a pas été retourné. Il précise que la bibliothèque mobile est passée à plusieurs reprises ces dernières semaines pour le récupérer, et qu'en raison des mois de retard les pénalités s'élèvent désormais à plus de dix livres. Cela me fait bizarre d'avoir ouvert la lettre. Le courrier, c'est une propriété privée, et l'ouvrir est considéré comme une entrée par effraction. Mon père étant facteur, il a toujours été intransigeant à ce sujet, et il serait furieux s'il me voyait aujourd'hui. Un jour, il avait failli me surprendre alors que j'ouvrais une lettre de Douglas.

L'adresse sur l'enveloppe, *M. D. Weston*, était rédigée de l'écriture de Sukey. C'était cela qui m'avait poussée à la prendre sur la table de la cuisine. Ma y laissait toujours notre courrier en tas, et celui de Douglas avec. Je ne recevais jamais rien, à l'exception d'une carte postale de l'oncle Trevor ou d'un petit mot d'Audrey, de temps en temps, mais j'aimais bien examiner la pile quand même, et essayer d'imaginer de qui venaient les lettres. La sœur de Ma, Rose, avait une jolie écriture, mais un peu brouillonne ; celle de l'oncle Trevor était très noire et faisait des marques profondes sur le papier. Audrey faisait toujours des taches entre ses mots, et j'imaginais la tranche de sa main salie par l'encre. Je connaissais l'écriture de Sukey, bien sûr, même si elle ne nous envoyait jamais de lettres – ç'aurait été un peu ridicule, étant donné qu'elle habitait à dix pâtés de maisons de chez nous. Je crois qu'on en avait reçu une quand elle était partie en lune de miel, mais ç'avait été la seule fois.

La lettre pour Douglas arriva une semaine après que nous ayons vu Sukey pour la dernière fois, et environ une semaine avant que mes parents ne commencent à s'inquiéter. J'étais surprise que personne n'ait remarqué son écriture et, quand je me rendis compte que Douglas n'était pas passé la récupérer avant de partir au cinéma, la curiosité l'emporta.

Je faisais de la compote de pommes pour le lendemain matin et posai ma cuillère pour toucher l'enveloppe. Il n'y avait que du papier à l'intérieur, plié en deux, pensai-je, ou peut-être en quatre. D'une main, je levai l'enveloppe à la lumière, et de l'autre je recommençai à remuer les pommes, mais je ne voyais rien : elle était recouverte de couches de timbres et d'adresses. À cette époque, il était commun de réutiliser les enveloppes. « Le papier est une arme de guerre : ne le gâchez pas. » L'avertissement était difficile à oublier, même si la guerre était finie et que les armes ne servaient plus à grand-chose. Je comptais reposer la lettre sur la table, mais finalement je me tournai vers la casserole et, sans vraiment réfléchir, j'inclinai l'enveloppe au-dessus de la vapeur. Les pommes mijotaient et embaumaient l'atmosphère de leur odeur sucrée et piquante, et je restai immobile, à observer le papier onduler peu à peu sous l'effet de l'humidité. J'avais le visage moite à force de me tenir si près de la casserole, et il ne fallut pas longtemps pour que ma main se couvre elle aussi de minuscules gouttelettes. Le rabat de l'enveloppe commença à se détacher, alors je l'aidai de mon petit doigt, et en quelques minutes il s'était rendu. C'est à ce moment que Papa entra.

Je n'avais pas entendu ses pas dans l'escalier et, paniquée, je laissai tomber l'enveloppe dans la casserole et la recouvris de compote. Papa alla ouvrir la porte de la cuisine pour sortir mettre quelque chose à la poubelle, et l'air froid qui vint caresser ma peau humide me fit frissonner. En rentrant, Papa prit le châle de Ma, posé sur une chaise, et l'enroula autour de mes épaules.

– Ça doit être presque prêt, à présent, dit-il en tapotant la poignée de la casserole.

J'acquiesçai avec raideur, priant pour qu'il n'aille pas jeter un coup d'œil à l'intérieur. Quand il repartit au salon, je m'affalai contre la cuisinière, soulagée, puis extirpai la lettre à l'aide de ma cuillère. Elle était complètement détrempée, et je n'aurais jamais pu l'ouvrir sans la déchirer. Je la pressai entre deux feuilles de journal et la posai sur une étagère de l'armoire chauffante pour la faire sécher, en priant que l'encre n'ait pas trop bavé, et en espérant que personne ne remarquerait la légère teinte bleutée de la compote au petit déjeuner le lendemain matin.

Douglas rentra au moment où je nettoyais la casserole. Ma était descendue à la cuisine pour me dire bonne nuit et elle lui demanda comment s'était passée sa soirée. Comme toujours, il se montra très évasif quant au film qu'il était allé voir.

– Euh, c'est un film de... un film où il y a plein de costumes très chics. Il n'était pas très bon.

– C'était *Le Masque aux yeux verts*, non ? demandai-je en me retournant, les mains pleines de savon, pour le regarder en face.

– Oui, voilà.

– Il ne passe plus au cinéma.

Il se tourna vivement vers moi, tendu, mais toujours sans lever les yeux de ses chaussures.

– Ça ne devait pas être ça, alors. J'ai dû me tromper.

Il semblait si mortifié dans cette posture que cela me rappela soudain la première fois que je l'avais vu, quand il avait rougi, embarrassé de s'être fait piéger avec cette histoire de surnoms, et je sentis une vague de culpabilité m'envahir. Des gouttes d'eau tombaient de mes mains sur mes chaussons. Pourquoi étais-je toujours aussi méchante avec lui ? Je n'avais pas l'impression de le faire exprès. À cet instant, je faillis tout lui avouer pour la lettre, mais je songeai finalement que lui confier que j'avais tenté de lire son courrier n'avait que peu de chances de lui remonter le moral.

# 10

Je déteste cet endroit et je n'y viens presque jamais. Je déteste l'odeur des livres, poussiéreuse, sale, d'ailleurs je n'en emprunte jamais. Trop souvent, on en ouvre un pour y respirer une affreuse fumée froide de cigarette, ou découvrir des restes de nourriture écrasés entre les pages. Mais, évidemment, je ne lis plus, maintenant, alors ça a peu d'importance.

– Maman, s'il te plaît, baisse d'un ton, chuchote Helen. C'est toi qui as voulu venir.

Elle s'écarte légèrement et je me dirige vers le comptoir, en fouillant mes poches. Je ne comprends pas pour quelle raison j'ai pu vouloir qu'on m'amène ici ; je trouve une notice de retard de la bibliothèque, mais elle est adressée à Elizabeth et non à moi. L'homme derrière le comptoir dégage d'une main la frange qui lui tombe devant les yeux, et je suis soudain prise de panique sous son regard interrogateur, et celui des milliers de livres sur les étagères. Même si je savais ce que je voulais, comment pourrais-je le trouver ?

– Je cherche quelque chose, dis-je au bibliothécaire. Mais je ne m'en souviens plus, vous comprenez ?

– Un livre ?

Je réponds que c'est sûrement cela, et il me demande de quel type de livre il s'agit, mais je n'en sais rien. Il me demande si c'est de la fiction.

– Oh non, dis-je, c'est une histoire vraie, mais personne ne veut me croire.

Il fronce légèrement les sourcils et lisse sa frange pour cacher les rides de son front.

– De quoi est-ce que ça parle ? Peut-être que je le connais.

– C'est Elizabeth, dis-je.

– Elizabeth. C'est peut-être ça, le titre ?

Je le regarde tapoter des lettres sur son ordinateur. Ses doigts ont l'air élastiques.

– J'en ai un à ce nom-là, au rayon policier, dit-il enfin, et il m'indique la direction du bout de son doigt élastique.

Helen est occupée à fouiller dans ses papiers, alors je me dirige seule vers les étagères. Il y a moins de livres qu'avant, maintenant. On a fait de la place pour installer des ordinateurs. Ils sont neufs et très attrayants, mais j'ai déjà essayé d'en utiliser un et je crois que je suis trop vieille pour apprendre l'informatique. Sur ce rayon, on a affiché une étiquette qui indique « POLICIER », et il y a plein de livres avec des os ou du sang qui dégouline sur la couverture. La plupart d'entre eux sont noirs avec le titre en lettres fluo. Ils ont quelque chose d'oppressant, d'effrayant, qui ne me donne pas envie d'entrer dans leur monde, mais j'en prends tout de même un pour en lire le résumé. Il parle d'une femme qui est poursuivie par un tueur en série. Je le repose. Juste à côté sont entreposés quatre livres à la couverture crème, des énigmes policières en Russie. Je ne pense pas que ça me convienne. J'ai déjà suffisamment d'énigmes à résoudre de mon côté.

Helen s'approche sans un bruit pour examiner l'étagère avec moi.

– Ça ne m'intéresse pas, ça, lui dis-je.

Elle me fait « Chut ! » en jetant des regards gênés autour de nous, mais il n'y a presque personne.

– Avant, on mettait des fleurs dans les livres pour les faire sécher, dis-je. Sukey et moi, quand on était petites.

On avait prévu de les encadrer, mais on n'avait jamais pris le temps de le faire. Des années plus tard, j'avais retrouvé les boutons d'or, les coquelicots, les violettes et les myosotis séchés coincés entre les pages des romans d'Ann Radcliffe de mon père. On avait aussi cueilli de grandes herbes et des trèfles.

– Et tu sais Helen, la dernière fois qu'elle est venue dîner, je me souviens, je lui ai offert un peigne et elle l'a mis dans un gros livre relié et elle a pressé la couverture très fort pour écraser le peigne et toutes les petites dents sont tombées. Et elle m'a dit : « Il est superbe, merci, ma chérie », et elle m'a embrassée avant de s'éclipser. Et j'avais encore la marque de son rouge à lèvres sur le front.

Il me semble que c'est comme ça que ça s'est passé. Mais Helen n'a pas l'air convaincue, et elle ne veut pas en discuter ici, alors est-ce que je veux un livre, oui ou non, et si c'est non, alors qu'on s'en aille.

Rien ne me fait envie donc nous nous dirigeons vers la sortie en passant devant le comptoir. L'homme assis derrière a des doigts étranges, presque élastiques, et il écarte sa frange d'une main en me regardant passer. Je songe que ses doigts ressemblent eux-mêmes à une frange, comme la frange couleur pêche de l'abat-jour d'une lampe quelconque. L'espace d'un instant, je m'attends à voir des bibliothèques et des horloges et des pots de plantes vides entassés contre le comptoir, mais je ne vois qu'un chariot à livres. *Les Mystères d'Udolphe* d'Ann Radcliffe attend d'être rangé à sa place. Je l'attrape, le soupèse, puis, en le tenant fermement par la reliure, je le secoue pour voir ce qui en tombe. La couverture craque sourdement.

– Eh ! Eh ! s'écrie l'homme au comptoir. Qu'est-ce que vous faites ? Vous n'avez pas le droit de traiter les livres de cette façon !

– Désolée, dis-je en le lâchant sur le chariot. C'était juste pour vérifier.

Je le laisse là et sors dans la rue. Helen marche à mes côtés.

– Est-ce qu'on rentre à la maison ? je demande.

Elle ne me répond pas, j'en conclus que la réponse est oui et qu'elle n'a pas envie de me le répéter. Je plisse les yeux pour l'observer, mais je ne distingue pas si elle me fait un geste. J'ai le soleil dans les yeux et j'ai du mal à voir. La lumière déforme sa silhouette, il manque de grands cercles sur son corps, comme découpés à l'emporte-pièce. Elle marche devant moi, s'éloigne de plus en plus, je n'arrive plus à la suivre ni à voir de quel côté elle est partie. Je ferme un œil et garde l'ombre de Helen juste devant moi, il faut simplement que je me concentre là-dessus, sans m'inquiéter de la direction, des gens, des voitures ou du soleil. Je me concentre sur l'ombre, point. Je ne dois pas la laisser s'échapper. Peut-être qu'elle me mènera à Sukey.

– Maman ! Attends-moi !

Je me retourne et, derrière moi, le soleil illumine le visage de ma fille. Comment est-elle arrivée là ? Et d'où viennent toutes ces rides ? Ses taches de rousseur se fondent dans les plis autour de sa bouche. Elle passe trop de temps dehors, ce n'est pas bon pour la peau ; ça la vieillit plus vite. Mais je ne retrouve pas son âge. Je devrais le savoir, pourtant.

– Qui est-ce que tu suivais ? demande-t-elle.

Je réfléchis un instant et j'essaie de comprendre les mots dans ma tête.

– Douglas. Je suivais Douglas.

Ce fut son ombre souple sur la haie de mûriers qui m'indiqua qu'il rentrait plus tôt. Et, un moment plus tard, j'entendis la porte du garde-manger et le raclement d'une cuillère contre un pot en verre. Je me levai et m'habillai avant que son ombre ne repasse sur la haie. Il était hors de question que je manque l'opportunité de le suivre quand il ressortirait. J'étais restée alitée plusieurs semaines, à tout retourner dans ma tête, certaine qu'il nous cachait quelque chose, entre la fois où je l'avais vu fouiller la valise de Sukey et celle où il était allé chercher la Folle dans le parc. Et maintenant, c'était la nourriture qui disparaissait, et j'étais déterminée à en découvrir la raison. Je courus après lui sans un bruit, dans son sillage, me fondant avec le muret des jardins comme un ruban enroulé bien serré sur sa bobine.

Cela me faisait un choc de ne plus être dans mon lit, et je sentais mes jambes protester contre cette gymnastique soudaine. Dehors, l'air embaumait le pin fraîchement coupé. Bas dans le ciel, le soleil brillait droit dans mes yeux, et c'était comme de marcher face à un vent violent. Je m'étais habituée à l'obscurité de ma chambre aux rideaux fermés, et j'avais l'impression qu'on venait de me jeter une poignée de sable dans les yeux. Douglas n'était qu'une forme sombre au loin, et je décidai de me concentrer sur lui plutôt que d'essayer de repérer où j'étais. Il s'arrêta une fois, pour regarder son ancienne maison en ruines, mais ce ne fut que lorsqu'il tourna dans la rue de Sukey et qu'un court passage à l'ombre me permit d'identifier les lieux, et à cet instant seulement, que je compris où nous allions. Je le suivis et remontai l'allée le long de la maison de Frank, en prenant bien garde de rester collée contre le mur pour ne pas m'approcher trop près de la haie d'aubépine de l'autre côté du chemin, car je craignais que la Folle y soit encore dissimulée.

J'avais très chaud et, au bout de l'allée, je m'arrêtai, épuisée, pour m'affaisser contre le mur. J'enfonçai la pointe de ma chaussure au cœur d'une feuille morte par terre. La marque qu'elle y laissa, preuve concrète de ma présence, me donna du courage, et je m'avançai lentement pour jeter un coup d'œil de l'autre côté de la maison, ma joue effleurant la brique. Le soleil m'aveuglait aussi de ce côté-là, alors je sortis de ma cachette comme une taupe de son trou, priant pour qu'on ne me voie pas. Mais la cour était vide, à l'exception du vieux fourgon qui y était toujours garé, et j'allai m'y appuyer pour me reposer. Mes épaules glissèrent le long de la carrosserie. Je ne m'attendais pas à entendre une réponse à l'intérieur, de l'autre côté du métal tiède. On aurait dit que quelqu'un laissait traîner un pied sur le sol, et la peur m'avait déjà fait traverser la moitié de la cour à toute vitesse quand les portes s'ouvrirent pour laisser Douglas en sortir. Je m'arrêtai.

– Quoi ? Là-dedans ? m'écriai-je, peinant à m'exprimer de manière cohérente, éreintée par ce trop-plein d'émotions après des semaines de maladie.

– Maud, fit Douglas.

Il essayait de faire barrage de son corps pour me cacher l'intérieur du fourgon.

– Comment as-tu... ?

Je me déplaçai sur les graviers et, derrière lui, j'aperçus un amas de meubles cassés, de caisses à thé et de bâches entassés contre le châssis en bois de l'arrière du fourgon. Il régnait une odeur de branches coupées, et je vis des miettes par terre.

– Quelqu'un habite ici, devinai-je.

Douglas baissa la tête.

– Qui ? Douglas, qui c'est ? Est-ce que c'est Sukey ?

Je sentis une vague indescriptible déferler dans mes veines, mon cœur semblait battre jusqu'à mes épaules, ma nuque, comme s'il cherchait à s'évader par ma tête.

Je vacillai, et Douglas leva une main pour m'aider à retrouver l'équilibre.

– Non. Non, Maud, ce n'est pas Sukey.

Au début, je n'étais pas sûre de pouvoir le croire. Je ne voulais pas le croire.

– Dis-moi la vérité, dis-je en me dégageant. Je sais que Sukey était dans un fourgon, à un moment, c'est la Folle qui me l'a dit. Elle me l'a dit avant que je ne tombe malade.

– Vraiment ? C'est n'importe quoi, répondit-il. Des délires de folle. C'est elle, dans le fourgon. C'est là que la Folle habite.

Cette pensée me fit frissonner. Désormais, je voyais les tiges d'aubépine éparpillées au sol, et le baluchon de plaids qui devait lui servir de couchette. L'espace d'une seconde, je crus même sentir une odeur de réglisse. Un morceau de miroir brisé était coincé derrière une des lattes verticales. Est-ce qu'elle s'y regardait ? songeai-je. Et si oui, qu'est-ce qu'elle y voyait ? Je grimpai dans le fourgon pour regarder dans le même morceau de miroir, moi aussi et, dans ce fragment, je vis apparaître la main de Douglas, un ballotin empaqueté dans du papier journal entre les doigts.

– Qu'est-ce que c'est ? demandai-je en me retournant, car je venais de me rappeler de la raison pour laquelle je l'avais suivi. Tu lui apportes à manger. Tu nourris la Folle.

Il sembla d'abord prêt à nier.

– Ma a remarqué qu'il y avait de la nourriture qui disparaissait, ajoutai-je, et il fit la grimace. Pourquoi ? Pourquoi est-ce que tu lui donnes nos rations ?

– Ça fait un moment qu'elle vit ici. Peut-être même qu'elle y était déjà avant le départ de Frank pour Londres, avant la disparition de Sukey. Je pense qu'elle a pu voir quelque chose.

– Voir quoi ?

– Ce qui est arrivé à Sukey, ou peut-être où elle est partie. Parfois j'ai l'impression qu'elle essaie de me le dire.

Par cette chaleur, l'odeur des feuilles et des tiges déchirées m'étouffait, et je me décalai vers la sortie.

– Tu veux dire que tu arrives à lui parler ? À avoir une conversation avec elle ?

Il devait être presque aussi fou que la Folle elle-même.

– Ne fais pas cette tête. Ce n'est pas un animal, elle sait parler.

– Je sais, dis-je.

Cela me semblait tellement étrange de parler d'elle, d'avoir enfin le droit d'en discuter à voix haute. C'était comme de parler d'un animal, mais d'un animal mythique, comme un griffon ou une licorne.

– Je sais, mais, d'habitude, elle crie. Elle dit qu'elle espionne les gens, elle parle de verre brisé, de fourgons, de courgettes et d'oiseaux qui s'envolent.

– Et de Sukey ?

J'étais en train de m'extraire tant bien que mal du fourgon, et je m'arrêtai.

– Une fois, peut-être. J'ai cru qu'elle avait prononcé le prénom de Sukey. Qu'est-ce que ça peut faire ?

Il ne répondit pas. À la place, il monta près de moi dans le fourgon et désigna la paroi. Un peigne souriait de toutes ses dents cassées sous le miroir. Il était tout déformé, mais je reconnaissais ce peigne, et je m'en emparai brusquement.

– Comment est-ce qu'elle l'a eu ? Où est-ce qu'elle l'a trouvé ? Qu'est-ce qui est arrivé à ma sœur ?

– Donne-moi ça ! Raccroche le téléphone !

Je crie, et Helen se tourne vers moi, une main sur la poitrine.

– Il ne t'appartient pas, rends-le-moi !

Elle secoue la tête et me fait signe de m'éloigner. Je hurle son nom. Elle fronce les sourcils en se levant à moitié, alors je me précipite vers elle, arrache le câble du mur et renverse la table basse, et tout ce qui était dessus atterrit sur le tapis.

– Qu'est-ce qui te prend ? s'écrie Helen.

Elle a lâché le téléphone et se tient le dos plaqué contre le bord de la fenêtre. D'un pied, j'écrase un verre et, de l'autre, j'envoie mon horloge valdinguer à l'autre bout de la pièce. Je sens mon pouls battre fort dans ma nuque, et la pression s'accumuler dans mon crâne. Je ferme les yeux et hurle.

– Maman, arrête ! Qu'est-ce qui t'arrive ?

Helen contourne le désordre et vient mettre ses mains sur mes épaules, mais je la repousse et lui donne un coup qui l'atteint à l'estomac. Je hurle :

– Sors d'ici ! Sors de ma maison !

Je commence à faire les cent pas, et elle recule rapidement, les mains serrées sur le ventre, la bouche tremblante.

– Je ne peux pas te laisser dans cet état-là, dit-elle. Maman ?

Je hurle une nouvelle fois et renverse une chaise. L'instant d'après, elle a disparu. Et mon horloge de table est cassée. Je peux voir les fils et les petites roues dentées qui mordent le tapis. J'ai dû la faire tomber. Il faudra que je demande à Helen de m'en rapporter une autre. Il y a aussi du verre cassé. De petits éclats éparpillés sur le tapis. J'attrape une feuille de journal dans la corbeille et je les ramasse. Je me pique le doigt à plusieurs reprises, et le papier s'assombrit avec le sang qui s'infiltre et qui dessine de jolies arabesques dans les marges. J'essaie de reconstituer le verre morceau par morceau et, durant un instant, je sens le soleil dans mon dos, l'herbe sous mes genoux, et j'écoute le doux roucoulement des pigeons. J'ai l'impression que Ma va sortir d'une minute à l'autre pour me dire d'aller les déposer au bout du sillon pour les haricots. Mais évidemment, jamais plus elle ne sortira. J'entortille le papier pour le refermer et j'emporte le verre cassé hors de la pièce, à l'étage. Dans ma chambre. Je referme la porte et m'assois devant ma coiffeuse, et soudain je me rends compte que je ne sais pas ce que je fais là. J'allais à la cuisine, non ? Je laisse échapper un petit rire. Comme c'est bête, d'atterrir dans la mauvaise pièce. À croire que je perds la tête.

Je redescends l'escalier et vais mettre le journal dans la poubelle. Je le pousse au fond autant que je le peux. Quand Tom et Helen étaient petits, je devais toujours faire très attention à ne rien laisser à leur portée, car, un jour, Helen avait fouillé les poubelles d'un voisin et avait trouvé un gâteau empoisonné à la mort aux-rats. Elle en avait mangé et avait persuadé Tom de faire de même, pourtant il était l'aîné et il aurait dû se méfier. J'ai cru qu'ils allaient mourir tous les deux, j'étais dans tous mes états, et j'ai dû les faire régurgiter en leur enfonçant une cuillère au fond de la bouche jusqu'à ce qu'ils aient des haut-le-cœur et qu'ils rendent tout ce qu'ils avaient avalé. Je me souviens de leurs petites mains qui me frappaient, puis de l'horrible bruit de leurs vomissements. Mais, heureusement, ça les a sauvés. Je les ai emmenés chez le docteur qui m'a dit qu'il n'y aurait pas de conséquence : j'avais agi assez vite.

Bien sûr, j'étais fâchée contre Tom, mais j'étais surtout en colère contre Helen. Elle préparait toujours des bêtises, avec ses petits doigts tout sales à force de traîner dans le jardin, de déterrer des vers de terre et de monter des fermes d'escargots. Tom était plus du genre à rester allongé sur le canapé pour lire des magazines d'automobiles – ce n'était pas très pratique quand je voulais passer l'aspirateur sur les coussins, mais c'était beaucoup plus facile de le tenir à l'œil. J'en ai voulu à Helen très longtemps après l'incident du gâteau, et, même des années plus tard, je laissais Patrick l'embêter à chaque fois qu'elle préparait à manger.

– Tu n'essaies pas de nous empoisonner, hein ? disait-il alors qu'elle nous présentait fièrement un gâteau renversé à l'ananas ou un pain aux bananes. On sait que tu as des antécédents...

Les jeunes filles n'aiment pas ce genre de taquineries, et ça se finissait souvent par des larmes. Mais, même dans ces moments-là, je ne ressentais que du soulagement. De savoir qu'ils s'étaient tous les deux trouvés en si grand danger et qu'ils étaient pourtant toujours avec nous, libres de se tracasser pour des amourettes adolescentes, de s'attirer des ennuis à l'école, et de mettre le bazar dans mon salon.

D'ailleurs, quelqu'un s'est amusé à mettre le bazar dans mon salon. Il y a des objets par terre, et ma table basse est renversée. Je la remets d'aplomb et commence le rangement, je replace les stylos dans leur pot et mes notes en piles bien droites. On a même débranché le téléphone, et j'ai un peu de mal à me pencher pour réinsérer la prise dans le mur. Alors que je me baisse, je me sens trembler, et j'ai l'impression qu'il s'est passé quelque chose. J'ai la gorge toute serrée, comme après avoir pleuré, ou crié. Elizabeth dit que son fils crie souvent, il a très mauvais caractère. Ça me fait de la peine pour elle. Oui, Helen se fâche parfois, mais pas comme ça, et il arrivait à Patrick d'être brusque, mais il ne se mettait pas à crier ou à vociférer comme certains maris. Mes parents ne criaient jamais, eux non plus, même si je faisais une très grosse bêtise, comme la fois où j'ai plongé dans la rivière du jardin public. Par contre, Frank m'a crié dessus, un jour.

C'était chez lui. Sukey et moi étions occupées à fabriquer un store en tissu pour la fenêtre de la cuisine.

– Pour empêcher la Folle de t'espionner ? avais-je demandé.

Mais ça n'avait pas l'air d'inquiéter Sukey à ce moment-là, alors elle m'avait grondée pour l'avoir appelée « la Folle ». Elle avait ajouté que c'était une « pauvre femme », et que nous avions bien de la chance de ne pas être comme elle. Mais elle n'était pas vraiment fâchée : elle m'avait coiffée comme les filles de la NAAFI, en enroulant mes cheveux en chignon dans une vieille jarretière, et elle m'avait même laissée porter son parfum.

Nous étions agenouillées par terre pour découper le précieux tissu, et je lui apprenais la chanson *I'll Be Your Sweetheart*. Nous venions de coudre les poches horizontales et commencions à y glisser les baguettes en bois quand la porte d'entrée s'ouvrit avec fracas.

Rouge sous son bronzage, le visage de Frank sembla apparaître trait par trait tandis qu'il titubait dans l'entrée pour rejoindre la cuisine. Il traversa tant bien que mal la pièce jusqu'au buffet, renversa une chaise sur son passage, et je le vis avec horreur se saisir d'un couteau. Mais il ne menaçait qu'un bout de fromage abandonné là, à moitié emballé, que Sukey avait refusé de me laisser finir lors du déjeuner.

– Non, Frank, intervint Sukey en se levant pour se placer entre nous. Ce n'est pas pour toi.

– Quoi, encore ? grogna-t-il de sa voix lourde qui me parvenait hachée derrière la jupe de Sukey. Je ne peux plus manger un bout de fromage chez moi, maintenant ? Et c'est pour qui, alors ?

– Mais non, ce n'est pas pour quelqu'un en particulier, je veux juste le garder pour plus tard. De toute façon, qu'est-ce que tu connais à l'organisation d'un foyer, toi ? C'est moi qui prévois les repas, alors laisse-moi faire. Je suis ta femme.

– Ma petite femme, répéta-t-il en lâchant le couteau, qui vint cogner le bord de l'assiette.

Sa voix s'était soudain faite plus claire.

– Ma jolie petite, petite, toute petite femme.

Il enroula un bras autour de la taille de Sukey, mais elle essaya de se dégager.

– Frank, tu marches sur le tissu pour le store, dit-elle. Décale-toi.

Il baissa la tête quelques secondes pour regarder ses pieds, ses cheveux blonds retombèrent devant ses yeux, et il m'aperçut.

– Mais c'est la petite Maud qu'on a là !

J'acquiesçai et reculai jusqu'au placard pour lui laisser le passage.

– Vous fabriquez un store ? ajouta-t-il, le regard toujours fixé sur ses pieds.

Je soulevai la baguette en bois pour la lui montrer, et il lâcha Sukey.

– Pour la fenêtre ? Depuis quand ça ne te plaît pas qu'on te regarde, Sukey ? Eh, Maud, qu'est-ce qui arrive à un homme le jour où il n'aime plus regarder les femmes ?

Il se pencha vers moi, une main appuyée sur le comptoir derrière ma tête, sa respiration semblable aux effluves qu'on peut traverser en passant devant la porte d'un pub. Je n'arrivais pas à deviner. J'avais trop peur pour oser respirer. Il plia au-dessus de ma tête le bras qu'il avait mis autour de la taille de Sukey.

– Il ne lui reste plus qu'à se crever les yeux.

Cette réponse me parut horrible, et je m'éloignai un peu plus, mais alors Frank afficha un large sourire sur son visage hâlé.

– Ça ne te fait pas rire, Sukey ? demanda-t-il en se redressant.

– Non, dit Sukey en relevant la chaise. Et puis, si je n'ai pas envie qu'on m'espionne dans ma propre maison, ça me regarde.

– Tu n'as pas aimé ma blague ? J'en ai d'autres, si tu préfères. Eh, Maud, qu'est-ce qui...

– Tais-toi, Frank, l'interrompit Sukey. Tu es saoul.

Elle le poussa et réussit enfin à libérer le tissu par terre.

– Saoul ? Et puis quoi encore ?

Il secoua la tête et dut une nouvelle fois s'agripper au comptoir pour ne pas perdre l'équilibre. Je levai les yeux pour le dévisager, cherchant le Frank que je connaissais derrière cette version enfiévrée et confuse de lui. Il croisa mon regard et me fit une grimace, en tirant la langue et en faisant frémir ses narines. C'était bizarre, mais il semblait plus lui-même ainsi, et je me mis à rire malgré ma peur.

– Si, tu es saoul, insista Sukey. Va te coucher.

– Seulement si tu m'accompagnes.

– Oh, Frank ! Maud est là, je te rappelle. Elle n'a pas à entendre tes saletés. Va te coucher. Va cuver ta boisson. Allez.

– Tu n'as qu'à renvoyer ta petite princesse chérie chez elle, alors, si je ne suis pas assez bien pour être dans la même pièce qu'elle.

Il fit une nouvelle grimace, mais cette fois je ne ris pas, et il se détourna.

– Ne te mets pas à crier, Frank, dit Sukey. Et ne recommence pas avec ces histoires. Évidemment que tu es assez bien.

– Ce n'est pas ce que pense votre cher locataire, avec sa tête de mioche. Il passe son temps ici.

– Qu'est-ce que tu en as à faire, de ce que Douglas pense de toi ?

– Je ne comprends pas ce que vous avez à vous raconter aussi souvent, c'est tout, rétorqua Frank. Et je sais que, quand il repart, il va me débiner chez tes parents. Déjà que ton père ne m'aime pas...

Sukey soupira et se retourna vers moi.

– Tu devrais peut-être filer, Maud. On finira le store un autre jour.

– C'est ça, file, Maud. Vous pourrez fabriquer des stores en ressassant les regrets de ta sœur un autre jour.

Je ne comprenais pas de quoi il parlait, mais je me levai et me glissai derrière lui aussi vite que possible, et j'étais presque à la porte d'entrée quand je me rappelai que j'avais oublié mon manteau. Je revins à la cuisine sur la pointe des pieds, mais Frank m'aperçut.

– Qu'est-ce que tu fais encore là, toi ? hurla-t-il, son visage tordu de colère. Tu vas ficher le camp, bon sang ?

J'abandonnai mon manteau et courus hors de la maison, en pleurs, jusqu'à l'avenue. Là, je m'arrêtai et essuyai mes larmes, puis je fis des allées et venues le long d'Ashling Crescent jusqu'à ce que je sois suffisamment calmée pour pouvoir rentrer à la maison.

# 11

Il s'est passé quelque chose. Je dois me lever, sortir, aller retrouver Sukey. J'enfile une chemise d'homme rayée et un pantalon élimé que je ne reconnais pas, et je glisse plusieurs objets dans les poches : des mouchoirs, un rouleau de Polo à la menthe, un collier de perles en plastique. Je me demande si je suis en train de rêver. Je ne crois pas. Mes draps sont enchevêtrés, mais je n'ai pas de temps à perdre à refaire le lit, et je pense à m'écrire un petit mot, mais je ne sais pas quoi dire. Les escaliers craquent lorsque je descends doucement les marches, et la clenche de la porte fait un bruit métallique dans ma main. Je m'arrête sur le seuil de la maison, le visage tendu, pourtant tout est calme, et je pars en direction de chez Frank.

Dehors, l'air frais est agréable. J'aime le sentir sur ma langue, presque sucré, et plusieurs minutes de marche s'écoulent avant que je ne me rende compte que je suis perdue, que je ne suis pas dans la rue que je croyais. La rue suivante ne m'est pas plus familière, et mon cœur me pèse dans ma poitrine. Je vais être en retard. Il faut que je rejoigne un endroit, ou une personne. C'est urgent. Mes pas résonnent dans l'obscurité, un renard passe en courant devant moi. Il s'arrête pour examiner l'autre côté de la route. Je m'arrête aussi.

– Bonjour, renard, dis-je, mais il ne détache pas le regard de l'autre côté du trottoir. Renard ? dis-je encore.

Puis je secoue les bras. J'ai soudain le sentiment qu'il est capital que j'attire son attention, que quelqu'un remarque ma présence. Je fouille mes poches, sors un bonbon à la menthe de son emballage et le lance sur le bitume. Il rebondit jusqu'aux pattes du renard, qui se retourne, une pointe de lumière brillant dans ses yeux.

– Bonjour, renard.

Il prend la fuite et je repars. Ce sont ces enfilades de nouveaux pavillons qui m'ont perdue. Je comprends, maintenant, mais je ne vois pas comment je suis arrivée là. Je ne retrouverai jamais mon chemin dans ces rues mélangées. Et je suis épuisée. Je n'ai sûrement pas marché bien longtemps, mais j'ai les jambes lourdes et le dos ankylosé. Je me sens comme une vieille femme. J'extrais un nouveau Polo de son paquet, que je lâche sur le trottoir derrière moi. Sa blancheur le distingue sur les pierres sombres. Au moins, je saurai si je tourne en rond. Une voiture s'arrête au bout de la route, et un homme en sort. Il s'approche lentement, les pouces crochetés dans sa ceinture, et son ombre projetée par la lumière des réverbères semble déjà m'atteindre. Je commence à reculer.

– Où vous partez comme ça, ma petite dame ? appelle-t-il.

Il me regarde dans les yeux, je le vois bien, même si je ne discerne que les contours de son visage.

– Chez moi, dis-je en me retournant, et je force mes jambes à accélérer. Ma mère m'attend.

L'homme émet un bruit, comme s'il s'esclaffait.

– Ah oui ? dit-il. Et où c'est, chez vous ?

Je ne sais pas. L'espace d'une seconde, je ne sais plus. Mais peu importe, je songe, de toute façon je ne compte pas le lui dire. Je ne compte pas le lui dire, et je vais m'en souvenir dans une minute. Dès que je serai sur le bon chemin, je m'en souviendrai. Très vite, l'homme est loin derrière moi, mais il attend toujours devant sa voiture. Je tourne à un nouveau croisement, puis une nouvelle rue, je marche sans rien voir. Sur un trottoir, je trouve un Polo à la menthe, tout blanc, brillant dans la nuit. Je me penche pour le ramasser et j'aperçois une maison avec des tourelles, au loin. Peut-être que, de là, je reconnaîtrai quelque chose. Quand je l'atteins, j'examine le jardin qui donne sur la rue, mais il est plongé dans le noir.

– Je croyais que c'était de l'autre côté, chez vous ?

Un homme est appuyé sur une voiture. La lumière des phares se reflète sur ses cheveux blonds, et cela me fait penser à Frank. Il m'attend. Mais c'est Sukey qu'il devrait attendre.

– Qu'est-ce que tu fais là ? je demande.

– Je vous emmène au poste. Montez.

– À la poste ?

En m'installant dans la voiture, je me rends compte que j'ai un bonbon à la menthe à la main et je le mets dans ma bouche.

– Est-ce qu'on va chercher du courrier ?

L'homme ne répond pas, mais me demande si je préfère la fenêtre ouverte ou fermée.

– Ouverte, dis-je en posant ma main sur la poignée de la portière.

Je voudrais laisser quelque chose derrière moi, quelque chose qui prouverait aux gens que j'étais là. Le bonbon glisse sur ma langue et je le crache aussi loin que je peux dans la nuit. L'homme se met à rire et je ris avec lui.

– Frank, dis-je. Frank.

J'étais tombée sur lui un jour, après l'école. Je n'avais pas vu qu'il se tenait à côté de la haie de Mme Winners et regardait vers notre maison, et il se retourna en levant les mains au moment où je lui rentrai dedans.

– Maud, s'exclama-t-il. Je comptais justement vous rendre une petite visite.

La haie était toute creusée là où il se tenait appuyé un instant auparavant, et je songeai qu'il devait attendre là depuis un long moment.

– Comment vont tes parents ? demanda-t-il.

J'ouvris la bouche, mais me rendis compte que j'étais incapable de m'exprimer, et je me demandai si je n'étais pas en train de rêver.

– Ils n'ont pas de nouvelles de Sukey, j'imagine ?

Je secouai la tête et étudiai son visage. Je suppose que je regardais s'il avait l'air coupable. Mais il avait simplement l'air négligé. Il avait une barbe de trois jours, ses cheveux étaient un peu plus longs qu'avant, et ses vêtements étaient chiffonnés et tachés. Ce relâchement m'ébranla. Où étaient passés le pli parfait sur le devant de son pantalon, le col amidonné, les chaussures cirées ?

– J'y comprends rien, ajouta-t-il en se penchant vers moi, les mains sur mes épaules. Je veux dire, si elle comptait partir quelque part, elle en aurait sûrement parlé à son mari, tu ne crois pas ?

Ces mots me procurèrent un petit souffle d'espoir. Je me dis que Sukey se cachait. Qu'elle restait à l'abri, pour ne pas croiser Frank. Évidemment qu'elle ne pouvait pas donner de nouvelles, si elle se cachait !

– En tout cas, elle en aurait au moins parlé à sa petite sœur, non ?

Frank me regardait avec le même sourire que d'habitude, les sourcils levés, une lueur pas très naturelle dans les yeux. Cela ne collait pas avec son nouveau visage si peu soigné. Il appuya plus fort ses mains sur mes épaules et je me rendis compte qu'il me dévisageait, lui aussi.

– Est-ce qu'elle t'a dit quelque chose, petite Maud ? Est-ce qu'elle avait décidé de partir ? Est-ce qu'elle t'a parlé de moi ? De quelqu'un d'autre ?

– Non, Frank, rien.

Il enleva ses mains, et ma colonne vertébrale s'étira, mes os se soulevèrent. Je me sentais légère, trop légère, comme si j'allais me mettre à flotter, puis disparaître. J'aurais bien aimé qu'il me maintienne au sol à nouveau, mais je ne savais pas comment le lui demander.

– Elle me manque, reprit-il. Ça me manque de ne plus la voir à la maison. Elle et ses affaires. Tu sais, ses trucs pour les cheveux, et ses bouts de tissu. Ses flacons de parfum.

– *Un soir à Paris*.

– Oui, celui-là.

Il baissa les yeux pour me regarder en face.

– Tu t'en souviens mieux que moi. Viens prendre un verre avec moi.

Je ne dis pas non, mais je devais avoir l'air d'hésiter, car il insista :

– Oh, allez, Maud. Moi qui pensais que tu n'étais plus une gamine. Viens prendre un verre. Ça me fait du bien de parler d'elle, tu sais ?

Je savais. Ma et Papa ne parlaient presque jamais d'elle, et j'avais l'impression qu'il était désormais interdit de prononcer son nom à la maison. Et voilà que je trouvais quelqu'un qui avait envie de se souvenir d'elle, pour de vrai, avec des mots. Je le laissai m'emmener au bout de la rue pour descendre la colline.

– Qu'est-ce qu'elle avait d'autre, Maud ? Comme affaires ? Tu t'en souviens.

– Euh… un tailleur bleu ? commençai-je. Et du rouge à lèvres. Rouge Victorieux. Et un vieux poudrier qui va avec son parfum. Bleu marine et argenté, à rayures.

– Ah oui, c'est vrai. Quoi d'autre ?

– Des chaussures avec des boucles sur le devant, une robe d'intérieur festonnée, verte, ces boucles d'oreilles qui ressemblent à des bonbons…

En pensant à ce que Sukey portait, je baissai les yeux pour m'examiner. Les salomés marron à mes pieds et mes chaussettes tricotées. Je ne vis pas Frank s'arrêter et lui rentrai dedans pour la deuxième fois.

– Planque la cravate de ton uniforme, bon sang, on y est, souffla-t-il avant de rentrer.

C'était un pub, le Fiveways. Il avait ce que Papa appelait « une certaine réputation » et j'eus un frisson d'appréhension. Je n'étais jamais allée dans un pub auparavant, et il ne valait peut-être mieux pas que j'y entre, dans ce cas-là ; alors je restai sur le pas de la porte, indécise, à jouer avec un bouton décousu de mon gilet. Je n'avais pas envie de quitter le trottoir rassurant, mais j'avais besoin de parler de Sukey, alors je décidai de poser le bouton sur la charnière de la porte. Inexplicablement, savoir qu'il serait toujours là à mon retour me rassura, et je poussai la porte pour rejoindre Frank.

À l'intérieur, l'atmosphère était enfumée et il faisait chaud. Tout d'abord, je ne distinguai pas Frank. Je m'avançai d'un pas hésitant vers le bar et sentis une main dans mon dos.

– Va t'asseoir là-bas avant que la tenancière ne t'aperçoive, me glissa Frank en me poussant vers une table près de l'entrée. Je t'apporte un verre.

Sa dernière phrase me rendit nerveuse, mais j'obéis et allai m'asseoir sur un tabouret en bois. Le bar était à quelques mètres de moi, dissimulé par une rangée d'hommes vêtus de noir qui me tournaient le dos. J'arrivai à peine à voir la femme derrière.

– Déjà de retour, Frank ? l'entendis-je s'exclamer. Ça fait même pas deux heures que tu es parti !

J'appuyai un coude sur la table dans une grande flaque de bière et l'humidité s'infiltra dans mon gilet. J'avais commencé à l'enlever quand la porte s'ouvrit et qu'un homme mince entra, tout en sueur.

– Salut, gamine, dit-il en se penchant au-dessus de la table.

Une goutte de transpiration tomba sur ma poitrine et s'étala sur le chemisier de mon uniforme, et je repensai aux larmes de Ma sur l'écharpe en soie de Sukey. Je regardai le cercle humide s'étendre et rendre le tissu transparent, et je m'efforçai de ne pas respirer pour qu'il ne vienne pas coller à la peau en dessous. L'homme dit quelque chose, mais je n'arrivais pas à l'écouter, je n'avais conscience que de son souffle sur le dessus de ma tête.

Je commençais à transpirer moi aussi, de peur, et je ne supportais pas l'idée que ma sueur se mélange à la sienne.

– Je prends ça pour un oui, alors ? ajouta-t-il, mais je me détournai.

Frank revenait enfin vers moi et il me fit un clin d'œil en s'approchant. Cela me fit une impression bizarre, comme si j'avais en quelque sorte pris la place de Sukey. J'étais dans un pub, avec son mari, et il me payait un verre. Et elle, où était-elle ? Avait-on échangé de place ? Est-ce que Sukey était à la maison, avec mes parents, à faire une partie de solitaire en écoutant un disque ?

Frank posa les verres sur la table. Très lentement, il examina l'homme en sueur de la tête aux pieds.

– Un problème ? demanda-t-il.

L'homme leva ses deux paumes moites en reculant et, rassérénée, j'attrapai le verre le plus proche. Je devinais que Frank avait pris une bière, et j'espérais qu'il ne m'avait pas commandé la même chose.

– C'est un soda, dit-il. Ça te va ?

J'acquiesçai et laissai échapper un soupir de soulagement. De plus en plus de gens entraient dans le pub, et l'atmosphère devenait bruyante.

– Salut, Frank, s'exclama quelqu'un en passant à côté de nous. Alors vous êtes de retour dans le coin, tous les deux ?

– Comme tu vois, répondit Frank sans me quitter des yeux.

Je baissai la tête pour examiner mes genoux et frottai mes ongles sur les plaques rouges apparues sur ma peau.

– Tu lui ressembles, tu sais ? commenta Frank en m'attrapant le menton d'une main.

Je souris. Je ne le croyais pas vraiment, mais je souris quand même, et Frank se pencha vers moi en plissant les yeux, tel un chat.

– Comment ça se passe à la maison, en ce moment, alors ? Toujours pareil ?

Il garda une main enroulée autour de son verre, et une goutte de condensation roula lentement jusqu'à son pouce. Elle sembla hésiter un instant au contact de l'ongle, puis s'écrasa comme une larme, et c'est un peu distraite que je lui répondis :

– Pas vraiment. Papa et Ma sont très inquiets, et...

– Eh, Frank ? lui cria une femme à l'air peu honnête depuis l'autre bout du pub. Quand est-ce que j'aurai les bas que tu m'as promis ?

Frank se tourna légèrement pour lui faire un signe de tête avant de reposer les yeux sur moi.

– Et Douglas ? reprit-il. Il est toujours là, à tous les coups ?

– Où veux-tu qu'il soit ?

– Je sais pas, il aurait pu décider de grandir. D'arrêter de traîner dans les pattes de ta mère, à demander la charité.

– Il paie un loyer. Il ne demande pas la charité.

– Un loyer, bien sûr. Ça, c'est ce que tu crois.

Il avala une grande lampée, mais quelqu'un le bouscula au moment où il baissait le coude, et sa manche se retrouva inondée de bière.

– Fais gaffe, bordel ! s'écria-t-il.

J'attendis qu'il s'excuse d'avoir juré, mais il n'en fit rien. À la place, il finit son verre d'une traite et se leva.

– Je vais chercher la deuxième tournée.

Quand il revint, il tenait un verre de whisky, ou de brandy, ou un alcool de ce genre. Je me mordillai la lèvre tandis qu'il le posait sur la table.

– Tu lui ressembles vraiment, s'exclama-t-il. Le même regard désapprobateur.

Il leva son verre pour porter un toast, d'un air moqueur, et je repoussai le mien.

– Ça va faire deux semaines que je suis revenu.

– Je sais. Douglas nous l'a dit.

Je me demandai si je pouvais lui parler de la fraude aux tickets de rationnement ou si cela risquait de le mettre en colère.

– Bien sûr. Ça m'aurait étonné aussi, que Douglas ne soit pas au courant.

– C'est ta petite femme, Frank ? l'interpella un homme en bras de chemise, qui faisait tourner sa casquette au bout de ses doigts. Un peu jeune pour toi, non ?

Frank lâcha un nouveau juron.

– Ça va, Frank, où est passé ton sens de l'humour ?

– Je vais te dire, Ron, il doit attendre que tu deviennes drôle pour se manifester.

Le dénommé Ron arrêta de faire tourner sa casquette.

– Ça va, c'est bon. Je faisais juste la conversation.

– Alors va la faire à quelqu'un d'autre.

– C'est un sacré numéro que tu as trouvé là, ma jolie, commenta Ron, les sourcils levés. J'espère que tu sauras t'en dépatouiller.

Il s'éloigna, et je fronçai les sourcils.

– On dirait que les gens me prennent pour Sukey, dis-je.

– Non.

– Si. Même toi, tu as dit que je lui ressemblais. Et tout le monde a l'air de le penser aussi.

– Tu ne lui ressembles pas tant que ça, Maud. Tu n'es encore qu'une gamine. Et ça se voit.

Sa réponse me blessa.

– Alors pourquoi tu m'as amenée dans un pub ?

– J'avais envie d'un verre, voilà pourquoi. Et je voulais te dire quelque chose.

Je finis mon soda et commençai à descendre de mon tabouret, mais Frank tendit un bras pour me rattraper.

– Eh là, on est au milieu d'une discussion. Regarde-moi.

– Qu'est-ce que tu voulais me dire, Frank ? demandai-je, agacée et pressée de rentrer chez moi. Papa et Ma vont se demander ce que je fais.

– Bon Dieu, mais merde, c'est que tu parles comme elle, en plus de ça. Manquerait plus que tu me dises que j'ai trop bu.

– Ce serait probablement vrai.

– Oui eh bien, je voudrais t'y voir...

Il baissa la tête et se tint ainsi, le regard fixé au sol, si longtemps que je crus qu'il avait oublié ma présence. J'enfilai mon gilet imbibé de bière.

– Et maintenant tes parents ne veulent plus entendre parler de moi, reprit-il soudain. Ils pensent que je l'ai tuée, ou je ne sais quoi encore.

Je ne savais pas quoi dire et le dévisageai. Je songeai que, dans la lumière du bar, ses cheveux blonds et même sa barbe de quelques jours lui donnaient un air angélique.

– Ton père m'a écrit une lettre, ajouta-t-il dans son verre. Tu veux savoir ce qu'il disait ?

Je ne répondis pas, mais il attrapa quand même une enveloppe chiffonnée dans la poche de sa veste pour me la lancer sur les genoux. C'était le mot que j'avais vu Papa glisser sous la porte quand nous étions allés chez Frank, des mois auparavant.

*Je sais que c'est toi. Tu ne t'en sortiras pas comme ça.*

Je la lus, bouleversée. Je pensais que Papa laissait un message pour Sukey.

– Je sais bien qu'il ne m'a jamais aimé. Mais je n'y pouvais pas grand-chose. Surtout avec cet imbécile à tête de rat qui lui pourrissait l'esprit.

Il releva la tête pour me regarder, l'air hargneux.

– Il m'a dit de garder mes distances.

– Qui ça ?

– Ton connard de locataire.

Je partis après ça, non sans souligner que cela faisait trois fois qu'il disait un gros mot, et j'eus tellement l'impression d'entendre mon père dans ces reproches que j'en vacillai. En sortant, je retrouvai le bouton de mon gilet où je l'avais laissé, niché dans le gond de la porte. Je le serrai fort dans mon poing sur le chemin du retour.

– Putain, mais lâche-moi, espèce de connard ! crie une femme en se débattant.

Un policier la tient fermement par le bras tout en signant un registre sur le comptoir.

– Salauds ! crie-t-elle encore.

J'essaie d'ignorer sa voix lancinante et, lentement, je laisse tomber les deux derniers Polo à la menthe par terre. Ceci fait, je m'attaque aux perles en plastique, je les détache du collier et les laisse s'échapper une par une sur le carrelage, et elles s'éparpillent dans la salle les unes après les autres, plic, ploc. Je me demande si ce hall d'entrée n'aurait pas été utilisé dans un film. Il me paraît si familier, avec sa grande lampe en verre pendue au plafond et son sol noir et blanc reluisant. Je choisis de me concentrer sur ces détails plutôt que de regarder les autres personnes. Quelqu'un emmène la femme hurlante par une porte, mais j'arrive encore à l'entendre, tandis que l'homme assis à côté de moi sur le banc se met à chanter.

– *Que sera, sera. Demain n'est jamais bien loin. On va en finale demain. Que sera, sera.*

Son maillot de footballeur tout effiloché est trempé et il sent la bière. Il balance les pieds d'avant en arrière et sa chaussure heurte une perle qui vient rouler vers moi. Je la ramasse et l'emprisonne dans ma main avant de me glisser jusqu'à l'autre bout du banc, le plus loin possible de lui.

– Et merde, tout ce qu'il nous manquait, soupire le policier derrière le comptoir. Le prochain Pavarotti.

Il va ouvrir la porte principale, et un autre officier entre en soutenant un homme qui dégouline de sang. Il a le nez dans un sale état et semble prêt à tourner de l'œil.

– Il va nous falloir un médecin, dit l'homme qui l'aide à marcher.

Il a des cheveux blonds qui capturent la lumière. Il me fait penser à Frank.

– Son parfum, c'était *Un soir à Paris*, dis-je. Et elle avait des boucles d'oreille en forme de bonbon.

Personne ne semble m'entendre.

– *Que sera, sera*, chante l'homme-qui-chante en se balançant vers moi.

Son haleine de bière a des relents de vomi et il est en sueur.

– J'veux porter plainte, s'écrie l'homme-qui-saigne entre deux gouttes de sang.

Il agite le poing, mais n'atteint personne. Je me recroqueville un peu plus dans mon coin. Je ne sais pas ce que je fais là. La lumière est éblouissante et je dois plisser les yeux. Je finis par les fermer complètement. Peut-être que ce n'est qu'un cauchemar et que je vais me réveiller dans une minute. Le bruit se fait plus fort et un policier crie pour couvrir le vacarme.

– On n'a plus de cellule, Dave ! Tu leur colles un avertissement et tu me les mets dehors.

J'entends du remue-ménage et des jurons. Quelqu'un s'approche et respire près de moi. Puis le vacarme s'atténue un peu. Je garde la tête baissée, les yeux résolument fermés. Je reste assise ainsi aussi longtemps que mes muscles le supportent. Puis :

– Maman ! entends-je à travers le bruit. Maman, c'est moi, ouvre les yeux.

C'est Helen qui est penchée au-dessus de moi. Elle me caresse le bras et parvient à faire disparaître le reste de la pièce. Je pose une main sur son visage, mais je suis incapable de prononcer un mot. Je suis tellement soulagée que je manque fondre en larmes.

– Allez, rentrons à la maison, dit-elle en m'aidant à me relever.

Il y a un Polo à la menthe par terre, et je me penche pour l'attraper avant qu'elle ne m'entraîne à travers une foule de supporters de football. En chemin, elle marche sur une tache de sang. Elle garde un bras autour de moi et moi je garde un œil sur le sol. Quand nous nous arrêtons pour traverser la route, je ramasse une boucle d'oreille abandonnée sur le trottoir. Elle est rayée, comme celles que Sukey avait.

– Maman, laisse ça là, dit Helen.

Je trouve sa voix bizarre.

– Où est-ce que tu as déniché ça ? Ne ramasse pas n'importe quoi. Allez, viens.

Elle part devant et je lâche la boucle d'oreille. Elle rebondit sur ma jambe avant d'atterrir dans une flaque d'eau.

– Je croyais que c'était la mienne, dis-je alors que j'ai déjà oublié pourquoi j'ai cru cela.

– Au moins, je sais enfin d'où vient le bazar que tu entasses à la maison, dit Helen.

Un rai de lumière scintille sur sa joue, comme si elle était en nage.

– Qu'est-ce qui t'est passé par la tête ? Sortir à une heure pareille ! Je m'inquiète pour toi. Peut-être qu'on devrait retourner voir le docteur Harris.

Je ne pourrais pas lui répondre même si je connaissais la réponse, même si je parvenais à me souvenir de sa question, car je continue de regarder la boucle d'oreille dans sa flaque jusqu'à ce qu'elle disparaisse de ma vue. À une époque, elle aurait pu vouloir dire quelque chose, et je l'aurais rapportée à la maison.

Je rapportais tout un tas d'objets à la maison quand j'espérais encore réussir à retrouver Sukey. Des bouts de papier, des limes à ongles, des pinces à cheveux, une boucle d'oreille. Une boucle d'oreille rayée, comme un berlingot, qui m'avait donné envie de la mettre dans ma bouche pour la goûter quand je l'avais trouvée, abandonnée sur les marches du kiosque. Je ne pouvais pas supporter d'apercevoir quelque chose qui aurait pu appartenir à Sukey sans le ramasser. Je remplissais mes poches, et après je rangeais mes trouvailles dans mon coffre à bijoux en boîtes d'allumettes, ou je les entreposais sur le rebord de ma fenêtre. Parfois, je les examinais de plus près, et je les détaillais par écrit en précisant si Sukey avait déjà possédé un objet de ce genre. Une ou deux fois, Douglas était venu me demander ce que j'avais trouvé. Il avait étudié les objets, les avait effleurés ; il ne disait rien, mais j'avais l'impression qu'il leur cherchait un sens, n'importe lequel, qu'il échafaudait des théories, une histoire pour chaque objet, des idées pour l'aider à retrouver Sukey, ou à comprendre ce qui lui était arrivé. J'avais commencé à me convaincre que j'allais réellement découvrir quelque chose d'important, et je cherchais de plus en plus attentivement. Je recherchais des indices.

La plupart du temps, je faisais mes recherches après l'école. Je n'avais pas envie de rentrer, de toute façon, de m'asseoir près de la cuisinière et de devoir faire bien attention à ne pas parler de ma sœur par crainte de faire de la peine à Ma ou de me disputer avec Papa. Je ne voulais pas rentrer et me changer pour mettre les vêtements que Sukey m'avait confectionnés. Alors j'errais dans les rues, dans mon uniforme, je fouillais les caniveaux et les haies. Souvent, je marchais jusqu'à la rue de Sukey et je retraçais le chemin qu'elle prenait pour aller de chez elle à chez nous. Ou celui qu'elle prenait pour aller faire ses courses, ou se rendre à la gare. C'était à l'Hôtel de la Gare qu'on avait retrouvé sa valise et, si elle avait quitté la ville, elle avait probablement pris le train, pensais-je. Parfois, je restais appuyée sur les barrières du quai, à observer les trains à l'arrivée. J'imaginais Sukey descendre d'un wagon, vêtue de nouveaux vêtements, et s'exclamer :

– J'étais juste partie faire des emplettes à Londres. Qu'est-ce qui vous arrive, à tous ?

Je passais des heures à examiner nos deux peignes, à les tenir à la lumière pour distinguer les ailes qui semblaient voleter, et je me faisais des reproches : elle avait tellement peur de ces oiseaux dans le dôme en verre, qu'est-ce qui m'avait pris de lui offrir un tel cadeau ? Plus que tout, j'aurais voulu lui parler de ça, lui expliquer que je ne l'avais pas fait exprès. Je me disais que s'il n'y avait ne serait-ce qu'une seule chance de la retrouver, alors cela valait le coup d'arpenter indéfiniment les rues. Généralement, je rentrais à la maison frigorifiée et trop épuisée pour manger. C'était peu après cette période que j'étais tombée malade. J'avais l'impression que cela faisait déjà très longtemps que je ne dormais plus, et que je passais mes nuits dans mon lit à me demander où Sukey pouvait bien être. Ce n'est pas que je restais délibérément éveillée, c'est plutôt que mon esprit refusait de s'interrompre. Je me repassais ce dernier dîner avec elle, encore et encore, en m'efforçant de me rappeler le moindre de ses mots. Elle avait parlé de Frank, elle avait parlé de Douglas. J'étais sans arrêt fatiguée et j'étais incapable de me concentrer en classe. Le soir, je ne pouvais plus servir le thé sans en mettre à côté.

– Mais bon Dieu ! s'écria Ma un lundi matin en jetant une jupe à mes pieds. Tu n'as pas bientôt fini avec ces saletés ?

Elle venait de vider mes poches avant de commencer la lessive.

– Maud, il faut que tu arrêtes de rapporter tous ces objets à la maison.

D'une main, elle agita un vieux capuchon de rouge à lèvres.

– Tu vas me rendre folle. Tu m'entends ? C'est pour quoi faire ? Qu'est-ce que tu comptes faire de tout ça ?

À côté de son explosion d'énergie, je me sentais molle et épuisée.

– Je me disais que c'était peut-être à Sukey.

# 12

*Avez-vous déménagé ?*

– Oh non, dis-je. J'ai toujours habité là.

Je suis assise dans une chose qui sert à s'asseoir, pour être assise, face à un écran couvert d'écritures rouges : *Assurez-vous d'avoir communiqué votre nouvelle adresse à votre généraliste.* De temps en temps, un bip strident retentit et un nom clignote à l'écran. *Mme May Davison. M. Gregory Foot. Mlle Laura Haywood.* Helen me serre le poignet quand je commence à les lire à voix haute. Elle suçote une de ces pastilles mentholées contre le mal de gorge, alors j'en déduis que c'est pour elle qu'on est là.

Dans un coin, un enfant tape une brique en plastique sur le bord d'une table recouverte de jouets. Il ressemble à une poupée Ken dont la tête aurait été compressée. Helen me dit de parler moins fort et me tend une boîte en carton remplie de bonbons. J'en prends un et tressaille quand le sucre fait réagir mon palais, tout en regardant la mère du petit garçon se pencher pour lui prendre sa brique. Elle n'est pas assez rapide et le voilà parti galoper entre les autres patients, qui replient les jambes à son approche – en vain, car cela n'empêche pas le petit individu de leur rentrer dedans. Il court et chancèle comme un comique dans une farce, atteint le mur de l'autre côté de la pièce, puis se retourne pour jeter la brique sur sa mère dans un accès de violence.

– Tss, commente un homme qui lève les yeux au ciel en me faisant un sourire.

Je lui rends son sourire, puis je cale le bonbon derrière mes dents et le crache en direction de la brique. Helen étouffe un cri et commence à s'excuser, mais je n'entends pas ses paroles, noyées par les hurlements de rire du petit garçon. Il se met à gigoter, comme pour effectuer une danse de joie, et se déplace entre les rangées de gens, presque gracieux à présent. Il vient s'arrêter devant mes genoux, se poser tout doucement comme un oiseau. Il a cessé de rire et il ouvre les mains pour me montrer son trésor.

Une autre brique en plastique, une petite voiture en métal qui a perdu une roue, le bras potelé d'une poupée, et divers objets. Je ne sais pas ce que c'est. Il pose son butin sur mes genoux, je prends chaque objet un par un, je les retourne dans mes mains et je les lui décris.

– Tu vois, là, ils ont fait des demi-cercles dans le plastique pour lui faire des ongles, dis-je.

Il me dévisage très sérieusement, sans le moindre signe de compréhension, alors je laisse le bras de la poupée et je pose une petite bête courtaude aux pattes très écartées sur la paume de ma main. Je ne retrouve pas ce que c'est. Sa forme particulière ne m'inspire rien. Je me tais pendant un petit moment.

– Nouille, dit enfin le garçonnet.

– Nouille, je répète.

J'imagine que c'est le mot que je cherche. Il enfonce son doigt au milieu de la figurine et la nouille bondit, pas très haut vu que ma main n'est pas une base très stable, mais suffisamment pour donner vie au jouet l'espace d'une seconde. Le garçon émet un gargouillis de plaisir et appuie une nouvelle fois sur le jouet. Cette fois, la nouille se retourne entièrement et fait un vrai bond de joie elle aussi avant d'atterrir sur le siège à côté de moi. Le garçon a retrouvé son sérieux et il caresse son jouet un instant, puis il glisse la nouille dans une poche de mon sac à main.

J'entends un bip et, lorsque je relève la tête, j'aperçois mon nom qui clignote. Je me lève, et les jouets sur mes genoux tombent par terre. Le garçon hurle de rire, puis jette la petite voiture et la brique en l'air. Ils s'écrasent par terre avec fracas une seconde fois, mais je ne lâche pas l'écran des yeux.

– Encore désolée, dit Helen à l'attention de quelqu'un.

Elle prend son manteau et me passe devant.

– Viens, Maman.

Dans une petite pièce, le docteur a lui aussi les yeux fixés sur un écran, celui de son ordinateur.

– Bonjour, madame Horsham. Comment va votre pouce ? J'en ai pour un tout petit instant. Asseyez-vous.

Helen m'installe dans la chaise la plus proche de lui. Je ne me souviens pas de la raison pour laquelle nous sommes là.

– Non, assieds-toi à côté du docteur, dis-je à Helen en me levant.

– Non, Maman. C'est pour toi qu'on est venues.

Je me rassois et lui demande un bonbon.

– Toi, tu en manges, dis-je quand elle refuse. Alors pourquoi pas moi ?

Le docteur fait pivoter son fauteuil vers nous. Il dit qu'il va me poser des questions, puis me demande quel jour on est aujourd'hui. Je me tourne vers Helen. Elle soutient mon regard, mais ne m'aide pas. Il me demande la date, la saison, l'année. Il me demande si je sais dans quel pays nous sommes, quelle ville, quelle rue. Je connais certaines réponses, j'essaie d'en deviner d'autres. Il a l'air stupéfait chaque fois que j'ai juste, alors que ce n'est vraiment pas difficile, comme questionnaire. Cela me rappelle le quiz qui est organisé régulièrement au centre d'activités. Une fois, nous y étions allées, Elizabeth et moi, pour voir. Ils avaient posé des questions comme : « Pouvez-vous trouver une couleur qui commence par un B ? » Elizabeth était scandalisée.

– Et ils osent appeler ça un quiz pour adultes ? avait-elle dit.

– Ça n'est qu'un tas de questions complètement idiotes, avais-je commenté.

– Nul besoin de vous énerver, madame Horsham, dit le docteur en réajustant son vêtement de cou, pas une écharpe, pas un foulard. Vous savez bien que je dois vous évaluer.

– Non, je ne savais pas.

– Mais si, je vous l'ai expliqué. C'est ce que je suis en train de faire. Reprenons. Dans quel bâtiment sommes-nous ?

Je regarde les murs qui m'entourent. Je vois beaucoup d'instructions pour se laver les mains et stériliser des instruments. Je lis :

– Un lavage de mains consciencieux permet d'éviter la diarrhée, le SARM et le virus de Norwalk.

Le docteur se retourne et examine l'affiche, puis fait un sourire crispé à Helen.

– Savez-vous à quel étage nous sommes ?

Je réfléchis un instant. A-t-on pris des escaliers ? Un ascenseur ? Je regarde par la fenêtre, mais le store est baissé, je n'y vois rien. Qu'est-ce qui arrive à un homme le jour où il n'aime plus regarder les femmes ?

– Il ne lui reste plus qu'à se crever les yeux, dis-je.

Personne ne rit. De toute façon, je n'ai jamais aimé cette blague, moi non plus. J'entends le docteur se racler la gorge, puis Helen. Elle me tapote la jambe, et le docteur tapote son bureau comme si c'était ma jambe.

– Je vais vous donner le nom de trois objets, dit le docteur. Et je veux que vous me les répétiez, d'accord ? Train, pamplemousse, marteau.

– Marteau, dis-je. Marteau.

Qu'est-ce que c'était, les autres ?

– Marteau...

Mes notes sont rangées dans mon sac sous la chaise, et je dois me pencher pour l'attraper. Je fouille dans mes papiers, mais je ne trouve pas la réponse. À la place, je déniche un jouet, une grenouille en plastique.

– C'est mieux si vous n'utilisez pas d'aide-mémoire, dit le docteur.

Ce n'est pas grave, ça ne sert à rien. Je ne trouve rien d'intéressant, à part un papier avec le nom d'Elizabeth. Le papier dit qu'elle a disparu. Il dit : *Où est Elizabeth ?* Voilà une vraie question. Pourquoi est-ce que ce n'est pas ça que le docteur me demande ?

– Maintenant, je voudrais que vous comptiez en arrière par tranches de sept, en partant de cent. Vous avez compris ?

Je le dévisage.

– Madame Horsham ? Ça donnerait cent, quatre-vingt-treize, quatre-vingt-six, et cetera. Vous voyez ?

– Je vois très bien, docteur, mais je ne pense pas avoir jamais été capable de fairc ça, même à votre âge.

– Essayez quand même.

Il est déjà penché sur ses papiers et prend des notes. Je devais me souvenir d'autre chose, et toutes ces bêtises me font perdre le fil.

– Cent, dis-je. Quatre-vingt-treize... quatre-vingt-douze, quatre-vingt-onze ?

Je sais que je me suis trompée, mais je ne sais pas où.

– Merci. Pouvez-vous me répéter les trois objets que j'ai mentionnés tout à l'heure ?

– Trois objets, je répète.

Je ne suis pas sûre de ce que signifient ces mots car je suis occupée à interroger mon cerveau à la recherche de l'autre chose, de l'information importante dont je dois me souvenir.

– Ne vous en faites pas. Comment s'appelle ceci ?

Il me désigne le téléphone.

– Un téléphone, dis-je. C'est ça ! Elizabeth ne m'a pas téléphoné. Depuis longtemps. Je ne sais pas exactement depuis combien de temps.

– J'en suis désolé, dit le docteur. Et ça ?

Il a attrapé un objet. Il n'a même pas mentionné Elizabeth. L'objet est fin, en bois. Il le fait tournoyer entre ses doigts comme on le faisait à l'école quand j'étais petite, pour donner l'illusion que l'objet est souple. Mais je ne retrouve pas comment cela s'appelle. Pas un stylo.

– Un plateau, dis-je.

Ce n'est pas ça, mais je ne remets pas le doigt sur le bon mot.

– Un plateau. Pla-teau.

– D'accord, ne vous en faites pas.

Il repose l'objet et prend une feuille de papier.

– Prenez-la dans votre main droite, pliez-la en deux et posez-la par terre.

Je prends la feuille. Je la regarde, je regarde le docteur. J'examine les deux côtés de la feuille. Il n'y a rien dessus. Pas un mot. Je la pose sur mes genoux. Il se penche et la reprend pour la remettre sur une pile, puis il lève une carte sur laquelle est écrit : *FERMEZ LES YEUX*. Je commence à penser qu'il est un peu zinzin et je suis contente que Helen soit avec moi. Le docteur repose la carte et me tend à nouveau une feuille, avec un objet. Un objet fin en bois.

– Maintenant, je voudrais que vous m'écriviez une phrase. Vous pouvez dire ce que vous voulez, mais il faut que ce soit une phrase complète.

J'écris : *Mon amie Elizabeth a disparu*. À côté de moi, Helen pousse un soupir.

– Crayon, dis-je en le lui rendant.

– Oui, très bien. Mais je vais vous demander de le garder, pour l'instant, parce que je veux que vous me fassiez un dessin. Je voudrais que vous me dessiniez un cadran d'horloge. Vous pouvez faire ça ?

Il me donne une planche pour m'appuyer. Je commence à dessiner, mais ma main tremble légèrement et je ne me débrouille pas très bien. Les lignes ne vont pas dans le sens que je voudrais, un peu comme quand on essaie de dessiner en regardant dans un miroir. J'ai oublié la consigne, mais mes lignes tremblotantes me font penser à une grenouille, alors je transforme mon dessin en grenouille en lui rajoutant de grands yeux ronds et un sourire jovial, puis, quand mon crayon dérape, des cheveux en bataille et une barbe. Je pose mon dessin sur le bureau. Le docteur y verra ce qu'il aura envie d'y voir.

Il écrit dans son carnet. Il écrit encore et encore. Il ne relève pas la tête et ne dit pas un mot. Je me demande s'il note ce à quoi il pense par peur de l'oublier. Il y a deux petites choses en forme de haricots posées sur son bureau, toutes rondes et douces, avec des racines qui s'enroulent jusque sous une boîte de mouchoirs. Je ne me souviens pas comment ça s'appelle, mais je sais à quoi ça sert. J'en attrape une et la porte à mon oreille, mais je n'entends rien.

– Beaucoup moins bien qu'un coquillage, dis-je.

– Le lecteur n'est pas allumé, dit le docteur sans cesser de gribouiller. Est-ce que vous avez envie d'écouter de la musique ? Vous pensez que cela pourrait vous aider ?

– Je ne sais pas.

– Peut être que votre fille peut trouver une chanson qui vous plaira. Qu'est-ce que vous aimiez écouter quand vous étiez petite ?

– Ha-ha-ha-ha-ha-ha-ha-ha-ha-ha, dis-je.

Le docteur relève la tête. Helen se raidit.

– Ha-ha-ha-ha-ha.

– Maman ? Maman ? Qu'est-ce qui t'arrive ?

Elle se penche pour m'agripper le bras, toute pâle sous sa peau brunie par le soleil.

Maintenant, je ris vraiment.

– C'est *L'Air du champagne*, dis-je. Ha-ha-ha-ha-ha.

*L'Air du champagne* chanté par Ezio Pinza était un des disques de Douglas. J'aimais bien son nom, et j'aimais bien la chanson, mais ce que je préférais, c'était le rire à la fin. C'était un des premiers disques que Douglas nous avait fait écouter, longtemps avant même que Sukey ne soit mariée. Le tout premier, c'était John McCormack qui chantait *Come Into the Garden, Maud*, avec les vers de Tennyson, et cela m'avait amusée d'entendre mon prénom, mais j'avais déjà dû apprendre le poème par cœur à l'école et j'avais envie de découvrir de nouvelles chansons.

Nous avions aperçu le gramophone de Douglas parmi ses affaires le jour où il avait emménagé et, cédant à mes supplications incessantes, Sukey avait accepté de lui demander si nous pouvions venir dans sa chambre l'écouter. La chambre n'était plus du tout la même depuis que Douglas y habitait. Nous avions toujours eu un locataire, mais, d'habitude, c'était plutôt des vieilles dames ; elles étaient très gentilles, mais elles ne laissaient aucune empreinte dans la pièce. Douglas ne possédait pas énormément de choses, mais ses affaires me paraissaient plus concrètes. Des livres, une boîte à outils, et au moins deux douzaines de disques. Le gramophone n'était qu'un petit appareil portatif, comme un gros attaché-case, mais je le trouvais fantastique. J'aimais surtout les petites boîtes en fer pleines d'aiguilles et la petite brosse ronde pour nettoyer les disques, et aussi la manière dont le bras venait se caler parfaitement dans une pince sur le socle. Nous nous assîmes dans sa chambre pour écouter, avec les rayons du soleil qui s'infiltraient dans les planches du parquet et noyaient le tapis. Après avoir entendu *L'Air du champagne* pour la première fois, je le lui fis rejouer plusieurs fois d'affilée et je m'allongeai sur le tapis pour accompagner le rire à la fin, les mains sur le ventre pour sentir mon diaphragme tressauter. Je me souviens de l'odeur chaude de la poussière et du vinaigre que Ma utilisait pour nettoyer le parquet.

J'ai encore le disque quelque part, Douglas me l'a laissé, mais cela fait très longtemps que je ne l'ai pas écouté. Je n'ai pas de gramophone, alors je ne peux plus le jouer.

Après ce premier concert privé, je pris l'habitude de me glisser régulièrement dans la chambre de Douglas pour écouter des disques en cachette. Je connaissais ses horaires aussi bien que ceux de Papa, et je connaissais par cœur les étapes de sa tournée – il partait de la laiterie sur Sutton Road pour descendre vers la gare et remonter jusqu'aux hôtels en haut de la falaise. Je savais à quelle heure il était le plus loin de la maison et n'avait pas la possibilité de repasser à l'improviste. J'enfonçais de grosses paires de chaussettes en laine dans le pavillon pour étouffer le volume, puis je mettais le disque de Pinza et je posais les mains sur mon ventre pour sentir à nouveau les sursauts de mon diaphragme. Je fis cela plus souvent pendant ma maladie, après la disparition de Sukey, et je me mis à inspecter le reste de ses affaires, à ouvrir les tiroirs et fouiller ses piles de vêtements. Je me disais que ce n'était que justice : après tout, je l'avais vu mettre son nez dans la valise de Sukey. Mais ses habits étaient proprement pliés, ses livres, soigneusement rangés – strictement rien entre les pages –, et je ne découvrais jamais rien de bizarre.

Cependant, un jour, en sortant de la chambre après avoir doucement caressé le gramophone, jeté un coup d'œil dans la boîte à aiguilles et examiné sa collection de romans de Dickens, j'aperçus un parapluie appuyé contre le mur dans un coin de la pièce. Un vieux parapluie noir. Il ressemblait tellement à celui de la Folle, et le souvenir de la fois où elle m'avait poursuivie était encore si vif, que je poussai un hurlement. Je me sentis aussitôt complètement idiote et quittai la pièce, en me félicitant que personne n'ait été à la maison pour me surprendre.

Katy a apporté un ordinateur argenté tout plat. Il a un tas de fils qui surgissent à l'arrière, comme un buisson mal taillé qu'on aurait planté à la hâte au milieu de la table de la cuisine. Katy est occupée avec des haut-parleurs et d'autres objets qu'elle tente de faire fonctionner ; quant à moi, j'essaie d'étudier un petit livret qu'on m'a mis entre les mains. On y voit des images de cerveau et des dessins naïfs au trait épais de personnes âgées souriantes penchées l'une vers l'autre. Je sais qu'on m'a demandé de le lire et que je devrais en retirer quelque chose, mais je n'arrive pas à me concentrer. Il y a une miche de pain frais dans la panière.

– Maman a pensé que tu aurais peut-être envie d'écouter de vieilles chansons, dit Katy avant de planter les dents d'une prise dans le mur.

Elle appuie sur une touche, et la voix de Vera Lynn explose dans la pièce. Aussi fort, les paroles de *Nous nous retrouverons*[1] résonnent comme une menace.

– Seigneur, dis-je en me bouchant les oreilles.

– Désolée, s'écrie Katy, qui écrase une autre touche et fait baisser le son. Voilà. Qu'est-ce que tu en penses ? Ça te rappelle des souvenirs ?

– Pas vraiment, dis-je.

Je feuillette le petit livret. Il n'y a pas vraiment d'histoire et ça ne me semble pas indiqué pour des enfants. On voit des images d'un cerveau coupé en deux. Je ne trouve pas cela très approprié pour Katy, et je me demande si Helen sait de quoi cela parle.

– Mais ça te fait plaisir de l'entendre à nouveau, non ? demande Katy.

J'acquiesce, et mon regard erre vers la panière à pain. Peut-être qu'elle veut que je lui parle de la guerre. Ce serait bien la première fois. D'habitude, quand il m'arrive d'aborder le sujet, elle a l'air de s'ennuyer ferme. Mais je voulais demander quelque chose à Katy – à moins que ça n'ait été à Helen ? J'attendais que Helen arrive. J'ai souligné son nom sur un petit papier, mais je ne me souviens pas de quoi il s'agissait. La chanson se termine, et je m'apprête à lui proposer de prendre du pain quand la suivante commence. Le pain est moelleux avec le dessus

1. *We'll Meet Again*, par Vera Lynn (1939), était une chanson très populaire au Royaume-Uni durant la Seconde Guerre mondiale.

croustillant, et il est déjà tranché, mais j'aperçois alors un petit mot à côté : *Pas de pain.*

Katy me sourit et remue la tête au rythme de la musique. Je reste assise. Je ne soupire pas. Je ne lève pas les yeux au ciel. Je regarde attentivement chaque page du petit livret. Mais je ne cherche pas à comprendre. Je n'en ai pas envie. Je déteste voir cet enchevêtrement de lignes sur le cerveau, comme une toile d'araignée. Et le mot « plaque » me met en colère. J'intercale le livret entre deux pages du journal posé sur la table pour ne plus le voir.

– Je crois que j'ai déjà entendu cette chanson dans un film, commente Katy. Ou dans une pub.

– Où est ta mère ? dis-je. Je voulais lui parler de quelque chose.

– Euh... Elle montre la maison à des gens, mais tu n'es pas censée être au courant.

– Elle montre la maison ? Mais pour quoi faire ?

Je m'imagine Helen décrocher la façade de la maison pour laisser des géants regarder à l'intérieur, comme si nous étions les Chapardeurs. Exactement comme avec la maison de Douglas. Quand on passait à côté, il suffisait de lever la tête pour voir les meubles et les bibelots bien à leur place. On pouvait même voir Douglas, assis là dans sa demi-pièce, qui prenait une tasse de thé en écoutant son gramophone, et Sukey était là, aussi, et elle regardait l'heure sur l'horloge de la cheminée.

– Mais comment ont-ils pu monter là-haut ? je demande à Katy. Si les escaliers ont été détruits par la bombe ?

Elle monte le son et garde les yeux rivés sur l'écran.

– C'est sympa, tu ne trouves pas ? Maman m'a raconté que, d'après le docteur, il faut te faire écouter de la musique.

C'est donc ça.

– Ah oui ? dis-je.

Je hoche la tête, ce qui me semble être la réaction qu'elle attend, mais, en vérité, je n'ai jamais aimé Vera Lynn. Je me souviens d'avoir lu quelque part qu'elle n'avait jamais pris de cours de chant. Ça ne me surprend pas. Ses chansons racontent n'importe quoi, comme *Over the White Cliffs of Dover*. Qui a déjà vu un merlebleu à Douvres ? C'était Anne Shelton qu'on préférait. Elle, on ne l'entend plus nulle part.

La musique s'interrompt.

– Mamie ! s'exclame Katy. « N'importe quoi » ? Tu ne peux pas parler de Vera Lynn comme ça.

Elle a l'air choqué, et je ne saisis pas si elle plaisante ou non.

– Je n'arrive pas à croire que tu ne l'aimes pas.

– Mais, Katy, c'est simplement que...

– Tu trahis toute ta génération. Imagine si moi, je n'aimais pas... euh... One Direction, ou...

Elle étouffe alors un cri.

– Oh non, je n'aime pas One Direction ! Est-ce que ça fait aussi de moi une traîtresse pour ma génération ?

Maintenant, je vois bien qu'elle plaisante et je souris.

– Je parie que tu n'aimes même pas ta vieille série télévisée, *Dad's Army*, dit-elle encore. Je parie que tu fais juste semblant de rire aux blagues. Ne me dis pas le contraire, tu ne me mentiras plus, Mamie.

Deux inconnus apparaissent en haut des marches de la cuisine. Ils nous examinent en hochant la tête, comme si nous faisions partie des meubles.

– Qui êtes-vous ? je demande.

Helen surgit derrière eux en agitant les bras. Je ne comprends pas ce qu'elle essaie de dire.

– Mais bref, reprend Katy un peu plus fort. Qu'est-ce que tu préférerais écouter, du coup ? On peut trouver ce que tu veux.

Elle étend ses doigts au-dessus de son clavier avec un rire forcé. Il se trame quelque chose.

– Ezio Pinza.

Katy me regarde, perplexe, alors je lui parle de *L'Air du champagne*. Je lui raconte les moments passés étendue par terre dans la poussière et les rayons du soleil. Elle trouve la chanson en quelques secondes à peine, et la voix de Pinza emplit la pièce. Katy appuie sur un bouton qui redémarre le morceau chaque fois qu'il se termine, et désormais on dirait que le rire est au début de la chanson. Elle s'allonge à mes pieds.

– Ha-ha-ha. Oui, je vois ce que tu veux dire. C'est vrai que c'est rigolo. Par contre, je ne pense pas que tu devrais t'allonger, toi. On risque de ne plus jamais pouvoir te relever.

Des mèches de ses cheveux viennent se mêler aux miettes par terre, mais elle ne semble pas y prêter attention. Elle a l'air un peu bête, à garder les mains sur le ventre comme ça. Je commence à avoir honte de la petite fille que j'étais autrefois. Elle ferme les yeux, et je tends le bras pour prendre une tranche de pain. Katy ne remarque rien. Et elle ne remarque rien non plus quand je sors le beurre du frigo. Le petit mot indique *Pas de pain*, alors je vais juste me faire une tartine de beurre. Je me rends compte que je ne sais plus où sont rangées les assiettes, mais je n'ai pas le temps de chercher, alors je pose mon pain sur une page de *L'Écho*.

– Ha-ha-ha, dit Katy, les mains sur le ventre, tandis que je sors un couteau.

« Ha-ha-ha », tandis que je coupe une généreuse portion de beurre. « Ha-ha-ha », tandis que le pain beurré, doux et salé, fond sur ma langue.

– Ha-ha-ha, dis-je quand j'ai fini.

J'essaie de rouler le journal en boule, mais il refuse de se plier. Je retrouve une sorte de petit livret entre ses pages. Sentir le papier trop raide pour se laisser froisser me rappelle la fois où j'avais débarrassé la cuisinière, l'odeur douceâtre mais désagréable des pruneaux qui chauffaient dans la sauce, et mon retour à la maison ce soir-là, après avoir vu Frank au pub.

J'entendis la pendule du salon sonner cinq heures au moment où j'ouvris la porte de la cuisine, et j'étais persuadée que j'allais me faire gronder dès que j'y aurais mis les pieds, mais la pièce était vide. La cuisinière était allumée, et Ma avait laissé un mot sur la table pour dire que Papa et elle rentreraient vers six heures et me demander de mettre des pommes de terre dans le ragoût avant de réchauffer celui-ci au four. C'était un mélange de deux ragoûts différents, dont un avec des pruneaux qui ne m'attirait pas particulièrement.

Je m'exécutai et, rapidement, l'odeur des pommes de terre mélangée à celle sucrée des pruneaux se propagea dans l'atmosphère. Je profitais de ce que Ma était sortie pour avaler un en-cas. Je me coupai une épaisse tranche de pain et, étant donné que Ma n'aimait pas gâcher le peu de beurre que nous avions, je sortis la margarine à la place et mis le dernier petit morceau sur une assiette que je déposai dans l'armoire chauffante pour le ramollir. Lorsque je récupérai l'assiette, de vieilles feuilles de papier journal s'échappèrent en même temps.

Il y a presque un *Écho* tout entier, là-dedans, songeai-je en étalant la margarine sur le pain avant de mordre dedans. Ma et moi déposions une nouvelle feuille dans l'armoire chauffante chaque fois que nous y mettions quelque chose à tenir au chaud. Je commençai à envelopper les épluchures de pommes de terre dans le journal, mais un carré plus épais entre deux feuilles les empêchait de se plier. C'était la lettre qui avait baigné dans la compote, dans son enveloppe toujours fermée, brunie sur les côtés. Le nom et l'adresse, D. Weston, chez nous, étaient flous mais toujours distincts, et, pendant un instant, je suivis les mots tracés par Sukey du bout du doigt, sans réfléchir. Ce ne fut qu'au moment où mon index atteignait le sommet du *W* que j'eus comme une décharge électrique. Les mots étaient lisibles.

Dans les jours qui avaient suivi sa chute dans la casserole, j'avais plusieurs fois vérifié l'état de la lettre en jetant un œil entre les feuilles de journal quand Ma avait le dos tourné, mais l'adresse restait indéchiffrable sous les taches d'encre diluée. Ce qu'il avait pu y avoir à l'intérieur était perdu, et, dans mon désarroi, je l'avais dissimulée dans un recoin de mon cerveau.

Ensuite, avec les « indices » que je m'étais mise à chercher dans les rues avoisinantes, ma maladie et le jour où j'avais suivi Douglas, je l'avais complètement oubliée. Mais voilà qu'après des mois de chaleur, le papier avait séché, bruni, raidi, et les mots avaient resurgi, aussi bleus qu'une flamme. Je sentis une bouffée d'espoir grandir en moi. Et s'il y avait des nouvelles de Sukey dans cette lettre ? Si elle nous disait où elle était partie ? À ce moment-là, il semblait parfaitement plausible qu'elle se soit tout simplement enfuie, peut-être pour devenir pilote d'avion en Australie ou mannequin à Paris, qui sait.

J'enfournai le reste de la tartine dans ma bouche et, tout en mastiquant, je pris le couteau à beurre pour ouvrir l'enveloppe. À l'intérieur, le papier avait une forte odeur de pomme, mais les mots étaient bien lisibles.

*Doug,*

*Je suis désolée. J'ai été bête et j'ai eu tort. Je suis tellement contente que tu m'aies écrit.*

*J'espère que nous pourrons redevenir amis. Mais je n'ai pas le choix, je dois le dire à Frank.*

*Il comprendra, je t'assure.*

*Sukey*

Je n'avais pas encore fini de lire quand Ma et Papa entrèrent. J'enfonçai la lettre dans la poche de ma jupe, et ce ne fut qu'à cet instant que je me rendis compte que Douglas était dans la maison. Son gramophone jouait *L'Air du champagne* à l'étage, et la mélodie résonnait dans ma tête. Je me demandai depuis combien de temps la musique avait commencé, et comment j'avais fait pour ne pas la remarquer avant. Savoir que Douglas était si près alors que j'étais persuadée d'être seule me fit soudain frissonner, et je n'entendis qu'à moitié lorsque mes parents me dirent qu'ils étaient allés voir Frank. Il était sorti de prison, m'expliquèrent-ils. Bien sûr, j'étais déjà au courant, mais je ne dis pas un mot de notre entrevue, car je savais que Papa serait furieux d'apprendre que j'étais allée dans un pub.

– Évidemment, il n'était pas chez lui quand nous sommes arrivés, dit Papa. Mais nous l'avons croisé dans la rue en repartant. Complètement cuit. Pour changer.

À ces mots, une pointe de nervosité s'empara de moi tandis que je repensai à mon secret. Alors, songeai-je, Frank n'avait pas dû rester longtemps après mon départ, juste assez pour finir complètement saoul. Je me demandai s'il était rentré pour dîner ou pour aller chercher les bas qu'il avait promis à cette femme.

– Et qu'est-ce qu'il a dit ? demandai-je.

Papa renifla avec un petit rire et répondit :

– Il a dit qu'il pensait que Sukey était chez nous.

Il tapota le rebord de l'évier.

– Alors qu'elle a sa maison au bout de la rue, à moins d'un kilomètre d'ici. Tu y crois, toi ?

Ma regardait ailleurs. Papa avait sûrement rabâché les mêmes arguments tout le long du chemin, à l'aller comme au retour. Elle devait en avoir assez. L'horloge sonna six heures ; à l'étage, la musique s'interrompit, et Douglas descendit pour venir dîner. Je palpai la lettre de Sukey dans ma poche. *Je suis tellement contente que tu m'aies écrit*, disait-elle, comme si elle ne pouvait pas parler directement à Douglas chaque fois qu'elle en avait envie. Comme s'il y avait quelque chose entre eux qu'il fallait dissimuler. J'écoutai les pas de Douglas dans l'escalier, légers, irréguliers. Est-ce qu'il était son amant ? Était-ce seulement possible ? Rien qu'à l'oreille, le mot « amant » me paraissait ridicule. Mais, pensai-je encore, est-ce que cela n'expliquait pas tout, finalement ? Le comportement étrange de Sukey lors de notre dernier repas tous ensemble, la jalousie de Frank, la voisine qui m'avait dit que Douglas passait beaucoup de temps chez eux. Peut-être même les disques cassés que j'avais trouvés dans le jardin. Douglas ou elle aurait pu les briser dans un accès de colère lors d'une dispute. *J'espère que nous pourrons redevenir amis.*

Ma vérifia le ragoût dans le four et, quand elle vit qu'il était presque prêt, elle me tapota gentiment le bras. Papa s'assit à table sans retirer son pardessus tout en continuant de parler, à la cuisinière plus qu'à nous.

– Trois mois, et pas une fois il ne pense à prendre des nouvelles de sa femme ? Je n'en crois pas un mot. Et s'il était vraiment allé faire un déménagement à Londres, pourquoi est-il revenu en train ? C'est ça que je ne comprends pas. Où est passé le fourgon avec lequel il est soi-disant parti ?

Les pas de Douglas s'étaient arrêtés dans l'entrée, et, lorsque je marchai jusqu'au buffet pour y prendre les couverts et ranger le couteau dont je m'étais servi pour la margarine, je le vis en train de s'observer dans le miroir. Il était plutôt joli garçon, Douglas, mais ce n'était pas vraiment un homme, encore. Même moi, je le voyais. C'était beaucoup trop fantasque d'imaginer que Sukey ait pu être amoureuse de lui. Impossible. Et pourtant, en mettant la table, je ne pus m'empêcher de penser que le papier déformé dans ma poche m'apportait un début de réponse.

Ma sortit le ragoût du four et s'assit en le tenant devant elle, comme si elle ne savait plus vraiment ce qu'elle était censée en faire. Je m'approchai et guidai ses mains jusqu'à la table, puis je sortis un torchon et une louche pour faire le service.

– Frank n'était pas rasé, et il n'avait même pas de veste, me dit-elle en laissant ses bras retomber le long de son corps. Je ne comprends pas comment il a pu se laisser aller aussi vite. Mais j'imagine que c'est ça, la prison. Ça doit être difficile, et j'ai entendu dire que la nourriture était affreuse. Bien entendu, ce n'est pas vraiment mieux dehors, maintenant qu'on nous rationne aussi la farine. Et il paraît que ça va être le pain, bientôt ! Et je n'ai déjà plus de graisse de cuisine, alors que je n'en utilise qu'une infime quantité à chaque fois. On n'est qu'à la moitié du mois, et on n'a déjà plus rien.

Elle fixa le ragoût tandis que je remplissais les assiettes. Je me déplaçai avec précaution, et je sentais la lettre contre ma cuisse, aussi brûlante que le plat que je tenais. Douglas était encore devant le miroir et j'eus soudain cette idée étrange que nous nous trouvions désormais tous derrière une sorte de mur en verre, incapables de communiquer les uns avec les autres. Papa ne réagit même pas lorsque je lui demandai son assiette.

– La vraie question, dit-il, c'est ça : est-ce qu'elle est partie avec lui à Londres ou est-ce qu'il s'est passé quelque chose ici ?

# 13

— Je voudrais juste que tu me dises ce que tu veux.

Helen se tient derrière sa voiture, un gant de jardinage sur une main ; elle m'appelle de loin comme si j'étais un animal dangereux. Apparemment, j'étais très en colère quand elle s'est approchée tout à l'heure, et elle a une marque de pincement au bras que je m'efforce d'ignorer.

– Je veux le truc, dis-je avec le goût piquant de l'herbe coupée dans la gorge et les fibres des feuilles sous mes ongles tout verts. L'autre moitié du truc qui me conduira à...

Plus rien. Je plie une tige en deux jusqu'à ce qu'elle casse.

– Dis-moi. Dis-moi qui c'est. Qui a disparu, Helen ? Qui est-ce que je cherche ?

Elle prononce le prénom d'Elizabeth, et l'entendre est comme sombrer dans un lit moelleux. Un hortensia se décompose à mesure que je fais monter et descendre ma main le long de sa tige. Je fourre ses feuilles dans ma poche avant de plonger les bras dans ses fleurs, et je retiens ma respiration pour ne pas sentir l'odeur de lait caillé de la sève.

– Elizabeth, dis-je aux pétales ronds. Elizabeth.

Je jette les tiges dénudées dans l'herbe retournée, puis je tâte les racines jusqu'au sol, et j'arrache les fils de cette étrange laine les uns après les autres. Sentir la terre sous mes doigts m'enivre, et le mouvement de mes bras m'apaise, jusqu'au moment où je saisis un long brin pâle qui refuse de céder. Je tire aussi fort que je le peux et, frustrée, je le secoue violemment, puis je plonge mes doigts dans la terre pour essayer de le décoincer.

Helen pousse un cri comme si c'était sur elle que je m'acharnais.

– S'il te plaît, Maman, pas le choisya. C'est Papa et moi qui l'avons planté, et tu répètes toujours qu'il sent merveilleusement bon.

Je m'éloigne de l'arbuste pour me diriger vers le portail. Là, je trouve un carton plein de choses en verre, les choses pour boire et pour mettre des confitures. Elles sont toutes ouvertes, prêtes à partir et, même si je n'arrive pas à comprendre pourquoi, je me penche pour les toucher, ce qui les fait s'entrechoquer et couiner. Sur l'une d'elles, je vois une étiquette marquée cornichons, et soudain j'ai la vision de la salle à manger d'Elizabeth. La mayonnaise et le poivre blanc, la faïence accrochée aux murs. Les lézards, les tortues et les lucanes en céramique qui s'agitent dans les fougères et les herbes vers le plafond. Elizabeth qui se moque de mon air dégoûté devant sa théière au bec verseur en forme de serpent. Je serre le bocal contre mon cœur. Il a toujours son couvercle, lui, contrairement à ses frères, et je le dévisse pour y déposer le truc pour les cheveux que j'ai dans la poche, le truc en rond pour s'attacher les cheveux. Il est mouillé, comme s'il était tombé par terre, avec un bout de Polo à la menthe collé dessus, et je trouve aussi une grenouille en plastique. Ils atterrissent tous au fond du bocal.

Un escargot longe lentement le bord du trottoir, et je le cueille au moment où une femme avec une longue queue-de-cheval brune sort de ma maison. Son truc pour les cheveux est exactement le même que dans mon pot.

– J'ai mis ses médicaments sur une assiette, dit-elle. Mais il faut vraiment que j'aille voir ma prochaine cliente.

– Je sais, répond Helen. Merci. Merci de m'avoir appelée.

La femme s'arrête près d'une petite voiture toute ronde.

– Est-ce que ça ira ?

Ce n'est pas à moi qu'elle parle. Je lâche l'escargot dans le bocal et je le regarde faire des bulles en glissant contre la paroi. Moi aussi, je sais fabriquer de la faïence.

– Oui, dit Helen. Je vais rester avec elle.

– Il faudra appeler quelqu'un si...

– Je sais. Merci.

La femme se retourne vers la pelouse.

– Au moins, vous vous y connaissez en fleurs. Avec un peu de chance, vous pourrez les replanter, tout à l'heure.

Helen émet un rire sans joie. La femme monte dans sa voiture, démarre et s'en va. Je pars dans la même direction, je rentre dans les jardins des autres maisons et je ramasse des choses. Des tas de choses. Des capsules de bouteille, une broche avec un camée en plastique, un scarabée étendu les pattes en l'air, une poignée de sable et des mégots de cigarette. Je mets le tout dans mon bocal et je le secoue, et l'étiquette marquée cornichon saute devant mes yeux encore et encore. Et je pense à Elizabeth encore et encore, c'est comme une douleur qui me lance sous la peau à chaque battement de cœur. Deux maisons plus loin, Helen me regarde plonger la main dans une pile de sable près d'une clôture. Quelqu'un va bétonner son jardin. Le fils d'Elizabeth menace souvent de le faire, chez elle. Quelle horreur, ce serait vraiment affreux.

– Plus aucun oiseau ne viendra, ai-je dit à Elizabeth. Ce sera comme un désert.

Et comment pourrions-nous atteindre la terre, en dessous ? Elle serait perdue à jamais.

Je dépasse la maison laide, les miettes de thé et l'acacia, comme je l'ai toujours fait, puis je continue jusqu'à entendre le bruit des trains. Sans même y prêter attention, je me tourne vers l'autre côté de la rue. En face de moi se trouve l'Hôtel de la Gare. C'est une maison de retraite, maintenant, dont je lis le nom à voix haute : « Maison de santé Cotland ». C'est une grande bâtisse victorienne qui a gardé de sa superbe malgré ses nouvelles fonctions. Le panneau d'entrée n'est pas bien fixé. Les vis dépassent de la brique, comme si le vieil édifice rejetait son nouveau titre. Je me souviens, quand j'étais petite, comme sa façade semblait se hérisser sous l'assaut de la poussière de charbon qui se déposait sur ses pierres. Je passais beaucoup de temps à l'observer, à cette époque. C'était là qu'on avait retrouvé la valise de Sukey.

Je n'y étais allée qu'une fois auparavant, juste après que la valise nous soit revenue sur la table de la cuisine. J'étais allée m'appuyer sur les rambardes du quai pour examiner les douzaines de fenêtres, en me demandant pourquoi Sukey irait passer la nuit dans un hôtel dans sa propre ville. Je m'étais aussi demandé si elle y séjournait toujours, et si il y avait une chance qu'elle regarde dehors, m'aperçoive et coure me rejoindre. Bien sûr, rien ne s'était passé, et j'étais rentrée affronter un nouveau dîner silencieux.

Mais après avoir retrouvé la lettre, après l'avoir lue et avoir accolé dans ma tête le mot « amant » au prénom de Douglas, je me mis à réfléchir plus sérieusement. Un hôtel, n'était-ce pas exactement le genre d'endroits que les gens fréquentaient pour avoir une liaison ? N'était-ce pas ce que j'avais vu des dizaines de fois au cinéma ? Alors un jour, à l'heure du déjeuner, au lieu de rentrer à la maison, je repris le chemin de l'hôtel. Avant de franchir les portes, je m'accroupis pour ramasser un vieux talon de billet de train par terre.

À l'intérieur, l'hôtel semblait n'être qu'un immense escalier qui se déroulait à l'infini – comme si ceux qui venaient y passer la nuit ne voyageaient déjà pas assez. Vu d'en bas, on aurait dit un puits, comme le terrier du lapin banc dans *Alice au pays des merveilles*. Je songeai que Sukey aurait aisément pu y tomber pour ne plus jamais retrouver le chemin de la sortie. Je montai lentement les marches, m'arrêtant à chaque fenêtre pour regarder la gare et observer les passagers du train et les porteurs avec leurs chariots à bagages surchargés. Une odeur de soupe à l'oignon s'échappait des cuisines et se mêlait aux effluves âcres de la cire de la rambarde. Curieusement, ce mélange me donna faim et, bien que je la sus vide, je fouillai ma poche en quête d'un gâteau sec. À la place, j'y retrouvai le talon du billet et la lettre de Sukey. Régulièrement, un train sans arrêt entrait en gare à vive allure et un nuage de fumée s'envolait jusqu'au toit du bâtiment. Au dernier étage, je pris le temps d'observer le livreur de journaux lutter pour retenir son chapeau et ses marchandises.

Je me mis ensuite à arpenter le couloir. Les portes numérotées étaient toutes fermées, et je n'osais me résoudre à essayer de les ouvrir, alors je me contentai d'examiner la moquette et le papier peint qui s'effritait dans la lumière diffuse. Est-ce que Sukey et Douglas s'étaient déjà retrouvés ici ? S'étaient-ils murmuré des mots doux ? Avaient-ils échangé des baisers ? Cela me semblait si improbable. Et pourtant, je ne pouvais m'empêcher de ressentir une douloureuse pointe de jalousie à l'idée qu'on m'avait laissée en dehors de tout ça, qu'on ne m'avait pas jugée suffisamment digne de confiance pour me révéler la vérité. Je tripotai une frange de papier peint écornée à côté d'un interrupteur, l'arrachai délicatement de son support de plâtre et la fourrai dans ma poche. Alors que je repartais vers les escaliers, un homme me dépassa ; il ouvrit une porte et j'aperçus une femme dans la chambre. Elle avait des cheveux bruns et soyeux, et portait un tailleur bleu élégamment ajusté. Mon sang ne fit qu'un tour et je m'immobilisai. J'entendis à peine l'homme me crier dessus.

– Éloigne-toi de cette porte, tu veux ?

Ses yeux semblaient trop grands pour ses paupières. Je ne bougeai pas, ne parvenant même plus à déglutir, mais je le voyais bien à présent, maigre, le teint poussiéreux, sa silhouette fragile suffisant à peine à me bloquer la vue. Puis la femme se retourna. Son nez était plus large que je ne l'avais imaginé, ses lèvres plus pleines, ses joues moins rondes, et je sentis un poids s'abattre sur moi. Je vacillai et m'affaissai contre le mur.

– Qu'est-ce qui se passe ? s'exclama la femme.

Elle sortit et m'attrapa par le poignet pour prendre mon pouls.

– On dirait qu'elle a vu un fantôme.

Au son de sa voix, l'homme sembla reprendre des couleurs et ses yeux retrouvèrent une taille normale dans leurs orbites.

– Seigneur, petite, dit-il, tu nous as fait une sacrée frayeur à nous espionner comme ça. Qu'est-ce qui t'arrive ? Ma tête ne te revient pas ?

J'extirpai mon poignet de la main de la femme et m'éloignai vers l'escalier. Je descendis quelques marches, puis je m'assis et écoutai le vent m'apporter les annonces du chef de gare. Incapable de trouver l'énergie de me lever, je calai mon dos sur les marches et étendis mes jambes pour me laisser apaiser par le vrombissement des trains. J'étudiai attentivement le sable incrusté dans la moquette et m'imaginai que je pouvais sentir le sel de la mer. C'est alors que la femme apparut de nouveau.

– Encore toi ? s'exclama-t-elle avec un petit recul de surprise lorsqu'elle arriva sur le palier. Qu'est-ce que tu fais allongée là ? Tu t'es fait mal ?

– Pas vraiment, dis-je en me relevant.

– Tu as une chambre ici ?

– Non, je suis juste entrée comme ça. Désolée.

– Tu es juste entrée pour t'allonger dans l'escalier ?

Elle commença à descendre et je la suivis.

– Non, c'est simplement que... J'ai cru que vous étiez quelqu'un d'autre.

– Ah oui ? Qui donc ?

Je ne répondis pas, et elle me demanda si je pensais que j'étais en état de choc.

– Parce que moi, oui, ajouta-t-elle.

Je lui dis que c'était possible, et elle me proposa de boire un petit verre de brandy.

– En tout cas, il m'en faut un, à moi, conclut-elle.

Elle me laissa dans le hall tandis qu'elle entrait dans le bar de l'hôtel. Rien à voir avec le Fiveways : ici, ils ne laisseraient jamais entrer une petite fille.

– La pauvre petite a eu un sacré choc, l'entendis-je dire.

Des gens entraient et sortaient et, chaque fois, j'apercevais l'éclat de son tailleur bleu à travers les portes battantes. Alors même que j'avais vu son visage, je ne pouvais m'empêcher de penser que c'était Sukey. Elle montra l'accueil du doigt et plusieurs hommes se tournèrent vers moi. Parmi eux, il y avait Frank.

Bien sûr, il me vit tout de suite et, quelques secondes plus tard, il poussait les portes du bar. Je me rendis compte que, ces derniers jours, j'avais à peine pensé à lui, j'avais uniquement imaginé ce que Sukey et Douglas représentaient l'un pour l'autre. J'eus presque mal pour Frank, comme il aurait eu mal s'il avait appris leur histoire. Je me posai soudain la question : savait-il ? Est-ce que Sukey le lui avait dit, comme elle comptait le faire quand elle avait écrit sa lettre ? Je me souvins de la façon dont il avait parlé de Douglas, dont il l'avait appelé « cet imbécile à tête de rat », et cela me fit penser qu'il devait être au courant. Mais qu'est-ce que cela signifiait ? Qu'aurait-il été capable de faire en l'apprenant ? Je ne pouvais me résoudre à l'affronter, et repartis en courant dans les escaliers.

– Maud ? appela-t-il.

– Oh, Frank !

C'était la voix de la femme. Je l'entendis continuer :

– Est-ce qu'elle est avec toi ?

Je grimpai les escaliers à toute allure, en tournant et tournant jusqu'à ce que mes cuisses me brûlent et que je me retrouve à nouveau au dernier étage, à regarder les traces de sable dans le creux des marches. Frank était monté jusqu'au premier étage avant d'abandonner. Je vis son visage apparaître sur un palier en dessous de moi tandis qu'il se penchait par-dessus la rambarde.

– Descends de là, tu veux ? dit-il, sa voix montant en spirale pour m'atteindre. Je suis pas en état de monter ces satanées marches.

– Qu'est-ce que tu fais là ? demandai-je.

Je pouvais presque voir mes mots plonger jusqu'à lui.

– Je prends un verre. C'est un crime ?

– Mais pourquoi ici ? À l'endroit où on a retrouvé sa valise ?

– Tu parles de Sukey, c'est ça ?

– Évidemment que je parle de Sukey, de qui veux-tu que je parle ?

– D'accord. C'était quoi, le début de ta phrase ?

Je me rendis alors compte qu'il était « cuit », comme aurait dit Papa, alors je répétai lentement mes mots :

– C'est ici. Qu'on a. Retrouvé. La valise. De Sukey.

Il ouvrit la bouche, mais se détourna quand la femme le rejoignit en bas de l'escalier, un verre à la main.

– Ça te dit de descendre boire ça, alors ? proposa-t-elle, sa voix rebondissant en écho contre les murs.

Oui, ça me disait : le liquide avait la couleur du miel, et je m'imaginai qu'il serait sucré, réconfortant, et que je serais un peu plus adulte après l'avoir goûté, mais je n'avais jamais consommé d'alcool auparavant.

– Je ne suis pas sûre d'en avoir le droit, dis-je.

– Comme tu veux.

Elle avala le verre en une gorgée avant de disparaître à nouveau dans le bar. J'étais déçue, mais, plusieurs années après, lorsque je goûtai enfin un brandy pour la première fois, la sensation déplaisante de ma gorge en feu me convainquit que j'avais bien fait de ne pas me laisser tenter ce jour-là.

– Comment est-ce qu'elle connaît ton nom ? demandai-je à Frank.

– Qui ? Nancy ? Elle travaille ici. Son mari est un ancien prisonnier de guerre. Il est un peu cinglé, maintenant, ce pauvre bougre. Il ne supporte pas de rester chez lui, alors ils sont venus s'installer ici. Je leur ai donné des meubles il y quelque temps, pour que ça ait l'air un peu plus habitable.

Je ris. C'était le même rire que Papa, celui qui signifiait : « J'aurais dû m'en douter. »

– C'est à croire qu'il ne reste pas grand monde à qui tu n'aies jamais rendu service, dans cette ville.

– C'est un peu exagéré. À qui d'autre j'aurais rendu service, d'après toi ?

– Des gens dans ta rue.

– Où est le mal à filer un coup de main à un voisin à l'occasion ?

– Ce que je me demande, c'est plutôt ce que tu as à y gagner.

– Qu'est-ce qui te prend ? demanda-t-il.

Sa tête disparut un instant, et je vis sa main gravir la rambarde. Je voulais qu'il s'arrête, qu'il reste où il était et qu'il ne s'approche pas de moi. J'avais besoin de réfléchir, de démêler mes pensées et de me souvenir des questions que je voulais à tout prix lui poser. Je songeai à courir me réfugier dans la chambre du prisonnier de guerre.

– Est-ce qu'elle travaille à la réception ? demandai-je. Nancy ? Est-ce que c'est elle qui a écrit le nom de Sukey dans le registre ?

– De quoi est-ce que tu parles, Maud ?

Il n'était plus qu'une main suivant les circonvolutions du bois ciré le long de l'escalier. Sa voix tourbillonnait jusqu'à moi, sinistre, solennelle, désincarnée, et la rambarde était le conducteur qui amenait une décharge d'électricité de sa main à la mienne.

– Qu'est-ce que tu es venue faire là ? Tu me cherchais ?

– Non.

– Mais tu m'en veux pour quelque chose.

La main disparut, et c'est au pas de course qu'il grimpa les derniers étages. Il devait être suffisamment « en état », en fin de compte.

– Qu'est-ce qu'il y a ? Qu'est-ce qui t'arrive ? Tu as fait une découverte ?

Je reculai d'un pas, gênée de devoir désormais lever les yeux pour le regarder. Pour seule réponse, je froissai la lettre dans ma poche.

– Qu'est-ce que tu as là ? demanda-t-il avec un demi-sourire, comme si j'étais un enfant qui faisait une farce.

– Une lettre.

– De qui ?

– De Sukey. Elle l'a envoyée juste avant de disparaître.

J'avais espéré une discussion, je pensais qu'il me demanderait ce qu'il y avait dans la lettre, que j'aurais le temps de l'interroger, mais j'eus à peine le temps de voir l'expression de son visage changer qu'il se jeta sur moi. En une seconde je me retrouvai dos à la rambarde, coincée par la seule force de sa main sur ma poitrine. Sa brutalité soudaine me choqua. Je serrai la lettre au creux de mon poing et l'enfouis si fort au fond de ma poche que le tissu m'irrita la peau. Il agrippa mon poignet pour essayer de le soulever, et fit remonter ma jupe.

– Dans la lettre, elle écrit qu'elle va te dire quelque chose, insistai-je, le bras soudé le long de mon corps, déterminée à poser mes questions quoi qu'il arrive. Est-ce qu'elle te l'a dit ?

– Donne-moi cette lettre, Maud.

Sa main glissa jusqu'à mon coude pour le forcer à plier et, impuissante, je vis ma main remonter.

– Réponds-moi, dis-je en essayant désespérément de garder le fil de mes pensées.

Je devais me souvenir de ce que je devais lui demander. C'était tellement étrange de continuer à parler alors que je n'étais plus qu'une poupée de chiffon entre ses mains.

– Comment veux-tu que je te réponde si je n'ai même pas lu la lettre ?

La mâchoire serrée, il me tordit le bras en arrière, et je sentis la chaleur de sa peau à travers le tissu de mon chemisier. À ce moment-là, je mis la lettre en boule et la lâchai dans le vide derrière moi, comme on jette une pièce dans un puits.

Frank jura et essaya de l'attraper au vol. Son mouvement brusque me poussa plus encore par-dessus la rambarde, et mes pieds se soulevèrent des marches. Je voulus m'accrocher à la balustrade, mais en vain. Comme au ralenti, je sentis la peur m'envahir tandis que le sol du rez-de-chaussée, si loin, semblait se rapprocher, puis les mains de Frank m'agrippèrent. Il me hissa brutalement jusqu'au palier, et il me fallut quelques instants pour réaliser que j'étais en sécurité et que je ne tombais plus.

Quand je relevai les yeux, il était blanc comme un linge.

– J'ai cru que je t'avais perdue, dit-il, et c'était effrayant de voir à quel point tout le sang avait quitté son visage. J'ai cru que je t'avais perdue.

Il me tapota gauchement les membres, comme un docteur incompétent aurait vérifié que je n'avais rien de cassé. Il semblait avoir besoin de s'assurer que j'étais vraiment là.

– Ne t'inquiète pas, je ne suis pas un fantôme, plaisantai-je, le souffle encore saccadé par les battements de mon cœur.

Je me demandai quelle tête j'avais eue quand il m'avait palpé les jambes. Il se pencha au-dessus de la rambarde, et sa chemise vint épouser les muscles de son dos et de ses épaules. Je m'approchai.

Il expira bruyamment et commença à descendre l'escalier.

– Non, reste là, dit-il alors que je m'apprêtais à le suivre. Mieux vaut ne pas prendre de risques.

Je restai là un instant à écouter ses pas s'éloigner. Le flot de sang qui m'était monté à la tête se ralentit, laissant place à une migraine. Je me laissai aller à imaginer, juste une fois, ce qui se serait passé si Frank ne m'avait pas rattrapée. Je visualisai ma tête s'écraser contre le sol, ma nuque brisée. Je songeai au sang sur le carrelage, aux hurlements des gens. Je pensai à mes parents, qui souffraient déjà tant de l'absence de Sukey, et j'imaginai ce qui serait arrivé à Frank. On l'aurait sûrement accusé de m'avoir poussée. À mi-chemin, il s'arrêta, et son visage réapparut entre deux étages.

– Parle-moi de Sukey, Maud, dit-il. Pas de cet endroit, d'autre chose.

– Quoi, par exemple ?

– Je ne sais pas. Quelque chose que vous avez fait ensemble. Dont tu te souviennes.

J'enfonçai la pointe de ma chaussure dans une trace de sable sur la moquette.

– On est allées à la plage, dis-je en commençant à descendre les marches. Le jour où ils ont retiré les barbelés. C'était avant votre mariage. Avant la fin de la guerre, même.

– Je sais. Continue.

– Et je l'ai enterrée dans le sable.

Ma voix rebondissait étrangement contre les murs tandis que je le suivais vers le rez-de-chaussée, mais j'arrivais quand même à entendre le rire de Sukey ce jour-là, à voir le sable glisser encore et encore sur sa peau avant de parvenir à l'ensevelir.

– Et j'ai posé des coquillages sur le sable pour lui faire une robe. Et après, quand elle s'est sortie du sable, elle a secoué ses cheveux, et ça a énervé Ma, parce qu'elle a mis du sable sur les sandwichs, et, quand on les a mangés après, ils étaient tout croquants. Mais la robe en coquillages était géniale, ajoutai-je en le rejoignant au pied des marches. Sukey m'avait dit de ramasser des blancs pour la jupe, pour donner l'impression qu'elle portait un jupon. Je regrette de ne pas avoir eu d'appareil photo.

– Moi aussi, dit-il en rapprochant le col de mon chemisier de mon cou. Rentre chez toi, maintenant, Maud. Moi, je vais prendre un autre verre.

Il se pencha pour ramasser la lettre brunie et chiffonnée, qu'il glissa dans sa poche avant de s'éloigner.

– Viens t'abriter, Maman.

Je ne tiens plus bien debout ; il s'est mis à pleuvoir, et de la fumée de cigarette flotte dans l'air. Helen se tient recroquevillée sous un abribus. Elle se redresse sur le banc quand je m'approche, et j'ai l'impression qu'elle a cessé de respirer. Je pose une main sur son visage, et elle ferme les yeux une seconde, un bras levé. J'aperçois une marque de coup sur son poignet, le genre qui va laisser un bleu.

– Comment tu t'es fait ça ? je lui demande en prenant sa main entre les miennes aussi doucement que possible.

Je sens son pouls qui bat fort et vite sous mes doigts.

– Ce n'est pas grave, dit-elle.

– Ça l'est pour moi. Tu es ma fille. Si tu es blessée, je trouve ça grave. Je t'aime très fort.

Elle me dévisage un instant, je crains de m'être trompée dans mes mots et, soudain, je me sens épuisée. Mes membres ne me soutiennent plus. Je suis comme ces jouets qui s'écroulent quand on appuie sur le bouton : les fils de mes jointures se sont relâchés. Mais Helen met ses mains sous mes bras et m'aide à rejoindre le banc. J'essaie de poser le bocal sur mes genoux, mais je n'arrive pas à le garder immobile : le siège est incliné et le bocal et moi ne cessons de glisser tour à tour. Son contenu virevolte, et quelque chose rampe lentement jusqu'au sommet de la grenouille. C'est agaçant. Je me tourne pour parler à la femme assise à côté de moi, mais des larmes coulent sur ses joues.

– Allons, allons, du calme, ma petite, dis-je.

Elle sanglote et plaque le revers de sa main contre sa bouche. Je ne sais pas quoi faire pour l'aider. Je ne sais pas qui c'est.

– Racontez-moi ce qui vous arrive, dis-je. Je suis sûre que c'est moins grave que ça n'y paraît.

Je lui tapote l'épaule et je me demande comment j'ai bien pu atterrir là. Je ne me souviens pas d'avoir pris le bus. Peut-être que je reviens d'un rendez-vous, mais je ne vois pas ce que ça aurait pu être.

– Des histoires de cœur ?

Elle me regarde à nouveau et sourit à travers ses larmes.

– Un homme infidèle ? j'insiste. Il reviendra. Une jolie fille comme vous.

À dire vrai, je ne pense pas que le mot « fille » soit très approprié, à son âge.

– Ce n'est pas une histoire d'homme, dit-elle.

Surprise, je la regarde.

– De femme, alors ?

Elle fronce les sourcils et se lève pour aller voir les horaires du bus. Elle m'a peut-être trouvée trop indiscrète. Sur la branche d'un arbre, deux pigeons se dévisagent en hochant la tête. On dirait cette femme et moi, ils discutent eux aussi, comme s'ils étaient nos doubles, nos doubles-oiseaux. J'essaie de leur faire un signe de main, mais je manque faire tomber le bocal – que je rattrape de justesse. Quand la femme se retourne, je prends le temps de mieux observer son visage. Elle a essuyé ses larmes. C'est Helen. Le banc semble s'effondrer sous moi. C'est ma fille, Helen. J'étais assise sous un abribus avec elle, et je ne savais même pas qui elle était.

– Helen, dis-je.

Je lui touche le poignet et j'y aperçois une marque sombre.

– Helen.

Je n'ai pas reconnu ma propre fille.

– Tu es épuisée, dit-elle. Tu n'auras pas la force de rentrer à pied. Je vais aller chercher la voiture. D'accord, Maman ?

J'ai l'impression que mon estomac se dissout dans mon ventre. Je n'ai pas su reconnaître ma propre fille, et l'entendre m'appeler « Maman » sonne comme un reproche. Je fouille dans mon bocal pour m'occuper. J'y trouve un bout de bonbon à la menthe collé à un élastique et je grignote un côté, mais le goût est bizarre et il y a des saletés dessus. Une vieille femme s'approche de l'abribus.

– Bonjour, dit-elle avant de s'asseoir pour fouiller dans son sac.

– Bonjour, dis-je.

Je me rends compte qu'elle a de vieilles pantoufles aux pieds. Elle doit être encore plus toquée que moi. Helen lui dit bonjour aussi.

– Je dois aller chercher ma voiture, ajoute-t-elle. Vous voudriez bien garder un œil sur ma mère ? Je n'en ai que pour quelques minutes.

Elle se tourne vers les horaires du bus, inquiète.

– Et surtout, vous ne la laissez pas monter dans un bus, hein ?

La femme accepte et extrait un objet en plastique de son sac. Helen s'arrête au bord du trottoir, se mordille la lèvre supérieure, puis part en zigzaguant entre les voitures et me fait un signe de la main.

– Elle vous a emmenée faire un tour ? dit la femme, qui dévisse le bouchon d'une bouteille pour en prendre une grande lampée. J'aimerais bien qu'on me fasse sortir, moi aussi.

Elle lève brusquement le bras pour me montrer un bâtiment en pierre derrière elle. Il y a un panneau à l'entrée.

– Maison de santé Cotland, lis-je à voix haute.

– C'est ça.

Les cheveux de la femme sont joliment coiffés en bouclettes très serrées. Ça contraste avec les vieilles pantoufles.

– C'est mon fils qui m'a demandé de venir ici. D'après lui, c'était la meilleure solution : ça me permettrait d'être plus près de lui, il serait rassuré, il pourrait venir me rendre visite plus souvent et m'emmener faire un tour dans la campagne en voiture, de temps en temps. Mais vous pensez bien qu'il n'en fait rien, maintenant.

Elle secoue ses boucles.

– Alors me voilà coincée ici au milieu de ces nains des Philippines. Oh, ce n'est pas qu'ils soient méchants. Au contraire, très gentils. Toujours le sourire. Mais ils sont minuscules ! J'ai l'impression d'avoir atterri à Lilliput, vous voyez ? Pourtant je fais à peine un mètre soixante !

Elle avale une nouvelle gorgée de sa boisson. Je trouve le bruit de sa déglutition réconfortant. Elle boit avec une détermination qui me rappelle Frank et la chaleur moite du pub. Je baisse les yeux, m'attendant presque à voir mes genoux nus de jeune fille, mais je porte un pantalon et j'ai un bocal rempli de choses posé sur les cuisses.

– Et au bout d'un moment là-dedans, on se perd soi-même. Je n'arrive plus à savoir ce que j'aime ou ce que je n'aime pas. Ils disent « Madame Mapp n'aime pas les petits pois » ou « Madame Mapp adore lire *Starburst* », et après ils ajoutent « C'est bien ça, madame Mapp ? » alors j'acquiesce, mais j'ai beau essayer, je suis incapable de me souvenir du goût des petits pois ou de ce qu'est un *Starburst*. Pareil pour la télévision. Ils mettent une émission, puis ils me disent « Ça vous plaît, ça, non ? » alors j'acquiesce. Mais je serais bien en peine de raconter de quoi ça parle.

Je me retourne pour regarder la maison de retraite. Il y a quelque chose dans cet enchevêtrement de mots, un point important, mais je n'arrive pas à le saisir. Une minuscule femme à la peau brune sort par les grilles.

– Le pire, dans tout cela, c'est mon nom. Je m'appelle Margaret, au fait. Margaret.

– Ravie de vous rencontrer, Margaret.

Elle secoue à nouveau ses boucles.

– Oui, oui, moi aussi. Mais vous voyez, là-dedans, ils tiennent à m'appeler Peggy. Peggy ! En plus, je déteste ce prénom.

– Moi aussi, je renchéris en repensant à Oxfam.

– Peggy, vous pas prendre le bus, l'appelle la petite femme, tout sourire.

– Je sais, dit Peggy. J'étais juste en train de discuter. Tenez, vite.

Elle me lance la bouteille qui atterrit sur mes genoux et fait tinter le bocal.

– Je ne peux pas risquer de me faire prendre avec ça. Ça me vaudrait une sacrée leçon de morale. Dommage, parce qu'aujourd'hui la seule chose que je suis encore sûre d'aimer, c'est le gin.

– Revenir, s'il vous plaît, Peggy, insiste la petite femme.

– Vous voyez ce que je veux dire ? Peggy ceci, Peggy cela. Un vrai cauchemar. Ils l'ont même marqué sur mon dossier. Maintenant, je m'appelle Peggy Mapp et plus Margaret Mapp.

– Ils l'ont marqué dans votre dossier ? dis-je.

À ce moment, je ressens comme une secousse électrique.

– Oui. Si vous les appelez et que vous demandez à parler à Margaret, on vous répondra probablement que je n'habite pas là. La moitié d'entre eux ne connaît même pas mon vrai nom.

Elle s'interrompt pour soupirer, puis explique :

– Vous voyez, quand je suis arrivée, ils avaient déjà une Margaret ici, alors ils voulaient être sûrs de ne pas nous mélanger. Entre-temps, elle est morte, évidemment. Mais je suis restée Peggy.

Je la regarde repartir avec la minuscule aide, et le bus arrive. Je m'apprête à monter quand j'entends quelqu'un crier de l'autre côté de la rue. Le chauffeur parle avec quelqu'un depuis sa vitre. Il y a du ramdam pendant un petit moment, puis les portes du bus se referment devant moi. Helen est là aussi, elle parle et parle, mais je ne peux pas me concentrer sur ce qu'elle dit. Je pense à tous les différents surnoms qui existent pour Elizabeth. Eliza, Lizzie, Liz, Lisa, Betty, Betsy, Bet, Beth, Bess, Bessie...

# 14

— Et ça, Maman ? Tu veux le garder ? Non, continue ce que tu fais, regarde rapidement.

Le reflet éblouissant du soleil sur la vitre s'atténue quand Helen lève les bras pour me montrer un objet. Je ne vois pas ce que c'est. Une ombre, une forme floue. J'incline ma tête, j'essaie un autre angle, mais ça reste confus.

– Je ne sais pas ce que c'est, dis-je.

Je repose le truc à manches, le truc boutonné à manches que j'essayais de plier, et je mets une main dans mon dos pour appuyer sur ma colonne. Je ne suis pas bien installée, assise comme ça sur mon lit, toute tordue, mais je ne peux aller nulle part ailleurs, il n'y a pas de place. J'ai une valise ouverte à mes pieds, et nous sommes encerclées par l'odeur de renfermé des vêtements restés trop longtemps dans l'armoire.

– On se croirait chez Oxfam, dis-je encore. Est-ce qu'on part en vacances ?

Helen baisse les bras, et je suis éblouie par un reflet sur la vitre.

– Non, Maman.

– Parce que je ne crois pas pouvoir partir en vacances. Je pense que c'est un peu trop pour moi. Je préférerais rester à la maison.

– Tu changes de maison, tu te rappelles ? Tu viens t'installer chez moi.

– Ah oui, dis-je. Bien sûr. C'est pour ça qu'il y a tous ces cartons.

Le vêtement inconnu attend patiemment sur le lit, ce mélange de manches et de boutons. Je le plie et je le pose dans la valise et j'ajoute une culotte sur le dessus.

– Est-ce qu'on part en…

Je me souviens juste à temps et je m'arrête, mais Helen pousse quand même un soupir. Elle donne un petit coup d'orteil dans un objet par terre.

– Tu as besoin de ça ?

C'est un bocal à cornichons. Il est rempli de petites choses : un gant qui rend le verre tout humide, deux capsules de bouteille, un emballage de KitKat, des mégots de cigarette qui libèrent ce qui leur reste de tabac.

– C'est important, dis-je.

– Qu'est-ce que tu racontes ? C'est dégoûtant, oui.

Elle le prend du bout des doigts pour examiner son contenu avant de le jeter sur une pile de vêtements. Il atterrit avec un bruit de verre inquiétant, puis roule le long de la pile. À l'intérieur, le sable virevolte comme dans un de ces globes de neige qu'on vend à Noël. Je le prends et le mets dans une feuille de journal pour l'emballer, mais le couvercle en métal perce le papier, et je dois faire plusieurs tours. Helen lève les yeux au ciel.

– Mais, Helen, dis-je en appuyant sur un pli qui vient se poser au-dessus du mot « cornichons », si je déménage, comment est-ce que Elizabeth saura où je suis ?

– Je préviendrai Peter. Je lui dirai de faire passer le message. Demain.

J'explore les contours de mon bocal du bout des doigts. Helen empile des affaires qu'elle sort d'un placard.

– Tu préviendras Peter ?

Elle hoche la tête sans me regarder.

– Mais qu'est-ce que ça va changer, Helen ? Il ne le dira pas à Elizabeth, il ne lui dira rien du tout ! Il lui a fait quelque chose. Je ne sais pas quoi. Il l'a cachée quelque part, ou pire. Elle est partie, et je ne sais même pas où.

– D'accord, Maman, d'accord, dit-elle. Et ça ?

Elle tient une cuillère en céramique en forme de tête de vache, dont la grande langue tient lieu de manche. Elle est très laide.

– Oui, ça, j'en ai besoin, dis-je en l'attrapant. C'est pour Elizabeth.

Je trouve un vieux journal et j'emballe la tête de la vache. Les mots sur le papier sont coupés en deux par les plis. J'essaie de les lire, mais ça n'a aucun sens. Enfin, c'est ce qu'il me semble.

– Elizabeth, encore ! Tu as jeté la totalité des affaires de Papa sans ciller, mais tu tiens à tout prix à garder ces saletés, alors que la moitié d'entre elles n'a aucune signification pour toi.

Je sens la colère enfler dans ma poitrine et je serre les doigts autour de la cuillère-vache. Le papier se déchire.

– Je peux quand même garder ce qui me plaît, non ? Je ne vois pas en quoi ça te concerne.

– Parce que tu t'installes sous mon toit.

– Alors c'est ça ? Je vais devoir suivre tes règles ? Je ne pense pas que j'ai envie d'aller vivre avec toi si c'est comme ça que ça doit se passer.

– Tu n'as plus le choix, maintenant. La maison est vendue.

Au début, je ne comprends pas. Cette phrase me paraît impensable.

– Tu as vendu ma maison ? dis-je, prise de nausée.

Le sol sur lequel je me suis assise ne me semble plus stable, comme s'il avait déjà disparu.

– Comment as-tu pu vendre ma maison ? Elle est à moi. C'est ici que j'habite. C'est ici que j'ai toujours habité.

– Enfin, Maman, ça va faire des mois qu'on s'est mis d'accord. C'est devenu trop dangereux pour toi de vivre seule. Continue de ranger tes affaires, s'il te plaît. J'irai préparer du thé dans une minute.

– Qui s'est mis d'accord ? Tu n'avais pas le droit.

– Toi, moi et Tom, on s'est mis d'accord tous les trois.

– Tom ?

Je répète le prénom, je sais qu'il s'agit de quelqu'un que je connais, mais je ne retrouve pas qui.

– Oui, Tom. Tu trouves ça plus acceptable maintenant que tu sais qu'il était d'accord, lui aussi ?

– Tom ? dis-je encore, et mon regard tombe sur les piles de vêtements. Est-ce que c'est à lui que nous allons donner tout ça ?

– Il prend l'avion une fois par an et repart en Allemagne aussi vite qu'il est arrivé, mais, pour toi, il est formidable. Pourtant, ce n'est pas lui, jour après jour, qui prend tes rendez-vous, qui parle à tes aides, qui vérifie tes placards, qui t'emmène faire des courses, qui te rachète des sous-vêtements à chaque fois que tu les perds ou qui vient te chercher au commissariat à deux heures du matin.

Elle continue de parler. Elle continue même quand je lui demande d'arrêter. Elle a les yeux fixés sur ce qu'elle tient à la main et elle récite quelque chose ; on dirait une sorte de liste. Je me demande s'il faut que je l'écrive, alors je me baisse pour ramasser un bout de papier. J'écris *Tom*, mais ça ne fonctionne pas comme je veux. Le papier n'est pas plat, et le stylo dérape sur les bords de l'objet en dessous. De toute façon, je ne sais pas ce que ça veut dire. Je prends un miroir de poche sur une table et je le pose sur une autre feuille de journal. Quand je l'examine de plus près, j'aperçois un œil de l'autre côté qui me regarde.

– Oh ! Est-ce que ça a un rapport avec la Folle ?

Helen se tourne vers moi.

– Quoi ?

Je désigne le miroir et chuchote :

– Est-ce qu'elle est cachée là-dedans ?

Helen me dévisage sans répondre. Mais j'ai déjà oublié ce que je lui ai demandé. Mes questions ne sont plus concrètes, elles se perdent dans les toiles d'araignée de mon cerveau. Je bâille et pose un objet empaqueté dans du papier journal par terre, à côté d'un autre. Elles sont bizarres, ces formes emmitouflées, et je les pousse du pied. C'est probablement à ça que ressemblent mes pensées, masquées, méconnaissables. Je cherche autre chose à emballer.

– Helen, à qui est-ce qu'on donne tout ça ?

Elle referme une valise et rabat les fermoirs métalliques. Ce bruit, le bruit d'un secret qui se brise, me rappelle une autre valise, ma mère debout devant la table de la cuisine, mon père tourné vers le feu.

– On nous a rendu sa valise, dis-je à Helen alors qu'elle est déjà en train de descendre les escaliers. Mais il n'y avait plus rien dedans. Plus que des tas et des tas de vieux journaux.

Je sens bien que je me trompe, que je mélange plusieurs choses, pourtant je revois les bouts de papier flotter, se froisser, surgir de la valise de Sukey et recouvrir le sol de la cuisine.

– Je m'en souviens très bien, dis-je. La police nous a rendu la valise et on l'a ouverte et là, elle était pleine de journaux. Je suis sûre que c'est comme ça que ça s'est passé.

Je suis Helen jusqu'à la porte d'entrée et je reste sur le seuil. Je plonge un bras dans le choisya planté près du mur tandis qu'elle va à sa voiture et soulève la valise. Elle est très lourde, celle-là, c'est une de ces valises dures qu'on emporte quand on prend l'avion. Je ne m'en suis servie que les quelques fois où je suis allée rendre visite à Tom en Allemagne, quand j'en étais encore capable.

– Est-ce qu'on part en vacances ?

Helen claque la porte du coffre et revient dans la maison. Quand je la rejoins à l'étage, elle essaie de sortir mon coffre à bijoux en boîtes d'allumettes de l'armoire. Je l'ai fabriqué quand j'étais petite, cent petites boîtes collées ensemble. Aujourd'hui, la colle a jauni et se craquèle entre les pans en carton. Avant, dans les tiroirs, je rangeais ma collection de coquillages, des bouts de poterie cassée, des insectes et des plumes. Des choses utiles, aussi, comme du fil et des aiguilles. Sukey se trompait toujours de boîte quand elle y cherchait un bouton ou une épingle, et elle poussait des cris lorsqu'elle découvrait le corps velu d'une abeille ou d'une chenille sur son lit de papier journal. Elle s'en plaignait souvent, mais je crois que ces petites frayeurs l'amusaient.

– J'étais persuadée de les avoir jetées, dis-je. Est-ce qu'on va les ouvrir ?

– Je préférerais les mettre directement à la poubelle, répond Helen.

Mais ses mains hésitent au-dessus des boîtes, comme si elle essayait d'en choisir une au hasard.

– Mais Helen, et s'il y a des trucs que je veux garder, là-dedans ? Tu sais, je collectionnais les boîtes d'allumettes quand j'étais petite.

– Je sais, Maman. Et quand on était gosses, on y retrouvait des insectes morts. On appelait ça tes « secrets ». Des boîtes remplies d'abeilles, de guêpes et de scarabées tout desséchés.

– Oui, je collectionnais ça, aussi. Est-ce que c'était toi ? Est-ce que c'était toi qui criais ?

– C'était probablement Tom.

Elle commence à ouvrir les tiroirs un par un en se tenant à distance, comme si elle craignait que quelque chose ne lui bondisse dessus.

– Tu veux garder ces vieilles plumes ? Ce bouton ?

Elle sort un tiroir en bas du coffre, et soudain, mon ventre se tord.

– Un vieux morceau de papier peint, dit-elle en secouant le tiroir. Et une rognure d'ongle. Beurk. Pourquoi tu as gardé ça ?

Elle me passe le tiroir, mais il me paraît vide. Ce que je distingue clairement, par contre, c'est le fond d'une caisse à thé, de gros moutons de poussière dans les coins où le papier journal qui tapisse les parois s'est plissé. Et l'ongle est tapi dans la poussière et les petits bouts de fils de toutes les couleurs, petit coquillage nacré, brisé par la vague. Et quand je relève les yeux, Frank est là.

Je ne m'attendais pas à le revoir après l'épisode de l'hôtel. J'avais essayé d'en parler à Ma, mais Papa avait dit qu'il refusait ne serait-ce que d'entendre son nom sous son toit. Et ce fut tout.

Jusqu'au jour où je le trouvai occupé à laisser un autre creux dans la haie au bout de notre allée, une semaine plus tard.

– Ça va faire une heure que j'attends, commença-t-il comme si j'étais en retard. À quelle heure tu es sortie de l'école ?

Il avait l'air plus en forme : ses cheveux étaient soigneusement coiffés sous son chapeau, comme avant, et il était rasé.

– J'étais punie, répondis-je. Pas assez concentrée en classe.

Il s'approcha du bord du trottoir.

– C'était quoi, comme cours ?

– Je ne sais pas, dis-je, et cela le fit rire.

Je tirai les branches de la haie entre mes doigts en m'efforçant de ne pas arracher les feuilles, puis je fis un pas vers la maison.

– Je te proposerais bien d'entrer...

– Ouais, je sais. Je ne suis pas le bienvenu.

Il me suivit tout de même jusqu'à la porte et jeta un coup d'œil par la fenêtre du salon avant de lancer le mégot de sa cigarette sur la pelouse.

– En fait, j'étais venu te demander de venir à la maison. Je veux te donner quelque chose.

– Maintenant ? demandai-je, peu désireuse de le suivre où que ce soit après les événements de la dernière fois.

Il haussa les épaules, hocha la tête, et je le dévisageai un instant. Il soutint mon regard et, lorsqu'il me sourit, les yeux rieurs, en ajustant son chapeau, je ne pus m'empêcher de sourire, moi aussi.

– Il faut que je leur invente une excuse, dis-je.

Je fis le tour de la maison au pas de course, rentrai par la porte de derrière, puis j'attendis quelques minutes dans la cuisine, et vérifiai que Ma n'avait pas laissé le repas dans le four. Papa et elle étaient partis à Londres à la rencontre de personnes qui auraient pu voir Sukey là-bas. Papa pensait que Frank avait très bien pu l'emmener avec lui et mentir à ce sujet ; Ma pensait que Sukey avait peut-être décidé d'aller retrouver Frank, mais qu'ils s'étaient ratés. Douglas avait dit qu'il irait voir un film, mais ces derniers temps, à chaque fois qu'il prétendait être allé au cinéma, il semblait incapable de se souvenir de ce qu'il avait vu, alors je n'avais aucune idée de l'endroit où il pouvait être. Quoi qu'il en soit, je ne voulais pas que Frank sache que personne ne m'attendait.

Quand je ressortis, il était redescendu au bout de la rue et observait le parc. Ce ne fut qu'à ce moment que je me rendis compte à quel point le ciel était sombre. Le rouge des briques s'affadissait, et les pins au-dessus de nos têtes étaient très sombres. C'était l'heure du dîner, et nous suivîmes les rues désertes jusque chez Sukey. En passant devant la laverie, l'odeur de propre m'enveloppa comme un câlin chaud. Frank cala une cigarette au coin de sa bouche et sortit de sa poche une boîte d'allumettes qu'il secoua à son oreille.

– La dernière, dit-il en poussant le petit tiroir hors de son logement.

Il gratta le soufre, puis jeta le bâtonnet par terre après avoir allumé sa cigarette.

– Tu veux la boîte ? Tu fais la collection, non ?

– Avant, répondis-je, quand j'étais plus petite.

Je pris tout de même la boîte et la glissai dans la poche de ma jupe, embarrassée et un peu agacée. Je n'aimais pas qu'on me rappelle que je n'étais encore qu'une enfant si peu de temps auparavant. J'avais l'impression qu'il se moquait de moi.

– Pourquoi tu les gardes ?

– Je ne sais pas. Pour y ranger des choses, j'imagine. Mais comme je te l'ai dit, c'était juste un truc que je faisais quand j'étais gamine.

– Y ranger des choses, hein ? Des secrets, peut-être ?

– Non, des babioles, des boutons. Rien d'important.

Il baissa les yeux pour me regarder et me sourit, comme s'il n'était pas dupe. Je rougis. Je me sentais presque coupable, comme si je cachais quelque chose sans m'en rendre compte.

– Je me demande quel genre de secrets une fille comme toi peut bien avoir.

– Je n'ai pas de secrets.

– Tu ne veux pas me le dire, alors, Maud ? Peut-être que tu m'en parleras un jour.

Il n'avait pas cessé de sourire, sans remarquer que je restais de marbre. Je ne savais plus quoi dire. J'étais irritée qu'il ne me croie pas, mais un peu flattée, aussi. Je crois que j'aimais bien l'idée d'avoir des secrets.

Quand nous arrivâmes devant chez lui, il s'arrêta pour que je monte les marches du porche avant lui, puis il ouvrit la porte en passant le bras devant moi. Je regardai la clé dans la serrure tandis que sa respiration faisait s'agiter quelques mèches de mes cheveux. Le couloir de l'entrée, d'habitude rempli de meubles et autres objets prêts à me faire trébucher, était plongé dans le noir. Ça sentait la sciure et le tabac froid, et alors que je m'avançai lentement, les mains devant, j'entendis le loquet de la porte se refermer. J'avais fait une dizaine de pas et m'étonnais de ne pas avoir encore rencontré d'obstacles, quand je sentis Frank me passer un bras autour de la taille. Je faillis hurler.

– Recule, dit-il. Le salon est là.

Il me poussa à l'intérieur, puis repartit dans le couloir.

Je voyais un peu mieux dans cette pièce, grâce aux réverbères qui l'éclairaient par la fenêtre. Des barres de lumière jaune s'étendaient sur le sol nu, et j'allai me mettre dessus pour voir mes chaussures briller. Le sol nu... J'examinai rapidement le reste du salon. Il n'y avait plus de tapis et quasiment plus aucun meuble. Pas de rideaux, pas de canapé, pas de dôme en verre rempli d'oiseaux. Plus rien de familier à quoi me raccrocher, et pas un signe de Sukey. C'était étrange, déroutant, et cela me rappelait l'atmosphère en ville les lendemains de bombardements. Il ne restait plus que quelques grosses caisses à thé près de la cheminée et deux fauteuils, chacun recouvert d'un drap. On les avait placés l'un en face de l'autre, et l'un d'eux était occupé par un vieux tapis et des couvertures de l'armée.

– C'est là que tu dors ? demandai-je à Frank quand il revint.

– Prends pas cet air surpris. Je suis chez moi, après tout. Et j'ai vendu le reste des meubles, à part deux ou trois dans le grenier dont je n'arrive pas à me débarrasser. Ma vieille mère en ferait une crise d'apoplexie si elle savait le peu que j'en ai tiré, mais j'avais des dettes qui ne pouvaient pas attendre. Et je ne compte pas rester ici longtemps.

Il alluma une bougie et la posa par terre, entre nous deux. La lueur rendait son visage presque macabre. D'instinct, je reculai.

– Ouuuuuh ! dit-il avec un petit rire, les sourcils levés. Comme dans un film de Karloff, pas vrai ? Ne t'en fais pas, va, je n'ai pas l'intention de t'égorger.

Il tira une caisse à thé jusqu'à lui.

– C'est ça que je voulais te montrer.

Soudain, je sentis la panique monter en imaginant que c'était quelque chose d'indécent. Je n'avais pas d'idée précise sur la question, je savais seulement que je ne pourrais pas en parler à mes parents. Je dansai d'un pied sur l'autre, mal à l'aise, et repensai au claquement sourd du loquet quand Frank avait refermé la porte.

– Je ne peux plus garder tout ça, dit-il. Prends ce dont tu as envie.

J'étais prête à refuser, mais il ouvrit le couvercle de la caisse et en sortit une étole en fourrure qu'il souleva à la flamme de la bougie. Son ombre agrandie s'étala sur le mur blanc au-dessus de la cheminée.

– Elle n'avait pris qu'une valise, à l'hôtel, dit-il, mais le reste de ses vêtements est toujours là. Je me suis dit que tu saurais quoi en faire. Elle aimait bien te prêter ses affaires. Et, maintenant que tu es une vraie femme, ça doit t'aller.

Ses yeux s'attardèrent sur mon ventre avant de balayer l'ensemble de mon corps, et je ne pus m'empêcher de le recouvrir de mes mains, de crainte de déceler du désir dans ce regard.

– Frank, dis-je alors. Est-ce que Sukey est morte ?

Je le vis tressaillir, et ses mains se crispèrent sur la fourrure. Il fixa la flamme du regard.

– Je n'aurais jamais dû partir à Londres alors que cette maudite dingue était déjà entrée une fois dans la maison.

– Quoi ?

– La Folle. Elle a réussi à entrer un soir où j'étais sorti, il y a des mois de ça. Elle a complètement terrorisé Sukey.

– Est-ce qu'elle est sortie en courant ? Et en hurlant ? Sukey, je veux dire. Est-ce qu'elle s'est enfuie dans la rue ?

– Ouais. D'ailleurs, une voisine est venue se plaindre. Une enquiquineuse de l'autre côté de la rue. C'est elle qui t'a raconté ça ? Peu importe. Le soir où j'ai dû aller à Londres, Sukey a découvert que la Folle avait encore réussi à entrer. Ça lui a fait une sacrée frayeur. Elle avait l'air d'aller mieux au moment de partir dîner chez tes parents, mais, quand elle est revenue, elle m'a dit qu'elle ne voulait pas rester à la maison. Elle pensait aller passer quelques jours chez ton père et ta mère et, bon, on s'est disputés, parce que Douglas allait y être aussi, et que je ne l'aime pas. À la fin, je l'ai convaincue de prendre une chambre à l'Hôtel de la Gare, à la place. Je leur ai rendu pas mal de services, là-bas, alors ils me devaient bien ça. On a décidé qu'elle y resterait jusqu'au week-end, le temps que je règle mes affaires, puis qu'elle prendrait le train pour me rejoindre à Londres le samedi après-midi. Je me suis inquiété quand j'ai vu que je n'arrivais pas à la joindre à l'hôtel, j'en ai déduit qu'elle était partie se réfugier chez vous et qu'elle n'avait pas eu envie de me le dire.

Mais elle n'était pas venue se réfugier chez nous. Elle avait quitté l'hôtel, en y laissant sa valise pleine de vêtements, et elle s'était évanouie dans la nature. Je tombai à genoux et plongeai les mains dans la caisse pour voir ce qu'elle avait décidé de ne pas prendre avec elle. Une robe de jour verte et blanche à épaulettes, et le tailleur rouge marin avec sa jupe plissée. Et son pull de soirée, avec une perle en guise de bouton dans le dos, qu'elle avait confectionné elle-même à partir d'un patron de couture de

Hollywood. Tous ses beaux habits qu'elle avait collectionnés, sur lesquels elle avait tant travaillé.

Frank alla se chercher à boire tandis que je vidais la caisse, en posant les vêtements un à un sur le bras du fauteuil. Bientôt, il n'y eut plus rien à l'intérieur, que de la poussière au fond. De la poussière et une petite chose qui ressemblait à un coquillage. Je l'attrapai et l'examinai à la lumière de la bougie.

Je faillis le lâcher quand je compris de quoi il s'agissait : c'était un morceau d'ongle cassé, verni en rose. Je décelai les marques blanches sur l'intérieur, là où il avait dû plier avant de casser, et je refermai les doigts dans ma paume avec cette sensation fantôme. Je ne savais pas s'il appartenait à Sukey, mais il me faisait une impression étrange, sinistre. Je le glissai dans la boîte d'allumettes dans ma poche au moment où Frank passait la porte.

– Qu'est-ce que tu as trouvé ? demanda-t-il, suspicieux, en s'approchant rapidement, comme un animal qui vient de flairer une piste.

– Rien, dis-je en poussant la boîte au fond de ma poche avant d'attraper une robe princesse bleue sur le fauteuil. Tu la reconnais ?

Il répondit que non, et quand j'ajoutai que c'était la robe préférée de Sukey pour aller danser, et qu'elle la portait le soir de leur rencontre, il eut l'air incrédule.

– Je ne m'en souvenais pas, dit-il, et il avança une main pour toucher le tissu. Raconte-moi encore. Raconte-moi quand elle portait tous ces autres vêtements.

Je sors une chemise rayée grise d'un amas de vêtements, je la pose sur mes genoux pour la caresser doucement, j'aplatis les plis. Je ne me souviens pas d'avoir déjà vu Sukey la porter. Elle est douce, et bien coupée, mais elle est beaucoup trop grande. Je me retourne vers la valise. C'est une valise dure, comme celles qu'on prend pour l'avion. Il y a un bandeau élastique sur les vêtements et un pantalon est coincé dedans. Un pantalon fauve. Mais il n'appartient pas à Sukey non plus. Je suis sûre que je rêve. Cette pièce n'a pas la bonne forme, mes meubles ne sont pas au bon endroit : l'armoire, la commode, la coiffeuse. Ils m'observent, menaçants, depuis leur mauvaise place. Il y a aussi plein d'objets enveloppés dans du papier journal, donc je ne sais pas ce que c'est. J'enfile la chemise en me demandant dans combien de temps je vais me réveiller, et une femme entre dans la chambre. Ma mère, sûrement, mais elle ne lui ressemble pas vraiment.

– Bonjour, dis-je.

Mais les mots ont du mal à sortir. Ma bouche est trop molle pour prononcer les consonnes.

– Non, c'est la nuit. Qu'est-ce que c'est que tout ce boucan ? Tu as une autre bouteille de gin planquée quelque part ? Je pensais que tu étais couchée.

– Je suis épuisée, dis-je.

– La journée a été longue.

Elle caresse mes cheveux en arrière et m'aide à me remettre sous les couvertures. Le lit est tiède, comme si quelqu'un y dormait juste avant.

Maintenant, je suis sûre que ce n'est pas ma mère. Peut-être que c'est une de ces femmes dont ils ont parlé dans les journaux, une des disparues. Peut-être que nous sommes toutes les deux des disparues.

– Toi, tu ne vas plus chez le même poissonnier ?

Les mots manquent de clarté. C'est agaçant, mais cela convient à mes pensées, malléables comme de la pâte.

– Non, répond-elle.

Je crois qu'elle n'a pas compris. Je lève une main vers elle, et mon coude cogne un verre. La femme le rattrape avant qu'il ne tombe, mais un peu de liquide se renverse. À l'intérieur, j'aperçois une sorte de cadavre préservé. Comme on en avait à l'école. Des lapins dans du formol qui montraient leurs entrailles à la classe. Un relent de produit chimique doublé d'un soupçon de pourriture me monte aux narines.

– C'est dégoûtant, qu'est-ce que ça fait là ? dis-je.

– Tes dents ?

Une fille que je ne reconnais pas passe la tête dans l'entrebâillement de la porte.

– Qu'est-ce que vous faites là-dedans ? Un festin de minuit ? Je peux aller préparer du chocolat chaud.

– Tu es une disparue, toi aussi ?

Ses yeux glissent vers la femme, qui a l'air gênée, comme prise sur le fait.

– Oui, c'est une bonne idée, va nous faire du chocolat, Katy, dit la femme.

Puis elle me parle à voix basse. Elle me dit qu'elle est ma fille, que nous sommes dans sa maison, que j'habite ici avec elle. Elle me dit qu'il est tard et que je devrais dormir, que je suis en sécurité et que personne n'a disparu.

– Ce n'est pas vrai, dis-je. Ce n'est pas vrai.

Je tapote mes poches, mais je ne peux pas y glisser les mains, la couette me gêne. Je la serre entre mes doigts, je farfouille sous l'oreiller, et j'attrape un paquet de vêtements posés plus loin. J'ai très chaud aux pieds et je commence à transpirer.

– Ce n'est pas vrai, dis-je encore en enfonçant mes mains dans les vêtements.

La femme tire les couvertures, et je peux désormais m'emparer des petits papiers dans mes poches de pyjama. Je ne savais pas exactement ce que je cherchais, mais, en les regardant un par un, je trouve un nom marqué : *Elizabeth*. C'est elle qui a disparu. Je suis soulagée de l'avoir retrouvé.

La fille revient avec des tasses, et j'avale une gorgée de sa boisson. C'est sucré, écœurant, comme du rouge à lèvres fondu.

– Qu'est-ce que tu disais à propos d'Elizabeth ? demande la fille avec un sourire.

– Bon Dieu, Katy, ne la rebranche pas là-dessus, dit la femme. Ça fera la énième fois que je l'entends aujourd'hui. Qu'est-ce que tu peux être exaspérante, par moments.

La fille continue de sourire. Elle a un visage espiègle, comme un renard, et ça me rend nerveuse.

– Tu ferais mieux de passer aux toilettes avant de te rendormir, dit la femme.

Elle me prend la tasse des mains et replie la couverture pour que je puisse sortir. Je sens un courant d'air froid sur mes pieds moites.

– Où sont les toilettes ? dis-je.

Elle agite le doigt dans une direction. Dans le couloir, je passe devant un miroir. Je porte une chemise de Patrick. Il faudra que j'en change, mais je ne sais pas où est ma chambre. Tout a l'air si étrange. Avec une pointe de fébrilité dans la poitrine, je m'approche d'une porte. Je lis une pancarte dessus : *Toilettes par là*, comme si quelqu'un savait que je les chercherais ! Je ne sais pas si je dois être soulagée ou effrayée. Derrière cette porte, une autre pancarte au mur, avec une flèche qui part vers la droite. Sur la dernière porte, il y a simplement écrit : *Toilettes*. M'y voilà. Je baisse mon bas de pyjama et des petits bouts de papier tourbillonnent jusqu'au sol. Je me penche pour les ramasser, mais je ne peux pas les ranger dans le tissu tire-bouchonné à mes pieds, alors je les pose sur le radiateur. Sur l'un d'eux, le nom d'Elizabeth.

– Elizabeth, dis-je en tirant la chasse. Elizabeth a disparu.

C'est réconfortant, je ne saurais dire pourquoi, mais je sens aussi l'inquiétude m'envahir. Il faut que je pense à un moyen de la retrouver. Il faut que j'élabore un plan : je le mettrai par écrit et je pourrai cocher les étapes au fur et à mesure.

Le seul papier que je trouve, c'est un journal posé sur une table dans l'entrée, un exemplaire de *L'Écho*, mais je ne suis pas sûre que ça conviendra. La première page se détache tandis que j'essaie de déchiffrer les titres à la une, alors j'emporte le journal dans un salon, je m'installe dans un fauteuil moelleux et j'étale les pages sur mes genoux. Sur le coussin près de moi, je tombe sur un objet étroit et dur. C'est doux et brillant, avec plein de petits boutons numérotés. Je l'emballe dans une feuille de journal, puis je cherche le reste des pommes, mais je n'en vois pas, alors j'emballe un stylo, puis des clés.

– Oh, Maman, s'exclame Helen, debout au-dessus de moi. Ce n'est pas étonnant que je ne retrouve jamais la télécommande.

Elle retire quelque chose du papier journal et laisse la page tomber par terre.

Je la ramasse et l'enveloppe autour de ma main.

– Où sont passées les pommes, Helen ? dis-je. Nous ferions bien de nous y mettre, il faut les ranger, sinon, elles ne tiendront jamais jusqu'au printemps.

J'aimais bien emballer les pommes. C'était un de ces petits boulots qu'on donne aux enfants, et j'arrive encore à sentir l'odeur vive de l'encre des journaux mélangée à celle des fruits. Une année, Ma, Douglas et moi les avions empaquetées ensemble. Nous nous étions installés dans la cuisine, avec un tas de journaux au milieu de la table, les pommes dans une cuve d'un côté, et des caisses prêtes à les recevoir de l'autre. Une brise faisait frémir la haie dans l'obscurité du jardin et, dans notre cuisine bien chauffée, le feu de la cuisinière s'éteignait doucement après le dîner. La lampe au plafond était détraquée et n'arrêtait pas de clignoter, comme si un papillon de nuit s'était réfugié à l'intérieur de l'ampoule.

Ma était la plus rapide ; Douglas le plus lent. Il avait la mauvaise habitude de lire les vieux journaux. Il ne pouvait pas s'en empêcher même s'il avait probablement déjà vu chacun des articles. Il y avait eu le meurtre affreux d'une femme à l'hôtel Grosvenor le mois précédent, et les papiers sur le sujet étaient incontournables, mais Douglas ne fit aucun commentaire. Le roi d'Irak, un garçon de 11 ans, venait d'arriver en Grande-Bretagne, et l'ex-Premier ministre Clement Attlee devait venir faire un discours dans notre ville. Douglas rit quand je lui demandai s'il y avait un lien entre ces deux informations.

– Regardez, ils ont fini les nouvelles maisons à l'autre bout de la ville, dit-il en mettant un article à la lumière vacillante.

– Ça fait déjà des mois, commenta Ma. Ce journal doit dater de février. Maintenant, il y a sûrement déjà des gens qui s'y sont installés.

– Oui, je me souviens que Frank a aidé une famille de Christchurch à déménager, dis-je. Et c'était en mars.

– Ah oui, ma chérie ? dit Ma, la voix calme et lointaine, mais les yeux grands ouverts.

Elle désigna le plafond, puis posa un doigt sur ses lèvres pour me rappeler de ne pas mentionner Frank devant Papa. Je levai les yeux au ciel.

– Frank a dit qu'ils lui ont fait déménager des trucs avant même que ce soit prêt. Il a pu voir le lotissement, les jardins. Et il a dit que c'était très joli.

Douglas me dévisagea, puis détourna le regard.

– Comment ça, avant que ce soit prêt ? demanda-t-il, froissant enfin sa page autour d'une pomme. Avant que d'autres personnes ne se soient installées ou avant qu'ils aient fini toute la rue ?

– Je ne sais pas. Par contre, je sais qu'il les a aidés à faire leur jardin. Pour leur rendre service.

– Faire leur jardin ? C'est-à-dire ?

– Eh bien, il a rapporté de la terre en plus, il a retourné le sol et il les a aidés à planter des trucs, des légumes.

– Je ne savais pas que Frank avait la main verte. Qu'est-ce qu'il a planté, comme légumes ?

Le parquet se mit à craquer : Papa descendait l'escalier. Il faisait craquer les marches d'une façon bien à lui, pas comme Ma ou Douglas, pas comme moi. Elles semblaient grogner sous son poids. Il entra dans la cuisine et attrapa une caisse de pommes prête à partir au grenier.

– De quoi vous parlez ? demanda-t-il.

– Du nouveau lotissement, dit Ma. Il paraît que c'est très joli.

Papa renifla et remonta l'escalier.

– Les jardins sont grands, non ? dit Ma. Ça doit être agréable pour une famille. Peut-être que c'est là où tu vivras, un jour, Maud. Quand tu seras mariée.

L'espace d'un instant, cette suggestion me parut obscène. J'eus soudain chaud aux mains et au visage, et l'odeur des pommes sembla s'épaissir dans l'air, étouffante. J'avais de l'encre sur les doigts, et elle vint tacher la peau de la pomme que je tenais. Je l'essuyai sur mon pull-over. J'eus l'impression d'avoir souillé le fruit et qu'il ne serait plus bon à manger l'année suivante.

Douglas était penché sur une page de petites annonces. Je l'épiai en finissant de remplir une caisse, puis je tirai sur son journal.

– Pourquoi tu regardes les petites annonces ?

Il tira à son tour sur le journal pour le récupérer.

– J'ai lu tout le reste.

Ma m'ordonna de le laisser tranquille et de me remettre au travail.

– J'ai rempli deux fois plus de caisses que toi, me signala-t-elle.

Douglas sourit et reposa son journal, puis proposa d'aller porter une caisse à Papa. J'attrapai une feuille de la pile et enrobai une pomme dedans, puis lissai le papier autour de la peau du fruit et en profitai pour lire les mots qu'on pouvait encore déchiffrer : *D'après le ministre des Postes, la distribution du courrier subit actuellement de grosses difficultés, peinant à se remettre de six années de guerre. Les demandes d'installations du téléphone sont montées à 300 000.* Je songeai à Mme Winners, toute vexée qu'elle allait être de perdre son statut d'unique abonnée téléphonique de la rue, et j'allai faire une remarque à Ma quand un titre recroquevillé près de la tige de la pomme attira mon attention : *FEMMES : CONTACTEZ VOTRE ÉPOUX.*

C'était encore un article au sujet du meurtre de l'hôtel Grosvenor. Le journaliste y écrivait que la ville était en proie à la panique après la découverte d'un second cadavre plus loin sur la côte, et que les habitants s'inquiétaient à l'idée que d'autres femmes aient pu être victimes du meurtrier sanguinaire. D'après le reporter, les inspecteurs de police qui devaient enquêter sur ces crimes étaient submergés par les craintes de dizaines d'hommes dont les femmes avaient en réalité simplement quitté la ville. De nombreux mariages à la va-vite avant le départ des hommes pour le front donnaient désormais lieu à des départs encore plus précipités. L'article exhortait ces femmes à contacter leurs époux afin qu'ils sachent au moins si elles étaient saines et sauves car, à la lumière de ces meurtres, il était important qu'on ne les considère pas comme disparues.

Je relus l'histoire. Sukey lisait-elle la même chose, à ce moment même ? Je me souviens de cette lueur d'espoir quand l'idée m'était venue qu'elle se cachait peut-être simplement pour éviter Frank, et j'étudiai chaque journal de la pile avec une énergie renouvelée. J'y trouvai d'autres articles qui parlaient d'hommes et de femmes partis du jour au lendemain sans prévenir leur famille, ainsi qu'une lettre qu'un homme avait envoyée au rédacteur en chef : il venait de découvrir que sa femme s'était simplement installée de l'autre côté de la ville, sous un autre nom. Il ne l'avait retrouvée que par hasard, parce qu'elle allait toujours chez le même poissonnier.

Alors, peut-être, songeai-je. Elle s'était peut-être enfuie, loin de nous, loin de Frank. Mais la vague de panique qu'avait mentionnée le premier journaliste avait commencé à m'envahir, moi aussi. Et si Sukey avait elle aussi été assassinée et abandonnée au milieu des ajoncs ? Et si le meurtrier n'avait pas attaqué deux femmes, mais trois ?

# 15

Je tourne à gauche, à gauche encore, et me voilà dans la cuisine. Je l'ai écrit. Il y règne une odeur de savon qui me rappelle le chemin que je prenais pour aller chez Sukey, et j'aperçois une femme qui fourre un amas de draps et de serviettes dans une panière à linge. Elle se redresse et, du menton, me désigne une enveloppe sur le comptoir.

– Tu as reçu une lettre. C'est Tom. Il nous a envoyé une photo de son chat, ne me demande pas pourquoi. Il doit s'imaginer que ça va nous faire plaisir. Qu'est-ce que tu veux pour le petit déjeuner ?

– Je n'ai pas le droit de manger, dis-je en attrapant la photographie. C'est la femme qui me l'a dit.

– Quelle femme ?

– La femme...

Bon sang, qu'est-ce que je peux en avoir marre de devoir m'expliquer en permanence.

– La femme qui travaille ici.

Est-ce que c'est bien ça ? Je répète :

– Elle travaille ici.

– De quoi tu parles ?

– Mais si, tu sais bien. Elle travaille ici. Elle est toujours occupée, et énervée. Et pressée, aussi.

– Je crois que c'est de moi que tu parles, Maman.

– Non, dis-je. Non.

Mais peut-être que si.

– Comment t'appelles-tu ?

Elle fait la grimace, tournée vers son paquet de linge, et répond :

– Helen.

– Oh, Helen, je voulais te dire : la fille que tu as embauchée, elle ne fait rien. Strictement rien. Je l'ai bien observée.

– De qui tu parles, maintenant ? Quelle fille ?

– La fille ! Elle ne fait rien d'autre que de laisser des assiettes sales dans l'évier et des monceaux de vêtements par terre dans sa chambre.

Helen sourit et se mordille la lèvre.

– Excellente description, Maman. Mais c'est de Katy que tu parles.

– Je m'en fiche de son nom, je voulais juste que tu saches quel genre de fille c'était. Je pense que tu devrais lui demander de partir. Prends quelqu'un d'autre, s'il le faut. Je m'occupais des tâches ménagères toute seule, à ton âge, mais c'est vrai qu'aujourd'hui les jeunes n'aiment pas la difficulté.

– Maman, c'est Katy, répète Helen. Ta petite-fille.

– Non, impossible. Impossible.

– Si, Maman. Ma fille, ta petite-fille.

Elle pose la panière à linge sur la table et secoue un grand morceau de tissu. Des chaussettes retombent dans la panière. J'ai l'impression que je viens de recevoir un choc, mais je ne sais déjà plus pourquoi. Je regarde les yeux mi-clos d'un chat sur une photographie. Il est noir et blanc et se prélasse sur un lit de capucines aux couleurs éclatantes qu'il écrase de son poids, et j'aimerais bien moi aussi pouvoir m'allonger au milieu des fleurs, mais Helen me gronderait. Elle est très stricte dès qu'on touche à son jardin.

Je m'affaire dans la cuisine, j'ouvre des tiroirs, je les referme. Dans l'un d'eux, je trouve tout un tas de boules orange serrées les unes contre les autres. On dirait les œufs d'un oiseau exotique, sauf qu'ils ne sont pas lisses, mais froissés, comme du papier journal roulé en boule. Je commence à remettre en forme l'un des œufs et je découvre qu'il est en réalité en plastique très fin, avec une poignée de chaque côté. Mais je n'arrive pas à comprendre quel genre d'oiseau a pu le pondre. Je pose la question à Helen, et elle grimace.

– Ah oui, il faudrait vraiment que je fasse quelque chose de tout ça. Je ne sais pas comment je fais pour oublier de prendre mon sac-cabas en tissu à CHAQUE fois que je vais au supermarché.

Elle me dévisage un instant, puis ajoute avec un sourire :

– Ça doit être contagieux.

La porte d'entrée s'ouvre, et Helen prend l'œuf aplati et le remet dans le tiroir. Elle prononce une phrase que je ne comprends pas. Une histoire de vêtements par terre. Je regarde les chaussettes dans la panière.

– Bonjour Mamie, dit Katy qui vient d'entrer dans la pièce et se poste devant moi, les bras écartés. C'est moi.

– Bonjour, toi, dis-je.

– Alors c'est bon, tu sais qui je suis ?

– Évidemment que je sais qui tu es, Katy. Arrête tes bêtises.

Katy éclate de rire et se tourne vers sa mère.

– Elle est guérie !

– Qu'est-ce qu'elle raconte ? dis-je à Helen. Ta fille est folle.

– Oh, Mamie, s'exclame Katy en mettant un bras autour de mes épaules. Si tu savais.

Elle retire son bras, s'éloigne, et je la suis dans le couloir, mais, en quelques secondes, me voilà perdue : rien ne m'est plus familier. J'ai l'impression d'être passée de l'autre côté du miroir, comme dans cette histoire – comment s'appelle-t-elle, au fait ? J'examine mes notes et en trouve une avec des indications pour me rendre *dans la cuisine*. Je les suis. Peut-être que j'y trouverai une petite bouteille, ou un gâteau avec une étiquette qui dira : *Mangez-moi*. À la place, je trouve Helen.

– Helen, où suis-je ? Ce n'est pas ma maison, si ?

Je n'en suis même plus sûre. C'est la maison de quelqu'un. Je la connais. Peut-être que c'est la mienne : là, tout de suite, je ne parviens pas à visualiser une autre maison, à trouver d'autres pièces auxquelles comparer celle-là.

– C'est ma maison, répond Helen, qui pose un plateau et tire une chaise pour que je m'assoie. Et si on prenait une tasse de thé ? Je t'ai fait des tartines.

Je prends ma tasse. Elle me regarde boire.

– Je vais sortir, j'en profiterai pour nous acheter un gâteau.

Elle a l'air de préparer un sale coup. Elle essaie de s'en cacher derrière un sourire, mais je ne suis pas dupe.

– Qu'est-ce qui te ferait plaisir ?

Je lui demande un gâteau au café. Je n'aime pas ça, alors elle ne pourra pas me le faire manger. Elle emporte le plateau. Quelque part, ou peut-être à quelqu'un. Aux Yankees de la NAAFI ? Pour leur servir le petit déjeuner, des saucisses avec des haricots. Je me demande si j'en aurai aussi.

Son bouclier, le bouclier contre la pluie, avec des ailes, est resté sur la table. Comme quoi je ne suis pas la seule qui oublie des choses. Je glisse ma main dans la boucle de tissu près de la poignée et lève le bras pour voir le bouclier contre la pluie qui pleut se balancer tandis que je bois mon thé. Je trouve un journal, aussi, que je plie en un petit rectangle. J'appuie sur les plis pour qu'ils soient bien tranchants.

Une fille passe devant la porte et attrape des objets posés sur les étagères de l'entrée. Elle les vole pour les donner à la Folle. De là où je suis assise, je la vois mettre son manteau et remplir ses poches. Je me lève pour prendre mon sac à main. La porte d'entrée claque. Je la rouvre un instant plus tard et je suis la fille, qui a commencé à descendre l'allée. Au coin de la rue, elle s'arrête. Je m'arrête aussi et fais semblant d'examiner les pétales de quelques tournesols presque fanés qui dépassent du muret d'un jardin et laissent tomber leurs graines sur le trottoir. J'en ramasse et je les fourre dans ma poche. Quand la fille repart, je l'imite, et juste au moment où j'atteins l'artère principale, elle se met à courir. Un bus est stationné devant l'arrêt, elle y grimpe, puis il démarre et s'en va. Je l'ai perdue. Elle est partie. Et elle ne reviendra pas, jamais jamais jamais. Je rebrousse chemin. Des déchets sont éparpillés en ligne au milieu de la rue. Un sentier de peaux de bananes et de journaux. J'avais l'intention de faire quelque chose avec des journaux, les utiliser, les lire, quelque chose. Je me penche pour en décoller un du bitume et j'essaie de déchiffrer les mots. Mais l'encre est étalée sur la page, et l'odeur me dérange. Je le lâche.

J'aperçois alors une bouteille miniature dans le caniveau. Qu'est-ce que c'était, cette histoire de petite bouteille ? Elle disait *Buvez-moi*, mais je ne me souviens pas de la suite. De toute façon, cette bouteille-là s'appelle *Whisky Macallan*, et je ne crois pas qu'il s'agissait de whisky, dans l'histoire. Ça, c'est ce que Frank buvait. Il en avait une bouteille avec lui, un jour, quand je l'ai vu. Mais celle-là n'était pas miniature.

Il buvait, assis dans sa voiture garée au bout de notre rue, pendant que je lui racontais tout ce dont je me rappelais à propos de Sukey. Il répétait qu'il voulait se souvenir d'elle comme je le faisais, qu'il voulait qu'elle soit parfaitement claire dans sa tête pour ne jamais la perdre. Nous étions assis dans la pénombre, seule la lumière d'un réverbère venait éclairer les fines volutes de fumée de cigarette. L'atmosphère était étouffante, mais ça m'était égal : j'adorais les voitures. Dans une voiture, on pouvait se contenter de rester assis, on n'était pas obligé de faire quelque chose, de préparer les légumes, de s'occuper du jardin ou de passer les draps dans l'essoreuse.

Dans la voiture de Frank, je n'avais qu'à parler, me souvenir des détails qu'il avait oubliés : le nom du parfum de Sukey, ses fleurs préférées, les rubriques qu'elle lisait toujours dans les magazines et, encore et encore, ce qu'elle m'avait dit le soir où elle l'avait rencontré. C'était ce souvenir qu'il chérissait le plus, quand elle était rentrée en dansant, toute joyeuse, qu'elle avait ôté sa robe bleue et qu'elle avait chantonné en se mettant de la crème. Et quand elle s'était couchée dans le noir, dans le lit à côté du mien, et qu'elle m'avait raconté qu'elle avait rencontré un homme, un très bel homme qui lui avait fait un clin d'œil, et qu'elle avait souri. Et qu'elle avait su, à ce moment précis, qu'elle venait de rencontrer celui qu'elle épouserait.

Je répétai cette histoire en étudiant l'espace qu'il y avait entre nous deux, ce petit fossé entre sa cuisse et la mienne, tandis qu'il regardait dehors, dans la rue. Puis il se mit à pleurer, sans larmes, vraiment, mais penché en avant, les yeux fermés. Je touchai ses cheveux, près de sa nuque, là où il n'avait pas mis de cire coiffante, et il enroula ses doigts autour de mon poignet pour le porter à ses lèvres. Je me rendis compte que je retenais ma respiration.

– Ce soir, Maud, dit-il, quand je t'ai vue t'approcher de la voiture, pendant une minute j'ai cru que c'était elle. Tu ne peux pas savoir ce que ça m'a fait.

Il retint mon poignet longtemps. Quand il le libéra, ce fut pour prendre une lampée de sa bouteille de whisky posée par terre, contre sa cheville. Je vis qu'un pli barrait la manche de ma veste – la veste bleue de Sukey, sa veste de tailleur – et je passai la main dessus pour aplatir le tissu. Et soudain il se pencha sur moi pour nicher sa tête contre mon cou. Je me tins immobile. Ce n'était pas que ça me déplaisait, mais j'étais terrorisée à l'idée de ce qui pouvait se passer ensuite.

– Frank, chuchotai-je.

Il se redressa, et je sortis sans plus attendre de la voiture, maladroitement, et je pressai le pas quand je me rendis compte qu'il m'imitait. En fait, il se contenta de s'appuyer contre le réverbère pour me regarder rentrer seule vers la maison. Cela me fit penser à l'époque où il faisait la cour à Sukey, et où je les voyais blottis l'un contre l'autre à cet endroit même, s'embrassant sous le faible faisceau du réverbère, enveloppés dans son gros manteau en tweed. C'était un autre souvenir que je gardais pour Frank.

– Tu as des fréquentations douteuses, dit Douglas quand j'entrai par la porte de la cuisine.

La lumière du plafonnier éclairait brutalement son visage et lui donnait l'air malade.

– De quoi tu parles ? demandai-je en retirant tant bien que mal ma veste.

– Je t'ai vue. Dans la voiture. Avec Frank.

Un journal plié plusieurs fois était posé près de sa main crispée, et je l'examinai attentivement en réfléchissant à ce que je pouvais répondre. Le meurtrier de l'hôtel Grosvenor avait été retrouvé, et personne ne semblait douter qu'il serait pendu, même si le procès ne devait commencer que des mois plus tard.

– Évidemment que tu m'as vue, tu passes ton temps à traîner dehors, pas vrai, Doug ? C'est toi que je trouve douteux.

Son regard se porta sur le journal, lui aussi, et je surpris le temps d'un éclair sur son visage le mal que mes mots lui avaient fait. Il cligna longuement des yeux, les paupières serrées, et ses joues s'empourprèrent légèrement. Je me sentis soudain exaspérée et, d'une gifle, j'envoyai le journal par terre. Il ne réagit pas, mais fixa le coin de table où le journal se trouvait juste avant, puis il se pencha pour le ramasser et le serrer dans son poing.

– Ce n'est pas la première fois que tu vas le voir, reprit-il. Et que tu portes ses vêtements à elle. Qu'est-ce que tu fais, Maud ?

Je haussai les épaules, la veste toujours à la main. Je n'avais pas jeté un seul coup d'œil au boléro en velours que Sukey m'avait offert depuis que Frank m'avait laissée emporter le reste de ses affaires. C'était merveilleux de se déguiser ainsi, et de sortir après dîner dans de nouvelles tenues, même si cela me forçait à mentir à mes parents sur l'endroit où j'allais. Je ne savais pas ce que je faisais, mais je refusais de me sentir coupable, surtout devant Douglas.

– C'était MA sœur.

Mais il ne m'écoutait pas. Il ne me regardait pas dans les yeux, il me détaillait de haut en bas, l'air de plus en plus énervé.

– Ce sont SES vêtements à elle, dit-il en se levant pour faire un pas vers moi. Enlève-les. Et donne-moi ça.

Il tira sur la veste de Sukey avec un air si féroce que je lâchai le col avant qu'il ne se déchire et reculai.

– Doug, ça ne te regarde pas.

Je rencontrai l'évier dans mon dos, et il posa ses mains de chaque côté. J'étais piégée.

– Tu joues à être Sukey. C'est ça que tu fais. Tu portes ses vêtements. Tu sors avec son mari. Et qu'est-ce qu'il fait ? Il te ramène chez eux ? Dans leur lit, peut-être ?

– Arrête, tu es dégoûtant, dis-je, les joues en feu. On discute, on parle de Sukey, c'est tout.

Je détournai le regard pour réinstaurer un peu d'espace entre nous, mais il prit mon menton dans son poing et serra comme il l'avait fait avec le journal, puis il s'approcha plus près encore.

– Tu as même mis son rouge à lèvres, continua-t-il, le visage à quelques centimètres du mien. Enlève-le.

De la main, il me frotta violemment la bouche, tirant la peau, écrasant mes lèvres contre mes dents. Je sentis le maquillage s'étaler sur ma joue et tentai une nouvelle fois de tourner la tête, mais il retint mon menton.

– Arrête ça, dit-il, sa respiration brûlante sur mon visage. Arrête d'essayer de la remplacer. Tu ne pourras jamais la remplacer.

– C'est bon, pas la peine de me cracher dessus, dis-je.

– Je ne vous ai pas craché dessus, dit le conducteur. Par contre, il faut vraiment que je voie votre carte.

Je suis dans le bus, mais il n'avance pas et les portes sont ouvertes derrière moi. J'ai un parapluie qui ballotte au bout de mon bras, et son poids dans ce mouvement de balancier me distrait. Je ne trouve pas ma carte de bus. Je sais qu'elle est dans mon sac, je ne l'en sors jamais, mais je ne la vois pas. J'ai un truc pour les cheveux, pour tirer sur les nœuds, un paquet de Polo à la menthe, la photo d'un chat noir et blanc, et un mince portefeuille en plastique. Je repousse le tout au fond du sac et mets la main dans ma poche. Il y a plein de petits bouts, là-dedans. Des tas et des tas. Je ne sais pas ce que c'est, mais ça me rappelle les fleurs, les jardins et autre chose. Quelque chose en rapport avec la Bible. Peut-être une phrase de la Bible ?

– *Fût-il sous terre, réduit en poudre*[1], dis-je.

C'est ça. Je m'en souviens, je l'avais apprise à l'école. Si seulement je pouvais retrouver d'où elle vient.

– Quoi ? demande le chauffeur en m'examinant à travers sa cloison transparente. Bon, allez, ma petite dame, vous nous faites perdre du temps à tous.

Je me tourne vers les autres passagers. Ils sont assis, le regard braqué sur moi, et je les entends soupirer. On dirait Helen. Mon visage me brûle soudain. Ils semblent très impatients de partir, mais je ne vois pas ce que je peux y faire.

– Pourquoi vous ne la laissez pas simplement monter ? s'exclame quelqu'un. Ça se voit qu'elle est vieille, quand même.

Le conducteur expire bruyamment, puis me dit d'aller m'asseoir. Le bus attend de pouvoir s'engager sur la chaussée et, par la vitre, j'aperçois un homme sur le trottoir qui essaie d'arracher le plastique d'un paquet de ces trucs, les petits bâtonnets, pas des sifflets. Les trucs qu'on allume. Il déchire le plastique puis mord dans le paquet. D'abord le carton, puis son contenu, et il a des bouts de tabac collés aux dents. Son visage entier est un immense rictus et, tout en mordant, il me regarde. Ses mouvements m'effraient, ils sont trop rapides, trop précis. Je repense à l'homme qui descendait la colline en courant après son chapeau, et à mon père qui m'avait dit de ne pas le dévisager, et soudain je regrette de ne pas avoir quelqu'un avec moi. N'importe qui. Le bus redémarre et s'éloigne de l'homme. Je suis rassurée.

Nous passons devant le parc, puis devant la maison d'Elizabeth. Devant l'acacia. Avec ses longues fleurs couleur de lait. Tiens,

1. *Maud*, de Tennyson (voir note p. 144).

ça aussi, ça vient de ces phrases que j'ai apprises à l'école. Je ne suis plus très sûre qu'il s'agisse de la Bible. De toute façon, je ne me souviens pas du reste. Le bus se met à vibrer dès qu'il s'arrête, et j'ai l'impression que mes os se transforment en gelée. Un journal est posé sur le siège à côté de moi, alors je le prends par un bord et fais glisser les pages entre mes doigts. On peut mettre des petites annonces dans le journal, il suffit d'aller dans un bureau. Je souris et je lis à voix haute les noms des boutiques et les panneaux routiers. Un crachin a commencé à tomber, dehors. Des gouttes de pluie microscopiques apparaissent sur les vitres, comme des projections de dentifrice sur un miroir. Un couple âgé descend au supermarché et, soudain, j'ai envie de revoir Patrick. Il me tenait toujours la main quand on prenait le bus ensemble. Juste quelques secondes au moment de monter, pareil au moment de descendre. Puis on se lâchait naturellement et on s'asseyait, ou on marchait côte à côte. Il faisait aussi ça dans la foule, il tendait une main derrière lui pour que je la prenne. Ça me manque.

J'aperçois le bâtiment où je veux me rendre. Trop tard. Le temps que je me lève et que j'appuie sur le signal, nous sommes déjà deux arrêts plus loin, et je dois revenir en arrière. Les bureaux de *L'Écho* n'ont presque pas changé depuis mon enfance. On se croirait dans un film. C'est un endroit très chic, très moderne, mais dans le bon sens du terme. Rien à voir avec les immeubles « modernes » qu'on construit aujourd'hui.

À l'intérieur, une femme est installée derrière un comptoir. Elle a des joues rondes comme celles d'un bébé, qui s'arrondissent encore quand elle sourit.

– Je peux vous aider ? demande-t-elle.

En l'entendant, j'ai l'impression qu'il manque des mots à la fin de sa phrase, comme si elle avait voulu ajouter « ma petite » ou « ma belle », mais qu'elle s'était retenue.

Nous nous regardons, et j'essaie de trouver quelque chose à lui dire, mais le mot « bébé » tourne en boucle dans ma tête.

Je fouille dans mon sac et j'y trouve la photo d'un chat allongé sur un lit de capucines. Je ne sais pas d'où elle vient.

– C'est pour le concours ?

La femme se penche, et ses bras disparaissent sous le bureau. Je l'entends parcourir une pile de feuilles.

– Je crois qu'on a déjà prévenu tous les gagnants de ce mois-ci. Désolée. Mais vous n'avez pas perdu, il suffira de réessayer le mois prochain.

– Perdu, dis-je en posant la photo sur le comptoir. J'ai perdu Elizabeth.

Elle arrête de chercher dans ses feuilles un instant et se redresse pour examiner la photo.

– Oh, vous voulez déposer une petite annonce ?

Une bouffée d'air irrigue mes poumons.

– Oui. Oui, c'est ça. Je suis venue mettre une petite annonce.

– Je vais vous trouver un formulaire. Ah, ces chats, quelle calamité !

J'acquiesce, mais j'ai l'impression d'avoir manqué une partie de la conversation. Et puis, comme j'aime bien les chats, je me demande ce que cette femme a contre eux.

– Je me souviens quand ma tata a perdu son Oscar. Elle était bouleversée. Et il n'a pas réapparu pendant des semaines. On a fini par le retrouver dans une cabine de plage. Vous avez demandé à vos voisins de regarder dans leurs abris de jardin ?

Je la dévisage. Ça ne me paraît pas très crédible qu'on retrouve Elizabeth dans un abri de jardin. Mais c'est peut-être une bonne idée. Peut-être que c'est juste à moi que ça paraît étrange. J'emprunte un stylo et j'écris *cabine de plage* sur un bout de papier. La femme fait glisser un formulaire vers moi. Il est bourré de petites cases et de lignes à remplir. Je l'examine, et je dois le faire longtemps parce qu'au bout d'un moment la femme se penche et approche sa tête de la mienne.

– Écrivez ce que vous pouvez. Je peux vous aider si vous n'êtes pas sûre.

– D'accord.

Je prends le stylo et je le pointe sur le papier, comme si c'était une baguette magique qui pouvait noter les réponses à ma place.

– Les gens tiennent beaucoup à leurs animaux, dans ce pays, vous ne trouvez pas ? Ça me rendrait presque fière. En Turquie, ça ne se passe pas comme ça. Mon frère a une maison là-bas, et vous ne pouvez pas imaginer le nombre de chats faméliques qui errent dans les rues, sans personne pour s'occuper d'eux.

Je la regarde, puis je reviens sur la page. J'ai écrit *Turquie*, je ne sais pas pourquoi. Je barre le mot.

– Attendez, dit-elle, laissez-moi faire.

Elle fait pivoter le papier vers elle et s'appuie sur le comptoir. Elle me demande où et quand j'ai vu Elizabeth pour la dernière fois. Je ne suis pas certaine de m'en souvenir. Je parcours mes notes et j'y trouve mon nom, mon adresse et mon numéro de téléphone. Je les lui donne, au cas où. Elle me demande de quelle couleur est Elizabeth, ce qui me surprend au début, mais c'est vrai qu'elle pourrait être noire, ou indienne. Elle me demande si Elizabeth a un collier. Je trouve la question un peu curieuse. Je me replonge dans mes notes, mais je n'y trouve pas de réponse. En revanche, je mets la main sur mon nom, mon adresse et mon numéro de téléphone, alors je les lui donne.

– Oui, ce sont vos coordonnées, dit-elle en prenant le papier. Merci, je vais les garder ici. Vous voyez, je les ai déjà inscrites. Bien, est-ce qu'Elizabeth est pucée ?

Je ne comprends pas le mot. Je hausse les épaules.

– Je ne mets rien, alors. Ce n'est pas grave. Mmmm. Ce n'est pas très précis, pour l'instant, et ça fait bizarre d'indiquer son nom alors qu'elle n'a pas de collier. Je veux dire, ce n'est pas comme si elle pouvait se présenter toute seule !

– Non, dis-je en riant, mais je n'ai pas saisi la plaisanterie.

– Bien, regardez ce que ça donne.

Je regarde le formulaire. C'est un mélange complexe de mots et de traits, et je ne suis même pas sûre de ce que je suis censée vérifier. Mais je lis le titre : *Chat perdu*.

– Je n'en veux pas, dis-je. Je ne veux pas ce mot-là.

Je pose mon doigt dessus pour l'enlever de la page. Elle attend que je l'aie bougé pour jeter un œil.

– « Chat » ? Mais je pense vraiment que... vous voyez, on ne l'a mis nulle part ailleurs.

– Ah non ? Mais quand bien même, je ne crois pas que le mot « chat » convienne.

Elle barre le mot.

– Comme vous voulez.

– Et je voudrais aussi son nom de famille. Markham, Elizabeth Markham.

La femme fait une moue hésitante avec une joue rebondie, mais elle écrit tout de même le nom.

– Elle fait comme partie de la famille, c'est ça ? Oh.

Elle s'interrompt soudain et pose les deux mains sur le papier.

– C'est bien un chat qu'on cherche, dites-moi ?

– Chat ?

Je ne retrouve pas ce que ça signifie.

– Je ne pense pas que ce soit ça, le mot. Chat. Non, je ne crois pas.

– Oh, je suis désolée. Elizabeth Markham, c'est une personne, c'est ça ? Vous avez dû penser que j'étais complètement cinglée. Bon, on recommence.

Elle sort une nouvelle feuille de papier et rédige quelques mots. Je lui montre mon numéro de téléphone.

– Voilà, c'est très sobre, dit-elle. J'imagine qu'il s'agit d'une vieille amie ? Oui ? Comme ça, ça vous coûtera sept livres et vingt-deux pence, mais, si on le met dans un encadré avec le numéro de téléphone en gros en haut, ça ne vous fera que quatre livres et quatorze pence, ne me demandez pas pourquoi. Une histoire de tranches de prix. Moi, je vous dis ce que m'indique l'ordinateur. Ça vous va ?

Je suis un peu perdue. Les nombres tournent dans ma tête. Je sors mon porte-monnaie, mais je n'arrive pas à compter ce qu'elle me demande, ni même ce que j'ai.

– Ça ne vous embête pas que j'y jette un coup d'œil ?

Elle prend mon porte-monnaie et empile un petit tas de pièces sur le comptoir.

– Voilà. Quatre livres quatorze, d'accord ? Ça paraîtra ce week-end.

Et je me retrouve dehors, sur le trottoir. Il pleut, de l'eau dévale les routes, et les gouttes m'attaquent le visage comme de petites épingles. Un camion passe en rugissant et me fait sursauter. Je regarde la route par laquelle il s'est éloigné. Je ne suis pas sûre de savoir où je me trouve. Tous les immeubles semblent faits de verre et ils me renvoient le reflet des voitures. Des voitures bruineuses, floues. Quelque chose est pendu à mon poignet, c'est lourd et ça se balance. Je secoue le bras, mais la chose ne me lâche pas.

Je commence à traverser quand une voiture klaxonne, freine et fait un écart pour m'éviter. Je trébuche sur le trottoir tout en m'agrippant à mon gilet. Il est tout mouillé. Mon pantalon aussi. Je tâte mon corps et je serre le tissu de mes vêtements entre mes doigts. Je suis trempée de la tête aux pieds. Mes cheveux dégoulinent et mes orteils pataugent dans mes chaussures. La pluie semble accentuer l'odeur des gaz d'échappement et, grelottante, je reste figée devant la route ruisselante où miroitent des arcs-en-ciel d'essence. J'étais sur un trottoir comme celui-ci quand la Folle m'a pourchassée. En criant et en me tapant dessus. À cette seule pensée, je me recroqueville. J'ai envie de retirer mes affaires mouillées, alors je tire les manches de mon gilet sur mes mains. C'est alors qu'un parapluie glisse de mon poignet et s'en va rouler sur la route au moment où une voiture passe à toute allure. Elle l'envoie au milieu de la chaussée. J'ai trop peur pour aller le chercher, mais je regarde le parapluie étendu par terre et je repense au choc du « bang ! » sur mon épaule et aux cris de la Folle.

À l'époque, j'avais eu l'impression de ne pas comprendre ce qu'elle disait, mais aujourd'hui je me rends compte que je m'en souviens parfaitement :

– Je t'ai vue, disait-elle. Dans la voiture avec Frank. Tu joues à être Sukey. Tu as même mis son rouge à lèvres.

Je me frotte la bouche : ma manche est mouillée, mon visage aussi.

– Tu ne peux pas la remplacer. Tu ne pourras jamais la remplacer.

Ensuite j'ai couru dans la cuisine, et Ma est sortie pour la chasser, pour lui dire que j'étais trop jeune pour être renversée par un bus. Et Sukey m'a dit « Merci, Mopps » et m'a embrassé le front.

Non, je mélange tout, mais je n'arrive pas à comprendre où je me suis trompée. J'aperçois un ruban à mes pieds. Un ruban vert à carreaux. Il appartient peut-être à Sukey. Il a les bouts effilochés, et le tissu est sale et taché, mais je l'enroule délicatement autour de mon doigt et je m'éloigne. Mes poches sont pleines de sortes de graines. J'ai dû les apporter en cas de petit creux. J'en mets une dans ma bouche, mais le goût est bizarre, je la recrache.

Au bout de la route, je trouve une foule de gens réfugiés sous un toit en verre qui court sur toute une partie de la rue. Ils ont des sacs de courses à la main et lèvent la tête vers le ciel. La pluie crépite au-dessus d'eux, et le bruit se mêle à leurs bavardages. Je crois entendre quelqu'un appeler « Mamie ! » Je m'avance jusqu'au bord de l'abri, et je l'entends à nouveau.

– Mamie ! Mamie !

Katy tire sur la manche de mon gilet, les yeux écarquillés.

– Que tu as de grands yeux, dis-je.

Mais, normalement, c'est l'inverse, c'est elle qui devrait me le dire.

– Tu es trempée, s'exclame-t-elle. Qu'est-ce que tu fais là ?

– Oh, Katy, dis-je en saisissant sa main, et une vague de soulagement me submerge. Je ne sais pas où je suis. Je suis tellement contente que tu sois là, parce que je me suis perdue et, Katy, je ne sais plus où j'habite. Je n'arrive plus à m'en souvenir. C'est affreux.

D'autres adolescents sont assis sur le dossier d'un banc, les pieds sur le siège. L'une d'entre eux a une mèche de cheveux de couleur vive.

– Je dois la ramener à la maison, leur dit Katy. Allez, viens, Mamie.

Elle enlève sa veste et me la pose sur mes épaules en me frottant les bras. Je suis chancelante. Je me sens épuisée, j'ai besoin de m'asseoir.

– Tu veux qu'on aille prendre un truc à boire ? dit-elle.

Elle me désigne un de ces cafés tamisés, avec des femmes aux cheveux lisses assises aux tables près de la fenêtre et un homme avec des chaussures en daim installé dans un canapé en cuir. Katy me tient la porte, puis attend, la tête inclinée.

– Tu n'entres pas ? demande-t-elle quand je m'arrête sur le seuil.

Je jette un nouveau coup d'œil par la fenêtre et je fouille mon sac. Je ne sais pas ce que j'y cherche, n'importe quoi. J'ai des graines dans la poche alors je les aligne soigneusement sur une des tables dehors. Il n'y a personne là, à cause de la pluie. À l'intérieur, c'est très bruyant, et il règne une odeur de vêtements humides et de lait chaud. Les gens derrière le comptoir ont l'air d'effectuer une sorte de danse pour laquelle les clients crient des instructions. En temps normal, je n'oserais pas entrer dans un tel endroit. Mais Katy ne détonne pas dans cette ambiance, avec ses piercings et ses habits multicolores. Elle porte même des chaussures en daim.

– Qu'est-ce que tu veux prendre ? me dit-elle, déjà dans la file.

– Un thé.

– Tu sais, Mamie, le thé ne sera pas terrible, ici. Et si tu prenais un *latte* ?

Je réponds « D'accord » et je vais m'asseoir dans un gros fauteuil. Je la regarde commander, payer et revenir vers moi. Si je tourne la tête, est-ce que j'oublierai qui elle est ?

– Et voilà !

Elle pose les tasses. Il y a une sorte de mousse sur le dessus de la mienne. Je l'ai déjà vue boire quelque chose comme ça.

– C'est un milk-shake ? dis-je.

– Non, un *latte*. Un café au lait, si tu préfères.

C'est donc ça. Je suis soulagée : je n'ai jamais aimé les milk-shakes. Quand j'étais petite, sur la jetée, il y avait un restaurant qui en proposait. Il était décoré comme un *diner* américain, sauf qu'il servait du thé, et des *fish and chips*, aussi. On y allait souvent en sortant du cinéma.

Katy me tapote un paquet de serviettes en papier sur la tête. Au début, je suis abasourdie. Outrée, même.

– C'est pour te sécher un peu.

Je suis mouillée ? Je regarde par la fenêtre. Il pleut. Et, à ce moment, je me rends compte que c'est dans cette rue qu'il y avait le cinéma ABC, avant.

– La rue des baignoires, dis-je en hochant la tête pour moi-même.

Katy interrompt son geste.

– Non, Mamie. C'est Bath Road.

Je souris intérieurement. C'est Douglas qui l'appelait la rue des baignoires. Peu après s'être installé chez nous, il était allé voir un film de gangsters et s'était mis à inventer des surnoms pour les rues du quartier. Blackthorn Road était devenue la rue des arbres, Heron Court était devenue la rue des oiseaux, et Portland Avenue était devenue la rue des pierres[1]. Un jour, Papa

1. Jeux sur les noms anglais des rues : *bath* signifie bain, le *blackthorn* est un type d'arbuste (le prunellier), *heron* signifie heron et le *portland cement* est un type de ciment.

lui avait demandé pourquoi il ne pouvait pas ficher la paix aux noms des rues. Il ne se fâchait que très rarement contre Douglas, mais j'imagine que, pour un facteur, les noms des rues, c'était un peu sacré.

La rue des baignoires a énormément changé. Ils ont dû raser le cinéma pour faire de la place à tous ces nouveaux immeubles très laids. Pas étonnant que je n'aie rien reconnu. La ville que je connaissais a disparu. La terre enfouie sous la terre.

– C'est tellement dommage, Katy.

– Je sais, Mamie, je sais.

Elle dit ça pour me faire plaisir. Il y a une boule de mouchoirs trempés qui se recroqueville sur la table. On dirait la pâte à modeler avec laquelle les enfants jouaient, dans le temps.

– Je n'arrive pas à joindre Maman, dit Katy, un objet serré sur le côté de son visage. Elle doit être au téléphone avec la police, à tous les coups.

– Qu'est-ce que tu tiens à ton oreille ? Un coquillage ? Qui est-ce que tu écoutes ?

Douglas avait un coquillage, je m'en souviens. Je l'ai vu le prendre dans la valise de Sukey : il a tapoté les bords et l'a trouvé caché dans la doublure. Puis il l'a tenu contre son oreille et la voix de Sukey en est sortie et elle lui a raconté qu'elle venait de rencontrer l'homme qu'elle épouserait.

– Ce serait pratique, concède Katy, mais ça, ce n'est qu'un téléphone. Et là, j'entends la voix d'une femme qui me dit que le numéro que j'ai composé est occupé. C'est pas grave, on va rentrer dans une minute. Dès que tu auras fini ton café.

– Le café, c'est bon pour la mémoire, dis-je.

Elle sourit et s'appuie contre le dossier de sa chaise. Je songe à lui dire que j'ai oublié pourquoi on est là, mais elle semble si contente que j'ai peur de sa réaction. Elle enveloppe sa tasse de ses mains et prend une petite gorgée. Son vernis est tout écaillé. Elle a les ongles très courts, et je me demande si elle les ronge ou si elle les a juste tous cassés. Cassés et rangés dans une boîte. Chaque petit ongle dans une petite boîte.

– Ton café va refroidir, dit Katy.

J'ai refermé mes doigts dans mes paumes pour protéger mes ongles et je les enfonce dans la peau. J'ai du mal à les rouvrir, mais je finis par passer un doigt dans la minuscule anse de ma tasse, pour me rendre compte qu'elle ne sert à rien. La tasse est très grosse et lourde, et je renverse plein de café sur la table en bois luisant.

– Oh là ! s'exclame Katy qui bondit pour remettre la tasse d'aplomb.

Helen aurait eu un mouvement d'irritation, mais Katy se contente de rire.

– C'est un peu trop gros pour tes mains, pas vrai ? dit-elle, et sa remarque me donne l'impression d'être fragile plutôt qu'empotée. Je vais te trouver autre chose.

Elle déplace la boule de pâte à modeler sur le café renversé et s'éloigne. Le marron s'infiltre dans le blanc comme quand on tient un sucre à la surface d'une tasse de thé. Katy revient avec une toute petite tasse.

– Normalement, c'est pour les expressos, explique-t-elle. Mais on va transvaser petit à petit.

Elle verse un peu de café dans la tasse miniature et me la tend. J'avale le liquide chaud, et je me sens telle une géante dans un conte de fées. Je n'arrête pas de lui sourire. Quand j'ai fini ma tasse, elle la remplit. Si seulement je me souvenais de la raison pour laquelle on est venues là.

– On ne va pas tarder, dit-elle. Tu ferais mieux de passer au petit coin, non ?

Je me lève pour m'exécuter. Sur la porte des toilettes des dames se trouve la silhouette d'une fille découpée sur le bois. À l'intérieur, j'aperçois une vieille femme, voûtée dans son gilet. Je m'écarte pour la laisser passer, mais elle s'écarte aussi. Je recule ; elle fait de même. Je m'approche : c'est mon reflet dans le miroir. Je lève une main pour frotter la glace à l'emplacement de ma bouche, et j'y laisse une trace, comme si mon rouge à lèvres s'était étalé. Cette image me fait rougir et, honteuse et gênée, je me frotte la bouche du revers de la main. J'ai du mal à refermer la porte de la cabine des toilettes, comme si je portais trop de couches de vêtements, trop de rembourrage. Cependant, une fois à l'intérieur, j'ai soudain envie de rester là. C'est confortable, et je me sens en sécurité, comme dans le garde-manger de ma mère. Je me souviens alors d'un jour, quand les enfants étaient petits, où, excédée, j'étais allée me réfugier dans le garde-manger, porte fermée.

Tom et Helen m'avaient cherchée à grands bruits, inquiets de mon absence, mais j'étais restée immobile et silencieuse. Je ne sais pas combien de temps j'aurais pu y rester, probablement pas très longtemps, mais Patrick était rentré plus tôt que prévu et m'avait trouvée.

– Tu te caches de nos propres enfants ? avait-il demandé.

Il était un peu choqué, mais pas en colère, je ne crois pas. Des années plus tard, alors qu'il venait de passer plusieurs mois à l'étranger pour son travail, il s'était souvenu de ma cachette et m'avait entraînée dans le garde-manger pour un baiser volé pendant que les enfants déballaient les cadeaux qu'il avait rapportés. Mais à deux là-dedans, nous faisions beaucoup trop de bruit, à force de rire et de nous cogner dans les rangées de bocaux, alors les enfants avaient deviné où nous étions et ils étaient venus faire des bruits dégoûtés et nous dire que nous étions trop vieux pour nous embrasser.

– Mamie ?

C'est une voix qui m'est familière. Elle me parvient par l'écart entre la porte et le sol.

– Ça va ?

Je réarrange mes vêtements et sors tant bien que mal de la cabine. C'est une fille. Elle ressemble à Helen, en plus jeune, avec des boucles blondes et un « piercing » à la lèvre. Elle me sourit. J'ai l'impression que c'est une question.

– On y va ? me dit-elle. Ça ira pour toi ? L'arrêt de bus est juste de l'autre côté de la rue.

Elle me propose une veste. Ce n'est pas la mienne, mais je la laisse me la poser sur les épaules, je n'ai pas envie de parler. J'espère que sa propriétaire ne m'en voudra pas de l'avoir portée. Derrière la porte, c'est un café. Je ne le reconnais pas, mais cette jeune Helen passe devant. Elle marche vers la sortie avec une main tendue en arrière pour s'assurer que je la suis. Nous rejoignons un abribus. Quand j'ai repris ma respiration, je demande à la fille :

– Est-ce que tu sais quel serait le meilleur endroit pour planter des courgettes ?

La fille sourit et hausse les épaules.

– Je ne sais pas, il faudrait demander à Maman. Mais je ne te le conseille pas : cette question la rend dingue. C'est presque aussi drôle que quand tu lui demandes où est Elizabeth.

À cette idée, elle se met à glousser, enchantée, puis m'aide à m'asseoir un instant. Le bus arrive rapidement et Helen... enfin, cette fille trouve ma carte dans mon sac en un rien de temps.

– Où est-ce que tu m'emmènes ? dis-je.

Je répète ma question plusieurs fois, mais je n'arrive pas à comprendre ses réponses. J'espère qu'il y aura une bouilloire. Cette sortie m'a épuisée. J'ai hâte de prendre une tasse de thé. On descend du bus et on marche quelques rues. Il y a des déchets au milieu de la route, surtout des journaux. J'imagine que les éboueurs sont passés ce matin. Helen me conduit jusqu'à une maison. C'est une nouvelle maison, construite récemment. Je ne l'aime pas. Je n'ai jamais aimé les nouvelles maisons. On ne sait jamais ce qui est enterré dessous. Elizabeth a une nouvelle maison, je ne l'ai jamais aimée non plus.

– Helen, ça ne va pas, dis-je. Ce n'est pas ma maison.

– Moi, je suis Katy, Mamie, répond-elle. Et tu habites avec nous, maintenant, tu te souviens ? Tu as emménagé avec nous.

Je regarde vers la rue. Les déchets sont plus nombreux sous un réverbère. Et soudain, je me rappelle de ce que j'étais partie faire.

– Oh, Helen, il faut que j'aille en ville, dis-je en me retournant. Il faut que j'aille aux bureaux.

– Quels bureaux, Mamie ? Tu ne peux pas repartir, on vient juste d'arriver.

– Il faut que j'aille aux bureaux de *L'Écho*.

– Pourquoi ? Tu veux être livreuse de journaux, maintenant ?

Je me retiens de sourire : il est trop important que je n'oublie pas.

– Non, dis-je encore, je dois aller déposer une chose dans le journal. Une chose pour Elizabeth.

Le mot m'échappe.

– Pour dire que je la cherche.

– Quoi ? dit Helen qui s'est mise à marcher à mes côtés. Une petite annonce, tu veux dire ?

Je ne suis pas sûre que ce soit ça, mais je hoche tout de même la tête.

– Je ne pense pas que ce soit une bonne idée. Maman serait furax.

– Ce n'est pas moi, ta maman ? dis-je.

– Non, tu es ma grand-mère. Moi, je suis Katy. Katy, ta petite-fille.

Je m'arrête pour la regarder bien en face. Oui, je la reconnais. Évidemment. Mais, si ce n'était ce piercing dans sa lèvre, elle pourrait vraiment être Helen, des années plus jeune, avec des boucles blondes. Sauf qu'elle semble plus heureuse. Ma fille doit être une bonne mère, je songe. Meilleure que je ne l'ai été, en tout cas. Nous repartons vers la nouvelle maison. Des graines sont éparpillées sur le trottoir ; quelqu'un a arraché une fleur de tournesol, qui pend désormais tristement par-dessus un muret. Katy sort une clé.

– Ça ne va pas, dis-je en désignant la porte. Ce n'est pas ma maison.

Katy me serre la main.

– Tu n'as qu'à entrer quand même, juste un instant, Mamie. Maman a dit qu'elle comptait acheter un gâteau au café.

– Je n'aime pas ça.

– Alors, un sandwich à la banane, plutôt ? Tu as bien aimé, hier.

– Oh, oui !

Quand j'étais petite, je raffolais des sandwichs à la banane. Il m'arrivait même d'en demander à la place du dîner. Je me souviens que j'espérais avoir un sandwich à la banane pour le dîner le jour où j'ai recroisé Nancy, la femme de l'Hôtel de la Gare.

Je faisais la queue à l'épicerie. La file était très longue, et il y avait toute une rangée de landaus garés dehors, dont surgissaient de temps à autre de petites têtes qui couinaient pour appeler leur maman. S'il y avait autant de gens ce jour-là, c'est que des régimes de bananes patientaient juste derrière la vitrine. Il y en aurait probablement assez pour tenir jusqu'à mon tour, mais j'essayais de ne pas trop y penser, au cas où cela les ferait disparaître. Je m'appuyai contre le mur en briques de la boutique et m'amusai à faire des grimaces aux bébés dans leurs landaus. L'odeur des fruits réchauffés par les rayons du soleil m'enveloppait comme un bain chaud.

Ma m'avait envoyée faire des courses avec notre carnet de tickets de rationnement, car Papa et elle passaient la journée à discuter avec la police et à chercher de nouvelles pistes pour retrouver Sukey. Le sergent Needham leur avait suggéré de refaire plusieurs fois le chemin de chez elle à l'hôtel, de l'hôtel à chez nous, et de chez nous à chez elle, pour essayer de dénicher un endroit où elle aurait pu se « perdre ». J'étais à peu près certaine que le sergent n'avait dans l'idée que de les occuper, mais je n'en avais rien dit à Ma. Elle avait eu l'air de reprendre espoir, et je n'avais pas eu le cœur de lui expliquer que j'avais déjà passé des heures à étudier le moindre recoin de ces itinéraires, sans nouvelle réponse.

À la place, je m'étais fixé pour but de trouver de quoi préparer un très bon dîner, mais, jusqu'à présent, le succès n'avait pas été au rendez-vous. Quelqu'un m'avait dit qu'il y avait du haddock chez le poissonnier alors je m'y étais précipitée, mais le temps que j'atteigne le début de la file d'attente, il n'y avait plus que du cabillaud. Pour l'instant, je n'avais mis la main que sur une conserve de soupe à la tomate Heinz. Mais si j'arrivais à nous décrocher une banane chacun, ce serait un vrai triomphe.

J'étais encore à cinq ou six personnes de l'étal quand Nancy me tapota l'épaule.

– Bonjour, toi, dit-elle. Je me disais bien que je te connaissais. Tu te sens mieux ?

J'acquiesçai.

– Il y a du nouveau pour ta sœur ?

– Rien du tout.

Elle hocha la tête.

– J'en suis désolée.

Elle changea son sac de courses de main, gonfla les joues et poussa un soupir.

– Qu'est-ce que tu es venue acheter ? Moi, j'attends les bananes, si elles tiennent jusqu'à mon tour. Mon mari adore ça.

– Est-ce que c'est vous qui avez signé le nom de Sukey sur le registre ? demandai-je soudain.

– Oh. À l'hôtel, tu veux dire ? Oui, c'est moi.

– Pourquoi ?

– Frank m'a demandé de le faire.

– Sukey n'aurait pas pu le faire elle-même ?

– Elle attendait dehors, dans la fourgonnette. Il voulait d'abord payer, prendre la clé, tout ça, pour pouvoir l'emmener directement dans la chambre. Elle était complètement bouleversée, d'après ce qu'il disait. Et lui aussi, d'ailleurs, le pauvre.

Très inquiet, j'imagine. Cette horrible folle avait encore réussi à rentrer chez eux. Enfin, je ne suis pas en position de critiquer l'état mental de qui que ce soit ; après tout, mon mari n'est pas toujours très lucide, lui non plus.

– Mais vous l'avez vue, alors ? Sukey, je veux dire. Je croyais que vous aviez dit à la police que vous ne l'aviez pas vue.

– Euh...

– Vous avez vu Frank l'emmener dans sa chambre ?

Je la regardai réfléchir en faisant la moue, priant pour qu'elle me fournisse la moindre description de Sukey, même approximative. Sukey encore vivante, dans notre ville, vêtue de ses propres habits, sortant à peine du dîner chez mes parents ; cette seule pensée me fit soudain me sentir plus légère que l'air.

– En fait, non, admit enfin la femme, et je sentis la déception m'écraser la poitrine. J'ai dû aller remplacer une des standardistes, du coup je ne les ai pas vus monter. Il avait prévu de faire entrer ta sœur dès qu'il aurait la clé, aussi discrètement que possible, pour s'assurer que la Folle ne sache pas où elle était. Cela m'a paru un peu exagéré, mais bon, quand on a eu une telle frayeur, on fait sûrement tout pour que ça ne se reproduise pas.

– Alors vous ne les avez pas vus monter, finalement ?

– Non, enfin, j'ai vu Frank redescendre, à ce moment-là j'étais revenue à la réception. Pauvre Frank, il était vraiment ébranlé, terriblement inquiet pour sa femme. Je lui ai demandé : « Pourquoi tu ne resterais pas avec elle ? » mais il ne pouvait pas, il avait quelque chose à faire à Londres ce soir-là. Je n'ai pas posé beaucoup plus de questions, parce que... eh bien, c'est un vrai charmeur, celui-là, et ça se voit qu'il ne ferait pas de mal à une mouche, mais quand on trouve le moyen de vendre des rasoirs à ce prix-là, c'est qu'on ne fréquente pas que des enfants de chœur. Mon mari a toujours besoin d'être rasé de près, tu vois, il ne supporte même pas une barbe d'un jour au menton. Je crois que ça lui rappelle le camp. Il était prisonnier de guerre à Singapour, tu le savais, non ? Bref, je lui ai proposé d'aller la voir un peu plus tard, mais Frank m'a dit qu'elle était allée se coucher directement. Et le lendemain, le lit était défait, on aurait bien dit que quelqu'un avait dormi là.

# 16

Dans le tiroir, ça sent les vieux élastiques en caoutchouc. Le bois est tout taché, plein de traces, mais les objets à l'intérieur sont propres et neufs : un rouleau de Polo à la menthe pas encore ouvert, une boîte de mouchoirs, des aspirines. On a agrafé ensemble plusieurs photos d'une famille souriante à divers endroits en Allemagne ; elles doivent avoir été découpées dans un magazine, mais je ne vois pas pourquoi j'ai voulu les garder. J'y trouve aussi un paquet d'allumettes, des allumettes géantes traversées par un filet de plomb. Le mot juste s'est effacé de mon esprit, et j'en attrape une en essayant de me le rappeler, j'appuie la pointe sur le bois du tiroir jusqu'à ce qu'elle se casse. La sensation me plaît alors j'en prends une autre et je recommence.

La sonnette retentit. Je lâche le crayon et, dans ma hâte de quitter la pièce, je me cogne dans une bibliothèque. J'aperçois deux tasses sales sur une étagère. Je les ramasse, et ce n'est que dans l'entrée que je me rends compte qu'il reste du thé dans l'une d'elles. Je le finis, mais c'est froid, puis je les pose sur la première marche de l'escalier. Ce dernier est tourné dans le mauvais sens. Il n'arrive plus en face de la porte. J'essaie quelques marches. Elles sont stables. La sonnette retentit. Deux fois. Trois fois. C'est un bruit strident, sans une once de mélodie. Je vais ouvrir, et un homme déboule dans l'entrée.

– Cette fois, vous êtes vraiment allée trop loin, s'écrie-t-il.

Il agite un objet devant mes yeux, mais il va beaucoup trop vite et je n'arrive pas à discerner ce que c'est. Je recule et je me retrouve dos à la rambarde. Je ne comprends pas ce qu'elle fait là. Elle n'est pas à la bonne place.

– Bordel ! Une petite annonce, maintenant... Vous avez dépassé les limites.

– Les limites, je répète.

Je regarde l'escalier. Il n'est plus à la même place. Je ne comprends pas.

– Oui, parfaitement. Eh, vous m'écoutez ?

– Est-ce que vous savez comment l'escalier a fait pour se déplacer ?

L'homme s'interrompt au milieu d'une grande inspiration.

– Quoi ?

Son visage me semble familier, mais je ne le connais pas, et de toute façon je n'ai pas le temps d'y réfléchir.

– L'escalier, il s'est déplacé. Il n'aboutit plus au même endroit. Comment est-ce possible ? Vous savez ? Est-ce qu'il y a eu un tremblement de terre ?

– De quoi vous parlez ?

Il est très grand, cet homme, mais il se tient voûté, comme Douglas.

– L'escalier, dis-je encore. Douglas. C'est Douglas qui a dû le bouger.

Je ne retrouve plus ce que je voulais dire. Mes pensées se sont emmêlées.

– Douglas ? Qui c'est, ça ?

– Notre locataire.

L'homme semble se baisser, très légèrement.

– Et il est en haut ?

Il pose la main sur le pilier de la rambarde, qui tremble sous son poids tandis qu'il se penche pour examiner le palier.

– En haut ? dis-je en suivant son regard. Qui est en haut ?

Je dévisage l'homme et je frissonne. Je me demande qui peut bien être là-haut. En plus, la rampe n'est pas à la bonne place. Elle n'est pas à la bonne place, et j'ai peur. Au-dessus de son col de chemise, le cou de l'homme est tout rouge, la peau rêche comme après un mauvais rasage. C'est Peter. C'est le fils d'Elizabeth. Mon ventre se tord de colère.

– C'est vous ? dis-je. C'est vous qui avez déplacé l'escalier ?

Voilà l'explication.

– C'est bien votre genre de faire quelque chose d'aussi malveillant.

– Hein ?

Il se frotte la nuque, perplexe. Nous restons silencieux une seconde. J'entends le croassement d'un corbeau, il croasse au loin. Je serre les poings.

– J'imagine que vous aviez un petit pactole à y gagner.

Peter jette un nouveau coup d'œil vers l'étage et vocifère :

– Je n'ai pas touché à votre escalier.

– Alors comment vous expliquez ça ?

– Je n'en sais rien, il a été fabriqué comme ça.

– N'importe quoi. Quelle idiotie. Ce type de mensonges fonctionne peut-être avec votre mère, mais pas avec moi.

– Arrêtez de m'emmerder avec ma mère ! crie Peter en levant les mains au ciel.

La porte d'entrée s'ouvre derrière lui. C'est Helen. Helen, l'odeur de la glycine, tenace et sucrée, le bruit des voitures et le bruissement des sacs en plastique orange qu'elle tient à la main. Les mêmes qui la font grimacer, culpabiliser, ceux qu'elle chiffonne en petits œufs serrés et qu'elle cache dans les tiroirs.

– Qu'est-ce qui se passe, ici ? demande-t-elle.

– Cet homme a déplacé mon escalier, Helen, dis-je. Je crois que je sais pourquoi, mais je ne comprends pas comment il a fait. Dis-lui de m'expliquer.

Peter se tourne vers Helen.

– Votre mère a déposé une petite annonce dans le journal, et demande à quiconque aurait aperçu ma mère de la contacter.

Il lui tend un journal plié en deux, mais Helen soulève ses sacs pour lui montrer qu'elle a les mains pleines. Katy rentre discrètement derrière elle, ramasse des tasses posées sur l'escalier, puis file à la cuisine. Je me demande si elle va me faire griller du pain, mais, un instant plus tard, elle est de retour et détache les poignées des sacs en plastique du bout des doigts de sa mère.

– Mieux vaut planquer ça, hein, Maman ? Il ne faudrait pas que les gens voient que tu utilises des sacs plastique.

Elle chuchote les deux derniers mots, et j'ai l'impression que Helen ne l'a pas entendue. En tout cas, elle ne réagit pas, elle reste concentrée sur Peter.

– Une petite annonce ?

– C'est une chose de m'appeler ou de laisser des lettres à la maison, mais ça !

Helen prend enfin le journal, jette un coup d'œil sur une page cornée, puis l'agite dans ma direction. J'essaie de l'attraper, mais elle ne me regarde pas, et le journal passe à côté de ma main.

– Je suis désolée, dit-elle. Je ne vois pas quand ni comment elle a pu la déposer.

Peter secoue la tête. Je l'imite. Il continue tout en quittant la maison, Helen se précipite à sa suite, et leurs pas crissent sur le gravier. Elle hausse le ton, mais je n'entends pas bien ce qu'elle dit. Une voiture démarre et s'éloigne.

– Eh bien, quel accueil, s'exclame Helen en rentrant.

Elle ouvre le journal qu'elle a toujours à la main.

– La voilà : « Recherche Elizabeth Markham. Si vous avez des informations, veuillez appeler... » Oh non. C'est le numéro de fixe de l'autre maison. Je ne savais pas que tu avais fait ça.

– Non, ce n'est pas moi.

– Qu'est-ce qui t'a donné cette idée ? demande-t-elle. Déposer une petite annonce, je veux dire.

Je lève les yeux vers le palier.

– « Femmes. Contactez votre époux », dis-je.

Helen me tend le journal et part mettre de l'eau à bouillir.

*Contactez votre époux.* J'avais conservé l'article. Et je m'étais mise à découper toutes les histoires de gens qui s'étaient enfuis de chez eux. Les petites annonces, aussi, des hommes qui demandaient à leur femme de revenir, ou de leur écrire, des parents qui espéraient avoir des nouvelles d'un fils disparu. Il n'y en avait pas tant que ça – de toute évidence, le journaliste avait exagéré le phénomène pour l'effet dramatique –, mais chaque nouvelle coupure semblait me rattraper au vol comme un parachute, et je reprenais espoir. Évidemment, je savais que, même si des centaines d'hommes et de femmes étaient partis de chez eux sans un mot, cela ne voulait pas dire pour autant que Sukey avait fait pareil. Mais c'était toujours mieux que l'alternative : le meurtrier qui avait attaqué ces deux autres femmes avait aussi attaqué Sukey. Et cela signifiait qu'il restait encore une chance de la retrouver un jour. J'avais essayé de savoir si Ma connaissait le poissonnier de Sukey, mais elle s'était mise à pleurer et Papa m'avait grondée.

Je voulais savoir ce que Douglas en pensait – après tout, il lisait toujours les journaux en entier –, mais j'avais depuis quelque temps peur de lui. Je n'arrivais pas à me débarrasser de l'image de son visage furieux si près du mien quand il avait étalé le rouge à lèvres sur mes joues et mon menton, et, alors que j'avais passé des jours à me mettre de la crème hydratante pour la faire disparaître, j'avais encore l'impression qu'il me restait une trace cireuse sur la peau. Je m'étais mise à l'observer dans la maison, à réfléchir au fait que je ne l'avais jamais vu pleurer la mort de sa mère, à la façon dont il contemplait Sukey, et à cette voisine qui m'avait dit qu'il passait tout son temps chez Sukey. Et je me remémorais également le soir où le sergent était venu à la maison, quand il avait dit à Papa qu'il reconnaissait Douglas. Et la nourriture qui disparaissait, et le parapluie dans sa chambre, le même que celui de la Folle. Et toutes les fois où il disait qu'il allait au cinéma alors qu'il ne semblait jamais avoir vu le moindre film. Quand il me surprenait à l'espionner, il me fusillait du regard et je pensais aux méchants de cinéma auxquels il ressemblait, mais parfois il baissait la tête, aussi timide qu'avant, et je songeai « Enfin, ce n'est que Doug ! » et je m'en voulais d'avoir eu des soupçons.

Comme je n'avais personne à qui parler, il ne me restait qu'à suivre les maigres conseils que je trouvais dans la presse. J'avais pris un par un les vêtements de Sukey que Frank m'avait donnés à la recherche d'un indice quant à l'endroit où elle aurait pu partir. J'avais aussi fouillé la valise que la police nous avait rendue. Dans un des articles, un homme avait laissé un fascicule sur la ville de Torquay dans un tiroir, et c'était comme ça qu'on l'avait retrouvé. Je m'étais souvenue de Douglas et de la manière dont il avait tapoté la doublure de la valise, mais je n'y avais rien trouvé d'autre.

Je finis par montrer ma collection d'articles à Frank le jour où il m'emmena pour la deuxième fois au Fiveways. Je buvais mon soda, pas très contente d'être de nouveau avec lui dans un pub. Heureusement, c'était un peu plus calme que la fois précédente, car la bière était désormais rationnée, et c'était l'odeur d'humidité qui dominait plutôt que la fumée de tabac. De plus, Frank semblait y connaître moins de gens qu'avant. Quand je lui montrai les coupures, je pensai un instant qu'il allait se mettre à pleurer, mais il n'en fit rien.

– Alors, dit-il, tu penses qu'elle m'a quitté, c'est ça ?

– Ce ne serait pas mieux que l'autre possibilité ? Ce qui est arrivé à cette femme à l'hôtel Grosvenor ?

– P't'être.

Il garda les yeux fixés sur le fond de sa bière. J'étudiai les plis de son front accentués par la lumière du pub, et la façon qu'il avait de faire tourner son verre, en attendant qu'il ait fini de boire.

– Tu préférerais qu'elle soit morte ? demandai-je enfin, sans toutefois parvenir à croire que ça pouvait être le cas, et je n'aimais pas prononcer le mot « morte ».

Ses mains ne s'arrêtèrent pas de bouger et, aplatie contre le verre, la peau de ses doigts était toute blanche. Quand il releva la tête pour me regarder, je remarquai ses yeux fatigués. Il soupira.

– Non, dit-il, non, bien sûr que je ne préférerais pas ça. Ce type, c'est un malade. Tu as lu les histoires en entier ? Un meurtre, c'est une chose, mais ce qu'il a fait, c'en est une autre.

Frank leva les mains, et le fond de bière dans son verre clapota.

– Je veux dire, un accident, ça arrive, et on ne peut rien y faire, on ne peut pas réparer. Mais ce qu'il a fait, ce n'était pas un accident.

J'étais d'accord : le tueur était un détraqué, et ses meurtres n'étaient pas des accidents, et je demandai de nouveau à Frank s'il pensait que Sukey avait pu simplement partir, mais il n'avait plus envie d'en parler. Il voulait juste que je me rappelle l'histoire de Sukey, que je lui raconte encore comment ils s'étaient rencontrés.

– Et ensuite, elle a dit : « C'est lui, l'homme que je vais épouser », répétai-je.

Je n'avais presque plus aucun effort à faire pour m'en souvenir. Je regardais le verre tourner et songeais aux articles de journaux serrés dans ma main.

– « Je le sais. C'est lui. »

Ce soir-là, je repartis à pied et Frank me raccompagna. Il en profita pour me remettre un paquet de jambon pour Ma, puis il resta appuyé sur un muret au coin de la rue pour me regarder rentrer. C'est alors que je vis Mme Winners à sa fenêtre. Quand je passai devant sa haie, elle était au téléphone, et elle raccrocha pour courir me rejoindre.

– Cette femme, la Folle, je l'ai vue rôder dans les parages, dit-elle en examinant la rue. J'ai appelé la police, mais tu ferais bien de rentrer tout de suite, Maud.

Elle aperçut Frank, mais, là où il était, devant le réverbère, avec son chapeau tiré sur le front, on ne pouvait pas distinguer son visage.

– Un petit ami, déjà ? dit-elle. Pourquoi est-ce qu'il ne te raccompagne pas jusqu'à la porte ? Papa ne l'apprécie pas ?

Elle gloussa et me poussa en direction de la maison.

– Allez, rentre, Dieu seul sait ce dont cette femme est capable.

Quand je me retournai, Frank était toujours au coin de la rue. Je voyais le bout incandescent de sa cigarette. Douglas aussi.

– Encore avec lui, dit-il, et je bondis de peur.

Il se tenait dans le noir dans le jardin devant la maison, et regardait en direction de la route.

– Qu'est-ce que tu fais là ? demandai-je, agacée.

– Ta mère m'a demandé d'attendre ton retour. La... euh... la femme est venue par ici.

– Mme Winners me l'a dit. J'imagine que tu l'attends pour lui donner notre nourriture.

Il acquiesça comme s'il ne m'avait pas entendue et resta là, dans le jardin, à regarder le bout de la rue, vers le parc.

– Tu es allée voir les nouvelles maisons ? demanda-t-il sans se tourner vers moi, et je me demandai si c'était à lui-même qu'il posait la question. La terre là-bas est restée toute retournée pendant des mois, des monceaux de terre sur des monceaux de terre. Et maintenant, elle est plate, parfaitement lisse. On ne peut pas savoir ce qu'il y a là-dessous.

Je me rapprochai de Douglas, m'attendant à sentir une odeur de réglisse remonter du sol et, soudain trop effrayée pour traverser seule le jardin humide plongé dans la nuit, je m'efforçai de scruter l'obscurité pour voir ce qu'il regardait. Mais je savais qu'il parlait des maisons de l'autre côté du parc, et il était impossible de les observer d'ici, même en plein jour. J'essayai de me souvenir de quoi elles avaient l'air, mais je n'arrivais pas à m'enlever de la tête l'image de l'ancienne maison de Douglas, avec ses photographies, ses décorations sagement posées dans la pièce grande ouverte, comme si on pouvait y revenir à tout instant.

– Des gens peuvent vivre cent ans quelque part sans jamais savoir ce qui se trouve sous leurs pieds, dit-il.

Un bruissement se fit entendre dans la haie, et, même si c'était sûrement un hérisson, nous sursautâmes tous les deux.

– Tu ferais mieux de rentrer, dit-il.

Je fis le tour pour passer par la porte de la cuisine. Ma et Papa étaient en train de débarrasser.

– Ton dîner est sur la cuisinière, dit Ma sans me regarder.

Je l'avais prévenue de mon rendez-vous avec Frank, et elle n'avait rien dit à Papa. Elle m'avait également demandé si Frank pouvait lui trouver du savon ou des allumettes, parce qu'aucun magasin n'en vendait plus. Je lui tendis le paquet de jambon dès que Papa eut le dos tourné, et son visage s'illumina une seconde avant de retrouver ses rides fatiguées.

Je m'assis à table pour manger mon ragoût de mouton. Je m'attendais à ce que Douglas fasse irruption quelques minutes plus tard, mais, quand je montai à l'étage, il n'était toujours pas rentré. Je me postai devant ma fenêtre pour le voir entrer dans la cuisine et, de temps en temps, j'entendais le bruit sourd d'une pomme mûre tombant du pommier, mais il était presque minuit quand je l'aperçus enfin revenir, une silhouette noire dans la nuit noire. De mon côté, j'avais fini de rédiger ma lettre au meurtrier, Kenneth Lloyd Holmes.

– Tu as une drôle d'odeur, dis-je à Helen quand elle se penche pour poser ma tasse de thé.

– Drôle comment ?

Elle semble offensée, je ne l'ai pas insultée pourtant.

– C'est sucré, lui dis-je, je retrouverai ce que c'est dans un instant.

C'est sucré, mais ce n'est pas agréable. Ça me donne mal à la tête et ça me rappelle la Folle, et je ne peux m'empêcher de me frotter l'épaule comme si on venait de me donner un coup de parapluie.

– Est-ce que c'est le thé ? demande Helen en mettant sa tasse sous mon nez. C'est de la réglisse.

– Pouah, oui, c'est ça. Quelle horreur ! Ce n'est pas ça que tu m'as servi, j'espère ?

– Non, Maman.

Elle avale une gorgée de son thé et sourit.

– J'avais oublié à quel point tu détestais cette odeur. Tu ne nous laissais jamais acheter de réglisse ou d'anis quand on était petits, avec Tom.

Elle s'arrête quelques secondes, comme si c'était un joli souvenir, alors que je me rappelle les heures qu'elle passait à geindre à ce sujet quand elle était enfant.

– Qu'est-ce que tu écris ? demande-t-elle.

Je regarde le papier sous mes mains. Il n'y a que des gribouillis. Plein de gribouillis noirs sur le fond blanc. Je n'arrive pas à les relire. Helen est en train de parler de Peter.

– C'était complètement disproportionné, comme réaction. Qu'est-ce qu'il croit que tu peux lui faire ?

Elle tire une chaise qui racle le sol, et je n'entends pas sa dernière phrase. Je regarde un papier recouvert de gribouillis sans aucun sens. Mais j'ai l'impression que certains d'entre eux sont des mots, et que je n'arrive simplement pas à les lire. Je songe à demander de l'aide à Helen, mais j'ai honte, j'ai peur. Quand je relève la tête, elle se mordille l'intérieur de la joue en me dévisageant. Je me demande si elle a deviné, pour les gribouillis.

– Ne t'en fais pas, dis-je. Je demanderai à Elizabeth.

Ça m'a l'air d'être la bonne réponse. Je souris à Helen, mais quelque chose ne va pas. J'essaie de me souvenir de quoi il s'agit. J'ai une pensée qui ne cesse de s'éloigner.

– Je peux lui demander, hein ?

Je regarde mes notes, mais je n'ai même plus besoin de les lire. Je sais déjà. Elizabeth a disparu.

Je lâche mon stylo et plie la feuille de gribouillis en deux pour la ranger dans ma poche. Helen me prend la main. Elle essaie d'être gentille, elle « fait des efforts ». Je devrais, moi aussi. Je me demande ce que je peux dire.

– Tu es jolie, aujourd'hui, ma chérie.

Elle fait une grimace.

– J'ai de la chance d'avoir une fille comme toi.

Elle me tapote la main et commence à se lever.

– On peut aller voir la tombe de Patrick ? dis-je. J'aimerais bien y mettre des fleurs.

Et voilà. Elle me fait un grand sourire et se rassoit. Elle a des fossettes, ma fille. Elles sont toujours là, gravées dans ses joues, à 50 ans. J'avais oublié. C'est comme si elles s'étaient cachées et qu'elles avaient finalement réussi à sortir.

– On peut y aller maintenant, dit-elle.

Le temps d'enfiler les manteaux, et nous sommes dans la voiture. Tout se passe très vite. On s'arrête à un moment, Helen sort. J'entends les loquets des portières se refermer. Elle articule quelques mots derrière la vitre, puis s'éloigne rapidement. La rue n'est pas à proprement parler pleine de monde, mais je vois régulièrement des gens passer sur le trottoir. Je suis incapable de reconnaître qui que ce soit, évidemment. En tout cas, je ne crois pas. Une femme aux longs cheveux noirs arrive du coin de la rue et marche vers moi. Elle examine l'intérieur de la voiture en passant à côté, puis s'arrête, tapote à la vitre, me désigne moi, puis la portière. Elle me sourit en hochant la tête et dit quelque chose, mais je n'entends pas bien à travers le verre. Je tire sur la poignée, mais la portière refuse de s'ouvrir, et je secoue la tête. La femme hausse les épaules, agite la main, m'envoie un baiser, puis s'éloigne. Je me demande qui c'était. Ce qu'elle voulait.

Helen entre soudain dans la voiture, et une chaude odeur d'essence l'accompagne.

– C'était Carla ? demande-t-elle. Qui vient de passer ?

– Non, dis-je. Je ne... Qui ça ?

– Carla.

Ce nom ne me dit rien. Helen me passe un bouquet de fleurs et démarre.

– Est-ce que c'est pour... cette femme ? dis-je. De qui tu parlais, au fait ?

– Non, c'est pour Papa.

Nous repartons sur la route, et je me réinstalle dans mon siège. Des gouttelettes d'eau provenant du bouquet me coulent sur les genoux. J'aime bien être en voiture. On est installé confortablement et on n'est pas obligé de faire quelque chose. On peut se contenter de rester assis.

– Il est à l'hôpital ?

– Qui ?

– Ton papa.

Nous nous arrêtons à un feu rouge, et Helen me regarde.

– Maman, on va voir la tombe de Papa, là.

– Ah oui, dis-je.

Et je ris, mais Helen fronce les sourcils.

– Ah, oui, dis-je encore.

Le cimetière est immense, mais elle retrouve la tombe très vite. Elle doit y venir plus souvent que je ne le pensais. Nous allons nous poster devant la pierre. On lit la plaque, mais en silence, parce que Helen n'aime pas quand je lis à voix haute. On reste là longtemps. Je commence à me sentir fatiguée. Et je m'ennuie, à rester là à attendre. Helen a la tête baissée et les mains jointes, comme pour prier. Elle ne croit même pas en Dieu. Non loin de là, j'aperçois un trou et un monticule : on va bientôt mettre quelqu'un dans la terre. Comment on appelle ça, au fait ? Planter. On va bientôt planter quelqu'un. Je garde les yeux fixés sur la terre un long moment.

– Helen, dis-je, comment est-ce qu'on fait pousser des courgettes ?

Elle reste immobile, mais murmure :

– Tu poses tout le temps cette question.

Je n'arrive pas à me souvenir si c'est vrai, mais je ne vois pas pourquoi elle mentirait, alors je m'éloigne pour réfléchir, je me dirige vers un grand if. Sa taille a quelque chose d'inquiétant, et ses longues branches noires aussi, elles empêchent la lumière d'atteindre le sol. La tombe à cet endroit n'est qu'une simple pierre plate, et le nom est presque effacé. Seuls la date et le *Repose en paix* sont encore lisibles.

– C'était la Folle, dis-je à Helen quand elle me rejoint. Elle s'appelait Violet, mais tout le monde l'appelait la Folle.

– C'est triste, commente Helen, qui baisse de nouveau la tête.

Je trouve qu'elle en fait un peu trop, avec sa posture respectueuse. J'enfonce mon talon dans la terre.

– Elle m'a pourchassée, une fois, dis-je. Elle m'a pourchassée et elle a volé le peigne de ma sœur. Elle l'a arraché de mes cheveux.

Pendant que je parle, je peux sentir mes cheveux casser, la douleur lorsqu'ils s'arrachent de mon crâne, mais ce n'était pas ça. Je me trompe dans le souvenir, je ne sais pas où.

– Elle m'observe, dis-je. Elle sait tout sur moi.

– Qui ?

– Elle.

J'ai les mains dans les poches, alors c'est de mon coude que je désigne la pierre tombale. J'ai envie de lui donner un coup de pied. De piétiner la terre juste devant.

– Elle est toujours là, à m'espionner.

Helen n'a plus la tête baissée.

– Elle est morte, Maman, dit-elle. Comment veux-tu qu'elle t'espionne ?

Je ne sais pas. Je n'arrive pas à réfléchir. Je sors les mains de mes poches, à la recherche d'un aide-mémoire. Je trouve une feuille pliée en deux, recouverte d'écriture noire, et je la mets en boule. J'ai envie de l'enfoncer dans la terre, de la pousser jusque dans la bouche de la Folle. Mais Helen me soulève la main pour attraper le papier, puis le chiffonner. Et entre deux pliures, je distingue le nom de Kenneth Lloyd Holmes.

C'était le nom de l'homme arrêté pour le meurtre de l'hôtel Grosvenor, l'homme à qui j'avais écrit pour lui demander s'il avait tué ma sœur. Je gardais l'espoir que Sukey se soit enfuie, mais les informations ne cessaient de parler des meurtres, même à la radio. J'avais précisé dans ma lettre que je ne le dénoncerais à personne, mais que j'avais besoin de savoir s'il l'avait tuée. J'avais décrit Sukey, ses cheveux, sa manière de s'habiller, et je lui avais dit dans quelle ville nous habitions. Je pensais que s'il ne répondait pas, cela signifierait peut-être qu'elle était encore en vie. Et s'il m'avouait que c'était lui, eh bien, au moins nous saurions ce qui lui était arrivé. Je n'avais pas su quoi signer après *bien cordialement*; j'étais terrifiée à l'idée de mettre mon nom. Finalement, j'avais écrit *Miss Lockwood* et j'avais demandé à l'épicière au bout de la rue si elle acceptait de recevoir une lettre pour moi à ce nom. C'était la mère de Reg qui gérait la boutique, à cette époque. Je me souviens qu'elle avait haussé les sourcils en éclatant de rire.

– On attend un billet doux ? s'était-elle esclaffée. « Miss Lockwood » ? Et puis quoi encore !

Puis elle avait souri et fait « tut-tut » en me regardant. J'avais rougi et je m'étais mise à transpirer sous mon manteau. J'étais terriblement gênée, parce que je savais qu'elle le répéterait au moins à Mme Winners. Mais elle avait accepté de réceptionner la réponse si elle arrivait, et c'était tout ce qui m'importait. J'avais rangé mes coupures de journaux dans un tiroir, et j'avais attendu. Je ne reçus jamais de réponse, mais, un après-midi, retrouvant Frank au jardin public, je décidai de lui parler de la lettre que j'avais envoyée.

– Tu es folle ou quoi ? s'écria-t-il sans même attendre d'avoir soufflé sa fumée de cigarette. Tu as écrit à ce dingue ? Pourquoi il aurait quelque chose à voir avec Sukey ?

Furieux, il se mit à faire les cent pas devant le banc sur lequel j'étais assise, en tirant si fort sur sa cigarette que le papier brûlait à toute vitesse. Il était arrivé avec un colis de savon pour Ma et une friandise pour moi, une barre de chocolat au lait Cadbury qu'il aurait été impossible de dénicher dans un magasin. Je mordis dedans alors que je m'étais promis de ne pas y toucher avant d'être rentrée. Le goût était exceptionnel, si crémeux et sucré que j'en oubliai que nous étions au milieu d'une dispute et que je ne pus m'empêcher de lui sourire.

– Et même s'il te répond que ce n'est pas lui, qu'est-ce que ça prouvera ? ajouta Frank, qui avait heureusement choisi d'ignorer mon sourire.

Je remballai le reste de la barre et la mis dans ma poche.

– S'il n'a rien fait, alors ça prouve qu'elle est peut-être toujours en vie.

– Non, Maud, ça ne prouve rien du tout.

D'une pichenette, il envoya son mégot de cigarette dans la rivière et secoua son paquet pour en extraire une nouvelle, sans cesser de me regarder d'un air agacé. Je dus me retenir de glisser la main dans ma poche pour reprendre du chocolat.

– Qu'est-ce que tu as écrit, exactement ? demanda-t-il après avoir allumé sa cigarette.

Je le lui expliquai en m'efforçant de m'en souvenir mot pour mot, mais il n'arrêtait pas de m'interrompre, de me faire répéter et de tousser de la fumée.

– « Elle ressemble un peu aux autres filles que vous avez tuées ? » Putain de merde.

Je me mordis les lèvres en entendant mes propres mots.

– Mais c'est vrai.

– Pourquoi ? hurla-t-il.

Un couple de personnes âgées se mit à nous observer depuis un autre banc.

– Pourquoi tu fais ça ? Espèce de sale petite idiote. Il n'est pas resté ici assez longtemps pour avoir pu la rencontrer. Tu vas probablement être sa prochaine victime, maintenant.

Je haussai les épaules et me détournai. Il était en prison et il allait être pendu, alors je ne trouvais pas ça très plausible. Frank jura dans sa barbe et s'éloigna sur le chemin. J'eus l'impression qu'il était parti pour de bon, mais il fit demi-tour avant d'atteindre le banc du couple et leva brusquement la main pour arracher la cigarette de ses lèvres. C'était un jour sans vent, c'était étrange, on se serait cru à l'intérieur. La fumée de sa cigarette flottait entre nous, presque immobile, pourtant j'entendais une brise agiter la cime des pins.

– Où est-ce que vous alliez, quand tu emmenais Sukey danser ? demandai-je.

Je regrettais de lui avoir parlé de la lettre, je voulais faire la paix, je voulais retrouver un terrain d'entente.

– Au Pavillon. Pourquoi ? Ça aussi, tu comptes le raconter à ton petit copain, le malade mental ?

Son ton me fit tressaillir. Il soupira longuement et jeta sa deuxième cigarette avant de revenir se poster devant moi. J'avais abandonné ma bonne résolution et j'avais ressorti ma barre Cadbury, et, quand il se pencha pour me prendre les mains, je sentis le chocolat qui commençait à fondre entre nos doigts.

– Nous allions toujours au Pavillon, dit-il. Et elle parvenait même à me faire danser avant l'entracte. Ça ne m'était jamais arrivé avant. Tu vois, ça, je m'en souviens, et pas toi !

Il me serra doucement la main, et un sourire apparut au coin de ses lèvres. Je lui rendis son sourire, comme toujours.

– Ah oui, le Pavillon, dis-je. Peut-être que j'irai y faire un tour, alors.

Il me lâcha. La barre chocolatée atterrit sur mes genoux et laissa une petite tache sur ma jupe.

– Tu vas pas bientôt arrêter avec tout ça ? demanda-t-il alors.

Je crus qu'il parlait du chocolat.

– C'est toi qui me l'as donné, répondis-je avant de comprendre qu'il parlait de mes recherches sur Sukey.

Mais je ne voulais pas arrêter. Le samedi suivant, j'enfilai la robe verte festonnée de Sukey pour me rendre à la soirée hebdomadaire du dancing du Pavillon. Si Sukey habitait encore cette ville, songeai-je, même si elle ne voulait pas nous contacter, ni même nous revoir, il existait une petite chance qu'elle n'arrive pas à résister à l'envie de sortir danser. Ça valait au moins le coup d'essayer. Je comptais juste aller observer qui venait ce soir-là et, pour éviter qu'elle ne me reconnaisse, j'avais essayé une autre coiffure avec le fer à boucler et j'avais apporté un magazine de Ma, *Britannia and Eve*, pour me cacher derrière.

L'entrée de la salle de bal du Pavillon était une grande pièce avec des bancs de velours rouge et des palmiers dans de grands pots en porcelaine. Des chaises en osier étaient posées près des colonnes, mais elles me semblaient plus visibles que les bancs. Et de toute façon, au moment où j'arrivai, les seules qui étaient encore libres tournaient le dos à la porte, et je n'aurais pas pu observer les personnes qui entraient. Je m'assis donc sur un banc dans un coin et ouvris le magazine. Le bal n'allait pas tarder à commencer, mais, de temps en temps, des gens venaient dans l'entrée pour s'asseoir et attendre, pour discuter et rire tout en sautillant d'excitation. L'air se remplit peu à peu d'un mélange de parfum, de cirage à chaussures et de la naphtaline qu'on avait laissée dans les armoires pour protéger les robes pendant la semaine. J'étais venue en avance pour guetter Sukey et il me restait un quart d'heure avant que l'orchestre ne commence à jouer. Je lisais d'un œil une publicité pour les Pilules Roses du Dr Williams et, de l'autre, je surveillais la porte. Mon cœur battait la chamade, chaque pulsation semblait envoyer le sang directement dans mes bras, et j'avais du mal à tenir correctement le magazine.

À un moment, un homme entra et resta sur le seuil pour examiner la pièce. Il était très grand avec une moustache blonde, et il flottait dans son costume, comme s'il l'avait emprunté à quelqu'un. Je me redressai légèrement et vis une femme très chic dans une robe violette sortir de la salle de bal pour l'appeler. Sa voix me parut familière, et ses cheveux étaient foncés et soyeux. J'osais à peine la regarder, et l'oxygène s'accumulait dans mes poumons. L'homme attendit qu'elle soit tout près de lui pour passer un bras sur son épaule. La femme l'aida à traverser l'entrée et le guida jusqu'à une chaise en osier. Il boitait sévèrement, et je songeai qu'il avait dû être blessé à la jambe pendant la guerre. Alors qu'ils s'approchaient, je vis que la femme était ronde, avec l'air plus adulte que Sukey, et que sa démarche, bien que légère, était moins gracieuse que celle de ma sœur. La déception m'engourdit pendant presque une minute, puis me pinça comme un point de côté.

Je me persuadai que ce n'était que la faim et pensais à la fin de la barre chocolatée que Frank m'avait donnée, mais j'avais dû la laisser près de mon lit ou dans la poche du manteau de mon uniforme, car je ne la retrouvais pas. Il était presque six heures désormais, et la lumière du soleil qui parvenait de l'extérieur était très jaune. La couleur se reflétait sur les habits et les cheveux de tous les danseurs grâce aux grands miroirs fixés au mur. Aux coins des miroirs, on apercevait de petits morceaux de papier marron encore coincés, vestiges des protections contre les bombardements. J'étais assise à côté d'un des miroirs et, ne sachant que faire, je me tournai vers le mur pour tirer sur un petit bout de papier brun. L'arracher à la surface lisse de la glace me procura une grande satisfaction, et j'en avais retiré un bon centimètre quand quelqu'un arriva derrière moi.

– Sukey ? demanda une voix.

Je me retournai. C'était Douglas. Quand il vit que ce n'était que moi, il ferma les yeux et entrouvrit la bouche, le menton en avant.

– Maud. J'aurais dû m'en douter.

Il se laissa choir sur le banc à côté de moi pour étirer les jambes, et l'homme qui boitait lui jeta un coup d'œil depuis sa chaise en osier. J'attendais que Douglas dise quelque chose, mais il se contenta de regarder ses pieds.

– Qu'est-ce que tu fais là ? demandai-je finalement. C'est la Folle qui t'a dit de venir ?

– Je viens là chaque fois qu'il y a un bal. Dans l'espoir...

– D'accord, l'interrompis-je, car je n'avais pas envie d'entendre la suite de sa phrase. Tu viens là au lieu d'aller au cinéma. Dans l'espoir.

– Et c'est pour ça que tu es là, toi aussi.

J'acquiesçai.

– Et tu as mis ses vêtements. Tu es sûre que tu n'es pas venue retrouver Frank ?

– Bon Dieu, Doug ! m'exclamai-je. Ça n'a rien à voir avec Frank. Et même si c'était le cas, mêle-toi de tes affaires.

Il me lança un bref regard noir, plein d'amertume. Je poussai plusieurs soupirs agacés, répétai ma dernière phrase à voix basse, pour moi-même, en m'efforçant de rester fâchée contre lui.

– Combien de temps tu continueras de venir ? demandai-je.

– Aussi longtemps que j'en aurai la force.

Nous nous détournâmes pour observer le chahut à l'entrée de la salle. Le bal commençait, et les danseurs rentraient.

– Je ne sais plus où chercher, dit Douglas. Ni quoi chercher.

Je hochai la tête en examinant son profil. À ce moment-là, je l'aimais, vraiment. Je l'aimais de ne pas lâcher prise, d'être suffisamment affecté pour continuer alors que même Frank avait abandonné.

Mais j'avais encore besoin de savoir une chose.

– Doug, Sukey et toi...

– Elle était gentille avec moi, c'est tout, dit-il sans lâcher du regard les danseurs qui quittaient l'entrée. Avec elle, j'avais un endroit où aller, quelqu'un à qui parler.

Je voulais lui demander de quoi ils parlaient, justement, mais je ne savais pas comment formuler ma question sans lui donner le sentiment que je le défiais. Je finissais toujours par contrarier Douglas, à force de le taquiner ou de chercher la petite bête, même sans le faire exprès, alors je ne voulais pas risquer de dire ce qu'il ne fallait pas. Mais je ne pouvais m'empêcher de me sentir exclue, et je lui en voulais, même s'il était bien trop tard. Douglas observait, le regard vide, les vestes et les robes de cocktail s'agiter ; j'examinai ses joues où la couleur allait et venait, et ses cheveux soyeux ébouriffés par le courant d'air qui s'engouffrait par la porte d'entrée. Et je lui souris, même s'il ne me voyait pas.

Je voulus y retourner avec lui le samedi suivant, mais, quand je le lui suggérai, il ne parut pas très emballé, et je manquai le moment où il sortit. Je réessayai la semaine d'après, après être allée chez mon amie Audrey pour le thé – Ma et Papa étaient retournés à Londres pour essayer de parler à quelqu'un au sujet de Sukey –, mais Audrey avait volé une bouteille de gin à son père et elle insista pour qu'on la boive, malgré notre dégoût pour l'alcool. Quand j'arrivai enfin au Pavillon, le bal était terminé et Douglas était déjà parti.

Le ciel s'assombrissait sur le chemin du retour. Il avait plu et, sur le trottoir brillant le long des nouvelles maisons, des escargots profitaient de l'humidité pour s'aventurer hors des jolis jardinets. Des effluves de créosote emplissaient l'air. Je ne pus bientôt plus distinguer le sol à mes pieds et je me mis à marcher d'un pas raide, de crainte d'écraser des coquilles. Je pouvais déjà les sentir céder sous ma chaussure, les entendre craqueter.

Si j'avais été un peu plus jeune, j'aurais marché courbée en avant pour ramasser chaque escargot et le déposer en sécurité dans un jardin, ou au moins sur un buisson, mais je suppose que j'étais trop grande pour ça, désormais ; alors, tout en avançant, je me contentai de guetter les reflets gluants par terre ou les traces argentées, et m'efforçai d'éviter ces zones. J'avais descendu la moitié de la rue quand j'entendis un premier craquement sur le trottoir. J'eus à peine le temps de jurer, à peine le temps de ressentir cet écœurement – un mélange de consternation et de dégoût – m'envelopper que j'aperçus la Folle.

Elle était de l'autre côté d'une voiture, la seule garée dans la rue, se tenait sur la route trempée et me regardait à travers les deux épaisseurs de vitre qui nous séparaient. Elle avait les doigts recourbés sur le verre et semblait chercher désespérément une aspérité à gratter sur la surface lisse. C'était la lumière d'une maison qui venait de s'allumer qui me l'avait dévoilée, faisant soudain surgir son ombre jusqu'à moi. Un homme était sorti dans son jardin en criant, et des gens commençaient à se rassembler autour de lui. Il se tenait devant son muret, les mains posées sur le sommet où il avait cimenté, ou quelqu'un d'autre avant lui, de multiples petits galets. Les voisins étaient sortis l'écouter, et il criait d'autant plus fort, mais j'arrivais difficilement à le comprendre tant j'étais épouvantée par la Folle qui tapotait sur la vitre de la voiture.

Sous l'éclairage des réverbères, elle semblait frissonner, et ses cheveux blancs flottaient dans l'air comme un papillon de nuit. Nous nous dévisageâmes à travers le verre, et je me demandai depuis combien de temps elle était là, si elle m'avait suivie sur la route ou si elle m'avait attendue ici, en cachette. Je me demandai ce qu'elle voulait, en admettant qu'elle ait voulu quelque chose. J'étais paralysée, mon pied toujours englué dans la bave de l'escargot, et pendant un instant je crus que c'était sur elle que l'homme criait, mais je me trompais.

Un intrus avait essayé d'arracher les courgettes de son potager, disait-il, et avait bien failli réussir. Il faisait pousser des courgettes de concours, et sa prochaine récolte semblait prometteuse. Il était certain qu'il s'agissait d'un sabotage. Il avait même aperçu le dos du scélérat quand il avait pris la fuite, et jurait qu'il s'agissait du vieux M. Murphy, son grand rival.

– Ce sont les cheveux blancs qui l'ont trahi, la lune les reflétait, dit-il, comme si avoir des cheveux blancs était un crime en soi. Et je reconnaîtrais ces cheveux n'importe où, ça, je vous l'assure. Salaud.

Quelques femmes émirent un murmure de réprobation, et il s'excusa. Un voisin suggéra d'aller frapper chez M. Murphy pour qu'il montre ses cheveux. Il y eut des rires, puis le brouhaha des badauds qui se désintéressaient peu à peu de l'histoire. Bientôt, il ferait nuit noire et la rue retrouverait le silence, pourtant je n'arrivais toujours pas à bouger. Les yeux de la Folle étaient braqués sur moi, et ses doigts tapotaient sur la vitre, comme pour émettre un signal fou en morse, mais ce fut surtout la vision de ses cheveux blancs étincelants qui me fit frémir. C'est elle qui a attaqué le jardin de cet homme, songeai-je, ce sont ses cheveux blancs qu'il a pris pour ceux de ce M. Murphy, et je l'imaginais, là, dans le noir, les doigts recouverts de terre, mordant à pleines dents dans la chair des courgettes.

On entendit plusieurs « Bonsoir ! » tandis que la plupart des femmes repartaient chez elles s'occuper de leurs enfants, écouter la radio ou se boucler les cheveux, suivies par leurs hommes. Un retardataire suggéra d'un ton moqueur que le coupable était peut-être un de ces fameux mangeurs compulsifs de courgettes, et un éclat de rire disproportionné surprit la Folle, qui se retourna juste une seconde. Je partis en courant, dévalant le reste de la rue, passai devant le cultivateur de courgettes, mutilai d'autres escargots sur mon passage, sans même songer à leurs blessures, pourtant bien consciente que je retrouverais des éclats de coquilles et des traces de chair gluante sur les semelles de mes chaussures le lendemain matin.

# 17

Je trouve ma maison plongée dans le noir. Ma et Papa ne sont pas là, ils cherchent Sukey. Je me tiens sur le porche et je cherche mes clés, je regarde dans mon sac, et deux fois dans chacune de mes poches. Mes clés n'y sont pas. Mon estomac semble flotter jusqu'à ma poitrine, et mon cœur bat très fort tout contre lui. J'inspire calmement et je retourne mes poches pour vider leur contenu par terre. Le son des objets au contact du béton se mêle au bon vieux râle de ma porte d'entrée. Il y a quelqu'un derrière la porte, pas Ma, ni Papa. C'est un homme, plutôt jeune, petit et blond, qui se tient à l'intérieur et me dévisage. Il a l'air surpris, comme s'il ne s'attendait pas à ce que je rentre. Il n'a pas une tête de cambrioleur. Je lui rends son regard, méfiante. Je ne crois pas le reconnaître, mais je ne suis pas sûre de moi.

– Douglas ? dis-je.

– Non, je m'appelle Sean, répond-il en reculant dans la maison.

Ma maison.

– Restez là, ajoute-t-il.

Mais il est hors de question que j'attende dehors pendant qu'il fait Dieu-sait-quoi dans ma maison, alors je le suis dans l'entrée plongée dans l'obscurité. Il se passe quelque chose d'étrange : tout est différent. L'étagère au-dessus du radiateur a disparu et j'aperçois un vélo appuyé contre le mur. Je ne comprends pas où je me trouve. Je sens une odeur de vinaigre. L'homme est au téléphone et il me sourit, il fait le fier, comme Mme Winners.

– Vous voulez vous asseoir ? dit-il, une main sur le micro du téléphone.

– Ils ne peuvent pas vous entendre comme ça, lui dis-je.

Il acquiesce et retire sa main, dit encore quelques mots dans le combiné, puis raccroche.

– Vous voulez venir dans la cuisine ? On vient juste de manger des *fish and chips*. Il reste plein de frites.

Une petite fille se glisse sur les marches qui mènent à l'entrée, collée contre le mur. Cachée derrière son père, elle m'observe.

– Poppy, dit l'homme, je te présente la dame qui vivait ici, avant.

– Tu ne vis plus ici, alors ? je demande.

La petite fille pouffe de rire.

– Bien, on y va ? poursuit l'homme.

Il descend les marches jusqu'à la cuisine, et la fillette se retourne pour lui passer devant en courant. Je ne sais pas quoi faire. Tout me semble familier, je devrais savoir où je suis, mais je n'arrive pas à accéder à mes souvenirs. Ils sont dissimulés sous une autre vie, la vie d'autres personnes. Je me retourne vers la porte d'entrée, restée ouverte. C'est exactement la même que la mienne, avec les mêmes carreaux, et cela me rappelle qu'il faudrait que je rentre, mais je suis coincée sur ce bout de tapis et je ne peux plus sortir. Je cherche mes notes dans mes poches, mais je n'y trouve rien, que des fils et du vide. Je n'ai plus aucune note. Ce manque me donne la nausée, comme si on venait de me lâcher dans les airs et que je tourbillonnais. Je tords le tissu de mon manteau entre mes mains, paniquée. Et là, dans la doublure déchirée, je trouve un petit carré de papier bleu avec mon écriture : *Où est Elizabeth ?*

– Elizabeth a disparu !

J'ai hurlé. Hurlé pour que la partie de mon cerveau qui oublie tout arrête d'oublier.

– Elizabeth a disparu !

Je hurle, encore et encore. Quand je regarde par-dessus mon épaule, j'aperçois une petite fille accrochée à la rampe de l'escalier dans l'entrée, à moitié dissimulée derrière une masse de ces choses qu'on enroule autour du cou. Ces choses en laine, en soie, longues, mortelles, elles pendent sur le pilier de la rampe comme de redoutables serpents qui feraient semblant de dormir. La fillette me dévisage en écarquillant les yeux, puis monte les marches à toute vitesse. Je hurle dans sa direction.

Puis je sens une main sur mon épaule. Son poids me fait pencher vers la porte d'entrée.

– Maman ? dit une voix.

C'est Helen. Elle me prend dans ses bras et appuie mon visage contre son épaule. Elle sent la terre mouillée. Quand elle se redresse, elle me frictionne doucement d'une main. Dans l'autre, elle tient son téléphone.

– Sur qui tu criais comme ça ? demande-t-elle.

Elle étudie mon visage et me presse l'épaule.

– Maman, tu n'habites plus ici, tu le sais, n'est-ce pas ?

– Elizabeth a disparu.

Cette fois, j'ai chuchoté, et je lève les yeux vers la maison. Elle me paraît familière, mais je ne sais pas à qui elle appartient. Je pose une main sur ma gorge.

– Non, Maman, elle n'a pas disparu. Tu sais où elle est. Et il faut que tu l'acceptes, ou alors que tu l'oublies, mais quoi que tu fasses, il faut que tu arrêtes de dire ça aux gens.

Elle parle tout bas, et me guide vers la route.

– De dire quoi aux gens ?

– « Elizabeth a disparu. »

– Alors toi aussi, c'est ce que tu penses ?

Son visage se fige sur un sourire, les yeux clos.

– Non, Maman. Ne t'en fais pas, on va rentrer, d'accord ?

Elle ouvre la portière d'une voiture, m'aide à y monter, puis repart vers la maison ramasser des objets éparpillés dans l'allée. Un homme se penche pour l'aider.

– Merci beaucoup, dit Helen. Je n'étais sortie que dix minutes, je pensais que ça irait.

Il répond quelques mots que je n'entends pas.

– Je sais. Je sais que ce n'est pas la première fois. Elle va encore avoir besoin d'un peu de temps pour s'y faire.

J'essaie de comprendre de quoi il retourne, mais c'est impossible. C'est un tel bazar dans ma tête. Ma maison avec des étrangers dedans avec Katy sur les escaliers avec des *fish and chips* pour le dîner avec Sukey disparue avec Elizabeth disparue avec Helen. Disparue ? Mais non, Helen est là, elle entre dans la voiture et me conduit quelque part. Je me retourne pour regarder derrière nous.

– Helen, dis-je. J'ai changé de maison, c'est ça ? J'ai emménagé avec toi.

– Oui, Maman, dit-elle. C'est ça.

Elle tend une main vers moi, mais la retire tout de suite pour changer de vitesse.

– Au moins, dis-je, j'aurai eu bon sur une chose, aujourd'hui.

Satisfaite, je regarde la route se dérouler devant moi, et Helen ne m'empêche même pas de lire les panneaux à voix haute. Je me concentre très fort sur ces panneaux : ils sont solides, ils ne sont pas en bazar, et je n'ai pas besoin de comprendre ce qu'ils disent, parce que ce n'est pas moi qui conduis.

Un homme mince à l'air fragile vacille plus loin devant nous. Au début, j'ai l'impression qu'il est appuyé sur une longue jambe fine, mais je me rends vite compte qu'il s'agit en réalité d'un de ces appareils qui aident à se déplacer : deux roues, un guidon. Pas une brouette, autre chose. Nous le rattrapons et le dépassons de très près, et je suis persuadée qu'on va le heurter, le renverser, comme un petit coup qui ferait basculer une toupie. Mon ventre se contracte.

– Helen ! je m'écrie. Tu as failli l'écraser.

– Mais non, Maman.

– Si. Tu l'as presque touché. Tu devrais faire plus attention. On peut mourir dans ce genre d'accident.

– Oui, je sais bien, mais je t'assure que nous n'étions pas si près.

– Cette pauvre femme a été renversée devant chez nous. Quand était-ce, au fait ?

– Je ne sais pas. Je ne vois pas de qui tu parles.

– Mais si. Elle était au-dessus de mon lit, et puis elle s'est enfuie, et tu l'as renversée pour qu'elle ne revienne plus.

– Je n'ai jamais renversé qui que ce soit.

– Ça, je ne sais pas, dis-je. Je n'étais pas dans la voiture, cette fois-là.

J'étais dans la chambre de Douglas et j'écoutais *L'Air du champagne.*

J'entendis le crissement des roues qui freinaient soudainement en plein éclat de rire d'Ezio Pinza, puis la voix de ma mère qui m'appelait. Je ne comprenais pas ce qu'elle disait, alors je sortis en trombe de la chambre de Douglas, et suivis ses cris jusque dans la rue, et il ne me fallut que quelques secondes pour apercevoir une silhouette recroquevillée au milieu de la route. La Folle. Étendue par terre, elle avait la tête ensanglantée, et ses bras et ses jambes formaient un angle bizarre. Ma était agenouillée au-dessus d'elle, une main sur sa joue. Mme Winners avait dû entendre le fracas, elle aussi, car elle arriva en même temps que moi. Elle repartit aussitôt chez elle pour appeler une ambulance avec son téléphone, et Ma m'envoya chercher des couvertures pour recouvrir les membres déformés.

Après cela, ne sachant quoi faire, je m'agenouillai près de Ma et pris la main de la Folle. Ses yeux roulaient dans leurs orbites, et elle murmurait des mots que je ne saisissais pas, mais elle n'avait plus l'air aussi effrayant, pelotonnée ainsi sur le bitume, minuscule. Elle n'avait même pas son parapluie. Des petits morceaux de plantes étaient éparpillés autour d'elle, ceux qu'elle tenait à la main quand elle était tombée : des branches d'aubépine effeuillées, des fleurs de capucine rouges, des feuilles de salade de chouette et de pissenlit, du chèvrefeuille, du cresson de fontaine et de la citronnelle. Ainsi disséminés autour d'elle, ils lui donnaient l'apparence de l'Ophélie de *Hamlet*, une vieille Ophélie qui aurait confondu la route avec la rivière.

– Que des plantes qui se mangent, commenta Mme Winners. De la mélisse citronnelle, des capucines : elle se faisait une salade. Pas aussi toquée qu'on voulait bien le croire, après tout.

Quand je commençai à ramasser les feuilles et les fleurs, la Folle émit un son rauque du fond de la gorge. Ma se pencha pour l'entendre et, les yeux braqués sur moi, la Folle trouva ma main et y enfonça un objet. Je la laissai faire et sentis la petite chose fragile et craquante contre ma paume, sans la regarder.

– *Oiseaux* ? répéta Ma qui essayait de saisir ses paroles. Quels oiseaux ? La tête de qui ?

Mais elle ne semblait pas réussir à relier les idées de la Folle, alors nous nous contentâmes de la réconforter tant bien que mal à force de « chut » pendant que Mme Winners faisait bruyamment les cent pas, en se demandant à voix haute si l'ambulance s'était perdue et si elle n'aurait pas mieux fait d'aller se servir une nouvelle fois de son téléphone.

– Quel âge elle a, tu penses ? me dit Ma, qui essayait de réajuster la couverture pour qu'elle ne soit pas trop lourde sur la silhouette abîmée de la Folle.

Je répondis que je ne savais pas.

– Qu'est-ce que ça change ?

– Rien, j'imagine. C'est juste qu'elle est plus jeune que je ne le pensais. Elle pourrait même avoir mon âge.

Quand l'ambulance arriva enfin, la Folle avait arrêté de chuchoter, elle avait la bouche grande ouverte et les joues creusées. À un moment, elle sembla reprendre connaissance : elle croisa notre regard à toutes, et referma la mâchoire comme si elle essayait de dire une dernière chose. À ce moment-là, un filet de sang noir s'échappa du coin de ses lèvres, et elle s'éteignit pour de bon.

– Elle est morte dans mes bras, dit Ma tandis que les ambulanciers emportaient le petit corps, encore enveloppé dans une de nos couvertures.

Nous restâmes toutes les trois à contempler le bout de la rue plusieurs minutes, longtemps après qu'il n'y eut plus rien à y voir, et ce fut Mme Winners la première qui se reprit, se frotta les mains et leva les yeux vers le ciel pour se demander s'il n'allait pas pleuvoir. Elle finit par nous inviter chez elle pour prendre le thé.

– Ça devait bien arriver un jour, commenta-t-elle alors qu'elle nous installait dans son salon. Elle était toujours au bord de la route, à surgir devant les bus.

– Ce n'était pas un bus, là, dit Ma. C'était une voiture. Une Morris.

Mme Winners dit qu'elle ne voyait pas la différence. Elle alluma son petit radiateur électrique et posa un châle sur les épaules de ma mère avant de verser le thé, et je me rendis compte que Ma frissonnait. Je lui demandai ce qui n'allait pas, mais Mme Winners me fit une grimace en secouant la tête, et je compris qu'il valait mieux me taire.

– Qu'est-ce que tu as là ? me demanda-t-elle en désignant mon poing fermé.

Je posai ma tasse et ouvris enfin la main qui avait recueilli le cadeau de la Folle. C'était une fleur de courgette, séchée, blanchie et prête à tomber en miettes, comme le pavillon d'un vieux gramophone.

– C'est elle qui te l'a donnée ? On dirait une fleur de courgette. Un vrai trésor, ma parole ! Pourquoi t'a-t-elle remis ça ?

– Les fleurs de courgette, ça se mange, non ? Comme les capucines. Mais je crois que c'est parce qu'elle a arraché des courgettes dans le potager d'un homme, un soir, répondis-je. Il a failli la surprendre, d'ailleurs. Je passais à côté à ce moment-là. Elle savait que je l'avais vue.

Je repensai à l'homme qui avait appelé ses voisins au secours dans le noir, et qui faisait courir ses mains sur les galets de son muret.

– Et ce serait sa confession ? Sapristi, c'est qu'elle était vraiment détraquée, alors. Oh, je sais qu'il ne faut pas médire des morts, et puis après tout, ça signifie qu'elle était honnête, à sa manière. Et moi aussi, je peux me laisser tenter par une fleur de courgette.

– C'est Frank qui a aidé à les planter, dis-je à Ma.

Je pensai que, si c'était un détail important, cela la ferait réagir, mais elle se contenta de hocher la tête en caressant doucement sa tasse tiède, sans en boire une seule gorgée.

– Elle a dit que tous les petits oiseaux volaient dans sa tête, dit Ma. Comme dans les dessins animés avant le début du film, au cinéma. Ensuite elle a mentionné sa fille. Elle m'a dit que nous avions chacune perdu une fille. Elle devait parler de Sukey. Je ne pensais pas qu'elle savait quoi que ce soit à mon sujet ; en fait, je n'avais pas imaginé qu'elle puisse être consciente des gens autour d'elle. Mais elle n'arrêtait pas de parler de nos filles.

– Ça m'a tout l'air de divagations, déclara Mme Winners.

– Non, dit Ma. Elle savait qui j'étais.

– C'est seulement pour le week-end, Maman. Je suis désolée. Je reviendrai te chercher lundi matin pour te ramener à la maison. Maman ?

Je ne réponds pas. Nous sommes dans une petite pièce avec des rideaux blancs et de fausses fleurs dans un vase, et une forte odeur de sauce bon marché me parvient d'on ne sait où, mélangée à du désinfectant. Helen est accroupie près du lit sur lequel je suis assise ; elle dit qu'elle reviendra, mais je sais qu'elle ment. Je sais qu'elle va me laisser ici pour toujours. Ça fait déjà des semaines et des semaines que je suis là.

– Ce n'est que pour deux nuits. Et on te laissera faire un peu de jardinage.

– Je n'aime pas le jardinage, dis-je, et je m'en veux immédiatement d'avoir répondu.

– Mais si, tu aimes ça. Tu me poses toujours des questions sur les légumes que tu peux planter et, à la maison, tu as l'air de bien t'amuser à déterrer tout et n'importe quoi.

Cette fois, je me souviens que je ne veux pas répondre. Ça aussi, c'est un mensonge. Je n'ai jamais aimé le jardinage. Je ne suis pas comme elle, à sortir sous n'importe quel temps pour dire aux gens où creuser la terre pour y mettre une grande mare, ou leur expliquer quel type de terreau sera nécessaire pour faire pousser des légumes. Mais ce n'est pas à moi qu'elle irait le dire, ça, ah non. Elle ne pense jamais que je pourrais, moi aussi, avoir besoin de savoir à quelle profondeur il faut creuser pour planter des graines de courgettes, ou jusqu'où s'enfoncent leurs racines. Je me retiens de lui poser la question. De toute façon, la pièce est vide, il n'y a plus que moi. Helen a dû partir à un moment, et maintenant je reste assise là. Sur le mur, une pancarte : bienvenue à la maison de repos Keeble. C'est une maison de vieux, mais je ne comprends pas ce que je viens y faire. J'examine mes notes et j'y trouve le nom de la maison de repos sur un bout de papier rose, avec son adresse. Keeble Road. J'avais une amie qui habitait dans cette rue, avant. Elle est morte, maintenant, et je ne me souviens plus de son nom. Mais ce n'était pas Elizabeth, ça, j'en suis sûre. C'était une autre amie.

– On vous servira le thé dans cinq minutes.

Une jeune femme trapue me guide dans un couloir le long d'une enfilade de chambres. Je pense un instant à l'Hôtel de la Gare, sauf que toutes les portes sont ouvertes ici et, en passant à côté, j'entends les bruits des télévisions allumées et les conversations à voix basse. J'aperçois plusieurs fois des jambes étendues sur les lits, des chaussons et des bas de contention. Un bip insistant retentit quelque part. Nous arrivons dans un grand salon, et l'odeur de sauce s'éloigne. On m'installe dans une chaise face à tout un tas d'autres chaises similaires, qui se remplissent peu à peu de personnes âgées, leurs vêtements aussi froissés que leurs visages, comme s'ils sortaient à peine du lit. Il y a une autre télévision dans un coin dont le son accroît ma confusion.

– Ça fait des heures et des heures que j'attends, dis-je à la jeune femme trapue.

– Qu'est-ce que vous attendez ? demande-t-elle.

– Tellement longtemps que j'attends. Plus de deux heures.

– D'accord, et qu'est-ce que vous attendez ?

Mais je ne retrouve pas ce que c'est, et la jeune femme pousse un soupir en repoussant sa frange à l'aide de son avant-bras. Elle me donne une tasse de thé, et je me mets à observer une autre vieille dame de l'autre côté de la pièce. Elle porte une écharpe colorée sur les cheveux et elle est très voûtée. On dirait qu'elle est incapable d'empêcher son nez de tremper dans son thé chaque fois qu'elle en prend une gorgée. Et chaque fois qu'elle redresse la tête, des gouttelettes tombent sur son pull-over. Une fois son thé fini, elle pose sa tête dans ses mains pour soulager son dos. Quelqu'un vient la débarrasser, un homme élégant et souriant à la peau légèrement foncée. Un Espagnol, peut-être. Je le regarde empiler les tasses en une grande colonne brillante. Le soleil descend dans l'angle de la fenêtre, alors il va baisser un store d'un mouvement sec, comme un torero qui ferait claquer sa cape.

Il se fait tard, et ça fait longtemps que je suis là ; tous les danseurs commencent à rentrer, mais je ne peux pas encore m'en aller. Je dois attendre de voir si Sukey arrive. Il y a un bout de scotch sur ma chaise, que je me mets à arracher.

– *Quand les danseurs la laisseront-ils seule ?* dis-je, les vers du poème si distincts tandis que les mots qui s'échappent du téléviseur sont incompréhensibles. *Elle est fatiguée de la danse et du spectacle*[1].

1. *Maud*, de Tennyson (voir note p. 144).

– Qu'est-ce que c'est que ces histoires ? aboie une femme aux longs cheveux blancs qui vient d'entrer, appuyée sur un déambulateur. On m'a volé ma chaise ? Où est-elle passée ?

Je prends peur : peut-être que c'est moi qui suis assise dessus ? Mais l'homme espagnol fait un pas de danse vers la gauche et lui désigne la chaise à côté de la mienne.

– La voilà, dit-il.

Elle baisse la tête comme si elle s'apprêtait à charger la chaise, mais, au dernier moment, elle se retourne et s'assoit délicatement.

– Ce n'est pas bien, ce que vous faites, me dit-elle en montrant du doigt mes ongles qui grattent le bout de scotch.

Je n'arrive pas à retrouver la suite du poème, alors je ne sais pas quoi lui répondre. À la place, je souris et j'essaie de chantonner le début, comme ça, au moins, elle verra que je me souviens de la mélodie.

– Et elle trouve ça drôle, dit la femme à un homme assis de l'autre côté de sa chaise. Moi pas.

Elle se retourne vers moi :

– Si vous rentrez chez vous et que vous racontez à votre mère et à votre père que vous avez fait ça, ils ne seront pas très contents.

– Mais elle ne peut pas rentrer chez sa mère, voyons, intervient l'homme en époussetant les miettes sur son pull-over.

– Non, pas encore, dis-je. Je dois attendre qu'il vienne me chercher. Le matador avec sa grande cape. C'est lui qui détient ma sœur. Il l'a prise sous sa cape et ne veut pas la relâcher tant que je n'aurai pas dansé avec lui.

Mais personne ne semble m'écouter, et l'image du matador est trop vague pour que j'arrive à m'y accrocher. Une femme à la peau sombre, assise près d'un vase rempli de fleurs en tissu, me fait un signe de la main.

– Ce sont des fausses, vous savez, dit-elle. Mais elles sont jolies quand même.

Je les regarde et j'acquiesce.

– Fausses, répète la femme en frottant les pétales entre ses doigts.

Elle retire une des fleurs du vase et me la donne.

– Mais jolies quand même.

Je prends la fleur et je referme mon poing dessus, tandis que la femme attrape le faux bouquet en entier pour me le tendre. Sans le soutien du vase, les fleurs penchent tristement la tête, et on voit que les pétales sont abîmés à force d'avoir été tripotés. Quelques tiges en plastique n'ont même plus de fleur au bout, et elles me rappellent Douglas, dans notre cuisine, et son dos, courbé comme son triste bouquet.

La lampe électrique tremblotait et des insectes fantomatiques commençaient à venir s'écraser sur la fenêtre de la cuisine quand Douglas rentra enfin, ce soir-là. La cuisinière avait presque complètement refroidi, et nous buvions une dernière tasse de thé. Ma avait souvent du mal à s'endormir, et il m'arrivait de rester debout avec elle, de faire les mots croisés de *L'Écho* et d'écouter Papa ronfler à l'étage.

– Ton dîner est en haut de l'armoire chauffante, dit Ma quand Douglas passa la porte. Ça risque d'être un peu froid. Je m'en serais occupée si j'avais su que tu rentrerais si tard.

– Oui, je suis désolé, dit-il.

Il ne s'assit pas, pourtant il avait l'air prêt à s'effondrer.

– Je suis désolé, je n'ai pas pensé. Je...

Il avait des fleurs à la main, un bouquet grossier qui se flétrissait à vue d'œil dans la chaleur de la cuisine et qui perdait des pétales à chacun de ses mouvements.

– Je ne savais pas quoi faire, dit-il en nous les tendant.

Il flancha, et Ma agita la main pour m'enjoindre de l'aider.

– Qu'est-ce qui s'est passé ? demandai-je en me levant pour pousser ma chaise derrière ses genoux et le forcer à s'asseoir.

– Ma mère, dit-il. Elle est morte cet après-midi.

Je tressaillis. Ma prit un air inquiet, effrayé, même. L'une comme l'autre, nous pensions qu'il avait dû perdre la tête, ou la mémoire, quelque chose.

– Ta mère est déjà morte, mon petit, dit Ma. Quand il y a eu les bombes, tu te souviens ?

Elle agita à nouveau la main, cette fois en direction de la bouilloire, alors j'allai la remplir, la poser sur la cuisinière et remettre du combustible.

– Non, dit Douglas. Non, elle a survécu. Je ne l'ai pas su, à l'époque, mais elle a survécu. Et après... Tu l'as vue, un jour, Maud, tu te souviens ? Elle t'a pourchassée.

– Quoi ? Tu veux dire la Fo...

Je m'interrompis et raclai la bouilloire sur la plaque pour recouvrir les mots que j'avais failli prononcer.

– Mais comment est-ce possible ?

Il baissa la tête et posa ses fleurs. Il était certainement allé les cueillir pour sa mère, et je songeai à aller chercher un vase, mais je n'étais pas sûre que ça en vaille le coup pour un si piètre bouquet de fleurs des champs.

– Je pensais que vous étiez peut-être déjà au courant, pour Maman, dit Douglas. Sukey savait. Je lui avais dit. Elle était tellement gentille, elle voulait m'aider, elle lui préparait des paquets de nourriture. J'avais même commencé à penser que tout finirait par s'arranger. Je ne sais pas comment j'ai pu être aussi bête, mais je me disais que ça pouvait encore s'arranger.

– Mais, Douglas, ta mère... dit Ma. Je ne suis pas sûre de comprendre.

– Elle avait toujours été fragile, reprit-il, les yeux fermés pour se protéger des clignotements incessants de la lumière. Depuis la mort de ma sœur. Dora a été renversée par un bus, avant la guerre.

Nous hochâmes la tête pour l'encourager à continuer parce que, bien sûr, tout le monde connaissait cette histoire.

– Ensuite mon père est parti en France en 1940 et il n'est jamais revenu. C'est là que les choses ont empiré. Elle sortait à n'importe quelle heure du jour et de la nuit, elle ne dormait plus, elle ne mangeait plus, en tout cas pas assez. Elle a eu des ennuis avec nos voisins – à ce moment-là, on vivait à l'autre bout de la ville. Ils ont appelé la police. J'ai dû aller la chercher plusieurs fois au commissariat.

– C'est pour ça que le sergent Needham te connaissait.

– Ah ? J'imagine, oui. Bref, nous avons fini par devoir partir. Une nuit, j'ai emprunté la camionnette de la laiterie pour déménager nos affaires. Et je n'en suis pas fier. Mais, au moins, plus personne ne nous connaissait, et je pensais que cela nous protégerait. J'évitais nos nouveaux voisins, et c'était moi qui gardais notre carnet de tickets de rationnement pour que les commerçants n'apprennent pas le nom de Maman et ne fassent pas le lien entre elle et moi. Je crois que personne ne savait qu'elle vivait avec moi ; après tout, elle sortait à des heures impossibles, et elle se débrouillait toujours pour filer par le jardin de derrière plutôt que par la rue. Enfin bref, ça faisait à peine quelques semaines qu'on avait emménagé quand il y a eu le bombardement. J'ai cru qu'elle avait été emportée par la bombe. Et j'ai honte, mais j'en ai presque été soulagé, jusqu'à ce que je découvre qu'elle habitait toujours dans les ruines de la maison. J'ai essayé de lui venir en aide, mais elle était très difficile. C'était impossible de lui faire entendre raison. Tout ce qu'elle voulait, c'était rester dans la maison, même bombardée, parce que les poupées de Dora, son sac Woolworth et ses livres de l'ours Rupert étaient toujours là, quelque part.

– Pauvre femme, murmura Ma en contemplant la cuisine sans poser son regard.

La bouilloire avait commencé à siffler, et je versai l'eau chaude sur des granulés de bouillon de viande avant de pousser la tasse devant Douglas. Immédiatement, l'odeur qui emplit la pièce me fit saliver.

– Nous étions avec elle, dit Ma. Sur la route. Est-ce qu'on te l'a dit ?

Douglas ne répondit pas et prit une gorgée de bouillon. Je sortis son assiette de l'armoire chauffante et la posai devant lui. Il était très raide sur sa chaise, mais la lumière vacillante semblait animer ses traits. Ma prit un couteau et une fourchette sur la table et les fit glisser jusqu'à lui.

– Elle n'a pas eu l'air de souffrir. Elle est simplement partie.

Il hocha la tête et commença à manger, proprement, rapidement, et c'est sans nous regarder qu'il reprit son récit.

– Quand ils ont commencé à déblayer les débris de la maison, elle est allée passer ses nuits dans la cabane condamnée, sur la plage. Ensuite, je l'ai encore perdue, un bon moment, jusqu'à ce que je découvre qu'elle s'était installée chez Frank, dans les anciennes écuries. Je crois qu'elle voulait se rapprocher de Sukey. Vous voyez, elle ressemblait un peu à ma sœur.

Il prit une nouvelle gorgée de bouillon.

– Tu lui ressembles, toi aussi, Maud.

Je me demandai si c'était pour cela qu'elle m'avait pourchassée.

– Tu avais son parapluie, dis-je. Je l'ai vu dans ta chambre.

Il arrêta sa fourchette à mi-parcours alors qu'il s'apprêtait à avaler une rondelle d'oignon. Il se demandait peut-être ce que j'étais venue faire dans sa chambre, et je me rappelai soudain que j'avais laissé *L'Air du champagne* sur le gramophone. S'en apercevrait-il lorsqu'il monterait se coucher ?

– Je lui ai confisqué son parapluie, dit-il enfin. Elle... Elle était entrée dans ta chambre quand tu étais malade, et j'avais peur de ce qu'elle pouvait faire.

– J'étais sûre de l'avoir vue, dis-je. Mais j'ai cru voir beaucoup de gens quand j'étais malade.

– Elle a réussi à entrer dans la maison, et elle a aussi pris de la nourriture, continua-t-il. Je sais que j'aurais dû vous en parler, mais j'avais trop honte. Et elle n'a rien pris d'autre, rien qui ait de la valeur.

– Et tes disques ? demandai-je. Ceux que j'ai trouvés en morceaux dans le jardin ? C'était forcément ta mère.

– Non, ça, malheureusement, c'était moi. Je les gardais pour Sukey et, bon, un soir, elle est entrée chez Frank – ma mère, je veux dire. Je ne sais pas comment, ni pourquoi, mais elle l'a fait. Frank n'était pas là, et Sukey a eu très peur, alors elle a accouru ici. Il était autour de dix heures, je revenais du cinéma, et je l'ai croisée dans la rue. On s'est disputés. Elle était en colère parce qu'elle avait eu très peur, et moi j'étais en colère à cause de ce qu'elle disait sur ma mère. Elle n'avait pas eu l'intention d'être méchante, mais ses mots m'ont tout de même blessé. Puis Sukey est repartie retrouver Frank, alors je suis monté dans ma chambre et j'ai cassé les disques. Ensuite, je ne savais pas quoi en faire, alors je les ai jetés au fond du jardin, mais tu les as trouvés avant que j'aie pu les déplacer.

– « J'espère que nous pourrons redevenir amis », récitai-je à voix haute sans y penser.

C'était la lettre de Sukey.

– Quoi ?

Je secouai la tête.

– Est-ce qu'elle l'a dit à Frank ? Pour ta mère ?

– Elle voulait lui en parler, mais je lui ai demandé de ne pas le faire. Je ne voulais pas que cette sale brute soit au courant. Il s'en serait servi contre moi.

Douglas finit sa dernière bouchée, très soigneusement, et j'emportai son assiette dans l'évier. Mes yeux se posèrent sur les ailes d'un papillon de nuit qui m'apparaissaient en transparence sur la vitre, éclairées par la lampe.

– Qu'est-ce que Sukey t'a dit ? demanda Ma. Qu'est-ce qui t'a tant mis en colère ?

– Elle m'a dit que je devrais placer ma mère dans une institution. Mais je ne pouvais pas faire ça. C'était déjà assez difficile d'avoir dû quitter notre ancienne maison, et que les affaires de Dora aient été ensevelies sous les débris de la nouvelle. Je ne pouvais pas faire enfermer Maman. Tout ce qu'elle voulait, c'était rentrer chez elle, et pouvoir toucher les objets que ma sœur avait touchés.

# 18

– Je veux rentrer chez moi, dis-je.

Mais il n'y a personne pour m'entendre, et mes mots se dissolvent dans l'air, absorbés par des arbustes épais et hauts, une pelouse grasse et des arbres soigneusement taillés. J'ai une sorte de pelle minuscule à la main, et je m'en servirais bien pour faire du bruit, mais je ne trouve aucun autre objet dur contre lequel je pourrais la taper. Je ne sais pas où je me trouve, ni comment je suis arrivée là. Je sens l'odeur de l'herbe fraîchement coupée, mais je n'aperçois aucune fleur.

– S'il vous plaît, dis-je encore, je veux rentrer chez moi.

Quelqu'un passe derrière la haie, sa tête monte et descend. J'essaie de cogner la petite pelle sur un tronc d'arbre, mais ça ne provoque qu'un petit bruit sourd alors, évidemment, la personne ne m'entend pas. Je me demande si je suis censée creuser un tunnel pour m'enfuir. Apparemment, j'ai l'outil qu'il faut pour cela, mais comment commence-t-on un tunnel ? Je n'ai jamais vraiment prêté attention à ces vieux films de prisonniers, jamais imaginé que j'aurais moi aussi à m'évader de Colditz, un jour. Je traverse la pelouse en direction de la rue et m'arrête devant la haie, puis j'arrache des feuilles que j'empile dans ma main. Je les plie, je les déchire en tout petits bouts et je les éparpille dans l'herbe. Mais je ne les mangerai pas, je m'en fiche de ce que les gens disent. Une femme traverse la rue. Elle agite la main et je plonge derrière la haie. L'atterrissage est rude pour mes genoux.

– Bonjour, Maman, dit-elle.

Elle se penche vers moi pour me parler, dans le bruissement des branches raides et de leurs feuilles luisantes qui s'écrasent sous son poids.

– Qu'est-ce que tu fais là-dessous ?

Elle a des cheveux courts, blonds et bouclés, cette femme, et des taches de rousseur au creux de ses rides. Je me relève doucement en m'appuyant sur la haie. Mon pantalon est constellé de petits morceaux de feuilles, et j'ai les mains tachées de vert.

– Je suis venue te ramener à la maison, dit-elle. Ça s'est bien passé ?

Je choisis de l'ignorer et j'examine les maisons de l'autre côté de la route. Je n'en reconnais aucune. Elles sont trop neuves, trop propres pour se situer dans ma rue. D'un côté se tiennent plusieurs ouvriers vêtus de vestes brillantes, et un grand tas de ce truc, là, cette terre granuleuse très fine. Ça me rappelle la plage, Sukey, et des ongles ensanglantés. Ça me rappelle le temps avant la guerre, quand j'avais 7 ou 8 ans et que Sukey m'avait enterrée jusqu'au cou. J'avais essayé de m'extraire, en vain, et j'étais tellement paniquée que j'avais réussi à m'enterrer plus encore dans les petits grains qui avaient commencé à s'introduire sous mes ongles et dans ma bouche pour m'étouffer.

– Je sais que tu es fâchée, dit la femme, mais je vais me faire pardonner.

– Très fâchée, dis-je, j'étais tellement fâchée que je suis rentrée à la maison pour casser tous ses disques et les enterrer dans le jardin.

Je me souviens clairement de la colère et des disques, mais je n'arrive pas à faire le lien entre ces deux souvenirs.

– Je pensais qu'on pourrait aller rendre visite à Elizabeth.

– Elizabeth, dis-je. Elle a disparu.

Ce sont les bons mots, et ils me semblent familiers, mais je ne retrouve pas ce qu'ils signifient.

– Mais non, Maman, elle n'a pas disparu, tu le sais.

La haie s'incline à nouveau sous ces mots, et l'éclat de la lumière sur les feuilles m'effraie. Je ne fais pas confiance à cette femme, je ne peux même pas voir en dessous de sa poitrine tant cette plante a grandi. J'examine son visage, mais je ne me souviens plus à quoi ressemble quelqu'un qui ment.

– Je sais que tu lui apportes à manger, dis-je, et j'arrache une feuille de l'arbuste.

– Non, je ne lui apporte rien. Elle est à l'hôpital, Maman, pour un AVC, tu te souviens ? Tu te souviens qu'on en a discuté ? Un nombre incalculable de fois...

Elle a marmonné cette dernière phrase.

– Et on est allées lui rendre visite, aussi. Quand tu t'es foulé le pouce. Bref, elle est encore en pleine rééducation parce qu'elle a toujours du mal à avaler, mais on peut y retourner maintenant, si tu veux. Tu as envie d'aller la voir ?

Je ne sais pas de quoi parle cette femme, dont je ne vois ni les bras ni les jambes. Je commence à me demander si elle en a.

– Comment ça s'appelle ? dis-je en lui montrant la minuscule pelle.

– Une truelle.

– Ah ha ! J'étais sûre que tu le saurais ! dis-je. Je t'ai eue, là !

– Maman ? Tu comprends ce que je te propose ? Peter dit que tu peux aller voir Elizabeth. Mais souviens-toi de la dernière fois. Tu vas peut-être avoir un choc. Elizabeth a beaucoup changé depuis, tu sais ? Mais c'est toujours Elizabeth, et elle a vraiment envie de te voir.

La femme passe la main dans ses cheveux, et ça me permet de voir son bras. Je n'arrête pas de me répéter le mot « truelle » dans ma tête ; j'ai comme l'impression que ce sera important, plus tard.

– On peut y aller aujourd'hui, si tu veux. Je peux passer un coup de fil à Peter. Ça te plairait ? Je suis vraiment désolée d'avoir dû te laisser ici, Maman, dit-elle en commençant à remonter le trottoir le long de la haie. Je veux me faire pardonner.

Je la vois tout entière une fois qu'elle se tient devant le portillon du jardin ; ce ne sont que de fins barreaux en métal, elle ne peut pas se cacher derrière. Elle a des bottes en caoutchouc bleu marine et un jean très sale. Je ne sais pas ce qu'elle fait là ; je ne retrouve pas son prénom. C'est une de ces personnes qu'on prend pour quelqu'un d'autre, pour quelqu'un qu'on a envie de voir. Maintenant, j'ai toujours envie que ce soit ma fille, mais ce n'est jamais elle. Avant, je voulais que ce soit Sukey, et je la voyais partout : dans le geste précis d'une vendeuse qui se repoudrait le nez, dans le pas dansant d'une ménagère impatiente dans la queue à l'épicerie. J'ai continué de la voir dans d'autres femmes longtemps après m'être mariée, longtemps après m'être installée, longtemps après avoir eu des enfants. Elle continuait d'apparaître dans le flou d'un visage derrière la vitre d'une voiture.

Il y a une voiture, maintenant, quelqu'un qui conduit, et un oiseau qui s'envole du bitume, et un homme assis sur un banc près d'une boutique, et un chien attaché à un réverbère.

– Helen...

Je ne sais pas quoi ajouter, alors je tire sur ma ceinture avant de la laisser revenir en un claquement sec. C'était quelque chose d'important.

– Truelle.

Ce n'était pas ça. Rien à voir. Les images se fondent les unes dans les autres, les mots aussi. Le kiosque dans le parc, l'affreuse maison jaune et verte.

– Oh, Maman, souris un peu, je t'emmène voir Elizabeth.

Elle me jette un rapide coup d'œil, puis reporte son attention sur le pare-brise.

– Je pensais que ça te ferait plaisir.

Les lumières rebondissent sur les voitures, j'en ai le tournis. Puis, soudain, nous nous retrouvons dans un long couloir blanc. Nous croisons un homme qui marche en couinant. Ses chaussures semblent fredonner une vieille mélodie. Une chanson qui parle de lilas. Puis, comme s'ils faisaient partie d'un même spectacle, deux personnes nous dépassent, les bras chargés de fleurs.

– Elles sont pour moi ? je demande.

Ils rient comme si je venais de faire une plaisanterie. Nous arpentons plusieurs couloirs, tous les mêmes, et je commence à croire qu'on tourne en rond.

– Est-ce qu'on s'est perdues ?

Apparemment non. Nous sommes arrivées. C'est une pièce remplie de gens dans des lits.

– On devrait les faire se lever, tous, dis-je. Ça ne peut pas être bon pour la santé, de rester allongé comme ça.

– Ne dis pas de bêtises, chuchote Helen. Et parle moins fort. Ils sont souffrants.

La pièce est très lumineuse, avec ses draps blancs, ses grandes lampes et ses barrières en métal, comme un parc d'intérieur. Mon cerveau a du mal à rester concentré.

– Maman ? dit Helen.

Un seul mot me vient à l'esprit, et ce n'est pas le bon, je sais que ce n'est pas le bon.

– Kiosque, dis-je. Kiosque.

Helen se dirige vers un lit. Et là, cette toute petite chose au visage fripé, c'est Elizabeth. Les yeux fermés, elle semble flétrie, fanée. Est-ce qu'elle a toujours eu cette tête-là ? Je reste quelques minutes près du rideau, à la regarder. Puis je me rapproche et je tire le rideau autour de nous, pour nous enfermer, nous dissimuler. Un homme est penché au-dessus du lit. La peau de sa gorge est très rouge, à vif.

– Elle a eu une nuit difficile, dit-il. Mais elle ne va pas tarder à se réveiller. Ne faites pas de bruit.

Je m'assois en silence. Très doucement. Je ne veux pas la déranger. Elizabeth est là. Je lui souris, mais elle ne me rend pas mon sourire. Elle est bordée de près dans un immense lit.

– C'est bien, repose-toi, je lui murmure.

Dans une minute, nous prendrons le thé. Je peux essayer de retrouver du chocolat dans mon sac. Ou peut-être aller lui préparer un peu de fromage sur du pain. Il va te falloir manger quelque chose, Elizabeth. Ta crapule de fils te rationne tellement qu'il t'affame.

– L'affamer ? dit l'homme. La rationner ?

Ensuite, tu pourras me parler des espèces d'oiseaux rien qu'en regardant leurs ombres, et j'irai déterrer les disques cassés au fond du jardin et nous écouterons *L'Air du champagne.*

– C'est de creuser dans le jardin qui l'a mise dans cet état, dit l'homme. Vous m'entendez ?

Il se tourne vers moi, la peau rouge de son cou est toute tendue. Elizabeth dort à moitié assise. Elle penche un peu d'un côté, sa bouche aussi, et ça me donne l'impression de tanguer, comme si nous étions sur un bateau. Je m'accroche au bord du lit pour garder l'équilibre.

– Vous êtes allée creuser dans le jardin, vous vous souvenez ?

Je me concentre du mieux que je peux sur un point en particulier, et je m'éloigne autant que possible de lui.

– Je ne sais pas, dis-je. Où ça ?

– Dans le jardin de ma mère.

– Non, je ne sais pas où il se trouve.

– Dans le jardin d'Elizabeth, dit Helen. Peter, je peux vous dire un mot dehors ?

– Non, dis-je. Je n'irais pas creuser là-bas. On ne sait jamais ce qui peut être enterré sous ces nouvelles maisons. D'après Douglas, ça pourrait être n'importe quoi.

– Encore des accusations ?

– Mais non, dit Helen, absolument pas.

Elle demande une nouvelle fois à Peter s'ils peuvent sortir pour discuter, alors il tire le rideau, puis le referme derrière lui de façon tellement brusque que cela me fait penser au mécanisme d'une scie. J'essaie de refaire le même bruit en remuant le rideau, mais on me l'arrache des mains. La pièce paraît toute petite maintenant qu'il n'y a plus que moi dedans, et les murs deviennent étranges ; ils remuent dans la brise, ça me donne l'impression d'être sur un bateau. Un mouchoir surgit d'une boîte en carton telle une voile, et je tire dessus avant de le déchiqueter lentement. J'écoute les voix à l'extérieur. Une voix de femme, parfois, mais surtout celle d'un homme.

– C'est le choc de la chute qui a provoqué l'attaque, dit-il. Et depuis, je n'ai pas arrêté de me demander ce qu'elle pouvait bien chercher dans ce putain de jardin. Je suis certain qu'elle a trouvé quelque chose et qu'elle n'a pas voulu dire à ma mère ce que c'était. Et si ça a une quelconque valeur, nous exigeons de le récupérer. Cet objet nous appartient.

Près des mouchoirs, j'aperçois une brique de jus de fruits et un petit peigne blanc en plastique. Je lâche mes bouts de mouchoir par terre et je commence à brosser les cheveux d'Elizabeth avec le peigne. Doucement, tout doucement. Elle a les cheveux blancs, maintenant, plus une seule mèche grise et, en comparaison, le peigne a l'air sale. Cela me met en colère : il n'est pas assez bien pour Elizabeth, elle mérite beaucoup mieux que cela. Je fouille à nouveau mon sac et y trouve un peigne en écaille, mais c'est un peigne recourbé, arrondi, pour maintenir une coiffure en place, pas pour se brosser les cheveux.

Un rire se fait entendre de l'autre côté du rideau, un rire mauvais, tranchant. C'est encore l'homme.

– Mais, en même temps, le jardinage, c'est de famille, pas vrai ? dit-il. Pour vous, ce n'est sûrement qu'une vaste blague d'aller dévaster les pelouses des gens. Et n'allez pas vous imaginer que je ne sais pas que vous êtes venues voir ma mère dans mon dos.

Je me demande ce qui se passe, mais ça ne dure qu'une seconde, parce qu'enfin Elizabeth ouvre les yeux. Elle émet un son rauque, et je sais qu'elle essaie de parler, mais je ne la comprends pas. Ses mots sont trop mous, trop mouillés, trop baveux. Elle pousse ses mains dans les manches opposées, mais j'aperçois encore la peau de ses poignets. Elle est anormalement douce, on dirait, sans os et bouffie, comme si on l'avait remplie d'air. Malgré ses lèvres craquelées, elle forme un sourire, une moitié de sourire, et essaie à nouveau de parler. J'ai l'impression d'échouer, de ne pas réussir à rattraper un cadeau précieux. Les mots dégringolent jusqu'au sol et disparaissent.

Aucun d'entre nous n'alla se coucher le soir de la mort de la Folle ; à la place, nous tînmes une sorte de veillée, Ma, Douglas et moi, et les insectes qui venaient s'écraser contre la fenêtre. J'ignore ce que nous attendions, ce que nous guettions. Peut-être voulions-nous simplement trouver un peu de sens à tout cela.

Quand les lumières de l'aube commencèrent à se glisser dans le jardin, je sortis pour les respirer. Mais j'avais les membres lourds, et les yeux qui me piquaient. Aveuglée, je rentrai dans la haie de mûriers en cherchant l'allée ; le bruissement et le mouvement me firent sursauter de frayeur avant que j'aie le temps de me rappeler que plus jamais la Folle n'apparaîtrait parmi les feuilles d'un arbuste, plus jamais elle ne hurlerait, ne me montrerait du doigt, ne lèverait sa jupe devant un bus, ni me pourchasserait, armée de son parapluie. Et je m'en voulus du soulagement qui m'envahit à cette pensée.

Papa partit travailler peu après, alors que j'étais encore dans le jardin. Je le vis s'arrêter pour cueillir des mûres sur la haie de ronces, presque furtivement, comme s'il ne voulait pas qu'on sache qu'il pouvait encore prendre du plaisir à les goûter. Je le regardai s'éloigner, puis allai l'imiter et déguster des baies. Cela me semblait une bonne chose à faire, une réaction appropriée, et le sucré masquait le goût rance du matin sur ma langue. J'en mangeai encore quelques-unes, et les plus amères me poussèrent à mieux chercher les plus sucrées. Puis je me mis à les ramasser plus consciencieusement et à les empiler dans un vieil arrosoir abandonné dans l'herbe.

Les baies se détachaient de la branche avec une facilité réjouissante, et j'enfonçai mes mains plus profondément dans les arbustes pour atteindre les fruits les plus mûrs. Quand Douglas vint me retrouver, il ne dit rien, mais lui aussi se mit à manger, à cueillir et à écarter les branches avec précaution pour pénétrer dans le repaire des fruits. Je l'observai un instant, et je décelai une ressemblance entre lui et la Folle – elle était évidente quand on savait –, mais le contexte accentuait probablement cette impression : il avait les bras plongés dans les branchages. Bientôt, ma mère nous rejoignit avec des paniers et des saladiers pour commencer sa propre récolte.

Nous délestions efficacement les branches, faisant chuter les mûres entre nos doigts avides. Tout en cueillant, nous prenions le temps de glisser des baies entre nos lèvres, sans un bruit, concentrés, résolus. Je continuai jusqu'à ce que j'arrive à peine à lever les bras, la peau de mes doigts couverte d'égratignures. C'est à ce moment-là que Frank apparut. Nous entendîmes ses pas dans l'allée et nous retournâmes comme un seul homme.

– Bon Dieu ! s'exclama-t-il. Vous êtes devenus cannibales ?

Je me rendis compte que Ma et Douglas avaient le visage et les mains ensanglantés par les fruits, comme s'ils venaient de dévorer un animal vivant. Je sentais des gouttes de jus dégouliner de mes propres lèvres. Aucun de nous ne rit, nous nous contentâmes de nous contempler les uns les autres, comme si nous venions de nous réveiller d'un rêve, les vêtements tachés, la peau pâle, les yeux humides.

Frank avait apporté du sucre, et Ma s'essuya les mains et le visage sur son tablier pour s'extasier et palper le paquet comme s'il s'agissait d'un cadeau de Noël.

– On va pouvoir faire de la confiture, dit-elle. On a des fruits.

– Je vois ça, commenta Frank.

Puis il rit, non sans nous examiner furtivement, et il alluma une cigarette entre ses mains tremblantes. Un de ses boutons de manchette claquait furieusement contre son poignet, comme une mouette affamée.

Ma repartit à la cuisine avec notre récolte, et Douglas continua de manger des mûres, mais j'avais perdu l'appétit. Ma peau me démangeait aux endroits où le jus avait séché et je me sentais irritée par la présence de Frank ; j'aurais préféré qu'on continue de cueillir des mûres toute la journée, sans parler, rien d'autre, sans devoir donner un sens à ce que nous faisions.

J'évitais Frank depuis plusieurs jours, je faisais le tour pour rentrer si je l'apercevais qui m'attendait au bout de notre rue, je traversais la rue quand je passais trop près du Fiveways ou de n'importe quel autre pub qu'il aurait pu fréquenter. Je ne savais pas quoi lui dire. Je ne pouvais me résoudre à lui raconter que Douglas attendait au Pavillon tous les soirs de bal, dans l'espoir de voir Sukey arriver.

– On dirait que tu as du rouge à lèvres qui a bavé, me dit Frank. Comme si tu avais embrassé quelqu'un.

Ses mains ne tremblaient plus. Il leva un pouce jusqu'à ma bouche et le laissa flotter à un millimètre de mes lèvres.

– Je ne mets pas de rouge à lèvres, dis-je.

Je parvenais à peine à articuler tant il me coûtait de ne pas m'approcher de sa peau. J'entendis un frottement quand Douglas donna un coup de pied dans le mur derrière moi. Frank ne le regarda même pas et caressa doucement une dernière trace de jus de mûre sur ma lèvre supérieure avant de l'étaler sur les siennes.

– Qu'est-ce que tu en penses ? dit-il. Peut-être que je devrais en mettre, moi.

L'absurdité de son geste, de sa remarque me fit pouffer de rire.

– Maintenant on dirait que c'est toi qui as embrassé quelqu'un, dis-je au moment où Ma nous appelait pour rentrer.

– Je voulais parler à Frank, expliqua-t-elle quand nous passâmes la porte. Lui dire pour l'accident.

Ce mot fit sursauter Frank.

– Quel accident ?

– La mère de Douglas. Elle a été tuée par une voiture.

Ma finissait de laver les fruits et les versa dans une casserole pour les faire ramollir, et il y eut un silence avant que Frank ne réagisse.

– C'est affreux, dit-il, la voix tremblante.

C'était à peine croyable, mais il semblait au bord des larmes.

– Quand est-ce que ça s'est passé ? Vous étiez là ? Mon Dieu, c'est affreux.

Il laissa échapper un sanglot qui nous fit tressauter tous les trois, comme s'il venait de jeter une assiette sur le sol.

– Tu ne trouveras peut-être plus ça si affreux quand tu sauras qui c'était, dit Douglas.

Sa voix trahissait sa colère, mais son visage couvert de traces rouges restait serein.

– Ça n'a aucune importance, trancha Ma avant d'aller essuyer le jus de mûre qu'il avait sur le menton pour le faire taire.

– Je me souviens de la première fois que je l'ai vue, dit Frank.

Il y eut une pause, durant laquelle nous semblions tous nous demander ce qu'il allait ajouter, mais il ne continua pas. Il s'ébroua et vint se tenir près de Ma pour l'aider à faire rentrer les mûres ramollies dans des sacs en mousseline, et la pulpe chaude et sombre coula sur ses doigts, puis le long de ses poignets. Je fis bouillir les fruits dans le sucre du marché noir, puis Ma les versa dans des bocaux qu'elle scella à la paraffine. La confiture obtenue était claire, rosée et délicieuse. Et pendant tout ce temps, Frank était là avec nous et, régulièrement, il semblait au bord des larmes, parce que la mère de Douglas était morte dans un accident.

– Bon Dieu, quel abruti, celui-là, s'exclame Helen en frappant son volant du plat de la main. Te rendre responsable de tout. Et moi aussi par la même occasion ! Comme si mon métier avait quoi que ce soit à voir avec ce qui s'est passé. Tu vois, c'est surtout Elizabeth que je plains. Avoir un fils comme ça...

– Elizabeth a disparu.

– Maman, on vient à peine de la voir.

– Elle a disparu, et c'est ma faute.

– Non, n'écoute pas cet idiot. Il n'aurait jamais dû la laisser seule dans le jardin alors qu'elle avait tant de mal à tenir debout. Ce n'est pas de ta faute.

– Si, c'est de ma faute parce que j'ai regardé aux mauvais endroits, j'ai collecté des indices partout ailleurs, alors que, tout ce temps, les vrais indices étaient là, juste sous mes yeux, et ils m'attendaient.

– Mais enfin, de quoi tu parles ?

– Elle a été enterrée dans le jardin.

– Qui ça ?

Je ne retrouve pas le prénom.

– Celle dont tu parlais à l'instant.

– Elizabeth est à l'hôpital, Maman. On vient à peine d'aller la voir.

– Non, dans le jardin. Enterrée depuis des années.

Helen change de vitesse et ralentit.

– Quel jardin ? Le nôtre ?

– Celui des nouvelles maisons. Elle a disparu et ils ont construit toutes ces maisons. Et Frank leur a apporté des tonnes de terre pour aménager les jardins, et il y a planté des choses. Et les courgettes ont failli être détruites quand quelqu'un est entré dans le jardin. Pour creuser.

– Les nouvelles maisons. Tu veux dire chez Elizabeth ?

– Elizabeth a disparu.

– Non, Maman, on vient à peine de la voir.

– Elle a été enterrée...

– Tu l'as déjà dit. Mais tu ne parles pas d'Elizabeth, si ?

– Elizabeth a disparu.

Ce n'est pas le bon prénom. Je sais que ce n'est pas le bon prénom, le bon prénom m'échappe totalement. Helen immobilise la voiture.

– Tu penses que quelqu'un est enterré dans le jardin d'Elizabeth, mais qui ? Sukey ?

Sukey. C'est ce prénom-là. Sukey. Sukey. Je sens les muscles dans ma poitrine se détendre légèrement.

– Maman ?

Helen tire violemment le frein à main, et la voiture s'arrête dans un soubresaut.

– C'est ma faute. J'étais là, je savais quel jardin c'était à cause des galets sur le muret, et si j'étais simplement allée creuser, moi aussi, j'aurais tout découvert, et Ma ne serait pas morte sans savoir. Je pensais que ce n'était rien, seulement la Folle qui voulait me faire peur. Mais il y avait les affaires de Sukey dans le jardin, elles m'attendaient, elles marquaient sa place. Son poudrier était là, mais je ne l'ai trouvé que trop tard, beaucoup trop tard. Et maintenant je ne la retrouverai jamais, n'est-ce pas ? Elle restera disparue pour toujours et je continuerai à la chercher indéfiniment. Je n'en peux plus.

– Moi non plus, marmonne Helen entre ses dents. C'est bon, j'en ai assez. Sors de la voiture. Non, attends, je vais t'aider.

Elle vient m'ouvrir la portière et je me rends compte qu'on est de l'autre côté du parc, après la maison jaune et verte, après l'hôtel, après l'acacia, et tandis que je fais courir mes doigts sur les galets noir et blanc du muret, Helen part chercher quelque chose dans le coffre de sa voiture. Le portail du jardin est fermé, mais Helen glisse la pointe d'une pelle entre le portail et le muret, faisant céder une charnière en bois.

– Viens dans le jardin, Maman, dit-elle devant un tapis de mousse et de gueules de loup, en me tenant le portail ouvert. Allez. Je retournerai le jardin entier si c'est ce que tu veux.

La pelouse est brunie, abîmée et parsemée de carrés de terre nue là où il devrait y avoir de l'herbe ou des fleurs. Helen fait des allers et retours pour rapporter ses outils. Elle se penche pour tâter la pelouse du plat de la main comme si elle cherchait un objet dissimulé sous un tapis, puis elle tapote plusieurs endroits du pied en tendant l'oreille gauche vers le sol. Enfin, elle jette sa pelle au loin et lève sa fourche très haut avant de la laisser retomber à pic dans le terrain. Les dents se plantent profondément, sans un bruit, et Helen les fait ressortir en déversant une marée de terre et d'herbe sur le jardin.

– J'en ai par-dessus la tête des disparues, des malades et des morts. J'en ai par-dessus la tête des fils des disparues, aussi, dit-elle en poignardant la terre. Alors on va creuser jusqu'en Australie s'il le faut.

Je ne comprends pas ce qu'elle est en train de faire.

– C'est pour planter des haricots d'Espagne ? dis-je en désignant la plaie qu'elle inflige à la pelouse meurtrie.

Un drôle d'endroit pour ça, me semble-t-il. Elle ne me répond pas, elle parle toute seule, elle jure. Je m'approche d'une serre vide à l'abandon. Elle me paraît familière, pourtant, et j'y entre quelques minutes pour tenter de retrouver ce que me rappelle cette humidité, cette odeur de moisi et de lasure, les pots de plantes en plastique. Un rouge-gorge vient se poser sur le monceau de terre à côté de la tranchée que creuse Helen.

– Casse-toi ! hurle-t-elle en agitant sa pelle.

L'oiseau s'envole pour aller se percher sur une branche du pommier.

– Helen ? dis-je. Ce serait où, le meilleur endroit pour planter des courgettes ?

– Bordel de merde.

Elle tourne la tête en fouettant l'air comme si elle pouvait m'envoyer les mots à la figure.

– Qu'est-ce que ça a à voir avec... ?

Mais le reste de sa phrase se perd dans les grattements du métal contre la pierre tandis qu'elle recommence à creuser ailleurs.

– Une très bonne exposition ici, marmonne-t-elle. Et ce mur-là comme protection du vent...

Elle est en train de faire un affreux désordre, et je me demande pourquoi. Peut-être que c'est comme ça qu'on aménage un jardin, mais ça m'étonnerait. Pour l'instant, il n'y a que de gros trous moches dans le sol. À moins qu'elle ne veuille y mettre des mares, je ne vois pas l'intérêt. Je trouve une chaise en plastique blanc sur un petit monticule de terre sableuse, dont l'un des pieds s'enfonce quand je m'y assieds. Je me retrouve penchée en avant, à étudier toutes les formes de vie qui s'étendent sur ce petit carré, à regarder dans les trous des feuilles d'oseille et à souffler sur de minuscules plumes tombées du ciel.

J'effleure les pétales fins d'un pissenlit, serrés comme un nœud de velours, et je ne résiste pas à l'envie de les détacher pour sentir cette tentative de résistance avant qu'ils ne cèdent à une milliseconde d'intervalle les uns des autres. Un escargot avance parmi les broussailles.

– Tu feras une très bonne confiture, lui dis-je. Je vais te ramollir, te mettre dans un sac en mousseline et te faire bouillir dans du sucre.

L'escargot rentre ses antennes sans interrompre sa traversée.

Puis un cri retentit.

– J'ai failli me foutre un bout de métal dans l'œil ! Et merde, s'écrie Helen en sortant du trou qu'elle a creusé.

Qu'est-ce qu'elle parle mal, aujourd'hui.

– C'est une boucle de chaussure, dit-elle. Attends une seconde...

Elle s'accroupit et se penche dans le trou.

– Il y a un truc là-dedans. Maman !

Je me relève tant bien que mal pour la rejoindre, et elle me tend un morceau de bois, tout pâle, sauf du côté où la terre l'a noirci. Les bords se désagrègent sous l'effet de l'humidité. Helen extrait d'autres fragments de la terre et on commence à apercevoir une cavité. Des filets de terre poussiéreuse dévalent la pente. Dessous, il y a une chose jaunâtre, ronde, si lisse qu'elle en est inquiétante, avec des rangées de dents qui mordent dans la terre comme si elles voulaient se frayer un chemin jusqu'à la surface. Mais comment ça s'appelle, cette chose sans chair, sans cheveux, ce visage qui vous fixe sans yeux ? Helen refuse de répondre quand je le lui demande, et, au fur et à mesure qu'elle enlève plus de terre, je me rends compte qu'il manque un morceau à la chose, elle a une fissure, une trace de violence, sombre et creuse sur sa pâleur.

– Maman, dit Helen, rapproche-toi de la maison, s'il te plaît.

Elle se penche à nouveau pendant que je recule et, quand elle se relève, je vois qu'elle a encore ramassé du bois, mais aussi un petit objet rond, un pot. Je peux dire, même de là où je suis, qu'il est bleu marine et argenté. Et je sais qu'autrefois il contenait de la poudre couleur pêche, et non cette terre noirâtre. Helen le vide par terre, puis s'approche.

– Allons à la voiture, dit-elle tout bas en m'agrippant les bras. Allons nous asseoir dans la voiture.

La porte côté passager est ouverte, et Helen me force à m'installer sur le siège, les jambes dehors. Elle s'agenouille sur le trottoir à mes pieds et parle dans sa main, à un objet niché au creux de sa paume qu'elle appuie fort contre sa joue, sans cesser de jeter des coups d'œil vers le portail du jardin, comme si elle craignait que quelque chose ne s'en échappe. Le portail du jardin, je pense, le portail du jardin est ouvert. Ça me semble important, mais j'ignore pourquoi. Helen aligne lentement les morceaux de bois et le demi-poudrier sur les dalles du trottoir. Je cherche l'autre moitié dans mon sac et me penche pour les réunir, les deux cercles bleu et argenté, et je ferme les yeux pour revoir Sukey, assise à la table de la cuisine, passer un peu de poudre sur son nez. Ainsi penchée, j'ai l'estomac serré par l'élastique de mon pantalon, et le sang afflue vers ma tête.

Les bouts de bois effrités ressemblent aux pièces d'un puzzle, comme les éclats d'un disque vinyle. J'essaie de les assembler mais ils sont trop humides et trop moisis, comme de la viande bouillie. Peu importe : je sais déjà d'où ils proviennent, d'une caisse à thé, comme celles qui traînaient toujours partout chez

Frank, comme celle dans laquelle il a rangé les vêtements de Sukey après sa disparition.

– Frank, dis-je.

Mon cœur se serre. J'ai l'impression d'être de retour chez Audrey, ce soir où nous avons bu le gin de son père.

Quand elle a fini de parler, Helen détache un rectangle tout plat de son visage et repose d'autres objets sur le trottoir. Une poignée de verre brisé aux bords lisses comme des billes, une boucle de chaussure rouillée, et les minuscules squelettes de deux oiseaux aux os retenus par du fil de fer. Ils ont toujours leurs yeux de verre collés à leur crâne, et on distingue des traces de vernis coloré sur leur bec. Et je sais que la dernière fois que j'ai vu ces becs, c'était chez Frank. Ils ont volé dans sa tête, avait dit la Folle. Le verre s'est brisé, et les oiseaux ont volé dans sa tête.

Une voiture avec un damier coloré sur la carrosserie s'arrête devant la maison. Un homme et une femme en sortent. Ils portent une chemise blanche et une grosse veste noire par-dessus qu'ils ont étiquetée, comme moi avec ma prise de courant « BOUILLOIRE » et mon bocal « THÉ ». Leur étiquette à eux dit « POLICE ». Helen sursaute comme si elle voulait bondir pour les saluer, mais elle n'y arrive pas, elle a les jambes tremblantes et donne un coup dans les deux moitiés du poudrier, qui se séparent. Je les rapproche à nouveau pour faire coïncider les charnières et je nettoie les traces de terre pour faire briller les rayures argentées. Je suis penchée depuis si longtemps que mes mains sont rouge violacé, et je sens mon pouls battre fort dans mes poignets. Je suis déséquilibrée avec tout ce sang dans ma tête, qui cogne dans mes tempes et semble me murmurer « Sukey Sukey Sukey. »

La policière passe par le portail du jardin, puis réapparaît rapidement.

– Bien, dit-elle, je confirme : ce sont effectivement des restes humains que vous avez trouvés.

– Oui, dit Helen.

– Et ces objets, vous les avez pris sur le lieu d'inhumation ?

– Oui.

La policière la réprimande et lui dit que nous ne devons plus rien toucher. Elle rédige une liste de ce que nous n'aurions pas dû toucher, tous les objets alignés à mes pieds : des morceaux de verre, un récipient à maquillage, du bois, des squelettes d'oiseaux. Je repousse le trottoir pour me redresser, m'éloigner des trouvailles, mais j'ai besoin de les toucher. Il le faut.

– Et ce n'est pas votre jardin ? demande le policier.

– Non, dit Helen, c'est celui d'une amie de ma mère.

Le policier me dévisage. Il lève les sourcils et fait quelques pas en arrière.

– Mais c'est vous ! s'exclame-t-il. Je n'arrive pas à y croire. C'est bien vous, n'est-ce pas ?

– Oui, c'est moi, dis-je.

– Vous ne me reconnaissez pas ?

Il plie les genoux pour que je voie mieux son visage. Son sourire malicieux me rappelle quelqu'un.

– C'est moi que vous venez toujours voir pour la disparition de votre amie, Elizabeth.

Je ne réagis pas assez vite, et un soupçon de déception apparaît au coin de sa bouche.

– Ah oui, dis-je, bonjour.

– C'est toujours à moi qu'elle parle, dit-il en se retournant vers la policière. J'aurais dû suivre sa piste, elle m'aurait mené à un meurtre vieux d'un siècle.

– Il n'est pas vieux d'un siècle, et on ne sait même pas s'il s'agit d'un meurtre, corrige la policière, qui tire sur sa veste noire et regarde Helen. Pourquoi est-ce que vous creusiez dans ce jardin ?

– Je cherchais le corps, dit Helen.

– Vous saviez qu'il était là ?

– Non, pas vraiment.

La policière dit à son collègue d'aller chercher quelque chose dans la voiture, puis ils se mettent à accrocher des rubans bleu et blanc autour d'un arbre. Ils flottent dans le vent comme des étendards, mais il n'y a pas de dessins dessus, rien que les mots « NE PAS FRANCHIR ». Pendant qu'ils sont occupés, je déplace mon pied pour que le bord de ma chaussure soit en contact avec un des petits squelettes d'oiseau. C'est à ce moment seulement que je parviens à reprendre ma respiration. Le sang quitte peu à peu ma tête alourdie, mais j'ai toujours l'impression qu'il me parle. J'ai entendu ça un jour : le sang qui chante dans les veines. Est-ce que c'est ça ? Et y a-t-il un moyen de l'arrêter ?

– Vous aviez emporté des outils ? demande la policière.

Elle n'a pas vu que j'avais bougé mon pied.

– Je suis paysagiste, explique Helen. J'ai une entreprise de jardinage. J'ai toujours des pelles, des fourches et des truelles dans mon coffre.

La policière lui dit qu'elle va devoir lui prendre ses outils pour l'enquête, et Helen répond qu'elle comprend. Elle lève une main du trottoir, elle a des stries rouges sur sa paume. Je lui tends une main pour frotter doucement la sienne et faire disparaître les marques, mais elle ne me remarque pas. Elle essaie à nouveau de se lever, et le policier se rapproche pour l'aider. Le sang a cessé de chanter dans mes veines, mais, maintenant que la voix a disparu, je voudrais qu'elle revienne. Je me penche à nouveau pour la sentir palpiter, pour entendre ses murmures, et j'appuie mes doigts sur le bout de bois effrité.

– Veuillez ne pas toucher aux preuves, dit la policière.

Elle enroule le reste de son ruban, puis se tourne vers Helen.

– Pourquoi n'avez-vous pas appelé la police si vous soupçonniez qu'il y avait un corps là-dessous ?

Helen est appuyée contre le policier, le bras mou.

– Je n'y croyais pas vraiment.

– Je crains que vous ne deviez nous accompagner au poste, dit le policier.

Il entraîne Helen un peu plus loin, et j'en profite pour me jeter immédiatement sur un minuscule bout de verre. Je le serre entre mes doigts, ses bords lissés par la terre, et je revois le dôme en verre briller à la lueur du feu de cheminée, et les reflets dans les yeux des oiseaux. Je revois Sukey occupée à faire son reprisage sur le canapé, des mèches de ses cheveux électrisées par le dossier du canapé. L'image est si proche et si lointaine à la fois que, l'espace d'un instant, je regrette que le verre ne soit pas plus aiguisé pour mieux sentir sa présence.

– Vous êtes sûre que vous ne voulez pas que quelqu'un reste avec vous ?

Cet homme a des cheveux roux et des taches de rousseur, tellement de taches qu'il est difficile de distinguer ses traits et de savoir s'il sourit.

– Ça va ? Vous avez dit non pour le thé, mais peut-être un verre d'eau ? Vous êtes bien installée ?

Non, c'est impossible d'être bien installée sur cette chaise, la taille de mon pantalon m'enserre violemment le ventre. Je baisse les yeux pour défaire le bouton, mais il n'y en a pas, juste un élastique.

– Je voudrais bien l'enlever, dis-je. Et aller prendre un truc, comme une grosse casserole pour les humains. Vous savez. Pour faire bouillir les humains.

Il répond qu'il n'est pas sûr de ce que je veux dire, et je n'arrive pas à lire son expression à cause de ses taches de rousseur. Il a le visage tellement marqué qu'il en est transparent. Comme les murs de cette pièce, si vides que je n'ai même pas besoin de les voir. Si je regarde derrière l'homme assis en face de moi, j'ai tout l'espace que je veux pour recréer chaque détail du salon de Sukey.

– Où est ma sœur ? je demande.

– Vous voulez dire votre fille ? Un policier est en train de l'interroger dans une autre pièce. Comme je vous l'ai déjà expliqué, votre fille aussi est un témoin, alors nous devons vous interroger séparément. Nous avons décidé de ne pas vous mettre en cause, mais nous devons quand même prendre votre témoignage. Vous comprenez ?

Il a l'air très soigné, cet homme, malgré le désordre que font les taches de rousseur sur sa peau. Il est assis bien droit en face de moi, et il me sourit, je crois. Je serre un petit bout de verre, comme un petit galet, dans la paume de ma main.

– Je ne suis pas un témoin, dis je.

Si seulement je pouvais retirer mes habits et me glisser dans une étendue d'eau.

– Bain.

– Pardon ?

– C'est le mot que je cherchais, avant.

– D'accord. Très bien. Pouvez-vous nous dire quoi que ce soit concernant le corps trouvé dans le jardin de la propriété d'Elizabeth Markham ?

– Elizabeth a disparu, dis-je.

Mais les mots se sont transformés en poussière.

– Oui, un de mes collègues m'a dit que vous êtes venue plusieurs fois au poste pour rapporter sa disparition. Est-ce que c'était madame Markham que vous cherchiez dans le jardin ?

Je me concentre sur les murs vides, je regarde au travers pour contempler le salon de Sukey.

– La maison est remplie d'objets, dis-je. Une brosse à chaussures près du canapé, un vase de Chine fissuré sous la fenêtre. On y a rangé des cannes en bois gravé, des parapluies à volants et une vieille épée de cérémonie. Le vase se renverse au moindre coup de vent. Sur un tabouret de musique, quelqu'un a posé en équilibre une petite écritoire, et deux lions en marbre se tiennent au pied d'un lavabo. On a à peine la place de bouger et je dois faire très attention.

– Madame Horsham ? Vous comprenez ce qui a été retrouvé dans le jardin ?

J'essaie de me représenter ce dont il me parle, mais je n'ai pas la force de penser à deux endroits à la fois. Je m'accroche à chaque bulle de peinture grise sur le mur pour essayer de revenir dans cette pièce, avec Sukey. Si seulement je pouvais y retourner, si seulement je pouvais être à nouveau à ses côtés. L'odeur du café vient s'immiscer dans mon souvenir, elle ne buvait jamais de café, et je jette un regard rageur à la tasse en plastique blanc posée sur la table.

– Est-ce que vous savez depuis combien de temps le corps était là ? Nous avons une information... enfin, en réalité, c'est votre fille elle-même qui nous a suggéré qu'il était peut-être là depuis 1946. Auriez-vous quelque chose à ajouter ?

– 1946, c'est l'année de la disparition de ma sœur.

– Susan Gerrard, née Susan Palmer. C'est bien ça ?

– Sukey, dis-je, et je repense au sang qui chante, mais qu'est-ce que le sang vient faire dans cette histoire ?

– Sukey ? C'est comme ça que vous la surnommiez ? Et elle a disparu à l'automne 1946, est-ce exact ?

– Oui. Cela fait combien de temps ?

– Presque soixante-dix ans.

Je songe un instant à la terre froide contre les os pâles et je sens ce même froid s'insinuer dans mon être, et, si j'avais su, je serais volontairement allée me pelotonner dans cette caisse en bois pour lui tenir compagnie pendant soixante-dix ans. Je ne l'aurais jamais laissée seule si longtemps. J'aurais tout fait pour rester près d'elle, aussi près d'elle que ce petit bout de verre l'a été. Je le serre entre mes doigts, il est devenu tiède à mon contact, comme si je lui avais transmis un peu de vie.

– Vous avez vu le corps, dit l'homme. Ou peut-être devrais-je dire le squelette. Visiblement, le crâne a subi un choc. Qu'est-ce que vous pouvez me dire à ce sujet ?

– Le verre s'est brisé et les oiseaux ont volé dans sa tête.

– Les oiseaux ? On a apparemment retrouvé du verre et des restes d'oiseaux avec le corps. C'est de ça que vous voulez parler ?

– C'est ce que la Folle m'a dit.

– La Folle ? De qui parlez-vous ?

– Elle détestait ces oiseaux, Sukey, avec leurs ailes teintées et leurs yeux de verre. Un jour, ils allaient reprendre vie pour l'attaquer à coups de bec. C'est ce qu'elle pensait. Moi, c'étaient les autres objets qui me faisaient peur ; la maison était pleine d'objets qui pouvaient vous faire trébucher. J'avais peur qu'elle tombe et qu'elle se brise le cou. Je trouvais que c'était dangereux.

– De quelle maison parlez-vous ?

– La maison de Frank.

– Frank ? Vous voulez dire Frank Gerrard ? Dans notre dossier, il est noté comme suspect potentiel. Vous pouvez nous parler de lui ?

– Un homme jaloux, Frank.

– Ah oui ?

– Je ne sais pas. C'est quelqu'un d'autre qui l'a dit.

– Qui ça ?

– Je ne me souviens plus.

– D'accord, nous y reviendrons plus tard.

Il boit une gorgée de café, puis une gorgée d'eau.

– Sauriez-vous où se trouve Frank Gerrard à l'heure actuelle ?

– Non.

– Est-ce que vous saviez qu'il avait un casier judiciaire ? Pour tapage, recel de marchandises, coups et blessures.

– Je ne savais pas.

Le petit bout de verre fait loupe sur les lignes de ma main, et je repense à Sukey, occupée à repriser, qui ne veut pas que je dérange sa rangée de points bien alignés, et au feu qui me réchauffe. Si seulement je pouvais revenir dans cette pièce, tout s'arrangerait. Je ne regarderais pas les oiseaux sur la cheminée, je les recouvrirais avec son châle et je l'aiderais à fabriquer un store pour la cuisine, et quand Frank rentrerait...

– Quand Frank rentrera ? Que se passe-t-il ensuite ?

– Rien, dis-je.

– D'accord, je vous poserai d'autres questions à ce sujet plus tard. Nous devons également établir comment le corps a pu se retrouver dans le jardin de la propriété de madame Markham. Est-ce que votre sœur connaissait cet endroit ?

– Non.

– Mais vous pensez que le corps que nous avons retrouvé est celui de votre sœur ? Qu'est-ce qui vous a fait penser qu'elle pouvait se trouver là ? Est-ce que Frank Gerrard connaissait cet endroit, peut-être ?

– Il a aidé quelqu'un à planter des courgettes.

– Donc il a eu accès au jardin ?

– Je ne sais pas.

– Nous savons qu'il gérait une entreprise de déménagement de 1938 à 1946. Peut-être a-t-il transporté des meubles à cette adresse ?

– Je ne sais pas.

Des dents blanches apparaissent sous les taches de rousseur.

– Vous aimiez bien Frank, n'est-ce pas ?

– Il aimait Sukey.

L'homme reprend une gorgée de café. Je me concentre de nouveau sur le mur pour repenser à Sukey plaisantant avec le déménageur sympathique, et à la Folle qui mange des feuilles d'aubépine, puis je pense à Frank. Il va entrer d'un moment à l'autre.

– Et ensuite ? demande l'homme. Qu'est-ce qui va se passer ?

Ensuite Sukey sortira en hurlant à cause de la Folle, et Frank lui dira d'aller à l'Hôtel de la Gare, sauf qu'elle n'ira jamais là-bas parce que Frank fait quelque chose. Il la pousse contre la cheminée ? La frappe et la fait tomber ? L'assomme avec le dôme en verre plein d'oiseaux ? Quelque chose qui lui brise le crâne et lui fait tomber les oiseaux empaillés sur la tête. Je fais bien attention de penser et non de parler, et l'homme aux taches de rousseur continue de me poser des questions, mais je ne peux pas répondre parce que, si je parle, j'en dirai trop. Je dirai que la

Folle a tout vu, je dirai que Frank a mis Sukey dans une caisse à thé et qu'il l'a enterrée dans le jardin d'une maison où il savait que personne ne vivait encore. Je dirai qu'il a proposé de planter des courgettes afin de pouvoir contrôler l'endroit où on creuserait et à quelle profondeur. C'est ça que je dirai si je parle, mais tout ça n'est pas vrai, ça ne peut pas être vrai.

– Qu'est-ce qui va se passer, maintenant ? Vous savez ? demande Helen en sortant ses clés pour ouvrir la voiture.

– Ils vont examiner vos témoignages, dit le policier, établir l'âge des restes trouvés, essayer de retrouver d'autres témoins, ainsi que les suspects.

– Ils vont essayer de retrouver Frank ?

– Si ça leur paraît une piste plausible, oui.

Je crois comprendre ce qu'il dit, mais son sourire me perturbe, et je ne sais plus trop.

Je pose une main sur la voiture et referme mes doigts sur la vitre, et j'essaie d'imaginer une jeune fille courant en zigzag sur le trottoir pour éviter les escargots. Mais c'est difficile de s'imaginer soi-même dans un souvenir, et tout ce que j'arrive à voir, c'est Frank qui me raconte comme les nouvelles maisons sont jolies, qu'il y est allé pour déménager des meubles et qu'il a aidé les gens à faire un potager. Je regarde la vitre et je m'attends à voir des ombres glisser sur la surface, comme sur un écran de cinéma, mais le reflet du ciel recouvre les images, et tout y reste immobile jusqu'au moment où le policier ouvre la porte pour m'aider à rentrer. Il pose une main sur ma tête pour m'empêcher de me cogner et se penche au-dessus de moi pour fixer ma ceinture. Il se redresse et me fait un clin d'œil.

– Vous avez enfin trouvé ce que vous cherchiez, alors ? dit-il. J'espère que vous passerez quand même me dire bonjour de temps en temps, hein ? Vous êtes la bienvenue !

Il referme la porte et je me demande de quoi il parlait. Il fait une chaleur étouffante dans cette voiture, pourtant il est tard et le soleil ne tape pas fort du tout. Je n'arrive pas à baisser la vitre et je me réjouis quand Helen ouvre sa portière et laisse s'engouffrer l'air.

– Et le... euh... le corps, je veux dire, si c'est bien Sukey ? demande-t-elle encore au policier. Quand est-ce que vous le rendrez à la famille ?

– Ils vont d'abord devoir établir qu'il s'agit bien de cette personne, ensuite il va falloir faire toute une batterie de tests pour estimer la date précise du décès, les blessures, et la cause du décès, si c'est possible. Cela peut prendre six mois, peut-être plus longtemps. On vous tiendra au courant des résultats et de la suite.

Elle le remercie, s'installe sur le siège du conducteur et met l'aération au maximum. La voiture démarre et le policier agite la main pour nous dire au revoir, comme si nous étions de vieux amis, mais il s'arrête dès qu'on atteint le bout de la rue. Helen halète fort, à croire qu'elle est en train de pousser la voiture et non de la conduire. Je lui tapote la main et lui dis de respirer calmement.

– Tu n'as pas commencé à fumer, dis-moi ?

Quand ils étaient petits, j'avais toujours cette crainte.

– Maman, j'ai 56 ans, évidemment que je n'ai pas commencé à fumer. Tu es consciente de ce qui s'est passé, hein ?

Je lui tapote à nouveau la main. Je la tapote tout doucement, mais j'ai une sensation de chute dans le corps, comme si un organe important se détachait et que je devais me tenir prête à le rattraper avant qu'il ne touche le sol.

– Frank m'a empêchée de tomber par-dessus la rambarde à l'Hôtel de la Gare, dis-je. Est-ce que je t'ai déjà raconté cette histoire ?

Je me souviens d'avoir pensé que, si j'avais été tuée, il aurait été tenu responsable, alors qu'il n'aurait jamais voulu me faire le moindre mal.

– Oui, Maman, tu me l'as racontée. Mais j'ai toujours eu l'impression que c'était de sa faute si tu avais failli tomber.

Elle redémarre et conduit très lentement, très près du bord de la route, et elle ne semble pas remarquer quand je lis les panneaux « Ralentisseur » et « Trottoir barré » à voix haute. Sa main tremble quand elle change les vitesses, et elle ne s'énerve pas quand je lui demande où on va.

– Qu'est-ce qui est arrivé à Douglas ? dit-elle enfin.

– Il est parti en Amérique, dis-je en regardant les ajoncs sombres et la mer plus sombre encore s'approcher derrière le pare-brise. C'est là qu'il avait toujours rêvé d'aller, c'est pour cela qu'il aimait tant utiliser de nouvelles expressions, s'essayer à de nouveaux accents. Je pensais qu'il nous écrirait, mais il ne l'a jamais fait. Il voulait repartir de zéro, j'imagine. Il a vendu tout ce qu'il possédait pour s'acheter son billet. Tout sauf *L'Air du champagne*.

– Ha-ha-ha, plaisante Helen.

Elle se gare près de la plage. Elle m'aide à traverser l'étendue de sable jusqu'à l'eau. Nous avons de la terre sous les ongles, alors on les rince dans les vagues. Un petit bout de verre, comme un petit galet, est niché au creux de ma paume et je le lâche dans l'écume pour qu'il aille reposer avec les vrais galets dans le sable. Le soleil se couche derrière la jetée et nous restons un instant à le regarder disparaître. Je me demande quelle heure il est, et ce qu'on a fait toute la journée. Je me demande aussi ce qu'on a fabriqué pour avoir les mains aussi sales, et pourquoi Helen tremble. Elle m'embrasse le front et j'entends mon estomac gronder. Je fouille les poches de mon gilet et mon sac à la recherche d'un peu de chocolat, mais je n'ai rien. Mon estomac gronde encore.

– Et Frank ?

Helen a le regard perdu vers la mer. Elle est agitée, aujourd'hui, les rouleaux forment des bandes irrégulières aux multiples teintes, et je songe que je n'aimerais pas m'y baigner.

– Qu'est-ce qui lui est arrivé ?

Elle remue les pieds pour qu'ils s'enfoncent dans une dune de sable humide.

– Il m'a demandé de l'épouser.

– Quoi ?

Elle se retourne vivement vers moi, et un de ses pieds plonge plus profondément dans le sable.

– Oh, c'était beaucoup plus tard. J'avais 22 ans, à ce moment-là. Il avait disparu quelque temps. En prison, d'après Papa, mais Ma et moi n'en avons jamais été trop sûres. Bref, il est arrivé un jour et m'a demandé de l'épouser. Comme ça. J'ai refusé, bien sûr. J'étais déjà fiancée à Patrick.

– Et comment est-ce qu'il l'a pris ?

J'y réfléchis un instant, mais ce souvenir me fait mal.

– J'imagine qu'il a été soulagé.

Mais l'aspect grisâtre et souffreteux qu'avait revêtu son visage quand je lui avais dit non surgit dans mon esprit, et je me demande encore ce que j'aurais répondu si je n'avais pas déjà été fiancée, et d'ailleurs si, à l'époque, je n'en ai pas un peu voulu à Patrick. Et je me demande si j'aurais pu supporter un mariage où j'aurais dû repenser à ma sœur chaque jour.

– Maintenant qu'on sait qu'il est très probable qu'il l'ait tuée, les choses auraient été très compliquées, dit Helen, de l'amertume dans la voix.

Son regard se perd dans la ligne d'horizon entre la mer et le ciel.

– Mais tu penses qu'il l'a fait exprès ?

Je me retourne vers la plage.

– J'ai enterré Sukey ici, dis-je.

– Non, Maman, c'était...

– Ensuite elle m'a enterrée. Et je me suis fâchée.

Quand j'y repensais, je me sentais toujours coupable de m'être fâchée, et honteuse de mon comportement puéril. Elle avait juste voulu me faire rire. Mais ce sable qui se refermait sur mon corps, qui pesait sur mes membres, ça m'avait fait peur, et ce n'était que trop facile d'imaginer les dunes s'élever au-dessus de ma tête. Après ce jour-là, elle avait toujours joué le jeu en étant la seule à se faire enterrer, et je lui jetais des poignées de sable pour la recouvrir, je tapotais jusqu'à ce qu'elle ne puisse plus bouger, puis je lissais le sable et je dessinais dessus, l'affublant de tentacules de pieuvre ou d'une queue de sirène. Une fois, je lui ai fait une robe. Avec les ongles que j'avais ramassés sur le rivage. Je suis sûre que c'était ça. J'arrive encore à les voir, déployés autour d'elle. Des centaines d'ongles roses plantés dans le sable.

# ÉPILOGUE

— À mon avis, il espérait que l'un d'eux vaudrait une fortune, mais c'est raté.

C'est une voix basse, suivie d'un rire étouffé, et la personne qui parle est dissimulée derrière une masse de gens vêtus de noir.

– Je ne peux pas m'empêcher de penser qu'elle a amassé toutes ces saletés juste pour qu'il passe pour un imbécile. Elle devait se douter qu'il ne résisterait pas à la tentation de faire évaluer la porcelaine.

– Il a fait estimer toute sa faïence ? Ha ! Une dernière blague de la part de tante Elizabeth. Pauvre Peter.

De la poussière virevolte dans la chaleur et se pose sur les épaules, les hanches, les cuisses ; l'air empeste les vêtements neufs bon marché. Je suis piégée, je suffoque. Je ne trouve pas la sortie, je ne trouve pas d'endroit où me reposer. J'appuie une épaule sur une cloison solide recouverte d'un large bout de tissu, mais une grosse femme pousse un léger cri et se retourne pour me jeter un regard noir. Je titube en avant, mon visage effleure le col d'une veste et, l'espace d'un instant, j'aperçois une issue au milieu de la foule, un mur blanc crème, un carré de lumière, et une planche, une planche avec des pieds, recouverte de nourriture. Pour la rejoindre, je joue des coudes parmi les gens enveloppés dans leurs chapes noires, qui vident leurs verres avec leurs sourires crispés. Dieu sait ce qu'ils font tous là, plus serrés que des pêches au sirop dans leur boîte de conserve.

Quand j'atteins le mur crème, je me rends compte que la poussière tourbillonne aussi jusqu'ici, mais elle s'élève dans la lumière, et l'air est plus frais. Je tire un truc où l'on s'assied, pour être assis. Dans une minute, il faudra que je reparte. J'ai quelque chose à faire. Je ne me souviens pas exactement de ce que c'est, mais je sais que c'est important ; je demanderai à quelqu'un de m'aider à retrouver de quoi il s'agit. Les bouts de pain fourrés, les bouts de pain farcis et beurrés, sont coupés en quatre, et mon estomac se met à gronder, mais je n'arrive pas à savoir ce que je suis censée en faire. J'observe un homme : il en prend un et mord dedans, ses doigts écrasent le pain, et ses lèvres sont toutes molles. Ça me donne envie de vomir, mais je l'imite quand même et j'enfourne la chose dans ma bouche. Elle glisse contre ma langue, elle est froide, dure et fétide à la fois. Quelqu'un s'approche en souriant, et je me déplace rapidement pour lui échapper jusqu'à la cuisine où le four est allumé, il fredonne lui aussi ses petits commentaires, ses petits rires, lui aussi est vêtu de noir.

– Vous voulez bien me passer le couteau, s'il vous plaît ? demande une femme rougeaude avec un tablier.

Je regarde autour de moi, mais je n'ai aucune idée de ce qu'elle veut, alors je franchis une porte en verre qui mène à un patio. Presque tout l'espace est occupé par ces choses, pas des bateaux, ces choses pleines de fleurs, de grosses fleurs roses qui remuent doucement dans la brise. Il y a un banc au fond et je vais m'y asseoir. Une grande femme m'apporte une tranche de cake. Elle me dit que c'est du cake aux fruits et me la pose entre les mains, et je repère des raisins ambrés blottis sous la surface du gâteau.

– Comment te sens-tu ? me demande-t-elle en s'asseyant.

Est-ce que j'ai été malade ?

– Au moins, tu auras pu lui dire au revoir, dit-elle.

– Oh. Ils sont déjà partis ? Je n'étais pas là quand ils ont lancé le bouquet.

– Maman, c'est un enterrement. On ne lance pas de bouquet aux enterrements.

Elle sourit, puis pose une main devant sa bouche et regarde vers l'intérieur de la maison. Je contemple les fleurs qui dansent. C'est un très joli jardin, mais ce n'est pas le mien.

– Où suis-je ?

– Chez Peter.

J'acquiesce comme si j'avais reconnu le prénom et, à l'aide de deux doigts, j'extrais les raisins de mon cake. Quand une fille aux boucles blondes nous rejoint sur le patio, je jette les raisins à ses pieds. Elle s'arrête et me dévisage, mais elle ne s'envole pas, et ne picore même pas les fruits. Peut-être que c'est parce qu'elle n'a pas de bec. Je crois que je la connais.

– Est-ce que c'est ma fille ? je demande à la femme assise à côté de moi en désignant la nouvelle venue.

– Ta petite-fille, répond la femme.

La fille rit.

– Tu es trop vieille pour être ma mère, Mamie.

– Ah oui ?

– Tu as 82 ans.

Je me demande pourquoi elle ment. Est-ce qu'elle trouve ça drôle ?

– Cette fille est folle, dis-je. Et pourquoi pas 100 ans, tant qu'elle y est ?

Un homme s'approche et se penche pour ramasser les raisins, qu'il lance sur la pelouse. Deux merles se posent pour les percer du bout de leur bec, et cette image me transperce le cœur.

– Elizabeth a disparu, dis-je.

À ces mots, je sens quelque chose remuer en moi, le souvenir d'un sourire.

– Est-ce que je vous l'ai dit ?

J'attrape la manche de la femme avant qu'elle ne s'éloigne.

– Je n'arrête pas d'appeler chez elle, mais personne ne répond.

– Je suis désolée, dit la femme, qui s'est levée pour poser une main sur l'épaule de l'homme. Je lui ai expliqué.

– Pauvre Elizabeth, dis-je.

Je ne l'ai pas vue depuis qu'elle est venue dans notre cuisine prendre des raisins dans le cake de ma mère. Il aurait pu lui arriver n'importe quoi. Elle avait besoin de raisins pour nourrir la Folle. La Folle, celle qui était en réalité un oiseau qui a volé dans la tête de ma sœur. Ma sœur a eu peur, alors Douglas et elle ont creusé un tunnel jusqu'en Amérique. J'ai essayé de les suivre, mais je n'ai pas réussi à creuser si loin. Peut-être qu'ils ont emmené Elizabeth ?

La femme n'a pas l'air de penser que c'est la bonne réponse, et l'homme commence à m'expliquer quelque chose. Mais je n'arrive pas à me concentrer. Je vois bien qu'ils ne veulent pas m'écouter, qu'ils refusent de me prendre au sérieux. Alors il faut que je fasse quelque chose. Il le faut, puisque Elizabeth a disparu.

# Remerciements

Je voudrais remercier mes parents, Kathryn Healey et Jack McDavid, et mon compagnon, Andrew McKechnie, pour leurs encouragements et leur soutien.

Je remercie également Karolina Sutton et toutes les personnes impliquées dans ce projet, que ce soit à Curtis Brown, Venetia Butterfield ou Viking, ainsi qu'Andrew Cowan et mes tuteurs, mes camarades de classe et mes collègues de l'université d'East Anglia.

Merci à ceux qui ont lu le manuscrit et m'ont donné leur avis, en particulier Anne Aylor, Oonagh Barronwell, Paula Brooke, Nick Caistor, Claudia Devlin, Hannah Harper, Tom Hill, Narelle Hill, Debra Isaac, Campaspe Lloyd-Jacob, Gerard Macdonald, Fra von Massow, Tray Morgan, Andy Morwood, Teresa Mulligan, Hekate Papadaki, Sara Sha'ath, Alice Slater, Charlotte Stretch, Beatrice Sudsbury, Catriona Ward et Anna Wood.

Merci également à Annabel Elton, Billy Gray, Vicky Grut, Christopher Healey, Eoin Lafferty, Anna McKechnie et Mabel Morris.

Et je suis reconnaissante à encore bien d'autres personnes de leur aide et de leur enthousiasme.

*Mis en pages par DV Arts Graphiques à La Rochelle*
*Imprimé en France par Normandie Roto Impression s.a.s., 61250 Lonrai*
Dépôt légal : mai 2014
N° d'édition : 247 – N° d'impression : 1401581
ISBN 978-2-35584-247-4